VI KEELAND

Oui ou non
Traduit de l'anglais par Annabelle Blangier
pour Valentin Translation
Mannequin de couverture : Lucas Bloms
Graphiste de couverture : Sommer Stein,
Perfect Pear Creative

oui ou non

La limite est peut-être fine entre amour et haine...

mais c'est si amusant de la franchir.

Bennett

— Mais qu'est-ce qu'elle fabrique ?

Le feu passa au vert et je continuai de courir sur place plutôt que de traverser. La scène qui se déroulait de l'autre côté de la rue était simplement trop amusante pour que je l'interrompe. Ma voiture était garée devant le bureau, et une blonde aux cheveux bouclés avec des jambes magnifiques était penchée sur le pare-brise – ses cheveux étaient apparemment coincés je ne sais comment dans mon essuie-glace.

Pourquoi ? Je n'en avais pas la moindre idée. Mais elle semblait assez énervée, et le spectacle était comique à regarder, alors je gardai mes distances, curieux de voir comment cela évoluerait.

C'était une journée venteuse typique de la baie de San Francisco, et un coup de vent s'éleva, faisant voler ses cheveux blonds dans tous les sens alors qu'elle se battait avec ma voiture. Cela sembla l'énerver encore plus. Frustrée, elle tira sur ses cheveux, mais la touffe enroulée autour de l'essuie-glace était trop grosse, et elle ne parvint pas à se dégager. Plutôt que d'essayer de la dérouler délicatement, elle tira plus fort, cette fois en se levant tout en empoignant ses cheveux à deux mains.

Ce fut efficace. Ses cheveux se libérèrent. Malheureusement, mon essuie-glace y était encore attaché, se balançant au bout. Elle grommela ce que je soupçonnais être une volée de jurons avant de faire une dernière tentative futile pour démêler ce bazar. Les gens qui avaient traversé la rue au moment où j'aurais dû le faire approchaient de l'endroit où elle se tenait, et Blondie sembla soudain réaliser que quelqu'un risquait de la remarquer.

Plutôt que d'être en colère contre cette folle qui avait endommagé mon Audi neuve d'une semaine, je ne pus m'empêcher de rire alors qu'elle regardait autour d'elle, puis ouvrait son imperméable pour cacher à l'intérieur l'essuie-glace pendu à ses cheveux. Elle lissa ses autres mèches, serra sa ceinture et se retourna pour s'éloigner comme si de rien n'était.

Je pensais que c'était la fin du spectacle, mais apparemment elle changea d'avis. *Ou du moins, c'est ce qu'il parut.* Elle se retourna et revint vers ma voiture. Elle fouilla ensuite dans sa poche, en tira quelque chose et le plaça sous l'essuie-glace restant, avant de partir en vitesse.

Quand le feu piéton passa au vert, je traversai la rue et courus jusqu'à ma voiture, curieux de voir la note qu'elle m'avait laissée. Elle avait dû rester coincée ici un bon moment et l'avoir écrite avant que je ne la voie, parce qu'elle n'avait pas sorti de stylo.

Je soulevai l'essuie-glace, en sortit la note et la retournai, pour découvrir qu'elle ne m'avait pas laissé d'excuse, pas du tout. La blonde m'avait laissé une foutue contravention.

Quelle matinée. Ma voiture vandalisée, pas d'eau chaude à la salle de sport à côté du bureau, et maintenant l'un des ascenseurs était encore une fois hors service. La cohue matinale s'entassa dans l'ascenseur encore fonctionnel comme des sardines dans une boîte de conserve. Je baissai les yeux sur ma montre. *Merde.* Mon rendez-vous avec Jonas était censé commencer il y a cinq minutes.

Et nous nous arrêtions à chaque foutu étage.

Les portes s'ouvrirent au septième, un étage sous le mien.

— Excusez-moi, dit une femme derrière moi.

Je me mis de côté pour laisser passer les gens et la femme attira mon attention en me dépassant. Elle sentait bon, comme de la crème à bronzer à la plage. Je la regardai s'éloigner. Juste au moment où les portes de l'ascenseur se refermèrent, elle se retourna et nos regards se croisèrent une brève seconde.

De sublimes yeux bleus souriants me regardèrent.

Je commençai à sourire en retour... avant de m'interrompre, clignant des yeux et scrutant tout son visage – et ses *cheveux* – juste au moment où les portes se refermaient.

Bordel de merde. La femme de ce matin.

Je tentai de demander à la personne devant le panneau de l'ascenseur d'appuyer sur le bouton pour rouvrir les portes, mais nous nous étions remis à monter avant même qu'elle comprenne que je lui parlais.

Parfait. Juste parfait. C'est tout à fait en accord avec cette foutue journée.

J'arrivai dans le bureau de Jonas avec presque dix minutes de retard.

— Désolé pour le retard. Matinée de merde.

— Aucun problème. Les choses sont un peu mouvementées aujourd'hui avec l'emménagement.

Je m'assis sur l'une des chaises destinées aux visiteurs face au patron et laissai échapper un lourd soupir.

— Comment s'en sort ton équipe avec tout ce qu'il se passe aujourd'hui ? demanda-t-il.

— Aussi bien qu'on pouvait s'y attendre. Ça se passerait beaucoup mieux si je pouvais dire à tout le monde que leurs emplois ne sont pas en danger.

— Personne ne perdra son job pour l'instant.

— Si tu pouvais t'arrêter juste après le mot *job*, ce serait parfait.

Jonas se laissa aller contre le dossier de sa chaise et soupira.

— Je sais que ce n'est pas facile. Mais cette fusion sera bénéfique pour la compagnie, au bout du compte. Wren est peut-être une entreprise plus modeste, mais ils ont un très bon portefeuille de clients.

Il y a deux semaines, la compagnie pour laquelle je travaillais depuis ma sortie de la fac avait fusionné avec une autre grande agence de pub. Tout le monde était à cran depuis lors, nerveux à l'idée de ce que l'acquisition de Wren Media allait signifier pour leur poste chez Foster Burnett. Depuis deux semaines, je passais la moitié de mes matinées à rassurer mon équipe, même si je ne savais pas à quoi pourrait ressembler le futur de deux entreprises de pub majeures.

Nous étions la plus grosse compagnie, et c'est ce que je n'arrêtais pas de rappeler aux gens. Ce jour était celui de la consolidation physique, dans les bureaux de San Francisco où je travaillais. Des gens portant des cartons avaient infiltré notre espace, et nous étions censés sourire et les accueillir. Ce n'était vraiment pas facile – surtout quand mon propre job était peut-être en jeu. Cette compagnie n'avait pas besoin de deux directeurs créatifs, et Wren avait sa propre équipe de marketing, qui s'installait dans notre espace à cet instant précis.

Bien que Jonas m'assure que mon emploi dans cette compagnie ne risquait rien, il n'avait pas encore dit qu'aucun d'entre nous ne serait transféré. Le bureau de Dallas était plus large, et une rumeur s'était récemment répandue, laissant entendre que d'autres transferts étaient prévus.

Je n'avais pas l'intention de partir où que ce soit.

— Alors, parle-moi de la femme que je vais écraser. J'ai demandé autour de moi. Jim Falcon a travaillé chez Wren pendant quelques années et il m'a dit qu'elle était proche de la retraite, de toute façon. J'espère que je ne vais pas faire pleurer une femme aux cheveux gris.

Jonas fronça les sourcils.

— La retraite ? Annalise ?

— Jim m'a dit qu'elle se servait d'un déambulateur, parfois – des problèmes de genoux ou je ne sais quoi. J'ai dû demander à la maintenance d'élargir l'allée entre les box où s'assoit le personnel pour qu'elle puisse passer. Mais je refuse de me sentir coupable à l'idée de botter le cul de cette femme parce qu'elle est âgée et a des problèmes de santé. Je la renverrai au Texas, s'il le faut.

— Bennett... je pense que Jim a dû se tromper. Annalise n'a pas de déambulateur.

Je secouai la tête.

— Tu plaisantes ? Ne me dis pas ça. Ça m'a coûté une bouteille de whisky Johnny Walker pour que ma commande de travaux soit placée en haut de la liste au département de la maintenance.

Jonas secoua la tête.

— Annalise n'est pas...

Il s'interrompit au milieu de sa phrase et leva les yeux derrière moi, vers la porte.

— Excellent *timing*. La voilà. Entrez, Annalise. Je veux vous présenter Bennett Fox.

Je me retournai sur ma chaise, vis ma nouvelle rivale – la vieille chouette que j'étais sur le point d'annihiler – et manquai de m'écrouler par terre. Je tournai à nouveau vivement la tête vers Jonas.

— Qui est-ce ?

— C'est Annalise O'Neil, ton homologue chez Wren. J'imagine que Jim Falcon l'a confondue avec quelqu'un d'autre.

Je me tournai à nouveau vers la femme qui s'avançait vers moi. Annalise O'Neil n'était clairement pas la vieille femme que je visualisais dans ma tête. *Pas le moins du monde*. Elle devait approcher des trente ans, au maximum. Et elle était magnifique – à en tomber par terre. De somptueuses jambes longues et bronzées, des courbes qui auraient pu pousser un homme à sauter d'une falaise et une crinière incroyable de cheveux blonds ondulés qui encadraient un visage sérieusement digne d'un mannequin. Sans prévenir, mon corps réagit – mon sexe, qui végétait de manière désintéressée depuis un mois, après que la nouvelle de la fusion se fut répandue, se redressa soudain. La testostérone me fit redresser les épaules et lever le menton. Si j'avais été un paon, mes plumes colorées se seraient largement déployées.

Ma rivale était une vraie bombe.

Je secouai la tête et ris. Jim Falcon n'avait pas fait d'erreur. Ce salopard avait fait ça pour se foutre de moi. Le mec était un petit malin. J'aurais dû m'en douter. Il avait dû bien se marrer quand j'avais demandé aux types de la maintenance de désassembler et réassembler les box pour faire de la place pour son déambulateur.

Quel connard. Même si c'était assez drôle. Il m'avait bien eu, c'était certain.

Mais ce n'était pas pour ça que je souriais d'une oreille à l'autre.

Non. Pas du tout.

Les choses étaient sur le point de devenir intéressantes, et cela n'avait rien à voir avec le fait que je m'apprêtais à botter le cul d'une femme qui marchait très bien.

Ma rivale – Annalise O'Neil, la femme sublime debout juste devant moi dans le bureau de mon patron, la femme à laquelle j'étais sur le point de me confronter...

... était aussi la femme de ce matin, celle qui avait arraché mon essuie-glace et qui m'avait laissé une foutue contravention à la place, la femme souriante de l'ascenseur.

— Annalise, c'est ça ? dis-je en me levant, ajustant ma cravate avec un salut de la tête. Bennett Fox.

— Ravie de vous rencontrer, Bennett.

— Oh, croyez-moi, tout le plaisir est pour moi.

Annalise

Évidemment.

C'était le type sublime que j'avais vu dans l'ascenseur. Et moi qui pensais qu'il y avait eu une petite étincelle entre nous.

Bennett Fox sourit comme s'il avait déjà été nommé patron et tendit la main.

— Bienvenue chez Foster Burnett.

Ouille. Non seulement il était beau, mais il le savait.

— C'est plutôt Foster, Burnett et Wren depuis quelques semaines, n'est-ce pas? répliquai-je d'un ton glacial.

Je venais de lui rappeler subtilement que cet endroit était désormais notre lieu de travail. Je lui adressai un sourire, soudain reconnaissante envers mes parents pour m'avoir fait porter un appareil dentaire jusqu'à presque seize ans.

— Bien sûr.

Mon nouvel adversaire m'adressa un sourire tout aussi éclatant. Apparemment, ses parents s'étaient fendus de soins d'orthodontie, eux aussi.

Bennett Fox était aussi grand. Un jour, j'avais lu un article disant que la taille moyenne d'un homme américain était d'un mètre soixante-dix ; moins de quinze pour cent des hommes faisaient plus d'un mètre quatre-vingt. Pourtant, la taille moyenne de plus de soixante-huit pour cent des directeurs des plus grandes entreprises américaines était de plus d'un mètre quatre-vingt.

De manière subconsciente, nous reliions la taille au pouvoir, et pas seulement en termes de muscles.

Andrew faisait un mètre quatre-vingt-huit. J'aurais dit que ce type faisait à peu près la même taille.

Bennett tira la chaise à côté de lui.

— Je vous en prie, asseyez-vous.

Grand et agissant comme un gentleman. Je le détestais déjà.

Durant le discours d'encouragement de vingt minutes de Jonas Stern qui suivit – et dans lequel il tenta de nous convaincre que nous ne nous disputions pas pour le même poste, mais que nous allions plutôt ouvrir la voie en tant que dirigeants de ce qui était désormais la plus grande agence de pub des États-Unis –, je regardais discrètement Bennett Fox.

Les chaussures : clairement coûteuses. Traditionnelles, de style Oxford, mais avec une surpiqûre moderne. J'aurais dit des Ferragamo. *De grands pieds aussi.*

Le costume : bleu foncé, fait sur mesure pour être ajusté à sa silhouette grande et large. Le genre de luxe raffiné laissant entendre qu'il avait de l'argent, mais qu'il n'avait pas besoin d'en faire étalage pour vous impressionner.

L'une de ses longues jambes était croisée sur l'autre genou d'un air décontracté, comme si nous discutions du temps qu'il fait plutôt que de nous entendre dire que tout ce pour quoi nous avions travaillé douze heures par jour, six jours par semaine, risquait soudain d'avoir été en vain.

À un moment donné, Jonas dit une chose sur laquelle nous étions tous les deux d'accord, et nous nous regardâmes en hochant la tête. Profitant de cette opportunité de l'examiner de plus près, je laissai mes yeux courir sur son beau visage. Une mâchoire carrée, audacieusement rectiligne, un nez parfait – le genre de structure osseuse qui se transmettait de génération en génération et qui était encore mieux et plus utile que n'importe quel héritage financier. Mais ses yeux étaient le clou du spectacle : d'un vert profond et pénétrant qui ressortait sur sa peau lisse et bronzée. Ces derniers me dévisageaient en ce moment.

Je détournai les yeux et reportai mon attention sur Jonas.

— Et que se passera-t-il à la fin de la période d'intégration de quatre-vingt-dix jours ? Est-ce qu'il y aura *deux* directeurs créatifs de West Coast Marketing ?

Les yeux de Jonas nous regardèrent tour à tour, puis il soupira.

— Non. Mais personne ne perdra son travail. J'étais sur le point d'annoncer la nouvelle à Bennett. Rob Gatts a annoncé qu'il allait prendre sa retraite dans quelques mois. Un poste va donc se libérer pour le remplacer en tant que directeur créatif.

Je n'avais aucune idée de ce que cela signifiait. Mais apparemment, Bennett, lui, comprenait.

— Donc l'un d'entre nous va être envoyé à Dallas pour remplacer Rob dans la région sud-ouest ? demanda-t-il.

Le visage de Jonas me disait que Bennett n'était pas très heureux à la perspective de déménager au Texas.

— Oui.

Nous réfléchîmes tous trois à cette nouvelle pendant quelques instants. La possibilité d'être obligée de déménager au Texas fit passer mon esprit à la vitesse supérieure.

— Qui prendra la décision ? demandai-je. Parce qu'évidemment, vous avez travaillé avec Bennett...

Jonas secoua la tête et balaya d'un geste la question que je m'apprêtais à poser.

— Des décisions comme ça – où deux postes de direction à haut niveau sont fusionnés en un seul bureau – sont supervisées par le conseil d'administration, qui prendra la décision définitive de qui est le premier servi.

Bennett était tout aussi confus que moi.

— Les membres du conseil d'administration ne travaillent pas avec nous quotidiennement.

— Non, c'est vrai. Ils ont donc trouvé un moyen de prendre leur décision.

— Qui est ?

— Elle sera basée sur trois démarchages de clients majeurs. Vous concevrez chacun une campagne de votre côté et la présenterez. Les clients choisiront celle qu'ils préfèrent.

Bennett parut ébranlé pour la première fois. Son sang-froid et son assurance parfaits en prirent un coup, et il se pencha en avant, passant ses longs doigts dans ses cheveux.

— Tu plaisantes, n'est-ce pas ? Après plus de dix ans, mon job va se jouer sur quelques démarchages ? J'ai fait gagner un demi-million de dollars en dossiers publicitaires pour cette compagnie.

— Je suis désolé, Bennett. Vraiment. Mais l'une des conditions pour la fusion avec Wren était que l'on tienne compte des employés de chez Wren en poste, qui pourraient être éliminés par duplicité. Le marché a failli ne jamais se faire parce que madame Wren a beaucoup insisté sur le fait qu'elle ne vendrait pas la compagnie de son mari pour voir la nouvelle organisation se débarrasser de tous les employés dévoués de Wren.

Cela me fit sourire. Monsieur Wren prenait soin de ses employés même après sa mort.

— Je suis prête à relever le défi, lançai-je en regardant Bennett, qui était clairement en colère. Que la meilleure gagne.

— *Le* meilleur, vous voulez dire, répliqua-t-il d'un ton renfrogné.

Nous restâmes assis là pendant encore une heure, passant en revue tous nos dossiers actuels et déterminant lesquels seraient réassignés pour que nous puissions nous concentrer sur l'intégration de nos équipes et les démarchages qui détermineraient notre sort.

Lorsque nous en vînmes au dossier de Bianchi Winery, Bennett lança :

— C'est dans deux jours. Je suis prêt pour ce démarchage.

Je savais qu'il y avait deux autres concurrents avec moi sur ce dossier. Bon sang, c'était moi qui leur avais suggéré de faire des démarchages pour être sûrs d'obtenir la meilleure publicité possible. Mais je ne savais pas que Foster Burnett était l'une des autres firmes impliquées. Et, évidemment, la fusion changeait tout. Je ne pouvais me permettre de laisser la nouvelle direction penser que je puisse perdre un dossier existant.

— Je ne pense pas qu'il soit nécessaire de démarcher tous les deux. Bianchi est mon dossier depuis des années. En réalité, du fait de ma relation avec eux, c'est moi qui ai suggéré...

Le crétin m'interrompit :

— Madame Bianchi s'est montrée très intéressée par mes premières idées. Je ne doute pas une seconde qu'elle choisira l'un de mes concepts.

Mon Dieu, que ce type est arrogant.

— Je suis sûre que vos idées sont excellentes. Mais ce que j'allais dire, c'est que j'ai une relation avec le vignoble et que je suis certaine qu'ils travailleront exclusivement avec moi si je le leur suggère, parce que...

Il m'interrompit à nouveau :

— Si vous en êtes aussi sûre, pourquoi ne pas laisser le client décider ? J'ai plutôt l'impression que vous avez plus peur d'un peu de concurrence que vous n'êtes certaine de votre relation.

Bennett tourna les yeux vers Jonas et ajouta :

— Le client devrait voir nos deux propositions.

— Très bien. Très bien, dit Jonas. Nous sommes une seule compagnie, maintenant. Je préférerais qu'il n'y ait qu'un démarchage pour un client existant, mais vu que vous avez déjà terminé votre projet, je ne vois aucun mal à montrer les deux. Tant que vous êtes tous deux capables de faire front commun pour Foster, Burnett et Wren, nous devrions laisser le client être le juge, pour cette fois.

Un sourire insupportable s'étira sur le visage de Bennett.

— Ça me va. Je n'ai pas peur d'un peu de concurrence... contrairement à certaines.

— Nous ne sommes plus en concurrence. Ça ne vous est peut-être pas encore bien rentré dans la tête, dis-je avec un soupir, avant de marmonner entre mes dents : c'est vrai que l'information devrait traverser beaucoup de gel pour les cheveux avant d'arriver là.

Bennett passa les doigts dans sa tignasse luxuriante.

— Vous avez remarqué mes cheveux magnifiques, hein ?

Je roulai des yeux.

Jonas secoua la tête.

— OK, vous deux. Je vois bien que ça ne va pas être facile. Et je suis désolé de vous faire ça à tous les deux.

Il se tourna vers Bennett et reprit :

— Nous travaillons ensemble depuis longtemps. Je sais que ça doit être douloureux. Mais tu es un professionnel, et je sais que tu feras de ton mieux pour t'en tirer.

Il se tourna ensuite vers moi :

— Et même si nous venons tout juste de nous rencontrer, Annalise, je n'ai entendu que des choses formidables sur vous aussi.

Après ça, Jonas demanda à Bennett de voir s'il pouvait trouver un bureau libre pour que je m'y installe pour l'instant. Apparemment, des gens étaient encore déplacés et mon bureau permanent n'était pas encore prêt – enfin, aussi permanent qu'il puisse l'être au vu des circonstances. Je restai dans le bureau jusqu'en début d'après-midi pour discuter de mes dossiers avec Jonas.

Quand nous eûmes fini, il m'accompagna jusqu'au bureau de Bennett. L'espace de Foster Burnett était clairement plus agréable à vivre que ce à quoi j'avais été habituée chez Wren. Le bureau de Bennett était épuré et moderne, sans parler du fait qu'il était deux fois plus grand que mon ancien bureau. Il était au téléphone, mais nous fit signe d'entrer.

— Oui, je peux faire ça. Pourquoi pas vendredi vers quinze heures ?

Bennett me regardait, mais parlait dans le téléphone.

Pendant que nous attendions qu'il termine son appel,

le téléphone de Jonas sonna. Il s'excusa et sortit du bureau pour répondre. Jonas revint juste au moment où Bennett raccrochait.

— Je dois monter pour un rendez-vous, nous annonça Jonas. Tu as pu trouver un endroit pour Annalise ?

— J'ai trouvé l'endroit parfait pour elle.

Quelque chose dans la façon dont Bennett avait répondu me parut sarcastique, mais je ne connaissais pas très bien cet homme, et cela ne sembla pas déranger Jonas du tout.

— Super. La journée a été longue et vous avez tous les deux eu beaucoup à encaisser. Ne restez pas trop tard, ce soir.

— Merci, Jonas, dis-je.

— Passez une bonne soirée.

Je le regardai partir, puis reportai mon attention sur Bennett. Nous semblions tous les deux attendre que l'autre parle en premier.

Je finis par briser le silence :

— Donc... toute cette situation est vraiment gênante.

Bennett contourna son bureau.

— Jonas a raison. La journée a été longue. Et si je vous montrais où je vous ai installée ? Je pense que je vais partir tôt, pour changer.

— Ce serait parfait. Merci.

Je le suivis dans le long couloir jusqu'à ce que nous arrivions devant une porte close. Une plaque nominale se trouvait sur la porte, mais le nom avait glissé.

— Je vais appeler le service des achats pour leur demander de commander une nouvelle plaque pour votre bureau avant de partir, ce soir, dit Bennett avec un signe de tête vers la plaque.

Eh bien, c'était gentil de sa part. Les choses ne seraient peut-être pas aussi gênantes entre nous, finalement.

— Merci.

Il sourit et ouvrit la porte, avant de se mettre de côté pour que j'entre en premier.

— Aucun problème. Et voilà. *Home sweet home.*

Je fis un pas juste au moment où Bennett allumait.

Qu'est-ce que c'est que ça ?

La pièce comportait une table pliante et une chaise, mais ce n'était clairement pas un bureau. C'était un petit cagibi, au mieux – et même pas le genre bien rangé, avec des étagères chromées bien organisées où étaient stockées les fournitures de bureau. *Cette pièce-là* n'était qu'un local d'entretien, qui sentait le nettoyant de salle de bains et l'eau moisie vieille de plusieurs jours, sûrement à cause du seau jaune et de la serpillière humide posée à côté de mon nouveau bureau de fortune.

Je me tournai vers Bennett.

— Vous vous attendez à ce que je travaille ici ? Comme ça ?

Une étincelle amusée dansa dans ses yeux.

— Eh bien, vous aurez aussi besoin de papier, bien sûr.

Je fronçai les sourcils. *Il plaisante ?*

Il plongea la main dans sa poche et se dirigea vers la table pliante, avant de poser une unique feuille de papier au centre. Il se retourna ensuite vers la porte et s'arrêta juste devant moi pour me faire un clin d'œil.

— Passez une bonne soirée. Je vais aller faire réparer ma voiture, maintenant.

Hébétée, j'étais toujours immobile juste à l'entrée du placard quand la porte se ferma en claquant derrière moi. Le souffle d'air provoqué fit s'envoler la feuille de papier qu'il avait laissée. Elle flotta quelques secondes, puis se posa à mes pieds.

Je la fixai d'abord d'un regard vide.

Puis je plissai les yeux en remarquant que quelque chose y était écrit.

Il m'a laissé une note ? Je me penchai et la ramassai pour la regarder de plus près.

Qu'est-ce que ça veut dire ?

Le papier que Bennett avait laissé n'était pas du tout une note – c'était une contravention.

Et pas n'importe laquelle.

Ma contravention.

La même que j'avais laissée sur le pare-brise de quelqu'un ce matin.

Annalise

— Tu n'imagines même pas à quel point j'ai besoin d'un verre, lançai-je en tirant une chaise et en cherchant du regard un serveur avant même de m'être assise.

— Et moi qui pensais que tu avais envie de passer du temps avec moi pour ma personnalité de gagnante, et pas pour le repas gratuit dont tu profites chaque semaine.

Ma meilleure amie, Madison, avait le meilleur boulot du monde – critique culinaire pour le *San Francisco Observer*.

Quatre soirées par semaine, elle allait dans un restaurant différent pour manger un repas qui se transformerait plus tard en critique. Les jeudis, je me joignais à elle. En bref, elle était mon ticket de repas gratuit. Très souvent, c'était le seul jour où je quittais le bureau avant neuf heures et le seul repas digne de ce nom que je mangeais de toute la semaine, à cause de ma tendance à avoir des semaines de travail de soixante heures.

Pour le bien que ça m'a fait.

Le serveur s'avança et me tendit le menu des vins. Madison le repoussa d'un geste de la main.

— Nous prendrons deux merlots... et nous prendrons ce que vous nous recommandez.

Cette commande était sa réponse standard, et je savais que c'était la première étape pour étudier le niveau de service du restaurant. Elle aimait évaluer ce que le serveur lui apportait. Lui poserait-il des questions à propos de ses goûts pour pouvoir faire le bon choix ? Ou choisirait-il simplement le verre le plus cher sur le menu dans le simple but d'augmenter son pourboire ?

— Aucun problème. Je vais vous choisir quelque chose.

— En fait, dis-je en levant un doigt, est-ce que je peux changer cette commande, s'il vous plaît ? Disons plutôt un merlot et un verre de vodka seltzer avec du citron.

— Bien sûr.

Madison attendit à peine que le serveur soit hors de portée de voix pour lancer :

— Oh, oh. De la vodka seltzer. Qu'est-ce qui s'est passé ? Est-ce qu'Andrew voit quelqu'un ?

— Non, répondis-je en secouant la tête. Pire.

Ses yeux s'arrondirent.

— Pire que l'idée qu'Andrew voie quelqu'un ? Tu as eu un autre accident de voiture ?

Bon, j'avais peut-être un peu exagéré. Découvrir que celui qui était mon petit ami depuis huit ans sortait avec une autre femme m'anéantirait complètement. Il y a trois mois, il m'avait dit qu'il avait besoin de *faire une pause*. Ce n'étaient pas exactement les trois petits mots que je m'attendais à ce qu'il prononce à la fin de notre dîner de la Saint-Valentin. Mais j'avais essayé d'être compréhensive. Il avait vécu beaucoup de changements cette année – son deuxième roman avait foiré, on avait diagnostiqué un cancer du foie à son père de soixante ans, qui était mort trois semaines jour pour jour après le diagnostic, et sa mère avait décidé de se remarier seulement neuf mois après être devenue veuve.

J'avais donc accepté cette séparation temporaire, même si son idée d'une pause correspondait plus à Ross qu'à Rachel – nous étions tous les deux libres de voir d'autres personnes, si nous le voulions. Il m'avait juré qu'il n'y avait personne d'autre et qu'il n'avait pas l'intention de sortir pour coucher à droite à gauche. Mais il avait aussi le sentiment que nous mettre d'accord pour ne pas voir d'autres personnes nous maintiendrait les mains liées et ne lui donnerait pas la liberté dont il sentait avoir besoin.

Et s'agissant de la conduite... Je détestais ça depuis le premier mois où j'avais obtenu mon permis, à cause d'un accident assez grave qui m'avait transformée en conductrice nerveuse. Je ne m'en étais jamais remise. Rien que l'année dernière, j'avais eu un petit accrochage dans un parking et toute la peur que j'avais étouffée avait dressé sa tête monstrueuse. Un nouvel accident si tôt aurait risqué de me faire craquer.

— Peut-être pas aussi grave que ça... dis-je. Mais ce n'est pas loin.

— Qu'est-ce qu'il s'est passé ? Ton premier jour au bureau s'est mal passé ? Et moi qui pensais pouvoir t'entendre me parler de tous les mecs sexy sur ton nouveau lieu de travail.

Madison ne comprenait pas le besoin d'Andrew de faire une pause, et elle m'avait encouragée à me remettre en selle et à tourner la page.

Le serveur arriva avec nos verres, et Madison lui dit que nous n'étions pas prêtes à passer commande. Elle lui demanda de nous laisser dix minutes pour décider.

Je sirotai ma vodka. Je sentais sa brûlure descendre dans ma gorge.

— En fait, il y avait bien un mec sexy.

Elle posa les coudes sur la table et posa la tête sur ses mains.

— Détails. Donne-moi des détails à son sujet. L'histoire de ta mauvaise journée peut attendre.

— Eh bien... il est grand, il a le genre de structure osseuse qu'un sculpteur envierait, et une grande assurance émane de lui.

— Qu'est-ce qu'il sent ?

— Je ne sais pas. Je ne me suis pas suffisamment approchée pour le renifler.

Je récupérai le citron au bord de mon verre pour en presser le jus dedans.

— Enfin, ce n'est pas tout à fait vrai. Je me suis approchée. Mais quand nous nous sommes retrouvés si près, nous étions dans un placard et je ne sentais rien d'autre que l'odeur des produits de nettoyage et de l'eau croupie.

Je pris une autre gorgée alors que les yeux de Madison s'illuminaient.

— Tu n'as pas fait ça ! Vous deux... dans le placard dès ton premier jour à ton nouveau bureau ?

— Oui. Mais ce n'est pas ce que tu crois.

— Commence par le début.

J'eus un sourire narquois.

— Très bien.

Elle pensait clairement que cette histoire se terminerait différemment.

— J'avais un coffre rempli de cartons de dernière minute avec des dossiers et des cochonneries récupérées dans mon ancien bureau, qui a dû être déplacé dans ce nouveau lieu. J'ai essayé de trouver une place de parking, mais il n'y avait rien à des kilomètres à la ronde, alors… je me suis garée illégalement et j'ai fait plusieurs allers-retours vers le bureau avec mes affaires. À mon avant-dernier voyage, j'ai trouvé une contravention sur mon pare-brise.

— Ça craint.

— Ne m'en parle pas. Elles sont à presque deux cents dollars, maintenant.

— Très mauvaise manière de commencer la journée, remarqua-t-elle. Mais ça aurait pu être pire, je suppose, connaissant ton passif avec les voitures.

Je ne pus m'empêcher de rire.

— Oh, c'est devenu pire. Ce moment-là était certainement la *meilleure* partie de ma journée.

— Qu'est-ce qu'il s'est passé ensuite ?

— La contractuelle n'était qu'à quelques voitures de la mienne, encore occupée à distribuer des contraventions. Je me suis dit que puisque j'avais déjà été verbalisée, autant continuer à décharger ma voiture. J'ai transporté mes derniers cartons sur mon nouveau lieu de travail et quand je suis redescendue, toutes les voitures avaient une contravention comme la mienne. Sauf une. La voiture garée juste devant moi.

— La voiture est arrivée après le départ de la flic, évitant la contravention ?

— Non. Je suis certaine qu'elle était là avant moi. Elle l'a juste sautée. Je suis sûre que la raison à cela est qu'il s'agissait d'une Audi du même modèle que la mienne, juste d'une année plus récente. La première fois que j'étais passée devant, j'avais jeté un œil à l'intérieur pour voir s'ils avaient changé quelque chose pour la nouvelle édition. J'avais remarqué une paire de gants de conduite avec le logo Porsche sur le siège avant. Je sais donc que c'était la même voiture, qui était garée là depuis plus d'une heure, parce que les gants étaient encore là.

Madison but une gorgée de vin et grimaça.

— Le vin n'est pas bon ?

— Si, il est très bien. Mais des gants de conduite ? Seuls les conducteurs de voiture de course et les crétins prétentieux portent des gants de conduite.

J'inclinai mon verre vers elle avant de le porter à mes lèvres.

— Exactement ! C'est exactement ce que j'ai pensé quand je les ai vus. J'ai donc passé ma contravention au crétin prétentieux. Ma voiture était de la même marque, du même modèle et de la même couleur. Pourquoi est-ce que je devrais payer deux cents dollars alors que monsieur Gants-Porsche s'en tirait sans contravention ? La contravention ne portait pas de nom, seulement la marque, le modèle et le numéro d'immatriculation de la voiture, sans compter que le numéro de plaque sur ma copie carbone était à peine lisible. Je me suis dit qu'il ne connaîtrait pas son numéro d'immatriculation et qu'il paierait probablement – il était *bien* garé illégalement, après tout.

Ma meilleure amie sourit d'une oreille à l'autre.

— Tu es mon héros.

— Tu devrais peut-être me laisser terminer avant de déclarer ça.

Son sourire se flétrit.

— Tu t'es fait prendre ?

— Je ne le pensais pas. Mais j'ai eu un petit pépin. Quand je me suis penchée et que j'ai soulevé l'essuie-glace pour placer le ticket de contravention dessous, je ne sais comment, une mèche de mes cheveux s'est enroulée autour.

Madison fronça les sourcils.

— Autour de l'essuie-glace?

— Je sais. Bizarre. Mais il faisait tellement de vent, aujourd'hui, et quand j'ai tenté de démêler la mèche de cheveux, je n'ai fait qu'empirer les choses. Tu sais comment sont mes cheveux, affreusement épais. Je pourrais perdre une brosse dedans pendant plusieurs jours et personne ne s'en apercevrait. Ces boucles n'en font qu'à leur tête.

— Comment tu t'en es tirée?

— J'ai tiré jusqu'à me libérer. Sauf que quand mes cheveux se sont enfin décrochés de la voiture, l'essuie-glace était attaché à mes cheveux plutôt qu'à l'Audi toute neuve à laquelle il appartenait.

Madison porta une main à sa bouche et éclata de rire.

— Oh mon Dieu.

— Ouais.

— Tu as laissé une note au propriétaire?

Je bus une bonne lampée de mon verre, qui avait meilleur goût à chaque nouvelle gorgée.

— Est-ce que la contravention compte comme une note?

— Attends... au moins, il y a un bon côté à tout ça.

— Vraiment? Dis-moi lequel, parce que là, tout de suite, après la journée que j'ai eue, je ne vois pas le moindre bon côté.

— Il y a un dieu grec au bureau. C'est une bonne chose. Depuis combien de temps tu n'as pas eu de rencard? huit ans?

— Fais-moi confiance. Le dieu grec ne me proposera pas de rencard.

— Il est marié?

— Pire.

— Gay ?

Je ris.

— Non. C'est le propriétaire de l'Audi que j'ai vandalisée, avant de lui offrir ma contravention, et apparemment, il m'a vue faire.

— Mince.

— Ouais. Mince. Oh, et je vais devoir travailler avec lui tous les jours.

— Oh merde. Qu'est-ce qu'il fait ?

— C'est le directeur créatif régional de la compagnie avec laquelle nous avons fusionné.

— Attends une minute. Ce n'est pas aussi ton poste ?

— Si. Et il n'y a de la place que pour l'un de nous deux.

Un serveur qui n'était même pas le nôtre passa près de notre table. Madison tendit la main pour le retenir.

— Nous avons besoin d'une autre vodka seltzer et d'un verre de merlot. *Immédiatement.*

Le lendemain matin, je fis un arrêt sur le trajet jusqu'au bureau. J'avais beau détester ce qu'il se passait à mon boulot, apparemment, j'allais devoir travailler avec Bennett pendant plusieurs mois. Et... voyons les choses en face, j'avais fait une erreur. J'avais endommagé sa voiture et laissé une contravention plutôt qu'une note. Si quelqu'un m'avait fait ça à moi... Eh bien je n'aurais certainement pas été aussi polie qu'il l'avait été tout le long de la journée. Il avait attendu que nous soyons seuls pour me remettre à ma place, alors qu'il aurait pu me ridiculiser devant mon nouveau patron.

Sa voiture était garée illégalement au même endroit que la veille quand j'arrivai. La veille au soir, quand je m'étais rejouée la journée dans ma tête, je m'étais dit que sa voiture avait peut-être été oubliée par accident parce que la contractuelle avait perdu le fil et cru qu'elle l'avait déjà verbalisée, vu qu'elle était identique à la mienne de l'extérieur. Mais si c'était le cas, et qu'il s'en était déjà tiré une fois, pourquoi se garerait-il à nouveau ici aujourd'hui, risquant de se retrouver avec une autre contravention ?

Il n'y avait qu'un nombre limité de réponses logiques. La première étant qu'il était riche et arrogant. La deuxième, que c'était un idiot. Ou la troisième, qu'il savait qu'il n'aurait pas de contravention.

La porte du bureau de Bennett était fermée, mais je remarquai que de la lumière passait au-dessous. Je levai la main pour frapper, avant d'hésiter. Les choses auraient été plus faciles s'il n'avait pas été aussi agréable à regarder.

Grandis un peu, Annalise.

Je redressai le dos bien droit et frappai bruyamment à la porte. Au bout d'une minute, le soulagement commença à me submerger alors que je décidai que Bennett n'était pas là. Il devait avoir laissé sa lumière allumée. J'étais sur le point de me détourner quand, sans crier gare, la porte s'ouvrit.

Je sursautai de surprise et pressai une main sur ma poitrine.

— Vous m'avez fait une trouille bleue.

Bennett ôta l'un de ses écouteurs de ses oreilles.

— Vous venez de dire que je vous avais fait peur ?

— Oui. Je ne m'attendais pas à ce que vous ouvriez la porte.

Il retira son autre écouteur et les laissa pendre autour de son cou. Il fronça les sourcils.

— Vous frappez à la porte de mon bureau, mais vous ne vous attendez pas à ce que je l'ouvre ?

— Votre porte était fermée, et tout était silencieux. Je pensais que vous n'étiez pas là.

Bennett leva son iPhone.

— Je viens tout juste de rentrer de mon jogging. J'avais mes écouteurs sur les oreilles.

De la musique s'en élevait, et je reconnus la chanson.

— *Enter Sandman*? Vraiment? remarquai-je, avec une note d'amusement dans la voix.

— Qu'est-ce que vous avez contre Metallica?

— Rien. Rien du tout. C'est juste que vous ne *ressemblez* pas à quelqu'un qui écoute du Metallica.

Il plissa les yeux.

— Et je ressemble à quelqu'un qui écoute *quoi*, exactement?

Je le regardai de haut en bas. Il ne portait plus le costume onéreux et les chaussures en cuir d'hier. Malgré tout, même vêtu de manière décontractée – un T-shirt moulant noir de marque Under Armour et un pantalon de jogging taille basse – quelque chose chez lui embaumait le raffinement.

Même si la manière dont cette veine gonflait sur son biceps était plus ravissante que raffinée, à cet instant. Bennett était plus âgé que moi, à mon avis – il devait avoir la trentaine, peut-être – mais son corps était ferme et musclé, et j'imaginais qu'il avait une allure encore plus incroyable sans ce T-shirt.

Je clignai des yeux pour sortir de ma demi-hébétude et me souvins qu'il m'avait posé une question.

— De la musique classique. Je vous prenais plus pour une personne écoutant de la musique classique que du Metallica.

— C'est un peu un stéréotype, non? Dans ce cas, qu'est-ce que je devrais penser de vous? Vous êtes blonde et jolie.

— Je ne suis pas stupide.

Il croisa les bras sur son torse et haussa un sourcil.

— Vous vous êtes quand même coincé les cheveux dans l'essuie-glace de ma voiture.

Il marquait un point. Et je ne commençais clairement pas les choses du bon pied en me disputant à nouveau avec lui ce matin. Décidant de redresser le cap, je lui tendis le long carton fin que j'avais acheté en chemin.

— Ça me rappelle que je voulais m'excuser pour hier.

Bennett sembla m'examiner une minute. Puis il me prit l'essuie-glace des mains.

— Comment diable avez-vous réussi à coincer vos cheveux dans ma voiture, d'ailleurs?

Je sentis tout mon visage devenir brûlant.

— Laissez-moi commencer par dire que les voitures, ce n'est pas mon truc. Je n'aime pas les conduire, et je joue de malchance chaque fois que j'ai besoin qu'elles fonctionnent correctement. Dans mon ancien bureau, je pouvais aller travailler à pied. Maintenant, je dois conduire tous les jours. Bref, j'ai reçu une contravention hier matin pendant que je sortais mes cartons de ma voiture. Il se trouve que nous avons tous les deux une Audi du même modèle et de la même couleur. La vôtre était aussi garée illégalement, mais vous n'aviez pas de contravention. Alors j'ai essayé de mettre la mienne sous votre essuie-glace, en espérant que vous la payiez. Sauf qu'un coup de vent a balayé mes cheveux, qui se sont emmêlés je ne sais comment quand j'ai soulevé l'essuie-glace. Quand j'ai essayé de les libérer, je n'ai fait qu'empirer les choses. Je n'avais vraiment pas l'intention de vandaliser votre voiture.

Son visage était impassible.

— Vous vouliez juste me faire payer votre contravention, et pas casser mon essuie-glace.

— C'est ça.

Il m'adressa un sourire narquois.

— Je comprends mieux, maintenant.

Bennett avait une bouteille d'eau à la main. Il la porta à ses lèvres, en but une longue gorgée, sans jamais me quitter des yeux. Lorsqu'il eut terminé, il hocha la tête.

— Excuses acceptées.

— Vraiment ?

— Nous devons travailler ensemble. Autant rester professionnels.

— Merci, répondis-je, soulagée.

— Je me douche toujours à la salle de sport du rez-de-chaussée après mon jogging matinal. Laissez-moi vingt minutes et nous pourrons commencer à passer nos dossiers en revue.

— OK. Super. On se voit bientôt.

J'avais peut-être sous-estimé Bennett. J'avais supposé qu'il serait égocentrique rien que parce qu'il était beau, et je pensais ne jamais réussir à faire oublier ce moment de folie. J'atteignis mon bureau dans le placard et tournai la clef dans la serrure. Elle était bloquée, mais je finis par réussir à ouvrir la porte avec un cliquetis. L'odeur de produits de nettoyage pénétra aussitôt mes narines. Au moins, je comprenais pourquoi il m'avait fichue là-dedans, maintenant. Avec un soupir, j'allumai et fus surprise de remarquer que quelqu'un avait laissé un sac sur mon bureau.

Supposant qu'il devait s'agir de l'agent d'entretien, je le soulevai pour aller le poser là où les autres produits chimiques étaient empilés. Je remarquai alors une note écrite à la main au-dessus.

Vous allez avoir besoin de ça – Bennett.

Un cadeau ?

Je posai mon ordinateur portable et mon sac à main avant de regarder dans le sac. Il était léger – ce n'était clairement pas des produits de nettoyage – et le contenu était enveloppé dans du papier.

Curieuse, je le déballai.

Un chapeau de cowboy ?

Quoi ?

Vous allez en avoir besoin.

Hum...

Vous allez en avoir besoin.

Genre, pour mon travail.

Au Texas.

Bennett n'était peut-être pas si mature que ça, finalement.

Bennett

Demain, je devrais peut-être déposer de la lingerie.

Juste au bon moment, Annalise entra dans mon bureau, une grande boîte en carton dans les mains. Elle portait le chapeau de cowboy que je lui avais laissé pour me moquer d'elle. Sauf que maintenant qu'elle le portait, je ne riais plus du tout.

Elle était terriblement sexy avec ses cheveux blonds qui ressortaient de partout. *Je parie qu'elle serait très canon dans un corset en dentelle et des talons aiguilles pour aller avec ce chapeau de cowboy.* Je secouai la tête pour évacuer cette vision de mon imagination. Mais mon esprit ne voulait rien entendre. Il était occupé à imaginer d'un million de manières différentes la situation dans laquelle j'aimerais la voir porter ça.

En me chevauchant.

En position de la cowgirl inversée.

Ouais, mauvaise idée, Fox.

Je détournai les yeux une minute avant de me racler la gorge et de m'avancer pour lui prendre la boîte en carton des mains.

— Ça vous va bien. Vous vous intégrerez parfaitement au nouveau bureau, dans quelques mois.

— Au moins, là-bas, j'aurais peut-être un endroit où travailler qui ne me rende pas shootée aux produits chimiques à force d'en respirer toute la journée.

— Je me moquais juste de vous. Votre vrai bureau est en train d'être installé à l'heure où nous parlons.

— Oh. Waouh. Merci.

— Aucun problème. Je suis sûr que le palet dans les urinoirs aidera à faire en sorte que votre nouveau bureau ait une bien meilleure odeur.

— Je ne...

Je levai une main pour l'interrompre.

— Je plaisante. Le bureau est disposé de la même manière que le mien, à deux portes d'ici. Je sais que vous aimeriez être plus proche de moi, mais c'est le mieux que j'ai pu trouver.

— Vous êtes toujours aussi odieux dès le matin ? demanda-t-elle, levant un grand gobelet de café arborant un A rose scintillant. Parce que je commence à peine ma deuxième tasse, et si c'est le cas, je vais devoir prendre plus de caféine avant d'arriver.

J'émis un petit rire.

— Oui, vous feriez mieux de vous y habituer. Il paraît que le matin est le moment de la journée où je suis le moins odieux, alors vous devrez peut-être remplir cette grande tasse avec autre chose que du café, après le déjeuner.

Elle roula des yeux.

Marina, mon assistante – *notre* assistante – entra et déposa une enveloppe sur mon bureau. Elle adressa un sourire à Annalise et lui dit bonjour tout en faisant comme si je n'étais pas dans la pièce.

Je secouai la tête lorsqu'elle sortit.

— Au fait, je me sens obligé de vous prévenir : ne mangez surtout pas le déjeuner de votre nouvelle assistante par accident.

— OK, répondit Annalise, l'air de croire que je plaisantais.

— Ne dites pas que je ne vous ai pas prévenue.

Je me dirigeai vers la table ronde dans le coin de la pièce, où je tenais habituellement de petites réunions, et y posai son carton. Je remarquai l'étiquette et dis :

— Bianchi Winery ? Je croyais que nous allions passer en revue tous nos dossiers pour équilibrer la charge de travail et réassigner les clients entre nos équipes ?

— C'est ce qu'on va faire. Mais je me suis dit que ça ne ferait pas de mal de nous montrer notre présentation pour demain. On pourra peut-être se mettre d'accord sur la meilleure des deux, pour ne pas avoir à se mettre en compétition ?

J'esquissai un sourire.

— Vous avez peur de perdre, hein ?

Elle poussa un soupir.

— Oubliez ça. Contentons-nous de passer les dossiers en revue comme nous l'a demandé Jonas.

Bon Dieu, elle est susceptible.

— Très bien. Et si on travaillait ici ? Il y a plus de place pour s'étaler.

Elle hocha la tête et sortit un classeur à fichiers en accordéon de son carton. Lorsqu'elle ôta l'élastique maintenant le tout soigneusement compressé, le dossier s'élargit, exposant plusieurs dizaines d'emplacements individuels compartimentés. Chaque emplacement comportait une étiquette avec un code couleurs différent et quelque chose d'écrit dessus.

— Qu'est-ce que c'est que ça ?

— C'est mon kit rapide.

— Votre quoi ?

— Kit rapide.

Elle sortit une liasse de papiers de l'un des emplacements et les étala sur la table.

— Il y a une feuille de contact du client avec les noms et numéros de tous les acteurs de premier plan, une fiche technique qui résume les lignes de produits que nous commercialisons, une liste des membres de mon équipe qui travaillent sur le dossier, un résumé des informations de budget, des graphiques du logo du client, une liste des polices de caractères préférées et des codes couleurs du PMS, et un sommaire du projet en court.

Je la dévisageai.

— Quoi ?

— À quoi ça sert, tout ça ?

— Eh bien, je conserve mon kit rapide dans le meuble de classement de la salle de repos de la zone marketing pour que chaque fois qu'un client appelle, n'importe qui puisse récupérer les informations et discuter du dossier après avoir jeté un œil juste quelques minutes à ces documents. Je l'utilise aussi quand je suis appelée à des réunions pour informer l'équipe exécutive de l'avancée du projet. Mais je me suis dit qu'on pourrait l'utiliser aujourd'hui quand nous parlerons de chaque dossier.

Merde. C'était l'une de ces névrosées super-organisées.

Je baissai les yeux sur son classeur.

— Et à quoi servent les couleurs différentes ?

— Chaque dossier a sa propre couleur, et tous les documents et dossiers subsidiaires ont un code couleurs pour qu'il soit plus facile de classer et rassembler les informations.

Je me grattai le menton.

— Vous savez, j'ai une théorie à propos des gens qui utilisent un système de code couleurs.

— Ah oui ? Laquelle ?

— Ils meurent prématurément, de stress.

Elle rit, avant de voir l'expression de mon visage.

— Oh, vous ne plaisantez pas, n'est-ce pas ?

Je secouai lentement la tête.

Elle réaligna son dossier devant elle.

— Très bien. Je vais mordre à l'hameçon. Dites-moi, pourquoi les gens préférant utiliser des codes couleurs mourraient plus jeunes ?

— Je vous l'ai dit. Le stress.

— C'est ridicule. Au contraire, mon niveau de stress est réduit grâce à mon système de code couleur. Je peux trouver les choses plus facilement et je n'ai pas à perdre de temps à ouvrir tous les tiroirs et à passer en revue des piles de vieux documents subsidiaires qui traînent partout. Je n'ai qu'à chercher une couleur.

— C'est peut-être vrai. En fait, je suis à peu près sûr que vous m'entendrez hurler *putain* plusieurs fois par semaine, quand je n'arrive pas à trouver ce que je cherche.

— Vous voyez ?

— Mais, continuai-je en levant un doigt, ce n'est pas le code couleurs en lui-même qui cause le stress ; c'est le besoin incessant d'organisation qui y mène. Quelqu'un qui utilise des codes couleurs pense que tout a sa place, et le monde ne fonctionne pas comme ça. Tout le monde n'a pas envie d'être aussi organisé, et quand ils ne suivent pas vos systèmes, cela vous rend inévitablement stressés.

— Je pense que vous exagérez. Ce n'est pas parce que j'aime les codes couleurs que je suis une obsédée de l'organisation névrosée qui s'énerve quand les choses ne sont pas à leur place.

— Ah oui ? Donnez-moi votre téléphone.

— Quoi ?

— Donnez-moi votre téléphone. Ne vous inquiétez pas. Je ne fouillerai pas dedans pour regarder tous les selfies en *duckface* que vous avez enregistrés là-dedans. Je veux juste vérifier quelque chose.

Avec réticence, Annalise me tendit son téléphone. C'était exactement ce à quoi je m'attendais. Toutes les applications étaient classées et organisées. Il y avait six dossiers différents, tous étiquetés : réseaux sociaux, divertissement, shopping, voyage, application de boulot et services publics. Pas une seule application n'était à l'extérieur des petites bulles bien organisées. Je cliquai sur la bulle « réseaux sociaux », en tirai l'application Facebook avant de la relâcher. Puis j'allai dans le dossier shopping, pris l'icône Amazon et la traînai dans la bulle des réseaux sociaux. Je sortis l'application e-Art de la bulle du boulot et la laissai seule sur son fond d'écran.

Quand je lui rendis son téléphone, ses traits se plissèrent.

— Qu'est-ce que c'est censé prouver ?

— Vos applications sont en désordre, maintenant. Ça va commencer à vous rendre folle. À chaque fois que vous ouvrirez votre téléphone pour faire quelque chose, vous éprouverez un besoin puissant de reclasser les icônes là où est leur place. D'ici la fin de la semaine, ça vous aura tellement fait stresser que vous céderez et remettrez tout à sa place pour faire baisser votre pression sanguine.

— C'est ridicule.

Je haussai les épaules.

— OK. On verra.

Annalise se redressa sur sa chaise.

— Et c'est quoi, exactement, votre système pour gérer les dossiers ? Qu'est-ce que vous allez utiliser pour qu'on passe les dossiers en revue ensemble aujourd'hui ? Une liste écrite au crayon à papier au dos d'une enveloppe ?

— Non. Je n'ai pas besoin d'une liste, répondis-je en me rasseyant sur ma chaise et en tapant du doigt sur ma tempe. J'ai une mémoire photographique. Tout est là-dedans.

— Dieu nous vienne en aide si c'est là que sont toutes les informations, marmonna-t-elle.

Annalise passa les deux prochaines heures à passer en revue tous ses dossiers. Je ne l'admettrais jamais à voix haute, mais son classeur hyper-organisé lui donnait accès à énormément de données juste à portée de main. Elle était clairement efficace.

Nous mîmes de côté quelques-unes de ses feuilles de résumé pour noter quels dossiers elle pensait réassigner.

Lorsque vint le moment de parler de mes dossiers, sans surprise, Annalise avait prévu de prendre des notes plutôt que de simplement écouter, comme je l'avais fait.

— J'ai oublié d'apporter un bloc-notes, dit-elle. Je peux t'en emprunter un ?

— Bien sûr.

Par souci d'esprit d'équipe, je sortis deux blocs-notes et un stylo du tiroir de mon bureau. Sans y réfléchir, j'en jetai un sur la table devant elle et l'autre devant l'endroit où j'étais assis. Annalise remarqua les dessins sur le devant avant moi, et tourna le bloc-notes face à elle.

Merde.

Je tentai de le lui reprendre des mains, mais elle recula pour le placer hors de ma portée.

— Qu'est-ce que c'est que ça ? C'est toi qui as dessiné tout ça ?

Je tendis la main.

— Rends-moi ça.

Elle m'ignora, préférant étudier un peu plus mes gribouillages.

— Non.

J'arquai un sourcil.

— Non ? Tu ne vas pas me rendre mon bloc-notes ? Tu as quel âge ?

— Hum... apparemment... commença-t-elle en agitant le bloc-notes en l'air, exhibant mes œuvres. Le même âge que le garçon de douze ans qui a dessiné ces trucs. Si c'est ce que tu passes tes journées à faire au boulot, je ne sais pas trop pourquoi je m'inquiétais. Je pensais que je devrais me mesurer à un professionnel chevronné pour ce job.

J'avais la mauvaise habitude de gribouiller des trucs pendant que j'écoutais de la musique. Je le faisais chaque fois que je me retrouvais bloqué dans ma créativité ou que j'avais besoin d'un rince-bouche entre deux projets. J'ignorais pourquoi je faisais ça, mais ces croquis esquissés de manière irréfléchie m'aidaient à m'éclaircir les idées, ce qui permettait ensuite à ma créativité de se remettre sur les rails. Cette habitude ne serait pas si problématique – même si ce pouvait être un peu embarrassant qu'un homme de trente et un ans dessine encore des superhéros *de dessins animés* à son bureau – et n'aurait aucune raison de me causer des ennuis... si les superhéros que je dessinais quotidiennement étaient *masculins*. Mais ce n'était pas le cas. Mes superhéros étaient tous des femmes... avec des formes prononcées, un peu comme les caricatures qu'on peut faire faire par un artiste de rue, sur lesquelles votre tête est trois fois plus grosse que votre corps et où vous êtes en train de surfer ou de faire du skate. Vous voyez de quoi je parle, n'est-ce pas ?

Vous en avez probablement une de vous-même, en train de conduire un scooter, cachée quelque part tout au fond de votre placard. Elle est déchirée et froissée, et pourtant vous n'avez toujours pas jeté ce truc. Eh bien, mes dessins sont similaires à ça. Sauf que ce ne sont pas les têtes de ma création qui sont exagérées. *Ce sont les seins. Ou les fesses*. Parfois les lèvres, si l'envie m'en prend. Vous voyez l'idée.

Jonas m'avait récemment averti de ne pas laisser ces merdes traîner dans le bureau, après un petit incident avec une femme des ressources humaines qui était passée à l'improviste et avait eu un aperçu des dessins.

Je pris vivement le bloc-notes des mains d'Annalise, arrachai la page et la roulai en boule.

— Je gribouille pour me détendre. Je n'avais pas vu que j'avais pris ce bloc-notes. D'habitude, j'arrache la page et la jette quand j'ai fini. Je m'excuse.

Elle inclina la tête, comme si elle m'étudiait du regard.

— Tu t'excuses, hein ? Pourquoi es-tu désolé, exactement ? Parce que je les ai vus ou parce que tu dessines des personnages qui dégradent les femmes pendant tes heures de boulot ?

J'imagine que c'est une question piège. Évidemment, j'étais seulement désolé qu'elle les ait vus.

— Les deux.

Elle plissa les yeux et me dévisagea.

— Tu mens.

Je retournai à mon bureau, ouvris le tiroir et déposai la page de gribouillages roulée en boule.

— Je ne pense pas que tu sois capable de déceler quand je mens ou pas, pas encore. On a passé, quoi, une heure ensemble, au total ?

— Laisse-moi te poser une question. Si j'avais été un homme – disons, l'un de tes potes d'ici, avec qui tu sors probablement pour l'apéro de temps en temps – est-ce que tu te serais excusé devant lui ?

Bien sûr que non. Une autre question piège. Je devais réfléchir à la meilleure manière de répondre à celle-là. Fort heureusement, j'étais passé par les exercices de sensibilité au harcèlement sexuel des ressources humaines, je possédais donc la réponse adéquate.

— Si j'avais des raisons de penser qu'il pourrait en être offensé, oui.

J'omis de dire que cela n'offenserait aucun des types avec qui je socialisais en dehors du bureau... principalement parce que je ne traînais pas avec des *mauviettes*. Je pense que Jonas serait satisfait de ma retenue, s'il était là.

— Alors, tu m'as présenté tes excuses parce que tu as pensé que je pourrais être offensée ?

Facile.

— Oui.

Comme j'espérais que la discussion s'arrête là, je m'assis. Annalise m'imita. Mais elle n'avait pas l'intention d'abandonner si facilement.

— Donc, considérer les femmes comme des objets est acceptable, sauf si tu penses que tu risquerais d'offenser quelqu'un à ce sujet ?

— Je n'ai pas dit ça. Tu prends pour acquis que je prends les femmes pour des objets. Je ne pense pas que ce soit ce que je fais.

Elle m'adressa un regard laissant entendre qu'elle ne me croyait pas une seconde.

— Je pense que c'est *toi* qui prends les femmes pour des choses.

— Moi ? répéta-t-elle en haussant les sourcils. Je considère les femmes comme des objets ? Comment ça ?

— Eh bien, ce dessin représentait un superhéros — la femme avait le pouvoir de voler. Tous les jours, elle saute du toit des immeubles et combat le crime comme une vraie *badass*. Et toi, tu supposes que parce qu'elle est un peu plantureuse, elle doit être un genre de fantasme démentiel. Tu n'as même pas tenu compte du fait que Savannah Storm ait un QI de 160 et que, pas plus tard qu'hier, elle ait empêché une vieille femme de se faire écrabouiller par un bus.

Annalise haussa un sourcil.

— Savannah Storm ?

Je haussai les épaules.

— Même son nom est *badass*, non ?

Elle secoua la tête et je vis une ombre de sourire menacer de s'étirer sur son visage.

— Et comment j'étais censée savoir à quel point Savannah était une *badass* rien qu'en regardant ton gribouillage, exactement ?

Je ne sais comment, mais je parvins à garder une expression sérieuse alors que je répondais :

— Elle portait une cape, non ?

Annalise laissa échapper un rire.

— Je suis désolée. J'ai dû rater ce gros indice à cause de la taille de ses seins, qui étaient chacun plus gros que ma tête. Je veux dire, son QI aurait dû être évident, compte tenu de la cape.

Je haussai les épaules.

— Ça arrive. Mais tu devrais vraiment faire attention à ne pas t'empresser de juger les choses aussi durement. Certaines personnes pourraient en être offensées et penser que tu discrédites les femmes.

— Je garderai ça à l'esprit.

— Bien. Dans ce cas, on pourrait peut-être en venir aux dossiers importants, maintenant — les *miens*.

Annalise

J'avais essayé de le prévenir.

Jusqu'à hier soir, quand nous avions terminé de passer en revue nos dossiers, j'avais tenté à nouveau d'aborder le pitch destiné à Bianchi Winery. Mais ce crétin arrogant m'avait interrompue avant que j'aie pu lui expliquer *pourquoi* je savais qu'il n'avait absolument aucune chance de conclure le dossier.

Alors tant pis pour lui, j'espère qu'il a gaspillé toute sa journée à faire son numéro alors que c'était complètement inutile.

Je marmonnai entre mes dents tout en parcourant le chemin de terre d'un kilomètre avant de me garer près de l'énorme saule pleureur. Venir ici m'emplissait toujours d'une sensation de calme. Le fait d'être accueillie par tout un tas de rangées de vignes soigneusement plantées, par les saules pleureurs agités par le vent et par des tonneaux empilés faisait s'infiltrer une forme de sérénité par tous mes pores. Je sortis de ma voiture, fermai les yeux et pris une profonde inspiration purifiante, avant d'expirer, évacuant une partie du stress de la semaine.

Enfin un peu de paix.

C'est en tout cas ce que je croyais.

Jusqu'à ce que j'ouvre les yeux et que je remarque une voiture garée à ma droite, à côté du grand et vieux tracteur vert. Et cette voiture était presque identique à la mienne.

Il est encore là.

Le rendez-vous de Bennett était prévu à dix heures ce matin. Je jetai un œil à l'heure sur ma montre, vérifiant si je n'étais pas arrivée avec plusieurs heures d'avance. Mais ce n'était pas le cas. Il était presque trois heures de l'après-midi. Je pensais qu'il serait parti depuis longtemps quand j'arriverais. De quoi avaient-ils bien pu parler pendant cinq heures ?

Knox, le dirigeant du vignoble, quitta le petit magasin de détail avec une caisse de vin entre les mains au moment où je finissais de sortir mes dossiers de la voiture. Il travaillait déjà au vignoble avant que la première graine de raisin ait été semée.

— Eh, Annie, me salua-t-il avec un geste de la main.

Je fermai le coffre et passai mon attaché-case en cuir sur mon épaule.

— Salut, Knox. Tu as besoin que je rouvre le coffre pour pouvoir y placer mes bouteilles pour ce week-end ? plaisantai-je.

— Je suis à peu près sûr que je pourrais mettre toutes nos bouteilles dans ton coffre sans que cela dérange monsieur Bianchi.

Je souris.

Il avait plus ou moins raison.

— Est-ce que Matteo est au bureau ou dans la maison ? J'ai un rendez-vous d'affaires avec lui.

— La dernière fois que je l'ai vu, il traversait les champs avec un visiteur. Mais ils sont peut-être dans la cave, maintenant. Je crois qu'il lui faisait visiter tout le domaine.

— Merci, Knox. Ne les laisse pas te faire travailler trop dur !

La porte du bureau n'était pas verrouillée, mais il n'y avait personne à l'intérieur. Je posai mes affaires pour la présentation sur le bureau de la réception avant d'aller essayer de trouver où tout le monde s'était caché. La porte du magasin de détail était ouverte, mais personne ne répondit quand j'appelai. J'étais sur le point de me retourner pour me diriger vers la maison principale quand j'entendis un écho de voix me parvenir alors que je passais devant la porte menant du magasin à la cave à vin et à la salle de dégustation.

— Il y a quelqu'un ? demandai-je, tout en descendant prudemment l'escalier de pierre sur mes hauts talons.

La voix de Matteo, parlant en italien, résonna au loin. Mais quand j'atteignis le bas des marches, je ne trouvai que Bennett. Il était assis à l'une des tables de dégustation de l'alcôve, les manches relevées, la cravate défaite et un ensemble de verres de dégustation de vin sur la table devant lui.

Trois des quatre verres étaient vides.

— On boit au travail ? remarquai-je en arquant un sourcil.

Il croisa les doigts derrière la tête et s'appuya en arrière pour se complaire dans son arrogance.

— Qu'est-ce que tu veux que je te dise ? Les propriétaires m'adorent.

Je réprimai un rire.

— Oh, vraiment ? Tu n'as pas dû leur laisser voir le vrai toi, dans ce cas, n'est-ce pas ?

Bennett m'adressa un sourire. Un sourire sublime. *Crétin.*

— Tu as perdu ton temps en venant ici, Texas. J'ai essayé de te l'expliquer, mais tu n'as pas voulu écouter.

Je poussai un soupir.

— Où est Matteo ?

— Il vient de recevoir un appel, il est passé dans la salle de fermentation.

— Tu as vu Margo ?

— Elle est partie au supermarché.

— Qu'est-ce que tu fais encore là, d'ailleurs ? Tu étais en retard pour ta présentation ?

— Bien sûr que non. Matteo a proposé de me faire visiter pour que je puisse voir les nouvelles vignes qu'ils ont plantées cette année, et ensuite Margo a insisté pour que je fasse une dégustation. C'est comme si je faisais partie de la famille, maintenant.

Il se pencha vers moi et ajouta en baissant la voix :

— Même si je suis à peu près sûr que madame Bianchi en pince pour moi. Comme je le disais, tu n'as aucune chance de gagner, ce coup-ci.

J'avais réussi je ne sais comment à garder un visage impassible.

— Margo... Madame Bianchi... *en pince pour toi* ? Tu sais que Matteo est son mari, n'est-ce pas ?

— Je n'ai pas dit que j'allais tenter quoi que ce soit. Je te dis juste ce que j'ai vu.

Je secouai la tête.

— Tu es incroyable.

Le bruit d'une porte qui s'ouvrait et se refermait nous fit tous les deux tourner la tête vers le fond de la salle de dégustation. Tous les sons résonnaient deux fois plus fort, là-dessous, y compris les pas de Matteo alors qu'il s'avançait vers nous. En levant les yeux et en me voyant, il ouvrit les bras et parla avec un fort accent italien :

— Mon Annie. Tu es là. Je ne t'ai pas entendue arriver.

Matteo m'étreignit chaleureusement dans ses bras, avant de prendre mon visage entre ses mains pour déposer un baiser sur chacune de mes joues.

— J'étais au téléphone avec mon frère. Celui-là alors, c'est toujours un idiot, même après toutes ces années. Il a acheté des chèvres.

Il pinça ses cinq doigts l'un contre l'autre dans le geste italien universel signifiant « capisce ! ».

— Des chèvres ! Ce crétin a acheté des chèvres pour les installer sur son terrain dans les collines. Et il s'étonne qu'elles mangent la moitié de ses plantations. Quel idiot, répéta Matteo en secouant la tête. Mais peu importe. Je vais faire les présentations.

Il se tourna vers Bennett et reprit :

— Ce gentleman est monsieur Fox. Il vient de l'une de ces grosses agences de publicité que tu nous as fait appeler.

— Euh... oui. On s'est déjà croisés. Je n'ai pas eu l'occasion de vous parler de ça parce que les choses sont devenues un peu dingues au boulot. Mais Bennett et moi... nous travaillons pour la même compagnie, maintenant. Foster Burnett, la compagnie pour laquelle il travaillait quand tu as pris rendez-vous pour le rencontrer il y a quelques mois, a fusionné avec la compagnie pour laquelle je travaille, Wren Media. Maintenant, ce n'est plus qu'une seule grosse agence de publicité – Foster Burnett et Wren. Alors oui, Bennett et moi nous sommes déjà rencontrés. Nous travaillons... ensemble.

— Oh, excellent, répondit-il en frappant dans ses mains. Parce que ton ami va se joindre à nous pour le dîner ce soir.

Je tournai vivement les yeux pour croiser le regard exultant de Bennett.

— Tu restes à dîner ?

Il sourit comme le chat du Cheshire et me fit un clin d'œil.

— Madame Bianchi m'a invité.

Matteo ne se rendait absolument pas compte que le grand sourire idiot de Bennett était destiné à essayer de me provoquer, vu que ce salopard imbu de lui-même pensait être invité parce que madame *en pinçait pour lui*.

Cette simple idée était hilarante, vraiment. Parce que je connaissais Margo Bianchi et, *faites-moi confiance*, elle n'avait pas invité Bennett Fox à rester pour le dîner parce qu'elle en pinçait pour lui.

Et je savais ça non seulement parce qu'elle adorait son mari — ce qui était parfaitement vrai —, mais aussi parce que Margo Bianchi était une perpétuelle entremetteuse. Il n'y avait qu'une seule raison possible pour qu'elle ait invité un jeune homme à dîner. Parce qu'elle voulait le caser avec sa *fille*.

— Oh ? Madame Bianchi t'a invité, hein ?

J'étais impatiente de pouvoir effacer ce sourire narquois de son visage.

Bennett souleva son verre de vin et le fit tourner plusieurs fois entre ses doigts avant de le porter à ses lèvres souriantes.

— Tout à fait.

Je lui adressai un sourire bien trop large.

— C'est super. J'espère que tu apprécieras la cuisine de *ma mère*.

Bennett venait tout juste de prendre une gorgée. Je vis ses sourcils se froncer d'un air perplexe, avant de se hausser de stupeur — juste avant qu'il ne commence à s'étrangler avec le vin.

— Je n'arrive pas à croire que tu as invité l'ennemi à dîner.

Ma mère souleva le couvercle d'une casserole et remua sa sauce.

— C'est un homme très élégant. Et il a un bon travail.

— Oui. Je sais. Il a *mon* travail, maman.

— Il a trente et un ans, c'est l'âge parfait pour se caser, pour un homme. Si tu commences à faire des bébés à quarante ans, comme le font beaucoup de jeunes gens de nos jours, tu auras un adolescent sur les bras à cinquante ans, alors que tu commenceras à manquer d'énergie pour suivre le rythme.

Je remplis à nouveau mon verre de vin. Niveau mère, je m'étais toujours considérée comme chanceuse. Après la séparation entre elle et mon père, elle m'avait quasiment élevée toute seule. Elle avait travaillé à plein temps, sans jamais manquer un seul match de foot ou une seule activité scolaire pour autant. Alors que la plupart de mes amis se plaignaient de leur mère mariée fouineuse ou de leur mère divorcée absente à la recherche d'un nouveau mari, je ne m'étais jamais plainte – jusqu'à ce que j'atteigne l'âge avancé de vingt-cinq ans. Apparemment, c'était à ce moment-là que l'ombre de la vieille fille commençait à suivre les femmes partout, à en croire le comportement de ma mère.

— Bennett n'est pas ton futur gendre, maman. Fais-moi confiance. C'est un emmerdeur arrogant et condescendant qui dessine des caricatures et qui vole le boulot des autres.

Ma mère posa sa louche sur le support graisseux et me regarda en pinçant les lèvres.

— Je pense que tu exagères, ma chérie.

Je lui adressai un regard noir.

— Il a cru que tu l'invitais à rester dîner parce que tu en pinçais pour lui.

Elle plissa le front.

— En pincer pour lui?

— Oui. Comme si... tu t'intéressais à lui, pour toi-même. Et il sait que tu es mariée.

Elle rit.

— Oh, chérie. C'est un bel homme. Je pense que *la plupart* des femmes en pincent *effectivement* pour lui, alors il est habitué à confondre les femmes qui sont gentilles avec lui avec celles qui le sont pour une raison précise.

Je commençais à avoir l'impression que j'aurais pu dire *n'importe quoi* à propos de Bennett, ma mère aurait toujours une excuse à lui trouver.

— Il essaie de me voler mon boulot.

— Vos compagnies ont fusionné. C'est une situation regrettable, mais il n'est en rien responsable de ça.

— Il maltraite des chatons, lâchai-je d'un ton neutre.

Ma mère secoua la tête.

— Tu essaies de trouver toutes les excuses possibles pour ne pas aimer cet homme.

— Je n'ai pas besoin de trouver des excuses; il m'en donne toutes les raisons sur un plateau d'argent chaque fois que je me trouve en sa présence.

Ma mère baissa le feu pour laisser mijoter son plat et sortit une autre bouteille du réfrigérateur à vin.

— Tu penses que Bennett aimera le Cabernet de 2002?

J'abandonnai.

— Bien sûr. Je pense qu'il adorera.

— Alors, tu as grandi ici ? Tu as vécu dans un vignoble ?

J'avais évité Bennett avant le dîner en sortant sur le porche pour jouer avec Sherlock – le labrador couleur chocolat de ma mère et de Matteo.

Malheureusement, il m'avait trouvée.

— Non. J'aurais bien aimé, répondis-je en jetant une balle de tennis par-dessus la rambarde du porche et jusque dans les rangées de vignes.

Sherlock partit en courant après la balle.

— Ma mère et moi avons vécu dans le quartier de Palisades pendant presque toute ma vie. J'étais à la fac quand elle a rencontré Matteo. Je le lui ai acheté pour son cinquantième anniversaire.

Bennett s'appuya contre le poteau et plongea négligemment les mains dans ses poches.

— Ne dis jamais ça à ma mère. Je ne lui ai acheté qu'une machine à café Keurig, qu'elle a rangée au fond d'un tiroir pour la laisser prendre la poussière.

Je souris.

— Quand j'étais petite, elle disait tout le temps qu'elle avait envie d'aller en Italie. J'ai obtenu mon premier emploi alors qu'elle s'apprêtait à avoir cinquante ans, alors j'ai économisé pour une visite de dix jours à Rome et en Toscane. Matteo était le propriétaire de l'une des vignes où nous nous sommes arrêtées durant notre visite guidée. Ils ont accroché et deux mois après son retour, il avait mis sa vigne en vente et décidé d'emménager aux États-Unis pour se rapprocher d'elle.

J'indiquai du doigt le vignoble et continuai :

— Il a acheté cet endroit, et ils se sont mariés ici même, le jour du premier anniversaire de leur rencontre.

— Waouh. C'est une belle histoire.

— Oui. C'est un type génial. Ma mère méritait de le rencontrer.

Sherlock revint en courant avec la balle dans la gueule, mais plutôt que de la laisser tomber à mes pieds, ce traître l'apporta à Bennett. Ce dernier tendit la main et lui caressa la tête.

— Comment tu t'appelles, mon grand ?

— Il s'appelle Sherlock.

Bennett lança à nouveau la balle vers le vignoble et le meilleur ami de l'homme repartit en courant.

— Alors, tu aurais pu me dire que Bianchi Winery appartenait à ta famille.

Ma mâchoire s'ouvrit en grand.

— Tu plaisantes ? J'ai essayé. Un tas de fois. Mais chaque fois que j'essayais de te le dire, tu m'interrompais pour me faire de longs discours où tu m'affirmais que tu allais gagner ce dossier et que les propriétaires t'adoraient. Tu t'es montré assez prétentieux à ce sujet. Surtout cet après-midi, quand tu m'as dit que *ma mère* en pinçait pour toi.

— Oui, désolé d'avoir dit ça. Je voulais juste t'emmerder. Ébranler ta confiance avant ta présentation.

— Sympa. Très sympa.

Il exhiba son sourire charmeur.

— Que veux-tu que je te dise ? En amour comme à la guerre.

— Alors nous sommes en guerre, hein ? Et moi qui pensais que le meilleur candidat obtiendrait le job en se basant sur le mérite, et pas parce que l'autre l'aurait saboté.

Bennett se leva et fit un clin d'œil.

— Je ne parlais pas de la guerre. Tu m'aimes déjà.

Je ris.

— Seigneur, tu es un tel crétin prétentieux.

Je restai sur le porche pour continuer à jouer à la balle avec Sherlock pendant que Bennett se promenait dans la maison. Je fus surprise de le voir ressortir avec sa veste sur le dos, un verre de vin dans une main et son portfolio en cuir dans l'autre.

— Qu'est-ce que tu fais ?

Il me tendit le verre de vin, mais quand je tendis la main pour le prendre, il l'écarta et en but une gorgée.

— Ta mère m'a demandé de t'apporter ça en partant.

— Où est-ce que tu vas ?

— Je me suis dit que je ferais mieux de rentrer chez moi.

— Tu penses pouvoir conduire ? Mes parents ont tendance à verser le vin comme si c'était de l'eau.

— Non, ça ira. Je n'ai avalé qu'une série de tests et je les ai bus en plusieurs heures.

— Oh. D'accord. Mais nous n'avons pas encore mangé.

— Je sais. Et je me suis excusé auprès de tes parents. Je leur ai expliqué que j'avais un imprévu et que je devais partir.

— Tu as *vraiment* un imprévu ?

— Je ne veux pas m'imposer dans tes moments en famille. Ta mère a mentionné que vous ne vous étiez pas vues depuis plusieurs mois.

— J'ai eu un boulot de dingue depuis que monsieur Wren est mort.

Bennett leva les mains en l'air.

— Je comprends. Crois-moi, ma mère te dirait que je ne l'appelle pas et ne lui rends pas visite assez souvent.

— Tu n'es pas obligé de partir.

— C'est bon. Je peux admettre la défaite dans les rares occasions où ça arrive. Tu as remporté cette bataille, mais tu ne gagneras pas la guerre, Texas. Je vais te laisser leur présenter tes idées sans être distraite par moi.

— Ma mère va être déçue, dis-je en me levant. Elle comptait probablement parler du genre de sous-vêtements que tu portes, au dîner, pour s'assurer que tu ne tues pas les spermatozoïdes de ton sperme avec des slips tout serrés, dans l'optique de protéger ses futurs petits-enfants.

Bennett but une autre gorgée de son vin avant de m'offrir le verre maintenant à moitié vide. Mais lorsque je tendis la main pour le prendre, il ne le lâcha pas. Au lieu de ça, il se pencha tout près de moi alors que le bout de nos doigts se touchait.

— Dis à ta mère de ne pas s'inquiéter. Mes petits bonshommes sont en pleine forme, assura-t-il, avant de me faire un clin d'œil et de lâcher le vin. Je préfère y aller commando, tu sais, sans sous-vêtements.

J'émis un petit rire et le regardai se diriger vers sa voiture. Il plaça son matériel pour la présentation dans le coffre et le referma.

— Hé ! lui lançai-je.

Il leva les yeux.

— Est-ce que ça t'arrive de te dessiner toi-même ? Commando serait un bon nom de superhéros.

Bennett contourna sa voiture jusqu'à sa portière. Il l'ouvrit et la maintint alors qu'il me lançait en réponse :

— Tu en rêveras ce soir, Texas. Et je n'ai pas besoin d'essayer de deviner quelles parties de moi tu exagéreras.

Bennett

— Tu es en retard.

Je regardai ma montre.

— Il est midi trois. Il y avait un accident sur la 405.

Fanny agita son doigt noué et frappé par l'arthrite vers moi.

— Ne t'avise pas de le ramener en retard juste parce que tu n'as pas pu rentrer à l'heure.

Je me mordis la langue, réprimant ce que j'avais vraiment envie de lui répondre plutôt que :

— Oui, madame.

Elle me regarda en plissant les yeux, l'air de se demander si ma réponse était condescendante ou si je me montrais vraiment respectueux. La deuxième option était impossible, vu qu'il fallait avoir du *respect* pour une personne, si vous vouliez lui en montrer.

Nous étions debout sur le porche de sa petite maison, nous dévisageant l'un l'autre. Je regardai vers la fenêtre derrière elle, mais les volets étaient fermés.

— Il est prêt ?

Elle leva une main, paume vers le haut. J'aurais dû comprendre pourquoi elle me retardait. Je fouillai dans ma poche de jean et en sortit le chèque, le même paiement que je lui donnais tous les samedis du mois depuis huit ans, pour qu'elle me laisse passer du temps avec mon filleul.

Elle l'examina comme si j'allais essayer de la voler, puis le plaça dans son soutien-gorge. Mes yeux me brûlèrent lorsque j'aperçus par accident le haut de sa poitrine fripée alors que je suivais son geste.

Elle fit un pas de côté.

— Il est dans sa chambre, il a été puni toute la matinée pour avoir été grossier. J'espère qu'il ne tient pas ce langage de toi.

Ouais. C'est probablement de là qu'il le tient. Ce sont les cinq heures que je peux passer avec lui toutes les deux semaines qui le bousillent. Pas ton ivrogne de quatrième ou cinquième – j'ai perdu le compte – bouseux de mari, qui hurle « ferme ta putain de gueule » au moins deux fois durant les cinq minutes qu'il me faut pour le récupérer et le déposer.

Les yeux de Lucas s'illuminèrent lorsque j'ouvris la porte de sa chambre. Il bondit de son lit.

— Bennett ! Tu es venu !

— Bien sûr que je suis venu. Je ne manquerais ces moments ensemble pour rien au monde. Tu le sais bien.

— Grand-mère a dit que tu ne voudrais peut-être pas passer de temps avec moi parce que je suis pourri gâté.

Cela fit bouillonner mon sang dans mes veines. Elle n'avait aucun droit d'utiliser mes visites dans ses tactiques d'intimidation. Je m'assis sur son lit pour que nous soyons face à face.

— Premièrement, tu n'es pas pourri gâté. Deuxièmement, je n'arrêterai jamais de te rendre visite. Quoi qu'il arrive.

Il baissa les yeux.

— Lucas ?

J'attendis que ses yeux se relèvent vers les miens.

— Jamais. D'accord, mon grand ?

Il hocha la tête, agitant ses cheveux touffus, mais je n'étais pas sûr qu'il me croie.

— Viens. Et si on sortait d'ici ? On a une grosse journée de prévue.

Cela fit briller les yeux de Lucas.

— Attends. Il faut que je fasse quelque chose.

Il plongea la main sous son oreiller, attrapa quelques livres et se dirigea vers son sac à dos. Je pensais qu'il rangeait ses affaires d'école, jusqu'à ce que j'aie un meilleur aperçu de la couverture du premier livre dans ses mains.

Mes sourcils se froncèrent.

— C'est quoi, ce livre ?

Lucas me le montra.

— Ce sont les journaux intimes de ma mère. Grand-mère les a trouvés dans le grenier et me les a donnés après les avoir lus.

Un souvenir de Sophie, assise sur le trottoir et occupée à écrire là-dedans passa en un éclair dans mon esprit. J'avais complètement oublié ces journaux intimes.

— Laisse-moi voir ça.

Le premier livre était un carnet relié de cuir, avec une fleur dorée en relief sur la couverture qui s'était presque entièrement estompée. Je souris en parcourant les pages, avant de secouer la tête.

— Ta mère écrivait là-dedans le premier jour de chaque mois – jamais le deuxième, et toujours au stylo rouge.

— Elle commence la page par *Chère moi,* comme si elle ne savait pas qu'elle s'écrivait à elle-même. Et elle termine avec ces poèmes bizarres.

— Ça s'appelle des haïkus.

— Ils ne riment même pas.

Je ris, repensant à la première fois où Sophie m'en avait montré un. Je lui avais dit que j'étais plus doué pour écrire des blagues. Quelle était celle que je lui avais récitée ? Oh, attendez... *Il était une fois un homme nommé Arthur. Il avait deux énormes couilles en cuivre. Et quand le temps était à l'orage, elles cognaient l'une contre l'autre, et des éclairs sortaient de son derrière.* Ouais, c'était ça.

Elle m'avait dit d'en rester au dessin.

Une fois, au lycée, elle s'était endormie alors qu'on se baladait ensemble, et j'avais récupéré son journal pour le lire. Elle était en colère quand elle s'était réveillée et m'avait surpris alors que j'étais presque arrivé à la fin.

Je levai les yeux vers Lucas.

— Ta grand-mère sait que tu lis ça ?

Il fronça les sourcils.

— Elle m'a dit d'apprendre tout ce qu'il y avait à savoir sur ma mère, et ensuite de faire tout le contraire. Elle m'a aussi dit que ça m'aiderait à apprendre un peu mieux qui tu es.

Foutue Fanny. Qu'est-ce qu'elle mijotait ?

— Je ne suis pas sûr que ce soit une si bonne idée que tu lises ça maintenant. Peut-être quand tu seras un peu plus vieux.

Il haussa les épaules.

— Je viens de commencer. Elle parle beaucoup de toi. Tu lui as appris comment arrêter de frapper comme une fille.

Je souris.

— Oui. Nous étions proches.

Je ne me souvenais pas des détails de ce que j'avais lu il y a longtemps, mais j'étais à peu près certain que ce n'était pas le genre de choses qu'un enfant de onze ans devrait lire au sujet de sa mère décédée.

— Que dirais-tu que je garde ces trucs pour toi pendant un certain temps, et je pourrais peut-être sélectionner les parties que tu peux lire ? Je ne pense pas que tu aies envie de lire les passages où ta mère parle de garçons et de ce genre de choses, et c'est souvent là-dessus qu'écrivent les filles dans leurs journaux intimes.

Lucas grimaça.

— Garde-les. C'était assez ennuyeux, de toute façon.

— Merci, mon grand.

— Est-ce qu'on va aller pêcher aujourd'hui ? demanda-t-il.

— Tu nous as fait de nouveaux appâts ?

Il courut vers son lit et rampa dessous jusqu'à ce que seuls ses pieds en dépassent. Il souriait d'une oreille à l'autre quand il ressortit avec la boîte en bois que je lui avais donnée et qu'il l'ouvrit.

— J'ai fait un *woolly bugger*, un *bunny leech* et un *Hare's ear*.

Je n'avais aucune idée de ce que cela pouvait bien être, mais avec une recherche sur Google, je verrais que ses leurres étaient faits à la perfection. Lucas était obsédé par tout ce qui se rapportait à la pêche à la mouche. Il y a environ un an, il avait commencé à regarder une émission de télé-réalité sur ce thème, et son enthousiasme ne s'était jamais estompé. Ce qui voulait dire que j'allais devoir apprendre à pêcher à la mouche.

Une fois, j'avais regardé une vidéo YouTube à propos des lacs de Caroline du Nord dans lesquels pratiquer la pêche à la mouche, et lorsque je lui avais dit que je songeais à l'emmener avec moi pour la journée, il avait commencé à réciter tous les meilleurs endroits où pêcher pour tel ou tel poisson partout sur le lac.

Apparemment, il avait regardé la même vidéo que celle sur laquelle j'étais tombé – sauf que lui l'avait visionnée une centaine de fois.

Je sortis les leurres de la boîte et examinai son travail. Il n'y avait aucune différence avec ceux que vous achèteriez en magasin.

— Waouh. Bon travail, dis-je, avant d'en lever un devant moi. Je suis prem's pour utiliser le *woolly bugger*.

Lucas émit un petit rire.

— OK. Mais celui-là, c'est le *bunny leech*.

— Je le savais.

— Bien sûr.

— Alors, comment ça va à l'école, mon grand ? On approche des vacances d'été.

— Ça peut aller, répondit-il, avant de froncer les sourcils. Mais je ne veux pas aller au Minnetonka.

Mon corps se raidit. Je savais que le père de Lucas vivait là-bas. Mais je ne pensais pas que qui que ce soit d'autre sache ça.

— Pourquoi tu irais au Minnetonka ?

— Grand-mère me fait aller chez sa sœur. Elle vit au milieu de nulle part. J'ai vu des photos. Et quand elle vient nous voir, elle ne fait que s'asseoir sur le canapé pour regarder des soap-opéras stupides en me demandant de lui masser les pieds.

Il marqua une pause avant d'ajouter :

— Elle a des oignons.

— Des oignons ?

— Oui. Sur les pieds. Comme de drôles de bosses, osseuses et tout, et elle veut que je les masse. C'est dégueu.

J'émis un petit rire.

— Oh. Des durillons. Ouais, ça peut être assez moche. Combien de temps vous allez rester là-bas ?

— Grand-mère a dit un mois entier. Sa sœur se fait opérer des – Lucas leva les doigts pour mimer des guillemets – attributs féminins.

Sa prestation m'aurait fait rire si nous parlions d'autre chose que de son départ pour un mois, à un endroit où sa mère n'avait jamais eu l'intention de l'emmener.

— Elle m'a dit que j'allais rencontrer tout un tas de membres de ma famille. Mais je préférerais rester à la maison pour aller au club de foot.

Que manigançait encore Fanny ? Nous allions clairement devoir parler, tous les deux, quand je redéposerais Lucas cet après-midi. Elle ne m'avait pas parlé du fait que je devrais manquer des visites, et j'avais déjà payé pour un été entier au club de foot, auquel il ne pourrait visiblement pas aller. Mais j'avais appris à ne pas promettre à Lucas que je pourrais faire comprendre à sa grand-mère ce qu'il y avait de mieux pour lui, alors je tentai de mettre le sujet en attente pour plus tard pour éviter qu'il ne ruine notre journée.

— Comment ça se passe avec Lulu ? demandai-je.

Les filles étaient récemment devenues un nouveau sujet de discussion avec lui.

Lucas lança sa ligne dans le lac et la regarda tomber dans l'eau à plus de quinze mètres de là. J'aurais de la chance si j'arrivais à faire à moitié aussi bien. Il verrouilla le frein et regarda dans ma direction.

— Elle aime Billy Anderson. Il est dans l'équipe de football.

Ah. Je comprends mieux. Deux semaines plus tôt, quand j'étais venu le chercher, il m'avait demandé de parler à sa grand-mère pour qu'elle le laisse essayer d'entrer dans l'équipe de football. Elle lui avait dit que c'était un sport trop dangereux. Il n'avait jamais exprimé d'intérêt pour quoi que ce soit d'autre que le foot jusqu'alors, et Dieu sait que j'avais essayé de lui faire lancer une balle de baseball ou de jouer avec un ballon de football américain. Mais il avait presque douze ans, maintenant – à peu près l'âge que j'avais quand j'avais découvert que Cheri Patton, douze ans aussi, sauterait en l'air et m'acclamerait si je marquais un essai. *Bon sang, cette fille avait de magnifiques pompons.*

— Ah oui ? Eh bien, ne t'en fais pas. Il y a des tas de poissons dans l'océan.

— Ouais, répondit-il. Je crois que je m'intéresserai à une moche, la prochaine fois.

Je retins un rire.

— Une moche ?

— Toutes celles qui sont jolies sont si autoritaires et méchantes. Mais les moches sont assez gentilles, en général.

Il devrait peut-être me conseiller à propos des filles, plutôt que le contraire.

— Ça me paraît un bon plan. Mais laisse-moi te donner un petit conseil.

— Quoi ?

— Ne dis pas à la fille que tu as décidé de t'intéresser à elle parce qu'elle ne faisait pas partie des plus jolies.

— Non. Je ne lui dirai pas.

Il remonta sa ligne, un sourire narquois sur le visage, et ajouta :

— Je parie que la fille qui portait ta chemise pendant que tu changeais son pneu, il y a quelques semaines, était très, très méchante.

Je ris. Ce gamin remarquait tout. En temps normal, je ne voyais pas de femmes quand j'étais avec Lucas. Non pas que je pensais que cela le dérangerait, mais parce que les relations que j'avais ne duraient pas longtemps, en général. À l'exception de quelques semaines plus tôt, quand il avait rencontré Elena – la petite contractuelle sexy qui réalisait plus d'un fantasme impliquant une fille en uniforme. Nous avions passé la nuit ensemble avant que Lucas passe son samedi habituel chez moi, un week-end sur deux. Dix minutes après que je l'ai récupéré, elle m'avait appelé sur mon portable pour me dire que sa voiture avait un souci, au bas de mon immeuble – là où je l'avais laissée, encore dans mon lit. Je ne pouvais pas vraiment refuser de revenir m'occuper de sa voiture après qu'elle se fut si bien occupée de moi. Lucas avait donc rencontré Elena. Je lui avais dit qu'elle était une amie, mais apparemment, il avait tiré ses conclusions. *Ce petit merdeux.*

— Elena était très gentille.

Jusqu'à ce que je néglige de l'appeler pendant toute une semaine. Après ça, elle m'avait dit d'aller me faire foutre. Et soudain, hier, j'avais commencé à recevoir des contraventions quand je me garais à mon emplacement habituel, devant le bureau.

— Mon ami Jack dit qu'on doit poser trois questions à une fille, et si elle répond non à l'une d'entre elles, on ne devrait pas l'aimer.

— Ah oui ? C'est quoi, ces questions ?

Lucas compta sur ses doigts, à commencer par le pouce.

— Premièrement, tu lui demandes si elle laisserait quelqu'un copier ses devoirs (il leva l'index). Deuxièmement, tu lui demandes si elle peut manger plus d'une part de pizza. Et troisièmement... (il ajouta le majeur) tu dois savoir si elle est déjà sortie en pyjama.

— Intéressant, répondis-je en me grattant le menton.

J'allais peut-être devoir tester cette théorie par moi-même.

— Est-ce que Lulu peut manger plus d'une part de pizza ?

— Elle mange de la *salade*, dit-il, comme si ce mot était un juron.

Mais il y avait une part de vérité là-dedans. Quand j'emmenais une femme dans un bon restaurant italien ou un resto-grill et qu'elle commandait une salade – pour, la moitié du temps, ne pas la finir parce qu'elle était *repue* –, ce n'était jamais bon signe.

— Laisse-moi te poser une question. Comment ton ami Jack a-t-il trouvé ce test ?

— Il a un grand frère de dix-huit ans. Il lui a aussi dit que si on racontait à une fille qu'on avait trois testicules, elle nous laisserait toujours lui montrer sa quéquette.

Ça, j'allais clairement essayer. Je me demandais si ça pourrait marcher sur madame Mon-Papa-Possède-un-Vignoble.

— Hum, je ne crois pas que tu devrais mettre en pratique ce dernier conseil. Tu pourrais te faire arrêter pour attentat à la pudeur.

Lucas et moi passâmes toute la journée à pratiquer la pêche à la mouche. Il attrapa un seau entier de truites. J'attrapai un coup de soleil. Lorsque je le ramenai chez Fanny, elle se montra aussi amicale que d'habitude. Je dus coincer mon pied dans la porte pour l'empêcher de me la claquer au nez après que j'eus dit au revoir à Lucas.

— Il faut que je te parle une minute.

Elle plaqua ses deux mains sur ses hanches.

— Ton chèque ne va pas passer ?

Dieu nous en garde.

— Mon chèque passera très bien. Tout comme celui que j'ai donné à Kick Start, le centre aéré auquel j'ai inscrit Lucas cet été.

Fanny était une vraie casse-pieds, mais elle avait l'esprit vif. Elle n'avait pas besoin qu'on lui explique les choses.

— Je dois aller aider ma sœur. Il pourra y aller pendant la moitié des vacances.

— Et qu'en est-il de mes visites du samedi ?

Elle ignora ma question.

— Tu sais, il a posé beaucoup de questions au sujet de sa mère, cette semaine. J'ai trouvé les vieux journaux intimes de Sophia. C'est une lecture *plutôt intéressante.*

— Il est trop jeune pour lire les journaux intimes de sa mère.

— C'est le problème avec les jeunes, de nos jours. Les parents les protègent trop. La réalité n'est pas toujours parfaite. Plus vite ils apprendront ça, mieux ce sera.

— Il y a une différence entre donner un aperçu de la réalité à un gamin et le traumatiser à vie.

— J'imagine qu'on a de la chance que ce soit à moi de décider ce qui le traumatisera à vie et ce qui ne le fera pas, dans ce cas.

Ouais, c'est ça.

— Et pour mes week-ends ?

— Tu pourras le garder jusqu'à dix-huit heures au lieu de dix-sept quand on reviendra. Ça rattrapera les heures perdues.

Incroyable.

— Je lui ai promis que je le verrais un samedi sur deux. Je ne veux pas le décevoir.

Elle m'adressa un sourire cruel.

— Je pense que c'est trop tard pour ça.

Ma mâchoire se crispa.

— Nous avions un accord.

— Il est peut-être temps de renégocier cet accord. Mes factures d'électricité ont augmenté à cause du nouveau téléphone et de l'ordinateur que tu lui as acheté.

— Tu reçois ton chèque en temps et en heure chaque mois, et je paie pour tout un tas de choses supplémentaires, comme le centre aéré, les fournitures d'école et tout ce dont il peut avoir besoin.

— Si tu veux à ce point qu'il aille à ce centre, *tu* n'as qu'à le garder un mois entier pendant que je m'occupe de ma sœur.

— Je travaille tard et je voyage tout le temps.

Sans parler du fait que mon emploi était en danger et que j'allais travailler encore plus durant les mois à venir.

Fanny recula dans la maison.

— On dirait bien que tu vas briser ta promesse le mois prochain, alors, n'est-ce pas ? Exactement comme avec sa mère. Certaines choses ne changent jamais.

Sur ces mots, elle me claqua la porte au nez.

1er août

Chère Moi,

Aujourd'hui, on s'est fait un ami ! Même si au début, on n'aurait jamais cru que nous allions devenir amis. Je m'entraînais à lancer une balle sur le terrain de baseball que les anciens propriétaires ont laissé devant notre nouvelle maison, et un garçon s'est arrêté sur son vélo pour me regarder. Il m'a dit que je lançais comme une fille. Je lui ai répondu merci, même si je savais qu'il n'avait pas dit ça comme un compliment. Bennett est descendu de son vélo et l'a laissé tomber au sol, sans prendre la peine d'utiliser sa béquille. J'ai l'impression qu'il fait ça souvent, parce que son vélo est pas mal éraflé.

Bref, il s'est avancé, m'a pris la balle des mains et m'a montré comment la tenir pour ne plus lancer comme une fille. On a passé le restant de l'après-midi à jouer ensemble. Et devine quoi ? Bennett et moi aurons le même professeur quand l'école reprendra, la semaine prochaine. Oh, et il n'aime pas qu'on l'appelle Ben.

Quand on a eu fini de jouer à la balle, j'ai voulu lui faire visiter la nouvelle maison. Mais le nouveau petit ami de maman, Arnie, était là. Il travaille de nuit, alors je ne suis pas censée faire de bruit dans la journée parce qu'il dort. Alors on est allés chez Bennett et sa mère nous a fait des cookies. Bennett m'a montré un carnet dans lequel il avait dessiné des trucs. Il fait de très jolis dessins de superhéros ! Et devine quoi d'autre ? Je lui ai parlé des poèmes que j'écris, et il ne s'est pas moqué de moi. C'est pourquoi aujourd'hui, je lui dédie ce poème.

L'été est pluie.
Une petite fille chante dehors.
Elle se noie dans la musique.

Cette lettre s'autodétruira dans dix minutes.

Anonymement,
Sophie

Annalise

Quelque chose clochait.

Pas une seule insulte ni un seul commentaire de petit malin depuis que j'étais entrée dans son bureau, il y a vingt minutes. J'avais rédigé la liste des dossiers que nous avions tous deux accepté de conserver et que nous allions transmettre à l'équipe. Mais j'avais réalisé qu'une partie de ceux que nous avions réassignés avaient déjà des entretiens de programmés ; nous devrions probablement être présents à ces entretiens pour adoucir la transition.

J'avais énuméré les clients et les dates pendant que Bennett était assis derrière son bureau, jetant continuellement une balle de tennis dans l'air, avant de la rattraper.

— Ouais. Ça me va, dit-il.

— Et pour la campagne d'alimentation de Morgan ? On n'a pas parlé de celui-là parce que la demande de proposition n'était pas encore arrivée. Elle est arrivée ce matin.

— Tu peux le prendre.

Je fronçai les sourcils. Hum. Je n'allais pas questionner ça à voix haute. Je barrai cette ligne de ma liste et continuai :

— Je pense qu'on devrait organiser une réunion du personnel – collective. Pour montrer à nos deux équipes qu'on peut travailler main dans la main, même si on fait juste semblant pour eux. Ça boostera leur moral.

— OK.

Je barrai une autre ligne, puis posai mon bloc-notes et mon stylo pour l'observer plus attentivement.

— Et la campagne Arlo pour les produits laitiers. Je me suis dit que tu pourrais peut-être faire quelques croquis de superhéros dont certaines parties du corps sont exagérées, pour les inclure à notre présentation.

Bennett lança sa foutue balle en l'air et la rattrapa. Encore.

— Très bien.

Je *savais* qu'il ne m'écoutait pas.

— Tu pourrais dessiner la vice-présidente des opérations. Je parie qu'elle serait fantastique avec un plus gros châssis.

Bennett lança la balle et tourna vivement la tête dans ma direction. Ses yeux vitreux semblèrent s'éclaircir, comme s'il venait de se réveiller après une sieste et remarquait seulement que j'étais assise là.

La balle tomba au sol.

— Qu'est-ce que tu viens de dire ?

— Où es-tu ? Je suis assise là depuis vingt minutes et tu te montres si aimable que j'ai cru que tu avais de la fièvre, ou je ne sais quoi.

Il secoua la tête et cligna plusieurs fois des yeux.

— Désolé. J'ai juste beaucoup de choses en tête.

Il tourna sa chaise face à moi et souleva une grande tasse de café posée sur son bureau.

— Qu'est-ce que tu disais ?

— À l'instant ou depuis le début ?

Il m'adressa un regard vide.

Je poussai un soupir mécontent, mais recommençai. La deuxième fois, lorsqu'il écouta réellement, mon adversaire ne se montra pas si conciliant. Mais il ne semblait toujours pas totalement lui-même. Lorsque nous eûmes fini de parcourir ma liste, je songeai qu'il avait peut-être besoin qu'on lui remonte un peu le moral.

— Mes parents t'ont vraiment apprécié...

— Surtout ta mère, ajouta-t-il avec un clin d'œil.

Cette remarque ressemblait plus au Bennett que j'avais appris à connaître cette dernière semaine.

— Ce doit être de la sénilité précoce. Bref, ils m'ont montré ta proposition pour leur campagne de pub. C'était vraiment bon.

— Bien sûr que ça l'était.

L'espace d'une seconde, je reconsidérai ce que j'avais ressassé pendant des jours. Son ego flamboyant n'avait pas besoin d'être attisé plus encore. Mais mes parents méritaient la meilleure campagne de publicité possible. Et ce n'était pas la mienne, malheureusement.

— Même si ça me fait mal de le dire, tes idées étaient meilleures. Nous aimerions mettre en œuvre les textes radio et les croquis de magazines que tu as proposés. J'ai quelques ajustements à proposer, et évidemment, j'aimerais rester sur la campagne en tant que référente, mais nous pouvons gérer cette campagne ensemble. Et je ferai savoir à Jonas qu'il s'agit de ma famille, en reconnaissant que tu as apporté la meilleure présentation.

Bennett me dévisagea un long moment, sans rien dire. Puis il recula sur sa chaise, fit craquer ses doigts et me regarda en plissant les yeux comme si j'étais une suspecte.

— Pourquoi tu ferais ça ? C'est quoi, le piège ?

— Faire quoi ? Le dire à Jonas ?

Il secoua la tête.

— Tout. Nous sommes en train de nous battre pour notre boulot, et tu me donnes un dossier qui t'aurait fait marquer un point facile.

— Parce que c'est la meilleure chose à faire. Ta publicité est meilleure pour le client.

— Parce que c'est ta famille ?

Je ne savais pas trop comment répondre à ça. Le fait qu'il s'agisse du vignoble de mes parents était une évidence. Mais qu'est-ce que j'aurais fait s'il s'était agi d'un client normal, auquel nous avions tous deux montré une présentation ? Honnêtement, je n'étais pas sûre que je lui aurais donné quoi que ce soit. J'aurais voulu penser que mes valeurs morales m'auraient poussée à faire passer le client en premier, quoi qu'il arrive. Mais mon emploi était en jeu...

— Eh bien, oui. Le fait qu'il s'agisse de mes parents a rendu la décision de faire passer le client en premier assez facile.

Bennett se gratta le menton.

— Très bien. Merci.

— De rien.

J'ouvris à nouveau mon bloc-notes comportant ma liste de choses à faire.

— Maintenant, la deuxième chose à l'ordre du jour. Jonas nous a envoyé un mail ce matin à propos de la campagne Vénus Vodka. Il veut des idées d'ici vendredi, et il ne veut pas qu'on lui dise qui a eu l'idée de la présentation. Je pense qu'il veut s'assurer qu'on ait un plan dès le début, parce qu'il n'est pas sûr qu'on réussira à travailler suffisamment bien ensemble.

— Est-ce que tu ferais ça pour n'importe quel client ?

— Être prête quand le patron le demande ? Bien sûr.

Il secoua la tête.

— Non. Utiliser ma présentation si tu pensais qu'elle était meilleure que la tienne.

Apparemment, j'étais la seule à avoir changé de sujet. Je fermai mon bloc-notes et m'appuyai contre le dossier de ma chaise.

— Honnêtement, je ne suis pas sûre. J'aimerais croire que je ferais passer n'importe quel client en premier, que je me comporterais de manière éthique, dans leur intérêt, mais j'adore mon boulot, et j'ai investi sept ans de ma vie à m'efforcer de gravir les échelons chez Wren. Donc, même si j'ai honte de le dire, je ne peux pas vraiment répondre à cette question avec certitude.

Le visage de Bennett était stoïque, mais un sourire étira alors lentement ses lèvres.

— On va peut-être s'entendre, finalement.

— Qu'est-ce que tu ferais dans cette situation ? Ce qui est mieux pour le client, ou pour toi-même ?

— Facile. Je t'enterrerai, et le client obtiendrait la deuxième meilleure proposition. Même si, dans l'éventualité peu probable où mon projet soit vraiment inférieur au tien, ce serait d'un cheveu, le client n'en souffrirait donc pas beaucoup.

Je ris. Quel salopard arrogant. Mais au moins, il était honnête.

— C'est bon de savoir à qui j'ai affaire.

Nous passâmes la demi-heure suivante à passer en revue les points en suspens, avant de décider de commencer à travailler sur la campagne Vénus plus tard dans la journée, parce que nous avions tous deux une après-midi remplie de rendez-vous.

— J'ai un entretien avec un client à quatorze heures, dis-je. Je pourrais probablement être de retour au bureau d'ici dix-sept heures, environ.

— Je nous commanderai à dîner. Tu es quoi ? Végétarienne, végane, pescétarienne, mangeuse de miel ?

— Pourquoi je devrais être un de ces trucs ? demandai-je en me levant.

Bennett haussa les épaules.

— Ça a l'air d'être ton genre.

Dommage que rouler des yeux ne constitue pas une forme d'exercice physique. Dieu sait que je serais en grande forme, après avoir passé un peu de temps avec cet homme.

— Je mange de tout, je ne suis pas difficile.

J'avais atteint la porte quand Bennett me rappela :

— Eh, Texas ?

— Quoi ?

Je devais vraiment arrêter de répondre à ce surnom.

— Tu as déjà laissé quelqu'un copier tes devoirs ?

Je plissai le nez.

— Mes devoirs ?

— Ouais. À l'école. Quand tu étais jeune. Que ce soit à l'école primaire, au lycée ou même à la fac.

Madison n'avait peut-être jamais fait un seul devoir de maths toute seule durant tous nos cours d'algèbre.

— Bien sûr que oui. Pourquoi cette question ?

— Pour rien.

***

Mon rendez-vous dura plus longtemps que je m'y attendais, et les bureaux étaient presque vides quand je rentrai. Marina, l'assistante de Bennett – ou plutôt *notre* assistante – était en train de ranger ses affaires.

— Eh, désolée d'être en retard. Est-ce que tu as fait savoir à Bennett que j'avais été retardée ?

Elle hocha la tête tout en récupérant son sac à main dans le tiroir.

— Est-ce que vous allez commander à dîner ? Parce qu'il y a clairement une étiquette avec mon nom sur mes plats surgelés dans le congélateur de la cuisine des employés.

— Euh, ouais. Bennett m'a dit qu'il allait nous commander à dîner.

Elle fronça les sourcils.

— J'ai aussi deux cannettes de limonade, quatre bâtons de fromage cheddar et un demi-sachet de gelée au raisin, là-dedans.

— OK. Eh bien, je ne comptais pas me servir dans la nourriture de quelqu'un d'autre dans le réfrigérateur. Mais c'est bon à savoir.

— Il y a des menus tout en haut. Dans le tiroir de droite.

— OK. Merci. Bennett est dans son bureau ?

— Il est parti courir. D'habitude, il court le matin, mais il est sorti il y a environ quarante-cinq minutes, vu que je lui ai dit que tu serais en retard.

Marina jeta un œil autour d'elle, puis se pencha vers moi et baissa la voix :

— Entre nous, tu ferais mieux de faire attention à tes affaires, avec lui. Trombones, bloc-notes, agrafeuses – certaines personnes, ici, mettent leurs sales pattes sur tout ce qu'ils peuvent trouver, si tu vois ce que je veux dire.

— Je... m'en souviendrai. Merci du conseil, Marina.

Vingt minutes plus tard, Bennett passa la tête dans mon bureau. Ses cheveux étaient mouillés et coiffés en arrière, et il avait enfilé un T-shirt et un jean. Il tenait une boîte de pizza à la main.

— Tu es prête ?

— Tu as payé pour cette pizza ou tu l'as volée à Marina ?

Il laissa tomber sa tête.

— Elle est déjà venue te voir.

— Oui, dis-je en souriant. Mais je suis curieuse d'entendre l'histoire entre vous deux.

— Eh bien, à moins que tu n'aimes la pizza froide, ça devra attendre. Parce qu'expliquer à quel point cette femme est *cinglée* risque de prendre un moment.

— OK, dis-je en pouffant. Où est-ce que tu veux travailler ?

Je fis un signe de tête vers le carton posé sur la deuxième chaise, de l'autre côté de mon bureau.

— J'ai emballé quelques affaires pour être prête au cas où tu voudrais aller ailleurs.

— Évidemment, remarqua-t-il en s'avançant vers mon bureau. Tu veux savoir ce que j'ai fait pour être prêt ?

— Quoi ?

— J'ai récupéré deux verres à shooters au petit magasin pour touristes au bout de la rue, juste au cas où on aurait envie de tester le produit.

Bennett posa la boîte à pizza sur mon carton et souleva le tout.

— Viens, dit-il en indiquant la porte d'un signe de tête. Étalons-nous dans la salle de repos. Je pense que tous les autres sont partis pour aujourd'hui.

La salle de repos de l'espace marketing de Foster Burnett était très différente de celle que nous avions chez Wren.

Mis à part le fait qu'elle était deux fois plus grande – ce qui était logique puisque Foster Burnett avait deux fois plus d'employés que Wren –, elle était organisée comme le salon rêvé d'un dortoir d'étudiants. Les deux salles de repos comportaient deux canapés et une table basse, mais les similitudes s'arrêtaient là. Wren avait des citations inspirantes encadrées aux murs, des chevalets sur lesquels se trouvaient des tableaux blancs, une grande table à dessin pour esquisser des idées et un petit frigo rempli de boissons gazeuses. Foster Burnett avait de longs murs peints en noir doublés d'un énorme tableau noir, un baby-foot, un jeu d'arcade Pac-Man grandeur nature et deux distributeurs de sodas et de snacks des années 1950 bien remplis, dans lesquels tout ne coûtait que vingt-cinq cents.

— Cette pièce ne ressemble en rien à celle que nous avions dans mon ancien bureau.

Bennett se pencha en avant et prit une autre part de pizza, qu'il fit glisser sur son assiette en papier. Il ouvrit la boîte.

— Tu es prête à en prendre une autre ?

— Non merci. Pas encore.

Il hocha la tête et plia sa pizza en deux.

— À quoi ressemblait la salle de repos de chez Wren ?

— Moins de déco style dortoir d'étudiants et plus de consolidation de l'esprit d'équipe.

— Des images encadrées d'une meute de loups avec un slogan à la con sur le travail d'équipe ?

Nous n'avions pas cette image en particulier, mais je savais à quoi il faisait référence.

— Exactement.

— J'ai organisé cette pièce quand on a bougé à cet étage. J'ai essayé de les convaincre d'installer aussi quelques douches, mais les ressources humaines ont refusé.

— Des douches ?

— C'est sous la douche que je suis le plus créatif.

— Oh. J'ai l'impression que mes meilleures révélations me sont venues sous la douche, moi aussi. Je me suis toujours demandé pourquoi.

— Elles font disparaître tous les stimuli extérieurs et permettent à notre esprit de passer en mode rêveur en relaxant le cortex préfrontal du cerveau. On appelle ça le RMD, le réseau du mode par défaut. Quand le cerveau est en RMD, on en utilise d'autres parties – on ouvre littéralement notre esprit.

Il fourra un quart de sa part de pizza dans sa bouche, ne semblant pas remarquer l'expression surprise sur mon visage.

— Waouh. Je ne savais pas. Je veux dire, je savais pourquoi il fallait parfois sortir du bureau ou jouer à un jeu vidéo pour libérer de l'espace dans notre cerveau. Mais je n'avais jamais entendu l'explication scientifique derrière tout ça.

J'ouvris la boîte de pizza et en sortit une autre part. Je la levai à ma bouche et, en levant les yeux, découvrit Bennett en train de me regarder intensément.

— Quoi ? demandai-je, essuyant ma joue avec la serviette dans mon autre main. J'ai de la sauce sur le visage, ou quoi ?

— Je suis juste surpris que tu manges plus d'une part de pizza.

Je plissai les yeux.

— Tu es en train de dire que je ne *devrais pas* en manger plus d'une ?

Il leva les mains dans un geste défensif.

— Pas du tout. Ce n'était pas une remarque sur ton poids.

— Alors qu'est-ce que tu voulais dire ?

Bennett secoua la tête.

— Rien. C'est juste un truc qu'un ami à moi m'a dit, à propos des filles qui mangent vraiment.

— Quand j'étais petite, je mangeais un bol de pâtes comme plat d'accompagnement. Je peux manger.

Je surpris les yeux de Bennett à étudier rapidement mon corps de haut en bas, comme s'il était sur le point de faire un commentaire, mais il fourra ensuite un autre morceau de pizza dans sa bouche.

— Alors, c'est quoi l'histoire avec Marina ? demandai-je. Elle m'a énuméré l'inventaire détaillé de la nourriture qu'elle gardait dans le frigo, pour me faire savoir qu'elle s'en rendrait parfaitement compte si quelque chose disparaissait.

Bennett s'affala dans le canapé.

— J'ai mangé son déjeuner *par accident* il y a deux ans.

— Tu croyais que son déjeuner était le tien et tu l'as mangé par erreur ?

— Non. Je savais que ce n'était pas le mien. Je n'apporte jamais à déjeuner. Mais je travaillais très tard, un soir, et j'ai cru que c'était celui de Fred, de la comptabilité, alors je l'ai mangé. C'était un foutu sandwich au beurre de cacahuète et à la gelée, et maintenant, toutes les deux semaines, je suis accusé de voler son agrafeuse ou je ne sais quoi d'autre.

— Eh bien, j'ai entendu dire que le taux de récidives chez les voleurs de déjeuners était assez élevé.

— J'ai commis l'erreur d'en parler à Jim Falcon. Maintenant, régulièrement, il pique un truc sur son bureau pour le poser sur le mien. Il trouve ça drôle, mais je suis à peu près sûr qu'elle est à trois trombones d'empoisonner mon café.

— Quelque chose me dit qu'elle n'est pas la seule femme à avoir ce genre d'envie.

Une fois la pizza mise de côté, nous nous retrouvâmes incapables de nous mettre d'accord sur quoi que ce soit.

D'abord, nous nous étions relayés pour partager nos idées en vrac pour la campagne Vénus Vodka. La compagnie avait sollicité une présentation complète de la marque pour leur dernier produit, de la vodka aromatisée. Nous devions trouver un ensemble cohérent : des propositions de noms de produits, des idées de logos, des phrases d'accroche et une stratégie marketing globale. Sans surprise, mes idées et celles de Bennett étaient complètement opposées. Toutes mes suggestions avaient une note féminine. Toutes celles de Bennett étaient masculines.

— Ce sont les hommes entre dix-huit et quarante ans qui boivent le plus d'alcool, dit-il.

— Oui. Mais c'est de la vodka *aromatisée*. Au miel. Les premiers consommateurs d'alcool aromatisé sont les femmes.

— Ça ne veut pas dire qu'on doit peindre les bouteilles en rose et les vendre avec une paille à l'intérieur.

— Ce n'est pas ce que je suggérais. Mais Buzz n'est pas un nom efféminé.

— Ça l'est si tu ajoutes un bourdon sur l'étiquette. Si la marque est trop féminine, les hommes ne choisiront pas la bouteille pour l'apporter à la caisse.

— Tu es sérieux ? Tu es vraiment en train d'insinuer que si une chose est trop féminine, les hommes ne le prennent pas ?

— Je n'insinue rien. C'est un fait.

Nous nous disputions depuis une demi-heure. Si nous voulions aller quelque part en travaillant ensemble, nous devions passer moins de temps à nous convaincre l'un l'autre et plus de temps à trouver des idées. Je poussai un soupir. *Quel dommage.* J'aimais vraiment l'idée de la vodka Buzz avec un bourdon sur l'étiquette.

— Je pense qu'il nous faut une méthode.

— Évidemment, marmonna Bennett.

Je me renfrognai.

— Nous avons chacun droit à trois vetos. Si l'un de nous invoque le pouvoir du veto, ça veut dire que nous pensons que le concept est irréalisable et qu'il est inutile d'essayer d'en faire une campagne. Si l'un de nous met son veto, nous devons immédiatement tourner la page, sans essayer de débattre de la raison pour laquelle c'est une bonne idée.

Je regardai ma montre et ajoutai :

— Il est déjà huit heures moins le quart. On pourrait passer toute la nuit à se disputer.

— Très bien. Si ça peut te convaincre d'abandonner la campagne avec l'abeille, faisons ça, dit Bennett, avant de regarder sa montre. Et il est dix-neuf heures cinquante et une, pas huit heures moins le quart.

Ouais. Nouveau roulement des yeux.

Bennett décida de jouer un peu à Pac-Man pour essayer de s'éclaircir les idées. J'avais besoin de me détendre un peu, moi aussi, pour me mettre en mode brainstorming. J'ôtai mes hauts talons et me levai. Faire les cent pas m'aidait à réfléchir. Je secouai mes mains tout en marchant.

— La vodka au miel... le goût de miel. Sucré. Sucre. Bonbon, lançai-je, me mettant à énumérer les associations de mot à voix haute. Sirop. Ruche. *Bzz Bzz*. Duveteux. Jaune.

— Qu'est-ce que tu es en train de fabriquer ? demanda-t-il, sa phrase ponctuée par le son de Pac-Man en train de gober.

Je m'arrêtai.

— J'essaie de m'éclaircir les idées et de tout reprendre à zéro.

Bennett secoua la tête.

— Tes jacassements font tout sauf m'éclaircir l'esprit. J'ai une meilleure idée pour toi.

— Quoi ? Rentrer vite fait chez moi pour prendre une douche ?

Il plongea la main dans le carton qu'il m'avait apporté et en sortit la bouteille sans étiquette que Vénus nous avait envoyée avec sa demande. Puis il sortit deux petits verres à shooters de sa poche.

Je pensais qu'il plaisantait quand il avait dit les avoir apportés en vue de notre session de brainstorming.

— Nous devons tester un échantillon du produit. Rien de mieux qu'un peu d'alcool pour s'éclaircir les idées.

chapitre 9

Bennett

Annalise O'Neil était une petite nature.

Nous n'avions bu que deux shooters – à des fins de recherches, bien sûr – et son attitude avait déjà changé. Elle agita un index en l'air. La seule chose qui manquait était une bulle avec une ampoule au-dessus de sa tête.

— Je l'ai. *Miel des cuves.*

Elle avait prononcé le mot *cuves* de sorte qu'il ressemblait à *cul*. Elle éclata alors de rire.

J'aimais bien l'Annalise bourrée.

— C'est une super idée, en fait.

— N'est-ce pas ?

— Sauf qu'elle est déjà prise.

— Noooon.

— Si. Il y a une bière blonde appelée *Miel des cuves*. Elle est plutôt bonne, d'ailleurs.

— Tu l'as goûtée ?

— Bien sûr. Avec un nom pareil, c'est typiquement le genre de bière qu'on apporte en soirée. C'est comme le vin qui s'appelle *Ménage à Trois*, on en apporte toujours pour faire des blagues.

Annalise posa ses pieds nus sur la table basse.

— Moi ! Je n'en ai jamais acheté.

— Eh bien, c'est parce que tu es coincée.

Elle écarquilla les yeux.

— Je ne suis pas coincée.

— Tu as donc déjà connu un ménage à trois, hein ?

C'était marrant de me moquer d'elle.

— Non. Mais ça ne veut pas dire que je suis coincée.

Je me penchai en avant et versai deux autres shooters de vodka. Annalise hésita, mais j'insistai :

— Un de plus. Ça t'aidera à t'éclaircir les idées.

Elle avait grimacé après les deux premiers shooters. Mais celui-ci passa sans problème. *Ouais*. Annalise était clairement une vraie petite nature.

Elle claqua le verre à shooter vide un peu trop fort sur la table.

— Ménage à trois, tu parles. J'ai été jetée, une fois, parce que je ne voulais pas faire de l'échangisme.

Je haussai vivement les sourcils. Je ne m'attendais pas du tout à ce que cette révélation sorte de sa bouche.

— Ton petit ami voulait que tu couches avec un autre mec ?

— Ouais. Durant ma première année de fac. Et bien sûr, il pourrait coucher avec une autre femme.

J'avalai mon shooter.

— Ça ne m'est jamais arrivé. Je ne suis pas très doué pour partager une femme.

Annalise émit un son à mi-chemin entre le reniflement et le rire.

— Tu devrais peut-être sortir avec moi. Ça te donnerait envie de coucher avec d'autres femmes.

Je réfléchis un instant à cette remarque avant de répondre. *Est-ce qu'elle vient de me dire qu'elle était nulle au lit ?*

— Euh... répète-moi ça ?

Elle rit si fort qu'elle s'écroula sur le canapé. Je me demandais bien pourquoi elle riait, mais je me mis à rire, moi aussi. La regarder se lâcher et être amusée par ses propres remarques était vraiment très drôle.

Quand sa crise de rire éméchée se calma, elle laissa échapper un soupir mélancolique.

— Les hommes, ça craint. Sans vouloir te vexer.

Je haussai les épaules. Les hommes craignaient, c'était vrai, surtout moi.

— Je ne suis pas vexé.

— Désolée. Je crois que les shooters me sont montés à la tête.

Elle se redressa et lissa ses cheveux.

— Revenons à notre brainstorming. Mon cerveau a fait un détour, apparemment.

— Oh, non, tu ne vas pas faire ça. Tu ne peux pas lâcher que sortir avec toi pousse les hommes à sortir avec d'autres femmes et changer de sujet. Je suis un homme, tu te souviens ? Je crains. Je ne peux pas passer au sujet suivant sans explication. Tu n'es pas douée au lit, ou quelque chose comme ça ?

Annalise se força à sourire, mais son expression était assez triste.

— Non. En tout cas, je ne crois pas. On m'a déjà dit que j'étais douée pour...

Elle baissa les yeux, avant de me regarder à nouveau à travers ses cils épais.

— ... certaines choses. Je disais juste ça parce que j'ai été larguée pour cause de fidélité, une fois, et que maintenant... mon petit ami... *ex*-petit ami... Andrew et moi... on a fait une pause.

Cette réponse contenait beaucoup d'informations, mais j'étais resté bloqué sur le *certaines choses*.

Est-ce qu'elle était très souple ?

Est-ce qu'elle taillait de superbes pipes ?

J'avais connu une femme, une fois, qui faisait ce truc incroyable avec mes testicules...

Je déglutis. *Merde.*

— Euh... tu as raison. On devrait se remettre au travail. Excuse-moi une minute.

Je me levai brusquement et me rendis à la salle de bains pour m'asperger de l'eau sur le visage. Quelques minutes plus tard, j'étais parvenu à détourner mes pensées des talents qu'Annalise pouvait avoir.

Je revins à la salle de repos et m'assis en face d'elle.

— Et pourquoi pas Miel Sauvage ? Les hommes et les femmes répondent tous les deux bien au mot *sauvage*. On peut vendre ça en faisant un tas d'associations de mot – les fêtes sauvages, les aventures sauvages, les animaux sauvages.

Annalise sembla réfléchir un instant à ma suggestion. En tout cas, c'est ce que je pensais qu'elle faisait, jusqu'à ce qu'elle prenne la parole :

— Tu es un homme. Qu'est-ce que le terme *faire une pause* signifie vraiment pour toi ?

Merde. Est-ce que je réponds honnêtement ou est-ce que je lui dis ce qu'elle veut entendre ?

— Veto.

Elle plissa le front.

— Quoi ?

— Tu as dit qu'on avait chacun trois veto, et que quand l'un d'entre nous détestait une chose que l'autre avait proposée, nous n'avions qu'à dire veto et on tournait la page – sans débattre de cette idée. J'invoque pour la première fois le pouvoir du veto. Je n'aborderai pas cette question.

— Allez. J'ai vraiment envie de savoir. Je n'ai eu qu'une perspective féminine. Et tu n'as pas l'air d'être le genre d'homme à me raconter des conneries.

Je l'étudiai attentivement. Elle était en train de pouffer de rire il y a quelques minutes, mais elle semblait aussi vouloir sérieusement une réponse. Je pris une grande inspiration.

— OK. Pour moi, faire une pause signifie que j'ai envie d'avoir le beurre et l'argent du beurre. Je ne veux pas m'engager avec une seule femme, mais je ne veux pas non plus qu'elle s'engage avec quelqu'un d'autre – au cas où viendrait un jour où je décide que je suis prêt à me caser. Alors je la garde accrochée à moi, pendant que je vais lancer ma ligne ailleurs.

Elle fronça les sourcils.

— Andrew m'a dit qu'il avait besoin de découvrir qui il était. Le jour de la *Saint-Valentin*. J'ai été larguée le jour de la *Saint-Valentin*.

Quel connard.

— Depuis combien de temps étiez-vous ensemble ?

— Huit ans. Depuis notre première année de fac.

Elle allait probablement me détester, mais quelqu'un devait le lui dire.

— Alors il a quoi... vingt-huit... trente ans ?

— Vingt-neuf. Il avait une année de plus que moi.

— Il se fout de toi.

Sa mâchoire s'ouvrit en grand.

— Tu ne le connais même pas.

— Pas besoin. Aucun mec réglo de vingt-neuf ans qui aime une femme ne va la laisser partir parce qu'il a besoin de *se trouver*. Surtout le jour de la *Saint-Valentin*.

Elle se redressa.

— Et tu sais ça parce que tu es un mec réglo, toi ?

— Je n'ai pas dit ça. En fait, je suis l'opposé d'un mec réglo. Je n'ai même jamais eu de petite amie à la Saint-Valentin. Je fais en sorte de me débarrasser d'elles avant pour qu'il n'y aucune attente niveau bougies et romantisme. C'est pour ça que je peux dire avec certitude que ton ex n'a pas vraiment besoin d'une pause pour se trouver. Parce qu'un connard sait reconnaître un connard.

Les yeux bleus d'Annalise flamboyèrent. Ses lèvres se pincèrent et ses joues devinrent rouges de colère. Si je n'avais pas été certain d'être le connard que je venais d'avouer être, le durcissement de mon sexe à sa vue l'aurait prouvé.

Elle me dévisagea pendant deux bonnes minutes, puis se leva pour aller se placer devant le baby-foot.

— Jouons, dit-elle. J'ai besoin de te botter les fesses.

Il fallut plusieurs heures de plus avant que nous avancions vraiment. Mais une fois que nous eûmes commencé, nous avançâmes très vite et les choses commencèrent vraiment à coller entre nous. Je disais une chose, elle se l'appropriait, jusqu'à ce que cela provoque une nouvelle idée, et durant la dernière demi-heure, nous avions trouvé un nom, ébauché une idée approximative du logo et griffonné une douzaine de concepts publicitaires en complément.

Annalise bâilla.

Je baissai les yeux vers ma montre.

— Il est presque minuit. Et si on arrêtait pour aujourd'hui ? On a bien commencé. Je peux travailler sur le logo demain matin et faire établir quelque chose sur le Mac. On pourra peut-être lancer d'autres idées mercredi pour mettre le doigt sur celles qu'on veut présenter à Jonas.

Elle se pencha et enfila ses talons.

— Ça me va. Je suis crevée. Et je pense que je commence peut-être à avoir la gueule de bois après ces shooters qu'on a pris tout à l'heure, si c'est seulement possible.

Penchée en avant comme ça, son chemisier bâillait et j'avais une vue imprenable sur l'intérieur. La chose la plus courtoise à faire aurait été de détourner les yeux. Mais vous savez déjà que je suis un connard. En plus... elle portait un soutien-gorge noir en dentelles. La dentelle noire contre la peau pâle est ma kryptonite – quelque chose, dans ce contraste, donne libre cours à mon imagination et déclenche chez moi un fantasme du type *fait de bons petits plats à la cuisine, vraie cochonne dans la chambre.*

Ce qui me faisait penser...

Je parie qu'elle serait superbe avec une toque de chef et des talons aiguilles.

J'avais clairement besoin de tirer un coup. Ce n'était pas une bonne idée de fantasmer sur une collègue de travail, encore moins sur une femme que je comptais écraser. La nouvelle de la fusion avait peut-être fait dégonfler ma trique perpétuelle, mais apparemment, Mme O'Neil m'avait tiré de ce passage à vide. Ce n'était pas la première fois que mon sexe se dressait en sa présence.

Je détournai les yeux juste à temps, une demi-seconde avant qu'elle lève les yeux vers moi.

— On a bien bossé, ce soir, dit-elle avec un sourire sincère. Je dois admettre que je n'étais pas certaine qu'on réussisse à travailler ensemble.

— Je suis quelqu'un avec qui on travaille facilement.

Elle roula des yeux – sa réaction habituelle à mes blagues, j'avais remarqué. Mais cette fois, l'expression était plus amusée qu'autre chose.

Nous rangeâmes ce que nous avions apporté dans la salle de repos et Annalise emballa le restant de pizza dans du papier aluminium trouvé dans un tiroir.

— Je peux emprunter le marqueur que tu as utilisé pour dessiner tout à l'heure ? Je veux étiqueter ça.

Je plongeai la main dans ma poche et le lui tendis. En gros caractères gras, elle écrivit en travers du papier aluminium : PAS À MARINA.

— Elle va croire que c'est moi qui ai fait ça.

Elle m'adressa un sourire narquois.

— Je sais. Je t'ai accordé qu'il était facile de travailler avec toi. Je n'ai pas dit que tu n'étais pas un connard. Je t'ai vu regarder dans mon chemisier, tout à l'heure.

Je me figeai, ne sachant trop comment réagir à sa remarque, et fermai les yeux. Le bruit de ses talons claquant au sol m'apprit que je pouvais les rouvrir sans danger. Alors qu'elle était à quelques pas de la porte, elle parla sans s'arrêter ni se retourner. Mais je devinais, au ton de sa voix, qu'elle était amusée.

— Bonne nuit, Bennett. Et arrête de mater mes fesses.

chapitre 10

Annalise

Je n'étais pas retournée à la salle de sport depuis plus de trois mois.

Andrew avait ses petites habitudes et s'y rendait quotidiennement à six heures tapantes. J'avais essayé de l'accompagner au moins trois jours par semaine quand nous étions ensemble, même si je préférais faire de l'exercice le soir. Mais depuis que notre pause avait commencé, c'était devenu gênant de le voir là-bas. Nous nous faisions signe et nous disions bonjour. Une ou deux fois, nous avions même bavardé. Mais les au revoir à la fin de notre conversation m'avaient à nouveau fait mal au cœur. J'avais arrêté d'y aller pour préserver ma santé mentale.

Jusqu'à aujourd'hui.

Je ne savais vraiment pas ce qui m'avait pris de choisir ce jour entre tous pour retourner à la salle de sport, surtout en sachant qu'il était presque une heure du matin quand j'étais rentrée du boulot la veille. Mais j'arrivai à cinq heures cinquante, voulant être déjà sur le tapis de course quand Andrew débarquerait... *s'il* venait.

Nous ne nous étions pas revus depuis plus de deux mois, depuis le mariage d'un ami commun de la fac, et cela faisait presque trois semaines que nous ne nous étions envoyé aucun message.

Je choisis un tapis de course dans le coin de la salle – un qui m'offrait une vue directe sur la sortie des vestiaires et la porte d'entrée –, j'enfilai mes écouteurs et appuyai sur lecture aléatoire dans l'application Pandora de mon iPhone. Les cinq premières minutes furent difficiles. Éviter complètement de faire de l'exercice n'était peut-être pas une bonne idée, finalement. Je soufflais comme une personne fumant deux paquets de cigarettes par jour, jusqu'à ce que l'adrénaline finisse par m'envahir et que je trouve mon rythme.

Même si trouver mon rythme ne m'empêcha pas de fixer les portes comme si j'attendais que Rya Reynolds entre d'une seconde à l'autre.

À six heures dix, je sentis mes épaules commencer à se détendre. Andrew n'était jamais en retard. Contrairement à moi, c'était un maniaque de la ponctualité. Il ne viendrait sûrement pas aujourd'hui. Pour ce que j'en savais, il s'était peut-être absenté, ou bien il avait changé de salle de sport. Même si cette dernière hypothèse était peu probable. Andrew n'aimait pas le changement – il mangeait les mêmes toasts au pain complet avec deux cuillères de beurre de cacahuète bio tous les matins à cinq heures quinze, avant de sortir à six heures pour se rendre à la salle de sport. À sept heures, il s'asseyait devant l'ordinateur de son bureau pour entamer sa séance d'écriture quotidienne.

Lorsque l'anxiété causée par le fait de m'attendre à ce qu'il arrive se dissipa, j'accélérai le rythme à neuf kilomètres par heure et pris mentalement la décision de ne pas m'arrêter avant d'avoir couru quatre kilomètres. Il valait probablement mieux qu'il ne soit pas venu et qu'il ne m'ait pas vue, sachant à quel point je me sentais mal fichue, ces derniers temps.

Après avoir atteint le jalon des quatre kilomètres, je marchai pendant dix minutes pour me refroidir, puis éteignis la machine. Je n'avais pas apporté de vêtements de rechange pour prendre une douche, mais je devais aller récupérer mon sac à main dans le vestiaire et faire un arrêt aux toilettes avant de rentrer chez moi pour me préparer à aller bosser. J'avais parcouru la moitié du chemin jusqu'aux vestiaires quand la porte de la salle de sport s'ouvrit et que deux personnes y entrèrent, Andrew étant parmi elles. Mon cœur battit plus fort que sur le tapis de course. Et c'était *avant* que la femme qui était entrée juste avant lui se retourne pour rire à quelque chose qu'il venait de dire.

Ils étaient venus ensemble.

Je restai figée sur place environ deux secondes avant qu'Andrew lève les yeux et me voie. Je devais ressembler à un lapin pris dans les phares d'une voiture et sur le point de se faire écrabouiller par une semi-remorque. Il dit quelque chose que je ne pus entendre à la femme avec qui il était arrivé et elle leva les yeux vers moi, fronça les sourcils et se dirigea vers les vélos elliptiques.

Andrew fit quelques pas hésitants vers moi.

— Eh, salut. Comment vas-tu ? Je ne m'attendais pas à te voir ici.

Clairement.

Je hochai la tête et déglutis pour ravaler le goût de sel dans ma gorge.

— Tu es en retard.

— J'ai changé de routine. J'écris plus tard dans la journée. Ou même le soir, parfois.

— C'est super, répondis-je en me forçant à sourire.

— J'ai entendu parler de la mort de Wren. Comment ça se passe avec la fusion ?

— C'est dur.

Ces banalités me tuaient. Je regardai par-dessus mon épaule et remarquai que la femme avec qui il était entré nous observait. Elle détourna aussitôt la tête. Mon ego voulait que je ne parle pas d'elle et que j'échappe à cet endroit la tête haute.

Mais je ne pus m'en empêcher.

— Nouvelle partenaire de sport ?

— On n'est pas arrivés ensemble, si c'est ce que tu penses.

Je ne pus retenir mes émotions plus longtemps. Ma lèvre se mit à trembler, et je la mordis. Un goût de métal envahit ma bouche et j'avalai du sang.

— Je dois aller au boulot. C'était sympa de te voir.

Je m'éloignai avant qu'il ait pu répondre quoi que ce soit. Mais il ne fit aucune tentative pour m'arrêter.

⌒

Dire que j'étais distraite ce matin aurait été un euphémisme. J'avais passé trois heures à répondre à une demi-douzaine de mails et à fixer une copie ayant besoin d'être approuvée avant midi, sans réussir à dépasser les deux premières phrases. Je n'avais pas non plus entendu Bennett rentrer dans mon bureau ni même commencer à parler.

— La Terre à Texas.

Je levai les yeux.

Il agitait les mains dans mon champ de vision.

— Il y a quelqu'un là-dedans ?

Je clignai plusieurs fois des yeux et secouai la tête.

— Désolée. J'étais en train de rêvasser sur une campagne.

Bennett me regarda en plissant les yeux comme s'il savait que je racontais des conneries, mais étonnamment, il laissa couler.

— Viens avec moi, dit-il en faisant un signe de tête vers la porte de mon bureau.

— Où ?

— Viens, c'est tout. Je veux te montrer quelque chose.

J'avais perdu l'envie de me battre, aujourd'hui. Alors, je poussai un soupir et me levai. Je le suivis jusqu'à une alcôve au bout du couloir, contenant un meuble de classement avec les dossiers clos. Il l'ouvrit et en sortit un dossier au hasard.

— Regarde Marina.

Je baissai les yeux sur le dossier. La première page était à l'envers.

— Hein ?

Il fit un signe de tête discret vers notre assistante, dont le bureau était dans notre champ de vision, au bout du couloir.

Je compris enfin et écarquillai les yeux.

— Est-ce que c'est...

Il retourna la page à l'envers dans le dossier et sourit d'une oreille à l'autre.

— Ouais, je crois bien. Je suis passé vérifier dans ses poubelles : deux boules de papier aluminium. Et nos restes ont disparu. J'ai été les chercher pour mon déjeuner, et quand elle m'a vu passer, elle a souri comme si elle était dans le bus des agités du bocal avec Jack Nicholson pour aller pêcher.

Je ris – une chose que je n'aurais pas pensé faire avant un moment, après ce qui était arrivé ce matin.

— Tu sais ce que je pense ?

— Quoi ?

Je fermai le dossier qu'il faisait semblant de regarder et le laissai tomber dans le meuble de classement.

— Je pense que vous êtes tous les deux cinglés, répondis-je en refermant le tiroir.

Il me suivit jusqu'à mon bureau.

— Au moins, quand j'ai mangé le sien, c'était vraiment un accident.

— C'est ça. Tu avais l'intention de voler quelqu'un d'autre.

— Exactement.

Je m'assis derrière mon bureau. Bennett s'installa sur la chaise du visiteur sans y avoir été invité. Apparemment, il ne comptait pas partir.

— Tu as apporté à déjeuner ?

— Non. Je l'ai oublié dans mon frigo, chez moi, en fait.

Il récupéra un petit cadre sur mon bureau et l'étudia. Elle contenait une photo de ma mère et de moi le jour de son mariage avec Matteo. C'était *Andrew* qui l'avait prise. Bennett sourit et la reposa.

— Ma copine était magnifique.

Je secouai la tête. *Gros malin.*

— Mon rendez-vous du déjeuner a été annulé. Tu veux que je commande quelque chose et que je te montre les nouveaux concepts de logo que j'ai fait ce matin ? Je suis d'humeur à manger du grec.

Seigneur, il avait déjà dessiné les nouveaux logos. Je ne pouvais me payer le luxe de me laisser distraire.

— Bien sûr. Je prendrai un sandwich à la grecque avec la sauce à part.

— Super, répondit-il en se levant. Moi, je vais prendre un falafel avec des patates tiganites en accompagnement – ces genres de frites.

— Pourquoi tu me dis ça ?

— Pour que tu puisses commander, répondit-il en plongeant les mains dans ses poches. L'endroit s'appelle Santorini Palace. Ça se trouve sur Main Street.

— Moi ? Pourquoi c'est à moi de commander ? Tu m'as proposé de commander avec toi.

Il sortit un portefeuille de sa poche et en sortit deux billets de vingt.

— Je paierai. Mais tu dois commander.

— Est-ce que tu penses que commander est *indigne* de toi, ou je ne sais quoi ?

Il s'avança vers ma porte.

— Je suis sorti avec la femme qui prend les commandes il y a quelques mois. Sa famille est propriétaire du restaurant.

— Et donc ?

— Je ne veux pas qu'elle crache dans ma nourriture.

Je secouai la tête.

— Tu n'es pas croyable.

— Le style jaune et noir est vraiment bien.

Nous venions de finir de déjeuner et Bennett me montrait maintenant quatre versions différentes du logo qu'il avait développé ce matin sur la base des croquis que nous avions trouvé la veille au soir. C'était vraiment un artiste talentueux.

— C'est celui-là que je préfère, dis-je en pointant du doigt le dernier logo. La police est plus croustillante.

— Vendu. On va adopter celui-là pour notre entretien avec Jonas vendredi. Tu as avancé avec la phrase d'accroche et les idées de promotion ?

— J'ai... eu une matinée un peu difficile.

— Tu as coincé ta tête dans l'essuie-glace d'un autre beau mec ?

Je souris sans enthousiasme.

— J'aurais préféré. Disons juste que... ma journée a mal commencé.

Pile à ce moment-là, mon téléphone se mit à vibrer. Le nom *Andrew* apparut sur l'écran. Je le fixai.

À la deuxième sonnerie, Bennett leva les yeux vers moi.

— Tu vas répondre ? Un appel d'*Andy*.

— Non.

Je pensais avoir bien caché ma tristesse, mais lorsque le téléphone cessa de sonner, Bennett dit :

— Tu veux en parler ?

Je levai vivement les yeux vers lui. Son inquiétude semblait sincère.

— Non. Mais merci.

Il hocha la tête et me laissa une minute pour nettoyer nos boîtes de nourriture vides. Lorsqu'il se rassit, il tourna la feuille de papier qu'il avait apportée avec les logos et commença à dessiner quelque chose.

— J'ai une idée de pub.

Je gardai les yeux baissés sur le papier tout le temps qu'il passa à dessiner, perdue dans mes pensées.

— Qu'est-ce que tu en penses ?

Je poussai un soupir.

— Je suis tombée sur Andrew à la salle de sport ce matin, avec une autre femme.

Bennett chiffonna le papier sur lequel il venait de dessiner et en fit une boule. Il s'appuya contre le dossier de sa chaise, étira ses longues jambes devant lui et croisa les bras sur son torse.

— Tu es tombée sur lui par hasard ?

Je songeai à répondre oui, mais décidai d'admettre que j'étais une ratée. Je baissai la tête et la secouai.

— Qui était la femme ?

— Je ne sais pas. Il ne l'a pas dit.

— Qu'est-ce qu'il a dit ?

— Pas grand-chose. Il était clairement surpris de me voir. Je n'étais plus retournée à la salle de sport depuis un moment, vu que c'était devenu gênant de l'y voir.

— Et tu es sûre qu'ils sont en couple ?

Je haussai les épaules.

— Il m'a dit qu'ils n'étaient pas arrivés ensemble. Je pense qu'il a vu sur mon visage de quoi ça avait l'air à mes yeux – pareil que quand on entrait tous les deux dans la salle de sport après avoir passé la nuit chez moi.

— Tu m'as dit toi-même que vous pouviez tous les deux voir d'autres personnes.

— Le dire et le *voir* sont deux choses très différentes.

Mon téléphone vibra à nouveau. Nous fixâmes tous deux le nom d'Andrew sur l'écran. Avant que j'aie pu l'arrêter, Bennett s'empara de mon portable et appuya sur répondre.

— Allô ?

Mes yeux me sortirent des orbites et je lui adressai un regard meurtrier.

— Elle est...

Il marqua une pause de quelques secondes. En tout cas, je pense que c'est le temps que cela dura ; mon cœur avait cessé de battre et j'avais l'impression que le temps s'était figé.

— ... occupée, en ce moment.

Il écouta, puis secoua la tête.

— Je suis Bennett, un ami d'Annalise. Et qui êtes-vous ?

Silence.

— Arthur. Compris. Je lui ferai savoir que vous avez appelé.

Une pause.

— Oh. *Andrew*. OK, Andy. Prenez soin de vous.

Bennett mit fin à l'appel et rejeta le téléphone sur la table.

— Qu'est-ce que tu viens de faire, bon sang ?

— J'ai donné de quoi réfléchir à ce crétin qui ne te mérite pas.

Puis il se leva et sortit de mon bureau.

Bennett

Les femmes sont bien trop sensibles.

Je relus l'e-mail provenant des ressources humaines pour la troisième fois.

Bennett,

Comme vous le savez, la récente fusion a causé une certaine anxiété chez beaucoup d'employés, à propos du statut à long terme de leur poste chez Foster, Burnett et Wren. À cause de ça, les déclarations provenant de la direction seront peut-être examinées de manière plus minutieuse que d'habitude par les employés. Par conséquent, nous demandons que vous, ainsi que tous les autres cadres supérieurs, gardiez à l'esprit la sensibilité de vos réponses envers les employés. Je vous prie de vous abstenir de formuler des critiques telles que dire à un employé qu'il « a fait trop d'histoires pour pas grand-chose » ou de lui demander de « prendre sur lui ». Bien qu'aucune plainte officielle n'ait

été déposée, ce genre de remarques peuvent être considérées comme du harcèlement et mener à un environnement de travail difficile.
Merci,
Mary Harmon

Je savais exactement qui était allé se plaindre. *Finley Harper.* Vous ne trouvez pas que ce simple nom sent le balai dans le cul ? Tout était de la faute d'Annalise. Finley provenait de chez Wren, bien sûr. Aucun des membres de mon équipe n'était jamais allé aux ressources humaines. Bon sang, rien que la semaine dernière, j'avais dit à Jim Falcon que je me fichais qu'il ait à tailler une pipe au client et que je le virerais si le directeur de Monroe Paint ne sortait pas de la salle de conférence en souriant comme l'idiot qu'il était à la fin de notre entretien.

Je secouai la tête. Annalise et son fichu esprit en codes couleurs. Elle pleurait probablement avec les gens qu'elle devait virer. Et, maintenant que j'y pensais, où était-elle donc passée ? Je ne l'avais plus revue depuis hier, au déjeuner, quand j'avais répondu à l'appel du mec pitoyable qu'elle appelait son ex.

Je devrais peut-être commencer à faire et à dire l'opposé de tout ce que je pensais à partir de maintenant, lorsque j'étais en compagnie de ces gens de chez Wren. La prochaine fois que Finley passerait une demi-heure à se plaindre qu'un client n'aimait pas les concepts créés selon leurs exigences exactes, plutôt que de lui dire de prendre sur elle et de retourner bosser, je m'assiérais et lui demanderais ce qu'elle *ressent* à l'idée d'avoir rendu un client mécontent de son travail. Peut-être en buvant un thé.

Et Annalise, quand elle me demandait ce que je pensais de sa prétendue pause, plutôt que d'être honnête et de lui dire que son crétin d'ex voulait qu'une autre qu'elle lui suce la queue, j'expliquerais qu'il est normal pour un homme d'avoir besoin d'une période de séparation de temps en temps, et que j'aurais parié ce qu'elle voulait qu'il reviendrait vers elle en homme plus heureux et plus équilibré grâce à sa capacité à s'être montrée compréhensive.

Sérieusement, les gens.

J'appuyai sur répondre et commençai à taper une réponse à Mary des RH, avant de changer d'avis. Au lieu de ça, je partis à la recherche de Miss Rayon de Soleil, qui ne m'avait jamais donné ma copie pour notre entretien de demain avec Jonas.

La porte d'Annalise était ouverte, mais elle avait la tête baissée sur l'ordinateur de son écran. Je dus frapper deux fois pour attirer son attention avant d'entrer.

— Avant que je dise quoi que ce soit, est-ce que tu enregistres cette conversation pour l'apporter aux ressources humaines ? Si c'est le cas, laisse-moi le temps de retourner dans mon bureau pour enfiler mon pantalon rose de mauviette.

Elle leva les yeux, et j'eus l'impression d'avoir reçu un coup de massue dans le torse.

Elle pleure.

Annalise était en train de pleurer. Ou en tout cas, elle avait pleuré très récemment. Je frottai inconsciemment la douleur sourde que je ressentais sur le côté gauche de ma cage thoracique.

Son visage était rouge et enflé et une traînée de mascara coulait le long de sa joue.

Je reculai de deux pas vers la porte et, l'espace d'une fraction de seconde, hésitai à continuer de reculer. J'étais la personne la moins compétente au monde pour donner des conseils amoureux à qui que ce soit. Et au boulot ? Cette femme était mon adversaire, pour l'amour du ciel. L'aider serait me pousser à la porte de mon foutu job.

Pourtant, plutôt que de repasser le seuil de la porte, je me retrouvai à fermer la porte – alors que j'étais toujours dans le bureau.

— Tu vas bien ? demandai-je d'une voix hésitante.

Les femmes étaient toujours imprévisibles, mais une femme qui pleurait devait être traitée comme un puma blessé couché sur la plaine que vous essayiez de traverser. Il pouvait rester étendu au sol à souffrir, à lécher les plaies infligées par un autre en silence, ou elle pouvait décider à n'importe quel moment de s'élancer sur l'observateur innocent pour l'avoir au déjeuner.

En résumé, j'avais une trouille bleue des femmes qui pleuraient.

Annalise se redressa sur sa chaise et commença à remuer des papiers sur son bureau.

— Très bien. Je suis en train de terminer ta copie pour l'entretien de demain avec Jonas à propos de Venus. Désolée de ne pas te l'avoir apportée plus tôt. J'ai été… occupée.

Elle avait ouvert une porte, me donnant une chance de me défiler de toute discussion personnelle, et une nouvelle fois, j'échouai à la suivre dans ce sens. Qu'est-ce qui n'allait pas, chez moi ? Elle agitait la carte *Avancez d'une case (et collectez les 200 $)* sous mon nez, et je tendais quand même la main pour attraper à la place la carte *Allez directement en prison* de la pile.

Je m'assis sur une chaise devant moi.

— Tu veux en parler ?

Mais qu'est-ce que je fous ?

Est-ce que je viens vraiment de dire ça ?

Encore ?

Je savais bien que je n'aurais pas dû regarder *N'oublie jamais* il y a quelques semaines, mais j'avais trop la gueule de bois pour me lever et retrouver la télécommande pour changer.

Annalise releva à nouveau la tête. Cette fois, nos regards se croisèrent. Je la regardai faire semblant que tout allait bien, puis... sa lèvre inférieure se mit à trembler.

— Je... j'ai parlé à Andrew il y a peu de temps.

L'abruti. Super. Évidemment, il a fallu qu'il la blesse par téléphone pendant qu'elle était au boulot. Tous les mecs capables de prononcer la phrase « Nous devrions faire une pause » n'ont forcément pas de couilles.

Je ne savais absolument pas quoi dire, je décidai donc d'en dire le moins possible – j'aurais moins de risque de faire une gaffe.

— Désolé.

Elle renifla.

— J'ai essayé de ne pas l'appeler. Vraiment. Il m'a envoyé plusieurs messages après que tu as répondu au téléphone, hier, en disant qu'il fallait qu'on parle. Mais ça me rendait folle de voir ses messages et de ne pas répondre.

Elle rit à travers ses larmes et continua :

— Ça me rendait encore plus folle que de voir les icônes de mon téléphone dans les mauvais dossiers, cette dernière semaine.

Je souris.

— Ne me remercie pas. J'ai probablement ajouté trois ans à ton espérance de vie en t'aidant à surmonter les démons du contrôle organisé.

Annalise ouvrit son tiroir et en sortit un mouchoir. Elle s'essuya les yeux et dit :

— Combien d'années est-ce que je gagnerai si je les ai remises à leur place au bout de quatre jours ?

Je hochai la tête.

— On va travailler là-dessus. La semaine prochaine, tu me donneras ta liste de choses à faire longue d'une page, et on essaiera de durer cinq jours sans que tu vérifies tout.

— Comment tu sais que j'ai une liste de choses à faire d'une page entière ?

Je lui adressai un regard signifiant *Tu plaisantes, Captain Obvious* ?

Elle poussa un soupir.

— Je parie qu'Andrew savait que je finirais par le rappeler, lui aussi.

Ça ne faisait aucun doute pour moi non plus. Ce type était un abruti *parce qu'*il savait comment s'en tirer et qu'il l'avait laissée suspendue à la limite de ce point.

— Je suis peut-être la pire personne qui soit pour donner des conseils amoureux, mais je connais les hommes. Et un type qui rompt par téléphone est un connard qui ne mérite pas tes larmes.

— Oh, Andrew n'a pas rompu.

— Ah non ? Alors pourquoi est-ce que tu pleures ?

— Parce qu'il m'a demandé de le retrouver pour le dîner, demain.

Je fronçai les sourcils.

— Je suis perdu. Pourquoi c'est une mauvaise chose ?

— Parce qu'Andrew est un type bien. Il ne me dirait pas que c'est terminé par téléphone, expliqua-t-elle, ses yeux commençant à nouveau à s'emplir de larmes. Il m'a demandé de le retrouver après le boulot au Royal Excelsior. Je suis sûre que c'est parce qu'il va me payer un dîner coûteux avant de rompre en personne.

— Le Royal Excelsior ? Ce n'est pas le restaurant du Royal Hôtel, en centre-ville ? J'ai un client à quelques pâtés de maisons de là.

Elle hocha la tête et se moucha le nez.

OK. Je savais avoir l'honnêteté de le reconnaître quand j'avais tort. Et clairement, j'avais tort de penser que son ex était assez con pour rompre par téléphone. Je n'avais pas réalisé que ce type était un énorme con, qui allait d'abord la baiser avant de rompre.

— Tu ne devrais pas aller le retrouver.

Annalise m'adressa un sourire triste.

— Merci. Mais je dois y aller.

Je luttai pour mettre de l'ordre dans mes pensées. Devais-je être direct avec elle – expliquer que le mec ne voulait pas rompre, il voulait juste tirer un coup ? Bon sang, s'il était malin – et j'étais à peu près sûr qu'il l'était, à regarder la femme sublime assise devant moi qu'il était parvenu à garder au frais pendant des mois –, il ferait probablement en sorte qu'elle pense que la partie de jambes en l'air était son idée.

Ou bien est-ce que je restais en dehors de tout ça ? Après tout, c'était une adulte, tout à fait capable de prendre ses propres décisions. Et elle était aussi ma rivale.

Mais elle semble si vulnérable.

— Écoute. Je t'ai déjà dit ce que je pensais du fait que ce type ait dit avoir besoin d'une pause. Alors je suis à peu près sûr que tu n'as pas envie d'entendre ce que j'ai à dire… mais sois prudente.

— Que je sois prudente à propos de quoi ?

— Des hommes. En général. Nous pouvons nous faire passer pour des types sympas alors qu'en fait, nous sommes juste des crétins.

Elle m'adressa un regard perplexe.

— Et si tu me disais simplement ce que tu essaies de dire, Bennett ?

— Tu ne m'en voudras pas de m'être montré honnête ?

Elle me regarda en plissant les yeux. *Ouais. Elle m'en voudra de m'être montré honnête.* Mais maintenant que j'avais ouvert ma grande bouche, j'étais coincé, alors tant pis.

— Je dis juste que... ne le laisse pas profiter de toi. S'il t'a demandé de le rejoindre pour le dîner dans un hôtel, ce n'est pas sans raison. À moins qu'il te dise qu'il a fait une énorme erreur et qu'il veut que tu reviennes, ne saute pas au lit avec lui. Écoute attentivement les mots qu'il choisira. Dire que tu lui manques ne l'engage à absolument rien, et il dira peut-être ça uniquement pour te faire baisser la garde et soulever ta jupe.

Annalise me dévisagea. Son visage était tacheté de rouge après ses larmes, mais le rouge commençait à remplir les endroits encore blancs. *Elle est en colère.*

— Tu n'as aucune idée de ce dont tu parles.

Je levai les mains en signe de reddition.

— J'essaie juste de te protéger.

— Rends-moi service : arrête, dit-elle en se levant. Je te donnerai ta copie dans une heure ou deux. Tu as besoin d'autre chose ?

Je comprenais le message. Je me levai et boutonnai ma veste.

— En fait, oui. Tu pourrais peut-être parler à Finley pour qu'elle retire ce balai qu'elle a dans le cul et qu'elle vienne directement me voir si elle a un problème, plutôt que de se rendre aux ressources humaines. Nous sommes une équipe, maintenant – on est tous dans le même camp.

— Très bien, répondit-elle en pinçant les lèvres.

Je me dirigeai vers la porte et posai la main sur la poignée avant de me retourner. Je ne pouvais jamais m'empêcher d'en rajouter.

— Oh, et je préférerais avoir cette copie dans une heure plutôt que deux.

chapitre 12

Bennett

J'avais besoin de voir le client.

C'est ce que je n'arrêtais pas de me répéter, en tout cas. Cela faisait six mois que j'avais rencontré les membres de Green Homes, et ils étaient sérieux. Une petite visite en coup de vent sur le chemin du retour ce soir n'aurait donc rien qui sorte de l'ordinaire. Le fait qu'ils soient situés en centre-ville, à deux pâtés de maisons du Royal Hotel, n'était qu'une coïncidence.

Et les parkings étaient toujours pleins, dans cette zone. Il n'y avait rien d'étonnant à ce que je me gare à trois pâtés de maisons de ma destination, pour ensuite passer à pied devant le Royal à la fin de mon entretien.

À dix-huit heures.

Mon emploi du temps avait été presque complètement rempli durant la journée.

Je ne croyais pas beaucoup aux coïncidences. J'étais plus du genre à agir et à faire avancer les choses. Mais le fait que je me retrouve devant le Royal Hotel – c'était un hasard total.

Un coup du sort.

Un événement fortuit.

Bref.

Le fait que j'aie ouvert la porte pour entrer dans le hall ? Ça, ce n'était pas une coïncidence. C'était clairement de la curiosité morbide.

Je parcourus la réception des yeux, intentionnellement positionné derrière une large colonne de marbre pour pouvoir observer les alentours sans que trop de personnes me remarquent. Les lieux étaient assez calmes pour un début de soirée. Le comptoir d'enregistrement était à ma gauche. Un client se tenait devant lui et se faisait aider pendant que plusieurs employés grouillaient derrière le long comptoir. À ma droite se trouvait une batterie d'ascenseurs vides. Droit devant moi, de l'autre côté d'une large fontaine circulaire, il y avait le bar du hall. Environ une douzaine de personnes y était assises. Je cherchai son visage.

Rien.

Elle avait quitté le bureau à seize heures trente, elle devait donc être ici, maintenant. J'espérai qu'elle soit à l'intérieur du restaurant, en train de commander des trucs hors de prix sur le menu, gracieusement offerts par le crétin, et qu'elle ne s'était pas laissé embobiner jusqu'à se retrouver dans une chambre à l'étage.

La relation tordue d'Annalise n'était pas du tout mes affaires. J'aurais dû faire demi-tour et partir. Je m'en fichais, qu'elle se fasse avoir.

Coïncidence.

Curiosité morbide.

C'étaient les raisons pour lesquelles j'avais mis les pieds dans le hall. Et pour quelle raison m'avançai-je vers le bar plutôt que de me casser d'ici ?

J'ai soif. Pourquoi je ne pourrais pas prendre un verre ?

Le bar était en forme de L. Je m'assis au coin le plus éloigné, contre le mur, de façon à ce que les bouteilles d'alcool et la caisse enregistreuse chic style antiquité me dissimulent à la plupart des gens qui entreraient dans le hall. En revanche, j'avais une vue dégagée sur les portes du restaurant. Le barman déposa une serviette devant moi.

— Que puis-je vous servir ?

— Je prendrai une bière. N'importe quelle pression me conviendra.

— Je vous apporte ça tout de suite.

Lorsqu'il revint, il me demanda si je voulais voir le menu. Je ne voulais pas, alors il hocha la tête et commença à s'éloigner, mais je l'arrêtai.

— Vous n'auriez pas vu une femme blonde, par hasard ? demandai-je en faisant un geste autour de ma tête. Avec des cheveux épais et ondulés. Une peau ivoire. De grands yeux bleus. Si elle était avec un homme, j'imagine qu'elle avait l'air d'être trop bien pour lui.

Le barman hocha la tête.

— Il portait un pull Mister Rogers. Elle était plus grande que lui, dans ses hauts talons.

— Vous avez vu où ils sont allés, par hasard ?

Il hésita.

— Vous êtes son mari, ou un truc comme ça ?

— Non. Juste un ami.

— Vous n'allez pas causer de problème, n'est-ce pas ?

Je secouai la tête.

— Absolument pas.

Il fit un signe du menton.

— Ils sont allés dans le restaurant. Ils ont payé la note il y a environ vingt minutes.

Je poussai un profond soupir. Oui, je me sentais soulagé. Mais ce n'était pas parce que j'en avais quoi que ce soit à faire qu'Annalise couche avec ce crétin ou pas. C'était parce que je n'avais pas besoin de plus de larmes au bureau. Je devais travailler avec elle, maintenant – en contact étroit.

Je m'assis au bar et sirotai ma bière pendant une bonne demi-heure. La porte du restaurant s'ouvrait et se fermait, et l'excitation initiale que j'avais ressentie à cette petite filature commença à perdre de son lustre. J'envisageai de me barrer.

Jusqu'à ce que la porte s'ouvre et que j'aperçoive la femme qui sortait.

— Merde.

Je baissai les yeux sur le bol de cacahuètes vide que j'avais englouti, m'efforçant d'éviter de croiser son regard. Au bout de trente secondes, je risquai un coup d'œil. Elle ne se trouvait plus devant la porte du restaurant. Je poussai un soupir de soulagement anxieux. Mais cela ne dura qu'une seconde. Parce qu'alors que j'inspirais à nouveau, je détournai les yeux de la porte et découvris Annalise dans ma vision périphérique, marchant droit vers moi.

Et elle n'avait pas l'air très contente.

— Qu'est-ce que tu fabriques ? lâcha-t-elle en plaquant les mains sur les hanches.

Je tentai de la jouer désinvolte, levant mon verre vide pour le porter à mes lèvres.

— Eh, Texas. Qu'est-ce que tu fais là ?

Elle me fixa d'un air renfrogné.

— N'essaie même pas, Fox.

— Quoi ?

— Pourquoi est-ce que tu me suis ?

Je feignis d'être offensé, levant une main à mon cœur.

— Te suivre ? Je suis venu retrouver un ami. J'avais un entretien avec un client à quelques pâtés de maisons.

— Ah oui ? Et où est cet ami ?

Je baissai les yeux sur ma montre.

— Il est... en retard.

— À quelle heure étais-tu censé le retrouver ?

— Hum. Dix-huit heures.

— Qui est-ce que tu viens retrouver ?

— Quoi ?

— Tu m'as bien entendue. Quel est le nom de ton ami ?

Bon sang. C'était un interrogatoire. Ses questions lancées en rafales m'embrouillèrent. Je prononçai le premier nom qui me vint à l'esprit :

— Jim. Jim Falcon. Ouais. Hum... je viens de rencontrer un client, et nous voulions prendre quelques verres après coup pour parler de l'entretien.

Elle ajouta un plissement d'yeux mauvais à son air renfrogné.

— Tu es un tel menteur. Tu me suis.

— J'ai quitté le bureau à quinze heures aujourd'hui pour voir un client, mentis-je.

Je savais que ma porte était restée fermée et qu'elle ne pouvait pas savoir si j'étais encore là quand elle était partie.

— À quelle heure es-tu partie ?

— Seize heures trente.

— Alors comment est-ce que j'aurais pu te suivre, exactement ? Je pense que c'est *toi* qui me suis.

— Tu es cinglé ? Sérieusement, je pense que tu as besoin de voir un psy, Bennett. Je t'observe à travers la porte du restaurant depuis une demi-heure. Tu fixes la porte à chaque fois qu'elle s'ouvre.

Je levai les mains en l'air d'un air exaspéré.

— La porte est dans ma ligne de vision.

— Rentre chez toi, Bennett.

— J'attends mon ami.

— Je ne sais pas ce que tu crois être en train de faire, mais je suis une grande fille et je peux me débrouiller toute seule. Je n'ai pas besoin de ta protection. Si j'ai envie de *baiser* avec Andrew, qu'il veuille qu'on se remette ensemble ou pas, c'est *ma* décision. Pas la tienne. Tu devrais peut-être passer un peu plus de temps à te demander pourquoi tu n'es pas toi-même en couple, plutôt que de t'intéresser à ce point au mien.

Avant que j'aie pu prononcer un mot de plus, Annalise se retourna et repartit à grands pas dans le restaurant. Je restai assis là quelques minutes de plus, rassemblant mes pensées.

Qu'est-ce que je fiche *ici ?* J'avais perdu l'esprit.

Le barman s'avança et posa un coude sur le bar.

— Elle reviendra. Elles ne s'énervent comme ça que lorsqu'il y a un truc.

Il vit l'expression confuse sur mon visage et émit un petit rire.

— Je peux vous servir autre chose ?

— Vous avez des paires de fesses ? Parce que les miennes viennent de se faire mettre en compote.

Il sourit.

— Je vous offre une bière. J'espère que votre soirée va s'améliorer.

— Ouais, moi aussi. Merci.

Je pris mon temps alors que je parcourais à pied les trois pâtés de maisons jusqu'au parking, avant de m'asseoir dans ma voiture et d'envoyer un message à Jim Falcon avant d'oublier.

Bennett : *Si Annalise te pose la question, tu étais censé me rejoindre pour boire un verre au bar du Royal Hotel ce soir à dix-huit heures.*

Il me répondit quelques minutes plus tard.

Jim : *Je suis beaucoup trop radin pour payer onze balles pour une bière.*

Bennett : *Elle ne le sait pas, abruti. Contente-toi de me couvrir si elle pose la question.*

Jim : *Non, je voulais dire que j'avais envie de visiter cet endroit, mais qu'il était trop cher pour mon budget. Alors il va falloir m'offrir quelque chose en retour. Trois verres là-bas la prochaine fois qu'on sort. Et c'est toi qui paies.*

Je secouai la tête.

Bennett : *Très bien. Quel excellent ami tu fais, à me faire payer pour accepter de me couvrir.*

Jim : *Tu as de la chance qu'on n'ait pas à faire semblant d'avoir dîné ensemble. Leurs fruits de mer coûtent soixante-quinze balles.*

Je jetai mon téléphone sur le tableau de bord et démarrai la voiture. Je m'étais garé au deuxième étage du parking et il y avait une longue file d'attente pour payer et sortir. Une soudaine envie de rentrer chez moi au plus vite me frappa alors que j'attendais. Et bien sûr, toutes les personnes devant moi payèrent par carte, puis j'arrivai devant le feu au coin du parking, avant de devoir m'arrêter pour laisser passer des piétons à chaque coin de rue. La route menant à l'autoroute était en sens unique, ce qui voulait dire que je devais repasser devant l'hôtel.

Je commis l'erreur de regarder vers la porte alors que je passai et j'eus un bref aperçu de cheveux blonds. Sauf que cette fois, Annalise ne me vit pas. Elle avait la tête baissée et marchait vite, courant presque alors qu'elle sortait de l'hôtel. Coincé dans la circulation, je la regardai dans mon rétroviseur alors qu'elle accélérait encore plus, dépassant quelques voitures garées avant de se pencher pour mettre sa clef dans une portière. Elle l'ouvrit vivement et monta à l'intérieur. Puis elle laissa tomber sa tête dans ses mains.

Merde. Elle pleurait.

La voiture derrière moi donna un coup de klaxon et je détournai mon attention de son reflet dans le rétroviseur pour regarder les bras du conducteur qui s'agitaient en l'air. Le feu était vert et tout le monde devant moi avait avancé. Je fis un doigt d'honneur au connard, même si c'était moi qui étais en tort, et appuyais sur l'accélérateur.

Barre-toi d'ici, Bennett.

Tu n'as pas besoin de te mêler de ça.

Elle t'a dit très clairement de t'occuper de tes affaires.

Et pourtant...

Je me retrouvai bientôt à me garer devant le foutu trottoir.

Agacé contre moi-même, je coupai le moteur de la voiture et donnai plusieurs coups sur le volant du plat de la main.

— Quel abruti. Rentre chez toi, bon sang !

Naturellement, je ne suivis pas mon propre conseil. Parce qu'apparemment, j'étais masochiste pour tout ce qui concernait cette femme. Au lieu de partir, je sortis de la voiture, claquai la portière et commençai à descendre la rue, revenant vers sa voiture.

Elle serait probablement partie.

J'avais peut-être juste imaginé ses larmes, et au lieu de ça elle était en train de rire dans ses mains.

Bien sûr, je n'eus pas cette chance.

Annalise ne me remarqua même pas lorsque j'approchais. Elle n'avait pas encore démarré sa voiture et elle était occupée à essuyer ses larmes avec un mouchoir. Je fis le tour jusqu'à la portière du côté passager, me penchai et tapotai délicatement à la vitre.

Elle sursauta.

Puis leva les yeux, vis mon visage, et recommença à pleurer encore plus fort.

Merde.

Ouais, j'ai cet effet sur les femmes, parfois.

Je relevai la tête et fixai le ciel, m'admonestant silencieusement pendant quelques secondes, puis je pris une profonde inspiration, ouvris la portière de la voiture et entrai.

— Tu viens te vanter d'avoir eu raison ? dit-elle tout en reniflant.

— Pas cette fois, répondis-je, me penchant vers elle pour lui donner un petit coup de coude. J'aurai tout le temps du monde pour ça au bureau.

Elle rit à travers ses larmes.

— Seigneur, tu es vraiment un crétin.

Je ne pouvais pas la contredire là-dessus.

— Tu vas bien ?

Elle prit une profonde inspiration, avant de la relâcher.

— Ouais. Ça va aller.

— Tu veux en parler ?

S'il te plaît, dis non.

— Pas vraiment.

Oui !

— Il m'a dit que je lui avais manqué et il m'a caressé le bras.

OK. Elle ne comprend pas bien la définition de « pas vraiment ».

Je soupirai intérieurement, tout en hochant la tête pour qu'elle puisse continuer si elle en avait envie.

— Je lui ai demandé si ça voulait dire qu'il était prêt à ce qu'on se remette ensemble. Il m'a dit qu'il n'était pas prêt. Et c'est là que j'ai repensé à ce que tu m'avais dit hier : « Dire que tu lui manques ne l'engage à rien du tout, et il dira peut-être ça uniquement pour te faire baisser la garde et lever ta jupe. »

Je suis un vrai poète, hein ?

— Je suis désolé.

Elle baissa les yeux pendant quelques minutes. Je gardai la bouche close, m'efforçant de lui laisser de l'espace pour réfléchir. En plus, je n'avais aucune idée de ce que j'aurais pu dire à part *Je suis désolé* et *Je te l'avais dit*, et quelque chose me disait que la deuxième remarque n'était pas une bonne idée.

Au bout d'un moment, elle leva la tête vers moi.

— Pourquoi es-tu venu ?

— J'étais garé dans un parking à quelques pâtés de maisons de là. Tu es sortie de l'hôtel au moment où je passais devant, et j'ai vu que tu étais bouleversée.

Annalise secoua la tête.

— Non. Je voulais dire, pourquoi être venu ce soir pour commencer – à l'hôtel ?

J'ouvris la bouche pour parler et elle m'interrompit :

— Et n'essaie même pas de me dire que tu retrouvais un ami, dit-elle en agitant un doigt devant moi. Prends-moi un peu plus au sérieux que ça.

Je caressai l'idée de m'entêter à mentir, mais décidai finalement de jouer franc jeu. Le problème, c'était que la vérité n'avait aucun sens – même pour moi.

— Je n'en ai aucune foutue idée.

Ses yeux étudièrent mon visage, puis elle hocha la tête comme si elle comprenait.

Ça en fait au moins un.

— Tu as faim ? demanda-t-elle. Je n'ai pas été jusqu'à l'entrée. J'ai juste pris une salade en apéritif avant de partir. Et je n'ai pas vraiment envie de rentrer chez moi pour l'instant.

— J'ai toujours faim.

Elle regarda vers l'hôtel, avant de reporter ses yeux sur moi.

— Je n'ai pas envie de manger ici.

— Qu'est-ce que tu voudrais manger ?

— Italien. Chinois. Des Sushis. Un hamburger. Des snacks, énuméra-t-elle, avant de hausser les épaules. Je ne suis pas difficile.

— OK. Je connais l'endroit parfait. C'est à environ un kilomètre et demi d'ici. Et si tu nous y conduisais, pour me redéposer à ma voiture en repartant ?

— Non, répondit-elle vivement.

— Pourquoi pas ?

— Je n'aime pas conduire quand il y a des gens dans la voiture.

— Qu'est-ce que ça veut dire, tu n'aimes pas conduire quand il y a des gens dans la voiture ?

— Exactement ce que j'ai dit. J'aime conduire seule.

— Pourquoi ?

— Tu sais quoi... oublie ça. Je n'ai plus faim.

C'est quoi, cette histoire ? Je me passai les doigts dans les cheveux.

— Très bien. Je vais prendre ma voiture. Tu sais où se trouve Meade Street ?

— Oui.

— Ça s'appelle Un Dîner et un Clin d'Œil.

— Un dîner et un Clin d'Œil ? C'est un drôle de nom.

— C'est un drôle d'endroit, dis-je avec un sourire. Tu y seras complètement à ta place.

Annalise

— C'est tellement bon.

Je m'étais préparé au pire quand nous étions entrés. L'endroit ressemblait à un tripot de l'extérieur. La décoration intérieure n'était pas tellement mieux — un mauvais éclairage, des meubles datés et une légère odeur de bière éventée embaumait la pièce, grâce au ventilateur derrière le bar —, même si toutes les tables de bistro et tous les tabourets du bar semblaient occupés par des couples. Et les gens étaient tous si joyeux et amicaux. Je regardai autour de moi et une femme assise avec un homme me sourit et me fit un clin d'œil. C'était la deuxième fois que ce genre de chose arrivait durant la demi-heure que nous avions passée ici.

— Comment tu as découvert cet endroit? Il sort des sentiers battus et a l'air affreux de l'extérieur.

— Ah, répondit-il en portant sa bière à sa bouche. Je suis content que tu poses la question. J'ai découvert cet endroit par accident. Je sortais avec une fille qui vivait à quelques pâtés de maisons, et je me suis arrêté ici pour prendre un verre dont j'avais sérieusement besoin, après avoir rompu avec elle. Elle ne l'avait pas très bien pris. C'est un endroit spécial.

Je regardai à nouveau autour de moi, et d'autres gens me sourirent.

— La nourriture est si bonne, et tout le monde est très amical.

Le sourire de Bennett s'élargit.

— C'est parce que c'est un club échangiste.

Je me mis à tousser alors que j'étais en train d'avaler, m'étranglant presque avec ma nourriture.

— Qu'est-ce que tu viens de dire ?

— Un club échangiste, répéta-t-il, avant de hausser les épaules. Je ne le savais pas non plus la première fois que je suis venu ici. Je pensais que tout le monde était juste content de me voir. Ne t'en fais pas, ils ne t'approcheront pas. Si un couple est intéressé, il fait un clin d'œil. Si tu lui rends son clin d'œil, il viendra discuter avec toi.

J'écarquillai les yeux. On m'avait déjà fait deux clins d'œil, et j'aurais pu les rendre.

— Pourquoi tu m'as amenée ici ? demandai-je en risquant un autre coup d'œil vers les gens qui mangeaient.

D'autres me sourirent et, cette fois, un homme me fit un clin d'œil. Je tournai la tête un peu trop vivement.

— Ces gens croient qu'un est un couple et qu'on cherche à faire un échange.

Il émit un petit rire.

— Je sais. Je me disais que tu trouverais ça drôle, vu que tu m'as dit avoir été larguée à la fac parce que ton petit ami voulait faire de l'échangisme.

— Quelque chose ne tourne pas rond, chez toi, dis-je, avant de regarder à nouveau autour de moi.

Soudain, j'eus l'impression que nous étions assis au centre de la pièce. Et apparemment, nous étions populaires, parce que je reçus deux autres clins d'œil.

— La nourriture est délicieuse et personne ne vient te draguer à moins que tu ne rendes le clin d'œil. C'est un endroit parfait où venir quand tu veux qu'on te foute la paix pendant que tu manges.

Il marquait un point... j'imagine. Même s'il avait voulu m'amener ici pour ironiser sur l'histoire que je lui avais racontée.

— Alors, dis-moi pourquoi tu ne conduis pas avec des gens dans ta voiture ? demanda Bennett. Tu es une conductrice nerveuse, ou un truc comme ça ?

Comme j'avais bu un verre avant le dîner, j'avais un peu baissé ma garde.

— Je fais quelque chose que la plupart des gens pourraient trouver étrange, quand je conduis, alors j'essaie d'éviter les passagers.

Bennett laissa tomber la frite qu'il venait de prendre dans son assiette et recula contre le dossier de son siège.

— Je suis impatient d'entendre ça.

— Je ne devrais même pas te le dire. Je t'ai parlé de l'histoire de l'échangisme, et tu m'as amenée ici. Ton sens de l'humour est un peu tordu. Dieu sait de quelle manière tu vas utiliser cette information-là contre moi.

Il leva les bras pour les poser sur le dossier de la banquette et les écarter.

— Si tu ne me le dis pas, je vais me mettre à faire des clins d'œil aux gens pour qu'ils viennent nous rejoindre.

Il regarda à droite et arbora un sourire éblouissant. Je suivis son regard et découvris un couple qui semblait impatient de le voir faire un clin d'œil.

— Oh mon Dieu. Ne fais pas ça.

Il leva sa bière à ses lèvres.

— Parle.

Je poussai un soupir.

— Très bien. Je relate les choses pendant que je conduis. Tu es content ?

Il plissa le nez.

— Tu relates les choses ? Qu'est-ce que ça veut dire ?

— Exactement ce que j'ai dit. Je relate les choses. Si je suis sur le point de m'arrêter à un stop, je dis à voix haute *Je m'arrête devant un stop*. Quand je vois un feu devenir jaune, je peux dire *Je ralentis. Le feu est passé au jaune.*

Il me regarda comme si j'étais folle.

— Pourquoi diable est-ce que tu fais ça ?

— J'ai eu un accident de voiture peu après avoir appris à conduire, et j'étais nerveuse à l'idée de retourner derrière le volant. J'ai découvert que relater toutes mes actions m'aidait à me calmer pendant que je conduisais. Ça m'est resté. C'est pourquoi je ne laisse personne monter en voiture avec moi, mis à part ma mère et ma meilleure amie, Madison. Elles y sont tellement habituées qu'elles ne le remarquent même plus, elles continuent à parler comme si de rien n'était.

— Il faut *absolument* que tu me ramènes chez moi. Je prendrai un Uber pour récupérer ma voiture demain matin avant le boulot.

— Quoi ? Non !

Il tourna la tête à droite, tout en gardant les yeux rivés sur moi.

— Je vais faire un clin d'œil.

— Arrête. Ne fais pas ça.

Je ne pouvais même pas faire semblant d'être vraiment en colère, parce que toute cette situation était absurde.

Bennett posa sa bière sur la table et leva une frite.

— Je prends une frite.

Il la porta à sa bouche et dit :

— Je la porte à ma bouche.

J'émis un petit rire.

— Seigneur, tu es un idiot.

Il agita la frite devant moi.

— Tu souris, n'est-ce pas ?

Je poussai un soupir.

— Oui. J'imagine que oui. Merci.

— Quand tu veux, Texas. Je suis là pour te divertir, ces quelques prochains mois, dit-il avec un clin d'œil. Avant qu'ils t'envoient à Dallas.

Une minute plus tard, un couple apparut à notre table. Il nous fallut une minute à tous les deux pour réaliser ce qu'il s'était passé. Bennett m'avait fait un clin d'œil, et un couple avait pris ça pour une invitation.

— Tu as déjà volé quelque chose ?

Bennett m'avait posé cette question au moment où la serveuse venait voir si tout allait bien pour nous. Il commanda une autre bière et je demandai un verre d'eau glacée. C'était sa quatrième ou cinquième bière – j'avais perdu le compte. Vu qu'il avait décidé que sa voiture allait rester garée dehors toute la nuit et que je le raccompagnerais chez lui, il avait tiré parti du fait d'être libre pour profiter un peu.

La serveuse se tenait à côté de notre table et me regardait plutôt que d'aller chercher notre commande. Je me dis qu'elle attendait peut-être le reste de ma commande et lui souris poliment.

— Ce sera tout. Juste de l'eau pour moi.

Elle me rendit mon sourire.

— Oh, je vais aller chercher cette bière et cette eau dans un instant. J'attends juste d'entendre votre réponse à sa question.

Bennett se mit à rire.

— Elle ressemble à quelqu'un qui serait capable de voler quelque chose, hein ? Un visage assez innocent, mais il y a une petite étincelle dans ses yeux. Sans parler des cheveux en bataille.

— J'ai volé une boîte de préservatifs, une fois, confia la serveuse. C'était il n'y a pas si longtemps, en plus. J'étais à la pharmacie et ma mère s'est placée dans la file derrière moi. J'avais du shampoing et des Trojans. J'ai glissé les préservatifs dans ma poche pour les cacher et je l'ai laissé passer en premier, espérant pouvoir les sortir après son départ. Mais elle m'a attendue. J'ai vingt-deux ans, mais nous sommes catholiques et elle est très religieuse. J'avais le choix entre lui briser le cœur et aller en prison pour vol. J'ai pris le risque.

Bennett sourit. Seigneur, il avait un sourire vraiment sexy.

— J'ai déjà volé une boîte de préservatifs, moi aussi. J'avais quatorze ans et j'étais fauché, et je craquai pour une fille de dix-sept ans qui m'avait invité chez elle. Je ne me suis pas fait prendre, mais j'ai perdu ma virginité. Ça en valait complètement le coup.

Il me désigna du menton et remua les sourcils.

— Tu as déjà volé des préservatifs, ou juste du lubrifiant ?

— Je n'ai jamais rien volé, répliquai-je, sentant mon visage devenir brûlant.

Bennett pointa le doigt vers moi.

— Bon sang. Tu deviens rouge – tu mens. Tu es kleptomane, c'est ça ?

Malheureusement pour moi, au cours de cette soirée, Bennett avait découvert ma faiblesse. *J'étais nulle pour mentir.* Chaque fois que je racontais un mensonge, mon visage rougissait, ou bien je détournais les yeux et je gigotais. Alors que le nombre de bières qu'il buvait augmentait, il avait inventé un petit jeu – la Vérité de Texas. Il me posait une question et j'essayais de mentir à certaines réponses – d'où sa question sur le vol. Jusqu'ici, il avait découvert tous mes mensonges.

Je levai les yeux vers la serveuse amusée.

— J'avais neuf ans et j'avais *vraiment, vraiment* envie du dernier CD des N'Sync. Alors je l'ai mis dans mon pantalon quand ma mère ne regardait pas.

— Pas maaal, dit Bennett.

La serveuse rit.

— Je reviens tout de suite avec votre bière.

Quand elle fut partie, il demanda évidemment des détails :

— Tu t'es fait prendre ?

— Non. Mais quand je suis arrivée à la voiture, je me suis mise à pleurer parce que je me sentais coupable. J'ai avoué ce que j'avais fait à ma mère et elle m'a forcée à retourner dans le magasin pour rendre le CD au gérant. Il a appelé la police, qui m'a fait un sermon pendant une heure, juste pour m'effrayer encore plus.

— Tu sais, j'éprouve une très forte envie de changer ton surnom, après avoir entendu cette histoire.

— En quoi ?

— Détrousseuse. Mais j'ai déjà assez de problèmes avec les ressources humaines, et je ne pense pas que le fait de hurler *Eh, Détrousseuse* à travers le couloir se passerait très bien pour moi.

— Tu es un porc, dis-je en plissant le nez.

La serveuse nous apporta nos verres et il but une longue gorgée de sa bière.

— C'était quand, la dernière fois que tu as menti ?

Je connaissais la réponse à cette question sans même avoir besoin d'y réfléchir. Mais il était hors de question que je confie *cette* histoire à Bennett.

— C'était il y a longtemps.

Je sentis mon visage s'échauffer.

Bon sang.

Il le vit et émit un petit rire.

— Crache le morceau, Texas.

— Si je te le dis, tu dois me promettre de ne jamais te moquer de moi pour ça, ni même d'en reparler.

— Qui, moi ? *Jamais.*

— Donne-moi ta parole.

Il leva trois doigts comme un scout.

— Tu as ma parole.

Je savais, avant même de commencer à parler, que c'était une mauvaise idée de partager cette histoire avec lui, mais je m'amusais et je n'étais pas prête à mettre fin à cette soirée.

— Très bien. Mais quand j'aurai fini, je veux une histoire avec laquelle je pourrai te torturer. Quelque chose d'embarrassant.

— Marché conclu. Vas-y, menteuse.

Je souris et secouai la tête.

— OK. Eh bien, je vis dans une copropriété. Mon immeuble est composé de vingt-quatre appartements. Un vieil homme, monsieur Thorpe, vit de l'autre côté du couloir, et il a deux chattes. Il les expose dans des compétitions.

Les yeux de Bennett s'étaient posés sur ma bouche, et ils se levèrent alors vivement pour croiser mon regard. Il se racla la gorge.

— Des chats d'exposition ? Je ne savais même pas que ça existait. Mais c'est vraiment bizarre, si c'est le cas.

J'étais assez d'accord. Même si ce n'était pas le sujet de mon histoire.

— Bref, j'ai un chat mâle. Ce n'est pas un chat de race ni un chat d'exposition, juste un chat tigré ordinaire qu'on m'a poussée à adopter. C'est une histoire pour un autre jour. Parfois, monsieur Thorpe va à Seattle pour rendre visite à son frère pendant un jour ou deux, et il me demande de m'occuper de Frick et de Frack. S'il part plus longtemps, il les dépose chez une femme qui laisse tous les chats déambuler librement dans son appartement. J'ai déjà laissé mon chat chez elle, moi aussi. Parfois, elle a, genre, trente chats, et pourtant ça ne sent même pas mauvais. Je me demande bien comment elle fait.

— OK. Est-ce qu'on arrive bientôt au mensonge ? Je ne suis pas un grand fan de chats, et cette histoire devient ennuyeuse. Viens-en à ton gros mensonge.

— Arrête de te montrer si impatient. *Bref*... les chats de monsieur Thorpe sont bien évidemment des chats d'appartement, je n'ai donc qu'à aller les nourrir deux fois par jour. Il y a six mois, je surveillais ses chats et j'ai accidentellement laissé la porte de mon appartement ouverte alors que je traversais le couloir pour aller les nourrir. Quand je m'en suis rendu compte, mon chat était déjà entré dans l'appartement d'en face, et j'ai trouvé Tom en train de culbuter l'un des précieux chats persans de monsieur Thorpe dans la salle de bains.

— Qui est Tom ?

— Mon chat.

— C'est en rapport avec Tom et Jerry ?

— Non. Avec Tom Hardy. Je l'adore. Bref, je n'ai pas parlé de ce qui était arrivé à monsieur Thorpe, supposant que ses chattes étaient stérilisées, même si le mien ne l'était pas. Quelques semaines plus tard, l'un de ses chats a donné naissance à huit chatons.

Bennett haussa les sourcils.

— Et tu as menti ?

— J'ai découvert ça durant la réunion de copropriété trimestrielle. Tous les voisins étaient là et monsieur Thorpe s'est énervé à propos de l'irresponsabilité de certains propriétaires d'animaux. Il pensait que sa chatte était devenue pleine quand il l'avait laissée en garde chez cette femme ou bien au parc pour animaux de compagnie où il les emmène parfois pour les socialiser.

Je vis que Bennett était sur le point d'ouvrir la bouche pour se moquer de moi et l'arrêtai :

— Oui, il emmène ses précieux chats dans un parc pour qu'ils se socialisent. *En laisse.* Mais c'est moi, la personne horrible de cette histoire, et je me sens encore coupable, alors pas de blagues à propos de monsieur Thorpe ou de ses foutus chats.

— Compris. Pas de blague sur Thorpe. Juste sur ton chat dévergondé et sa menteuse de mère.

Bennett m'adressa à nouveau son sourire puéril et mon estomac fit un petit bond inattendu dans mon ventre. Je tentai de l'ignorer.

— Bref, je n'ai pas assumé le crime de mon chat, mais je paie une pension alimentaire. Je ne veux pas que tu me prennes pour une tocarde totale.

— Une pension alimentaire ? répéta-t-il en haussant un sourcil.

— Une fois par semaine, je me faufile jusque devant son appartement et je laisse une boîte de la nourriture hors de prix avec laquelle il les nourrit devant la porte.

Bennett éclata de rire.

— Et tu dis que *je* suis fou ?

— Quoi ? J'ai honte, c'est tout. Je ne peux pas me laver les mains de ma responsabilité financière.

— Qui laisse la nourriture, d'après lui ?

— Je ne sais pas. Je l'évite parce que s'il me pose la question à brûle-pourpoint, mon visage va rougir quand je mentirai.

— Ça craint. Je serais fichu si je ne savais pas rester impassible.

Je bus un peu de mon eau glacée.

— À ton tour. Raconte-moi une histoire embarrassante.

Il gratta son menton couvert d'une barbe d'un jour qui, de mon point de vue, lui allait très bien.

— Laisse-moi réfléchir. Je ne suis pas facile à embarrasser.

Une minute plus tard, son visage s'illumina et il claqua des doigts.

— J'en ai une. Mes parents pensaient que j'étais gay.

J'émis un petit rire.

— C'est un bon début. Continue...

— J'avais sûrement dix ou onze ans quand j'ai découvert la masturbation. Internet n'était pas encore très répandu et le matériel était limité. Alors je piquais les magazines de ma mère. *Cosmo* était mon préféré, mais elle ne l'achetait pas très souvent, alors ma collection était assez désespérante – *La bonne ménagère, Woman's Day, Meilleures Maisons et Jardins*. Les bonnes semaines, je trouvais une photo de femme en bikini dans un article sur les dangers de l'otite du baigneur, ou je ne sais quoi. Mais parfois, tout ce que j'avais, c'était une photo d'un soutien-gorge confortable sur un article parlant de la façon d'éviter le mal de dos provoqué par la poitrine. Bref, je cachais ça sous mon matelas quand je ne les utilisais pas.

Un jour, ma mère les a trouvés alors qu'elle changeait mes draps et elle m'a demandé pourquoi j'avais ça. J'ai répondu que j'aimais bien lire les articles. Elle a paru trouver cette réponse suspecte et m'a demandé quel était le dernier article que j'avais lu. La seule chose à laquelle j'ai pu penser assez vite était l'article à côté des photos devant lesquelles je m'étais branlé – « Comment faire en sorte que les hommes vous remarquent ».

Je me couvris la bouche alors que j'éclatais de rire.

— Oh mon Dieu.

— Ouais. Mon père a été envoyé me voir, ce soir-là, pour me parler des choses de la vie. À la fin, il m'a dit qu'il m'aimerait qui que je sois.

— Oh... c'est si mignon.

— Ouais. Mais durant plusieurs années après ça, ma mère nous suivait partout dans la maison, moi et mes potes, chaque fois que je les invitais. Je devais laisser la porte de la chambre ouverte quand des garçons venaient passer du temps chez moi et les soirées pyjama étaient interdites. C'était vraiment nul. Mais à environ treize ans, j'ai réalisé qu'il y avait aussi un bon côté.

— Qu'est-ce que c'était ?

— Quand j'ai ramené Kendall Meyer à la maison, j'ai pu la peloter en toute intimité sans m'inquiéter que qui que ce soit ne fasse irruption dans la chambre. Ma mère traitait les filles que je ramenais à la maison comme les amis masculins d'un gamin hétéro. Je pouvais fermer la porte et la verrouiller, et elle ne s'en inquiétait pas du tout.

Nous passâmes tous les deux des heures à confier d'autres histoires embarrassantes. Nous étions encore au bar échangiste après minuit. Sur le chemin du retour, comme je m'y attendais, Bennett se moqua de ma façon de relater les choses. Je fus surprise de découvrir que nous vivions à moins de deux kilomètres l'un de l'autre.

— Je vérifie dans le rétroviseur. Je me gare contre le trottoir, murmurai-je en arrivant devant son immeuble.

Quelques secondes plus tard, j'ajoutai :

— Je coupe le moteur.

Lorsque je tournai la tête vers Bennett, je vis qu'il arborait un drôle de sourire.

— Quoi ?

— Je me demandais juste si tu relatais les choses dans *d'autres* circonstances.

— Non. Juste en conduisant.

Il afficha un demi-sourire espiègle.

— Je t'ai imaginée relater une relation sexuelle pendant tout le trajet de retour. Je retire ma culotte. J'ouvre les jambes en grand. Je baisse son caleçon. J'essaie d'enrouler mes doigts autour de...

— J'ai compris l'idée, l'interrompis-je. Je crois que tu vas te retrouver à gicler sur un tout nouvel exemplaire de *Meilleurs Maisons et Jardins*, avec une telle imagination.

— Tu n'imagines même pas, répondit Bennett en actionnant la poignée de la portière.

J'étais soulagée qu'il fasse noir, parce que cette fois, la rougeur sur mon visage n'avait rien à voir avec un mensonge.

Il ouvrit la porte.

— Bonne nuit. Merci de m'avoir offert un trajet de retour si amusant.

J'avais commencé cette soirée en me sentant si malheureuse, et je la terminais un sourire aux lèvres. Je réalisai que tout cela était grâce à Bennett, et que je ne l'avais pas remercié. Je baissai ma vitre et le rappelai alors qu'il contournait la voiture pour rejoindre le trottoir.

— Bennett ?

— Texas ? fit-il en se retournant.

— Merci pour ce soir. Tu n'es peut-être pas aussi crétin que je le croyais, finalement.

Le lampadaire illuminait suffisamment son visage pour que je voie son clin d'œil.

— N'en sois pas si sûre.

Il se retourna pour se diriger vers sa porte, mais continua à parler assez fort pour que je l'entende :

— Je la fais se pencher sur le lit. J'enroule ses cheveux blonds hirsutes dans mon poing. Je tire fort tout en écartant largement ses jambes.

Il ouvrit la porte d'entrée et s'arrêta une brève seconde avant d'entrer.

— J'ai bien mieux à me mettre sous la dent que le *Woman's Day*, ce soir.

Bennett

Trois nuits d'affilée.

Et maintenant ça.

Qu'est-ce que c'est que cette merde ? Je clignai plusieurs fois des yeux, m'efforçant de me débarrasser de ce nouveau fantasme. Cela faillit fonctionner, mais c'est alors que Jonas repoussa une pile de chemises de classement sur son bureau pour chercher quelque chose, ce qui fit tomber l'agrafeuse du côté où nous étions assis. Annalise se pencha en avant pour la ramasser. Ses foutus cheveux cascadèrent d'un côté, me donnant un aperçu clair de la peau laiteuse de son cou. Elle semblait si douce et lisse – mon cerveau s'empressa de se demander si elle était douce *partout*.

Il y a quelques jours, la nuit où Annalise m'avait déposé chez moi, je m'étais branlé en pensant à elle avant d'aller me coucher. C'était normal, m'étais-je dit. Je venais de dîner et de boire plusieurs verres avec une belle femme – et si un homme ne rentrait pas chez lui en imaginant ses cheveux blonds enroulés dans son poing pendant que son petit cul sexy pointait en l'air et qu'elle était à quatre pattes, il devait vraiment acheter le *Woman's Day* pour lire les articles.

C'était à cent pour cent normal. Cela ne voulait rien dire du tout. Alors pourquoi ne pas en profiter ? Une nuit de fantasme ne pouvait pas faire de mal. Soyons honnêtes, ce ne serait pas la première fois que je fantasmais sur une collègue. Personne ne le saurait. Il n'y avait aucun mal à ça. Mais à cette première nuit avait succédé une autre, puis encore une autre, et puis hier, quand j'étais entré dans la salle de repos et que j'avais trouvé Annalise penchée en avant pour attraper quelque chose dans le frigo, j'avais eu un début d'érection. *Au boulot.* Au beau milieu de la journée, bon sang. En matant les fesses galbées de la femme que je dois anéantir, et sur laquelle il m'est interdit de fantasmer au point d'abîmer un costume à deux mille dollars après un moment embarrassant digne d'un adolescent.

Ainsi, je m'étais tenu à l'écart, ces dernières quarante-huit heures – l'ignorant hier et ce matin. J'avais pris mentalement la décision de ne pas m'autoriser à penser à elle, sauf pour songer à des façons de ressortir victorieux sur toutes les présentations.

Malheureusement, mes yeux n'avaient pas saisi le message. Et ça m'énervait au plus haut point. Chaque fois que je me surprenais à laisser mes yeux errer dans sa direction, je me freinais en canalisant ma colère à cause de ce moment d'égarement passager. Ce qui m'avait souvent forcé à me comporter comme un connard, durant la réunion d'aujourd'hui. Mais ce n'était clairement pas ma faute si sa jupe rouge laissait voir autant ses jambes et n'arrêtait pas d'attirer mon regard. Ou si elle portait de hauts talons étroits qui enveloppaient sa cheville délicate et ne demandaient qu'à venir se planter dans mon dos.

Tout ça n'était vraiment pas ma faute.

Annalise remua sur sa chaise, croisant et décroisant les jambes. Comme de vrais pots de colle, mes yeux suivirent le mouvement.

Bordel. Elle avait des jambes sublimes.

Je fermai les yeux. *Non, tu ne peux pas regarder, Fox.*

Je comptai jusqu'à cinq dans ma tête, puis rouvris les yeux, pour remarquer aussitôt une grappe de minuscules taches de rousseur sur son genou gauche. Je ressentis l'envie complètement dingue de tendre la main pour y frotter mon pouce.

Merde.

Reprends-toi.

Annalise remua encore et sa jupe remonta d'un autre centimètre.

Sa jupe *rouge*.

C'était approprié, parce que cette femme était le diable en personne.

Nous étions assis à soixante centimètres l'un de l'autre, face au bureau de Jonas, depuis quinze bonnes minutes, l'écoutant faire le point sur le statut d'un certain nombre de choses relatives à la fusion. De temps en temps, Annalise intervenait, disant quelque chose tout en regardant vers moi, mais je demeurais silencieux et regardais droit devant moi, concentré sur le patron pour ne pas risquer de laisser mes yeux s'égarer à nouveau.

— Cela nous amène à la façon dont le conseil d'administration va vous évaluer, tous les deux. L'un des membres du conseil, qui est aussi un actionnaire important, nous a apporté une nouvelle opportunité en nous donnant un potentiel nouveau dossier à présenter.

— Super, dis-je en me penchant en avant sur ma chaise. Je peux m'en occuper.

Je sentis Annalise adresser un regard brûlant au côté de ma tête.

— Moi aussi, répliqua-t-elle.

— Inutile de vous disputer. Vous allez vous en charger tous les deux. Le conseil d'administration a décidé que cette présentation sera l'un des dossiers sur lesquels vous serez tous deux évalués. Vous pourrez tous les deux proposer votre propre campagne. Mais vous devez savoir que notre firme entre en jeu un peu tard, ici. Deux autres agences sont déjà engagées, et nous allons devoir travailler dans des délais serrés. La présentation doit être rendue dans moins de trois semaines.

— Ce n'est pas un problème, répondis-je. Je travaille mieux sous pression.

Dans ma vision périphérique, je vis Annalise rouler des yeux.

— Quel est le dossier ?

— Star Studios. C'est une nouvelle filiale de Foxton Entertainment – le studio de cinéma. Cette filiale se concentrera sur les *blockbusters* étrangers, dont elle fera des *remakes*.

Je n'avais jamais fait la publicité pour un studio ou un film, mais je savais, après avoir étudié la liste de dossiers d'Annalise, qu'elle l'avait fait plus d'une fois. Les studios faisaient partie de ses plus gros clients. Elle savait clairement se débrouiller dans ce domaine – un avantage injuste pour quelque chose qui pourrait finir par décider de l'État dans lequel j'allais me retrouver à vivre.

— Je n'ai jamais travaillé avec un studio de cinéma. Mais c'était la spécialité de Wren, ajoutai-je avec un signe du menton vers Annalise. Cinquante pour cent de ses dossiers sont liés à des films. Je ne pense pas que ce soit très juste que le conseil d'administration utilise ce genre de présentation pour juger nos forces. Je n'ai aucune expérience de marché dans ce domaine.

Jonas fronça les sourcils. Il savait que je marquais un point.

— Malheureusement, nous n'avons pas le luxe de pouvoir choisir parmi un large panel de propositions. Et puis, la plupart des dossiers de cinéma d'Annalise concernent des films individuels, alors que cette publicité est destinée à une nouvelle agence de production – ils veulent des stratégies de marque et de marché. Ces domaines font partie de tes forces, Bennett.

Je jetai un œil à Annalise, et elle m'adressa un sourire exagéré signifiant *Je vais gagner celui-là parce que tu n'y connais rien*. Cela m'énerva, mais pas parce qu'elle avait un avantage injuste. Cela m'énervait parce que ma première pensée fut *Eh, regardez un peu ça. Elle a changé de rouge à lèvres, aujourd'hui*, alors que j'aurais dû me dire *Je vais te faire mordre la poussière*.

Plus en colère contre moi-même que jamais, je m'en pris à elle :

— Tu connais quelqu'un au studio ? C'est une petite industrie. Je voudrais juste m'assurer que tu n'aies couché avec aucun des preneurs de décisions, là-bas.

Annalise écarquilla les yeux, puis les plissa en deux fentes.

— Je n'ai jamais couché avec un client. Et ta remarque est offensante. Pas étonnant que les ressources humaines aient usé le tapis sur le trajet entre leur bureau et le tien.

Jonas poussa un soupir.

— C'était déplacé, Bennett.

Peut-être, mais tout ça, c'était vraiment n'importe quoi.

— Je veux utiliser les membres de mon équipe, et pas partager pour qu'un employé de chez Wren joue les taupes et fasse fuiter mes idées pour elle.

— Il n'y a plus d'employé de chez Foster Burnett ou de chez Wren. Nous formons une seule équipe. Le fait que vous deviez vous concurrencer pour une présentation rend déjà les choses assez compliquées. Vos équipes commencent tout juste à trouver leurs marques en travaillant ensemble. Cela causera un clivage si nous les séparons pour ce projet. Vous devrez tous les deux utiliser les ressources de l'équipe complète.

Je bouillonnais. Annalise, en revanche, préféra jouer les lèche-culs.

— Je suis d'accord, dit-elle. Nous devons garder l'équipe unie, et pas la séparer.

Jonas ouvrit un dossier et souleva ses lunettes pour lire le premier papier qu'il contenait.

— Il y a une réunion à L.A. après-demain. Le studio nous a invités à visiter les lieux et à avoir un aperçu des coulisses. Vous rencontrerez le vice-président de la production ainsi que certains des talents créatifs. Gilbert Atwood, le membre du conseil qui nous a obtenu la présentation, compte prendre un vol pour vous rejoindre avec certains de ses collègues pour le dîner. Ce sera probablement une longue soirée, et vous devriez planifier de passer la nuit là-bas. Je demanderai à Jeanie de vous transmettre l'adresse et les coordonnées pour que vous puissiez vous organiser.

Je parvins à marmonner un *merci* pas sincère du tout lorsque Jonas conclut sa petite réunion. N'étant pas d'humeur à parler à qui que ce soit, je retournai à mon bureau et fermai la porte derrière moi. Deux minutes plus tard, celle-ci s'ouvrit vivement et se referma en claquant.

— C'est quoi ton problème, bon sang ?

J'étais irrité par sa façon de débarquer ici, et pourtant, je sentis mon pouls commencer à accélérer. Cela n'arrivait que dans deux situations – quand j'étais sur le point de me battre, ce que j'étais parvenu à éviter depuis au moins dix ans, maintenant, ou quand j'étais sur le point de m'enfoncer dans une femme.

— Bien sûr. Entre donc. Ne frappe pas, surtout.

— Frapper aurait été poli, et clairement, nous ne faisons plus dans la politesse.

Je pressai les jointures de mes doigts sur mon bureau et me penchai en avant.

— Quel est le problème, Annalise ? Les adversaires ne sont pas censés être polis. Les joueurs de football ne retirent pas les crampons de leurs chaussures avant de marcher sur un homme pour atteindre le but. C'est dans la nature du jeu.

Elle s'avança de quelques pas et plaqua les mains sur ses hanches.

— Qu'est-ce qu'il s'est passé entre le bar, l'autre soir, et aujourd'hui ? J'ai loupé un truc ?

Même si sa posture était ferme, sa voix penchait vers la vulnérabilité.

— Est-ce que j'ai fait quelque chose qui t'a énervé ?

Je baissai les yeux, me sentant comme le connard que j'étais. Quand je les levai à nouveau pour reprendre la parole, je ne pus m'empêcher de laisser mon regard parcourir la femme à laquelle j'étais sur le point de m'adresser. Sauf qu'en chemin, ils s'accrochèrent à quelque chose. Les tétons d'Annalise étaient durcis et tentaient de transpercer sa chemise noire soyeuse. Ils ressemblaient à deux gros diamants ronds invitant un pauvre à s'approcher – *viens m'attraper, je suis une richesse à portée de mains.*

Je déglutis. *Qu'est-ce qu'elle vient de me demander ?* Je levai les yeux pour croiser son regard et réalisai qu'elle avait tout vu – ce qui avait attiré mon attention et m'avait fait saliver. À juste titre, elle semblait encore plus confuse. Une minute, je l'accusais de coucher avec ses clients, et la suivante, je la reluquais comme si c'était *moi* qui avais envie de coucher avec elle.

Elle n'était pas la seule à être confuse. Je n'avais aucune idée de ce que j'étais en train de fabriquer.

Nous nous dévisageâmes un long moment. Finalement, je me ressaisis, me souvins de ce qu'elle m'avait demandé et me raclai la gorge.

— Ce n'est pas personnel, Texas. Je pense juste qu'il vaudrait mieux qu'on… qu'on ne soit pas… amicaux. Il m'est absolument impossible de déménager et la dernière chose dont j'ai besoin, c'est d'être distrait parce que je m'en veux de te botter les fesses.

Annalise haussa le menton.

— Ça me va. Mais tu dois rester courtois, au moins. Je ne méritais pas cette remarque à propos du fait de coucher avec les clients, surtout devant Jonas.

Je hochai la tête.

— Compris. Je suis désolé.

— Et si tu ne veux pas qu'on soit amis, tu vas devoir arrêter de me suivre dans des hôtels.

J'aimais son côté effronté bien plus que son côté vulnérable. Je dus faire un gros effort pour refouler mon sourire narquois.

— Compris.

Elle hocha la tête et se retourna pour partir. Mes yeux se baissèrent immédiatement sur ses fesses. Connard un jour, connard toujours. Avant que j'aie le temps de les relever, Annalise se retourna pour dire quelque chose et me surprit. Cette fois, ce fut à elle de dissimuler son sourire narquois.

— Les non-amis ne reluquent pas non plus les non-amis.

Elle se retourna et lança quelques mots par-dessus son épaule tout en passant la porte :

— Aussi sublimes que soient leurs seins et leurs fesses.

Annalise

— Comment va le mec sexy du boulot ? demanda Madison avant de mordre dans le morceau de bœuf Wellington qu'elle avait commandé.

Elle plissa le nez en mâchouillant. Elle n'aimait pas ça. J'avais de la peine pour le propriétaire du restaurant. C'était leur troisième erreur, et nous commencions à peine notre plat principal. D'abord, le serveur avait apporté les mauvais apéritifs. Puis, quand Madison avait demandé du vin et des suggestions pour le dîner, il avait recommandé les plats les plus chers. La critique allait être douloureuse.

— Le mec sexy ? Eh bien, c'est un connard. Après il se montre très gentil, mais essaie de faire semblant de ne pas l'être. Ensuite, il recommence à se comporter comme un connard. Je n'ai pas envie de parler de lui.

Madison haussa les épaules.

— OK ? Comment ça se passe, au boulot, alors ? Tu apprécies les gens de ton nouveau lieu de travail ?

Je reposai ma fourchette.

— C'est juste que je ne comprends pas. Un jour il se donne tout le mal du monde pour m'aider, et le lendemain il se montre malpoli et m'ignore.

Elle leva son verre de vin.

— Est-ce qu'on parle du mec sexy ?

— Bennett, oui.

Elle m'adressa un sourire en coin et porta le verre à ses lèvres.

— Je croyais que tu n'avais pas envie de parler de lui.

— Je n'en ai pas envie. C'est juste que... il est si exaspérant.

— Il souffle le chaud et le froid avec toi, c'est ça ?

— Je dirais plutôt le brûlant et le glacial. La semaine dernière, je suis allée dîner avec Andrew. Bennett m'a suivie à l'hôtel parce que je ne sais comment, il savait que les choses ne se termineraient pas bien. Et c'est ce qui s'est passé. Bennett et moi nous sommes retrouvés à aller manger ensemble et à discuter jusqu'à minuit. Le lendemain matin, je l'ai croisé dans la salle de repos et il m'a prise de haut – comme si la soirée de la veille n'était jamais arrivée.

Madison posa son verre de vin.

— Rembobine un peu. Tu as rejoint Andrew pour dîner ? Je n'ai reçu aucun appel nocturne ou visite matinale le lendemain. Et nous venons de passer plusieurs verres et l'apéritif sans que tu ne le mentionnes ?

Je poussai un soupir.

— Oui. C'est une longue histoire.

Elle remua son accompagnement de purée avec sa fourchette.

— Mon plat a été apporté froid, de toute façon. Commence par le début.

Je lui racontai comment Andrew m'avait proposé qu'on se voie, comment il m'avait caressé le bras au restaurant de l'hôtel tout en me disant à quel point je lui avais manqué, et comment il avait fait machine arrière aussi vite que possible quand je lui avais demandé de but en blanc s'il était en train de me dire qu'il voulait qu'on se remette ensemble. Je lui répétai aussi les réflexions de Bennett à propos de ce que voulait Andrew avant que j'y aille et lui racontai comment il était arrivé pour ramasser les morceaux.

Madison se tapota un doigt sur les lèvres.

— Donc, en bref, tu me dis que Bennett se comporte comme un salopard avec les femmes, ce qui lui permet de prévoir ce que cherchent d'autres salopards ?

— J'imagine. Mais le truc que je n'arrive pas à concilier, c'est que si c'est un tel salaud avec les femmes, pourquoi tenter de m'avertir à propos d'Andrew, et ensuite être là pour moi quand tout ce dont il m'a avertie s'est réalisé ? Un salaud ne se serait pas soucié de ce qui me serait arrivé avant ou après. Il aurait dû me lancer un *Je te l'avais bien dit* le lendemain au boulot, plutôt que me laisser m'épancher ce soir-là.

Le serveur s'approcha et nous demanda comment était notre repas. Habituellement, Madison aurait renvoyé son plat médiocre pour voir comment le restaurant réagissait, puis leur laisserait une autre chance s'ils se comportaient de manière professionnelle. Mais au lieu de ça, elle adressa un faux sourire au serveur, lui assura que le repas était très bon et commanda une autre bouteille de vin. Quelque chose me disait que notre discussion était en train de la dévier de son évaluation, pour l'instant.

— On dirait que Bennett souffre du syndrome de la Bête, dit-elle.

— Le syndrome de la Bête ?

— Tous les hommes correspondent à un personnage Disney. Ce type avec qui je suis sortie il y a quelques mois, qui avait trois consoles de jeu vidéo et traînait avec ses amis cinq soirées par semaine ? Le syndrome de Peter Pan. Souviens-toi du type avec qui je suis sortie l'année dernière, qui m'a dit qu'il était vice-président des finances pour une entreprise de technologie, jusqu'à ce que je découvre qu'il travaillait dans un service client et suivait les ordres ? Le syndrome de Pinocchio. Ce magnifique Français avec qui je suis sortie et qui voulait faire ça dans sa salle de bains devant le miroir pour pouvoir se *regarder* ? Gaston.

J'émis un petit rire.

— Tu es cinglée. Mais je vais mordre à l'hameçon. C'est quoi, le syndrome de la Bête ? Parce que Bennett est sublime, pas monstrueux.

— Le syndrome de la Bête, c'est quand un homme te grogne constamment dessus pour te faire fuir. Il a peut-être été tout sauf magnanime dans ses jeunes années, et il pense que cela définit la personne qu'il est voué à être pour toujours. Alors il essaie d'empêcher les gens de trop se rapprocher de lui. Mais il n'est pas réellement le méchant qu'il croit être, et de temps en temps, un aperçu du prince au-dessous transparaît. Généralement, cela ne fait que lui donner envie de grogner plus fort.

— Donc... genre, c'était un séducteur, et maintenant il pense qu'il devra toujours être ce genre de mec, plutôt qu'un type bien ?

Madison haussa les épaules.

— Peut-être. Ou peut-être qu'il a été méchant avec une vieille mendiante. Je ne connais pas ses raisons, mais j'ai l'impression qu'il a peur que montrer un peu trop du prince sous-jacent finira par le blesser.

— Je ne suis pas sûre de ça. Mais ce que je sais, c'est qu'il est temps pour moi de tourner la page après Andrew.

— Je suis on ne peut plus d'accord. Il te fait marcher depuis des années, maintenant... en affirmant que vous ne pouviez pas emménager ensemble parce qu'il ne voulait pas être distrait pendant qu'il écrivait son stupide bouquin pendant trois ans. Et ensuite, quand le livre a été terminé, il n'était toujours pas prêt à emménager parce qu'il était tombé en dépression car le livre ne se vendait pas aussi bien qu'il l'avait espéré. Devine quoi ? La vie, ça craint. On a tous des déceptions. Tu sais ce qu'on fait ? On se saoule pendant une semaine, et ensuite on s'époussette et on se remet au boulot en faisant encore plus d'efforts, on ne largue pas la personne qu'on aime.

— Tu as raison. J'aimerai toujours Andrew. Mais les choses ont changé depuis ce que nous partagions à la fac et après avoir passé notre diplôme. Il n'est plus cet homme heureux, spontané qu'il était à l'époque, et il ne l'est plus depuis longtemps. J'imagine que j'attendais qu'il redevienne comme par magie le type qui se pointait à mon appartement avec une bouteille de vin ou qui m'offrait un week-end surprise dans une chambre d'hôte.

Madison tendit la main pour couvrir la mienne.

— Je suis désolée, bébé. Mais voyons le bon côté des choses, le prochain sera peut-être intéressé par le sexe oral.

Je poussai un soupir. Le lendemain du soir où Andrew m'avait dit avoir besoin d'une pause, je m'étais beaucoup trop saoulée et j'avais laissé échapper certains détails intimes – notamment qu'Andrew ne m'offrait de cunnilingus que le jour de mon anniversaire. Quand j'avais essayé d'en parler avec lui, il m'avait répondu qu'il avait juste besoin d'être dans la bonne ambiance. Apparemment, ce n'était jamais le cas.

— Je pense que je mettrai ça sur mon profil sur *match.com*. Cherche un homme cultivé, beau, à l'abri financièrement et qui n'a pas peur de l'engagement ou de faire des choses intimes avec mon vagin.

Le serveur approcha et ouvrit notre deuxième bouteille de vin. Il versa deux verres et Madison ne prit pas la peine d'attendre qu'il soit hors de portée de voix avant de lever son verre pour porter un toast.

— Aux cunnilingus.

Je fis tinter mon verre contre le sien. C'était peut-être à cause du sujet que nous venions d'aborder, mais je me surpris à penser : *Je parie que Bennett serait fier de donner du plaisir à une femme, il ne limiterait pas ça à une fois par an.*

J'avais intentionnellement réservé un vol différent que mon collègue. Notre assistante m'avait demandé si je voulais voyager avec lui, et même si j'aurais préféré prendre le vol de sept heures qu'il avait déjà réservé, je choisis de prendre la navette de huit heures trente jusqu'à L.A. Notre réunion n'était qu'à treize heures et le vol ne durait qu'une heure et demie, mais j'aimais arriver en avance. Maintenant, j'avais les yeux levés vers le grand panneau et je regrettais d'avoir pris une décision de travail basée sur tout sauf le travail. Mon vol était repoussé à onze heures, et le délai allait être serré pour arriver à la réunion à l'heure. Bennett, quant à lui, arrivait probablement en taxi en ce moment même. Bon sang.

Je pris mon temps au Hudson News, parcourant les derniers best-sellers, puisque j'allais devoir attendre quelques heures de plus sans rien faire. Je jetai mon dévolu sur un livre féminin populaire qui parlait d'apprendre à accepter qui vous êtes, et me dirigeai vers le portillon pour lire. Sauf que quand j'arrivai, je vis que presque tous les sièges de la salle d'embarquement étaient pris. Je devinai que le vol avant le mien n'avait pas encore commencé à embarquer. Lorsque je levai les yeux vers le panneau au-dessus du guichet d'enregistrement, je réalisai que c'était exactement ça, sauf que le vol précédent était celui censé décoller à sept heures pour L.A. – le vol de Bennett.

Je parcourus la salle d'attente des yeux, mais je ne le vis pas.

— Tu cherches quelqu'un ? demanda une voix grave derrière moi, et un souffle chaud me chatouilla le cou.

Je fis un bond en avant, laissai tomber le sachet contenant mon livre et trébuchai presque sur mon propre bagage à main. Mais une grande main m'attrapa par la hanche et me retint.

— Du calme. Je ne voulais pas te faire peur.

Je levai vivement la main pour la poser sur mon cœur battant la chamade.

— Bennett. Qu'est-ce qui te prend ? Tu ne peux pas te faufiler derrière quelqu'un comme ça.

— Désolé. Je n'ai pas pu résister.

Je lissai ma chemise et me penchai pour ramasser mon livre, qui était tombé du sac.

— Tu ne devrais pas être parti à l'autre bout du terminal, en me voyant ici ?

Bennett se passa une main dans les cheveux.

— Probablement.

Il me prit le livre des mains alors que j'essayais de le remettre dans le sac plastique.

— Mais apparemment, c'est une bonne chose que je sois là, dit-il en lisant la couverture de mon achat. *Aimez-vous vous-même.* C'est quoi, ça ? Un livre de développement personnel ou de masturbation ?

Je le récupérai vivement et le fourrai dans le sac.

— Non. Ce ne sont *pas tes oignons*, voilà ce que c'est.

— Bon sang, tu es si grognon. Je pense que tu as vraiment besoin de ce livre.

— C'est un livre qui parle de s'accepter soi-même et de ne pas se soucier de ce que les autres pensent de nous, si tu veux vraiment savoir.

Il afficha un sourire narquois.

— C'est dommage. J'aurais été beaucoup plus intéressé par ce que je croyais que c'était.

— Qu'est-ce qu'il se passe avec ton vol ? Tu sais ce qui a causé le retard ?

— Du mauvais temps à L.A., une histoire de vents violents. Tous les vols sont retardés. Au départ, ils ont parlé d'un retard de quarante minutes ; mais ça fait deux heures.

— J'ai réservé pour le vol de huit heures trente. Il est retardé de deux heures et demie. Je ferais mieux de voir s'ils ne peuvent pas me trouver une place sur ton vol.

Après avoir fait la queue pendant vingt minutes, ils ne purent que me mettre en *stand-by*. Bennett était appuyé contre un pilier, occupé à faire défiler l'écran de son téléphone, quand je revins.

— Je suis sur liste d'attente. Je ne suis pas sûre de pouvoir monter à bord.

Il me fit un clin d'œil.

— Ne t'en fais pas. Je m'occuperai de la réunion pour nous si tu ne peux pas venir. Je te transmettrai ce que le client recherche à mon retour.

— Ouais. C'est une super idée. Je vais m'appuyer sur ce que tu me répéteras pour préparer une présentation pour un client qu'on veut tous les deux gagner.

— On dirait bien que tu n'auras peut-être pas le choix.

Je regardai l'heure sur mon téléphone – il était un peu plus de sept heures. Le trajet en voiture jusqu'à L.A durait cinq heures et demie. Si je partais maintenant, j'aurais six heures pour rentrer à la maison et me rendre là-bas.

— Je vais y aller en voiture.

— Quoi ? Il y a presque cinq cents kilomètres.

— Je peux le faire, répondis-je en récupérant mes sacs. Ça vaut mieux que rester assise ici pendant deux heures de plus, simplement pour découvrir que je ne pourrai pas prendre le premier vol et que je vais rater la réunion.

Bennett me regarda comme s'il m'était poussé une deuxième tête.

— Il va te falloir une heure rien que pour rentrer chez toi, avec la circulation en heure de pointe.

Il avait raison. Je ne pouvais pas retourner chercher ma voiture.

— C'est vrai. Je vais en louer une ici. Ça me fera gagner un peu de temps. J'y vais. Bonne chance avec ton vol.

Je me retournai et commençai à me frayer un chemin à travers le terminal et vers la sortie. Je redoutais de devoir rouler pendant une demi-journée sur l'autoroute, mais je redoutais encore plus de devoir aller vivre au Texas.

Heureusement, j'atteignis le centre de location de voiture juste au moment où les portes se fermaient. Dans le centre, je choisis l'agence n'ayant pas de file d'attente.

— J'ai besoin de louer une voiture pour la journée, pour un voyage aller jusqu'à Los Angeles.

La femme tapa sur son clavier.

— Quelle taille de voiture voulez-vous ?

— Peu importe, la moins chère.

— J'ai une voiture économique disponible. C'est une Chevy Spark.

— Ça ira très bien.

— En fait, dit une voix grave et familière à côté de moi. Est-ce qu'on pourrait avoir une berline, s'il vous plaît ?

Je tournai vivement la tête et découvris Bennett debout à côté de moi.

Il tendit son permis de conduire à la femme derrière le comptoir tout en la gratifiant de son fameux sourire charmeur.

— Et mettez-la à mon nom. Je vais conduire. Je ne supporterai pas de l'écouter conduire pendant cinq heures et demie.

La femme nous regarda tour à tour, avant de s'adresser à moi :

— Voulez-vous que je vous donne une berline, madame ?

— Ils ont annulé ton vol, ou je ne sais quoi ? demandai-je à Bennett.

— Ouais.

Je m'imaginais partageant une voiture avec Bennett. Six heures à l'écouter me dire des méchancetés ou me snober, c'était encore pire que de conduire seule.

Je tournai à nouveau la tête vers l'employée de l'agence de location.

— Je vais prendre la voiture économique. Monsieur Fox peut louer une berline s'il le veut.

— Sérieusement ? Je paierai la moitié. Ça te coûtera moins cher qu'une voiture économique à payer seule.

— Ce n'est pas une question d'argent. La compagnie le remboursera, de toute façon. Je pense juste qu'il vaudrait mieux qu'on voyage séparément.

Il afficha une expression perplexe.

— Pourquoi ?

Je regardai l'employée, qui haussa les sourcils et les épaules, comme pour dire qu'elle aimerait savoir pourquoi, elle aussi.

— Parce que tu t'es comporté comme un connard avec moi. Je ne veux pas avoir à supporter ça pendant tout le trajet. Je préfère encore être seule.

Le visage de Bennett se décomposa. Si je ne l'avais pas mieux connu que ça, j'aurais pu penser que m'entendre dire ça l'avait fait culpabiliser. Nous nous dévisageâmes. Je voyais les rouages tourner dans sa tête alors qu'il réfléchissait à sa réponse.

Le muscle de sa mâchoire était crispé et son regard n'arrêtait pas de passer de mon œil droit à mon œil gauche.

— Très bien. Je m'excuse.

Cet homme soufflait tellement le chaud et le froid.

— Tu seras aimable pendant tout le voyage ?

Il poussa un soupir.

— Oui, Annalise. J'aurai un comportement exemplaire.

Je tournai les yeux vers l'employée.

— Nous allons prendre la voiture de taille moyenne.

Du coin de l'œil, je vis Bennett ouvrir la bouche pour dire quelque chose.

— C'est un compromis, expliquai-je, étouffant sa réflexion dans l'œuf.

Il secoua la tête.

— Très bien.

Et c'est ainsi que je me retrouvai sur le point de partir en virée avec la Bête.

Annalise

Je ne débattis pas pour décider de qui prendrait le volant en premier – uniquement parce que je détestais conduire, de toute façon. Mais je profitai malgré tout de l'insistance de Bennett à prendre le volant pour négocier le contrôle de la radio par le passager.

Nous étions sur la route depuis environ deux heures, maintenant, et notre conversation était restée limitée, principalement constituée de bavardages polis à propos du boulot. Il semblait un peu ailleurs, même si je n'aurais su dire s'il était perdu dans ses pensées ou s'il aimait conduire en silence pour se concentrer. Je me disais qu'il valait mieux que je suive son exemple et que je limite mes discussions au cas où il s'agirait de la deuxième hypothèse.

— Il y a une aire de repos à un peu plus d'un kilomètre, dit Bennett. Je vais m'y arrêter pour aller aux toilettes. Mais ils ont aussi un Starbucks, si tu veux un café ou quelque chose.

— Oh, c'est super. Je n'ai pas envie d'aller aux toilettes, mais j'ai bien envie de prendre un café. J'ai besoin de plus de caféine. Tu veux que je te prenne quelque chose ?

— Ouais, ce serait sympa. N'importe quel café noir, avec du lait et sans sucre.

— OK.

Une fois à l'aire de repos, Bennett alla aux toilettes pendant que j'attendais dans la longue queue pour nos cafés, en profitant pour regarder mes e-mails sur mon téléphone. Un peu plus tôt, j'avais envoyé un e-mail à Marina pour lui expliquer notre changement de plan. Comme je savais que certaines compagnies aériennes annulaient votre vol de retour si vous n'étiez pas présent durant la première partie du voyage, je lui avais demandé de contacter Delta pour s'assurer que nous ayons encore des réservations pour le vol de retour. Sa réponse était intéressante.

> *Salut Annalise,*
>
> *Tout est bon. Vu que ton vol n'avait pas encore décollé, ils m'ont laissé convertir ta réservation en un billet aller sans avoir de frais de modification, vu qu'il y avait du retard.*
>
> *Ton numéro d'itinéraire reste le même. Mais vu que le vol de Bennett avait déjà décollé, sa réservation de retour a été automatiquement annulée et j'ai dû lui réserver un nouveau billet aller, avant de demander un remboursement pour le premier vol. Il a un nouveau numéro d'itinéraire : QJ5GRL.*
>
> *J'espère que ton voyage sera plus agréable que jusqu'alors.*
>
> *Marina*

Bennett avait dit que son vol avait été annulé. Marina s'était peut-être trompée ? Je commençai à écrire une réponse, puis une intuition me poussa à vérifier par moi-même. J'ouvris le site des statuts de vol de Delta, inscrivis les villes de départ et d'arrivée et indiquai sept heures comme heure approximative de départ. Effectivement, j'eus la confirmation que le vol de Bennett avait décollé il y avait un quart d'heure et qu'il atterrirait peu après onze heures. La page recensait aussi les vols suivants et je fis descendre la page pour trouver le mien. L'heure d'atterrissage estimée était désormais repoussée après l'heure à laquelle notre réunion devait commencer, à treize heures.

J'avais bien fait de choisir de prendre la voiture. Mais pourquoi Bennett s'était-il joint à moi ?

Ne pas connaître la réponse à cette question me tracassait alors que nous roulions. Je réfléchissais intérieurement aux raisons pour lesquelles Bennett aurait pu mentir à propos de l'annulation de son vol. Je ne pouvais en imaginer que deux. Soit il avait eu peur que son vol *soit* annulé et que je sois la seule à participer à la réunion... ou bien... il n'avait pas voulu que je conduise seule parce qu'il savait que je n'aimais pas ça. L'explication logique était qu'il ne voulait pas que je me retrouve seule avec le client. La réponse aurait dû être tranchée et ne nécessiter aucun débat. Pourtant, je n'arrêtais pas de repenser à ce que Madison m'avait dit l'autre soir durant le dîner.

La Bête. Était-il un mec bien, sous les grognements, et s'efforçait-il de le cacher ?

Quelle que soit la raison, j'aurais pu simplement laisser couler. Mais ce n'était pas mon fort. Non, je devais comprendre l'homme à côté de moi, qu'il le veuille ou non.

Je me tournai vers le siège du conducteur pour pouvoir regarder le visage de Bennett et pris la parole :

— Marina m'a répondu à propos de la confirmation de nos vols de retour.

— Bien. Aucun problème ?

— Non. Nous avons une réservation sur le même vol de retour.

Je marquai une pause, puis ajoutai :

— Sauf qu'elle a mentionné quelque chose.

— Laisse-moi deviner, son déjeuner a disparu alors elle a appelé les flics pour me dénoncer alors que je ne suis même pas là aujourd'hui ?

J'émis un petit rire.

— Non. Elle m'a dit qu'elle avait dû refaire une réservation pour toi. Apparemment, ils avaient annulé ton retour parce que ton siège n'avait pas été utilisé sur le vol d'aller, qui avait déjà décollé.

Bennett détourna les yeux de la route pour me regarder, et nos regards se croisèrent. Il fixa à nouveau son regard droit devant lui et ne dit rien pendant une bonne minute. Je voyais les rouages tourner dans sa tête.

— Je ne pouvais pas prendre de risque, dit-il finalement. Je ne pouvais pas te laisser rencontrer le client sans moi.

Je devais être folle, et je n'aurais su dire pourquoi, mais je ne le croyais pas. Pour je ne sais quelle raison, j'étais soudain *certaine* que Bennett mentait. Il avait décidé de faire la route avec moi parce qu'il ne voulait pas que je sois forcée de conduire seule. Cela me réchauffait un peu le cœur, même s'il n'avait clairement pas eu l'intention de provoquer *ce genre* de réaction. Et cela me donnait envie d'être gentille en retour.

Je pris une profonde inspiration et décidai de me mouiller... *encore*.

— Tu m'as vraiment beaucoup aidée, l'autre soir.

Il m'adressa un nouveau coup d'œil. Son expression était pensive, comme s'il était curieux d'entendre ce que j'avais à dire, mais qu'il ne pensait pas pour autant qu'avoir cette conversation était une bonne idée.

— Ah oui ?

Je hochai la tête.

— J'y ai beaucoup réfléchi. Je t'en dois vraiment une. Si tu ne m'avais pas expliqué quelles étaient les intentions d'Andrew avant que je le rejoigne, je me serais réveillée le lendemain matin dans une chambre de cet hôtel. Non seulement ça, mais quand j'aurais fini par comprendre par moi-même qu'il ne comptait pas faire perdurer ces retrouvailles plus d'une nuit, j'aurais eu l'impression qu'une blessure qui commençait tout juste à guérir avait été rouverte.

— Je t'ai juste dit ce que je sentais être sur le point d'arriver. J'aurais pu faire totalement fausse route.

— Mais ce n'était pas le cas. Et tu étais là pour moi, pour m'aider à ramasser les morceaux quand j'aurais pu m'effondrer, même après que je t'ai envoyé promener.

Le fait d'être assise sur le siège passager pendant que Bennett conduisait me conférait un gros avantage : je pouvais étudier son visage. Je pouvais me concentrer sur lui et regarder la manière dont sa mâchoire se crispait, dont sa bouche remuait et dont son front se plissait de perplexité alors qu'il se demandait comment répondre, tout cela m'aidait beaucoup à mieux comprendre Bennett Fox. Il lutta un moment pour trouver quoi répondre à ma dernière remarque, avant de décider de se contenter de hocher la tête.

— Alors, maintenant que tu connais toute l'histoire de ma triste relation amoureuse, quelle est ton histoire ? La seule chose que tu m'aies dite, c'est que tu n'avais jamais eu de petite amie le jour de la Saint-Valentin. Il serait normal que je sache quelque chose à propos de ta vie amoureuse. En plus, on va se retrouver coincés dans cette voiture pendant encore plusieurs heures, alors tu ferais tout aussi bien de tout me dire pour qu'on en finisse, parce que je te ferai cracher le morceau avant qu'on atteigne L.A. Et ne t'inquiète pas – on pourra recommencer à être des non-amis quand nous rouvrirons les portières de cette voiture.

Bennett resta concentré sur la route, mais parvint à esquisser un sourire forcé.

— Je n'ai rien à dire.

— Oh, allez, il y a forcément quelque chose. C'était quand, la dernière fois que tu es sorti avec quelqu'un ?

Il secoua la tête.

Il n'avait *pas* envie d'avoir cette conversation. Mais mon besoin de l'avoir était plus fort que ses résistances. Cet homme me rendait curieuse.

— C'était il y a une semaine ? Un mois ? Sept ans ?

Il poussa un soupir.

— Je ne sais pas. Il y a quelques semaines. Juste avant que tu ne vandalises ma voiture.

— Comment elle s'appelait ?

— Jessica.

— Jessica comment ?

— Je ne sais pas. Un truc en S, je crois.

— J'imagine que tu n'es sorti avec elle qu'une fois, vu que tu ne connais même pas son nom de famille ?

Un sourire coupable s'étira sur son beau visage.

— En fait, je suis sorti plusieurs fois avec elle. Je n'ai simplement pas la mémoire des noms.

— Vraiment ? Quel est mon nom de famille ?

— Casse-couilles, répondit-il du tac au tac.

Je l'ignorai.

— Donc, tu es sorti avec Jessica S. plusieurs fois. Pourquoi est-ce que ça s'est terminé ?

Il haussa les épaules.

— Ça n'a jamais vraiment commencé. On s'entendait juste bien et... on était compatibles.

— Vous étiez compatibles, et pourtant ça n'a duré que le temps de quelques rencards. Pourquoi ?

— Je ne voulais pas dire qu'on était compatibles pour quoi que ce soit sur le long terme.

Il me fallut une minute pour comprendre où il voulait en venir.

— Tu veux dire compatibles au lit ?

— C'est ça.

— Alors, tu es en train de dire que ce n'était que pour le sexe.

— Nous sommes sortis dîner plusieurs fois. Nous appréciions la compagnie l'un de l'autre. J'aime juste quand les choses restent simples.

— Vraiment ? Pourquoi ça ?

— Je préfère que ma vie soit dépourvue de complications inutiles.

— Tu vois les femmes comme des complications, c'est ça ?

— La plupart des femmes sont compliquées, oui.

Je réfléchis à cela un moment.

— Alors comment ça fonctionne ? Tu rencontres une femme et tu lui demandes si elle est intéressée par une nuit de sexe et rien de plus ?

Bennett émit un petit rire.

— Ce n'est pas aussi simple.

— Mais si ce n'est pas aussi simple, plaisantai-je, alors c'est compliqué. Et tu n'aimes pas quand c'est compliqué.

Il marmonna quelque chose dans sa barbe à propos de mon côté casse-pieds et secoua la tête – une chose qu'il faisait fréquemment quand je parlais.

— Non, sérieusement, insistai-je. Ça m'intéresse. Comment ça fonctionne ? Tu passes par un service de rencontres ou quelque chose ?

Bennett me jeta plusieurs regards, tout en reportant régulièrement son attention sur la route. Il sembla réaliser que je n'avais aucune intention de laisser tomber et poussa un soupir.

— C'est moins stérile que ça. Si je sors avec une femme, à un moment donné, la conversation se tourne inévitablement vers le genre de relation qu'on cherche tous les deux. Je suis honnête et je dis que je veux que les choses restent occasionnelles. Mais c'est facile de deviner ce qu'une femme recherche avant même d'en arriver à ce point. Alors j'évite celles qui sont... compliquées.

— Tu es en train de dire que tu sais quand une femme pourrait être intéressée par une relation uniquement sexuelle rien qu'en... quoi, discutant avec elle pendant quelques minutes ?

— Généralement, oui.

— C'est ridicule.

Il haussa les épaules.

— Ça a plutôt bien fonctionné jusqu'ici.

Je regardai par la fenêtre, perdue dans mes pensées pendant une minute, puis je posai ma prochaine question tout en le regardant dans le reflet de la vitre.

— Et pour moi ?

Les yeux de Bennett quittèrent complètement la route et sa tête se tourna vivement vers moi à cette question.

— Et pour toi *quoi* ?

— Tu as passé pas mal de temps avec moi, maintenant. Dis-moi, est-ce que je serais intéressée par une relation uniquement sexuelle, ou est-ce que je suis *trop compliquée* ?

Je me retournai pour le regarder et l'observai alors qu'il levait une main vers son menton pour le frotter. Un large sourire s'étala sur son visage quand il cessa de faire semblant de réfléchir à sa réponse.

— Tu es aussi compliquée qu'on peut l'être, ma belle.

J'ouvris la bouche pour protester, avant de la refermer, puis de la rouvrir.

— C'est faux.

Il m'adressa un regard signifiant *mensonge*.

— C'est faux !

— Ta relation avec cet abruti est en pause depuis quoi, trois, quatre mois maintenant ? Avec combien d'hommes es-tu sortie durant ce temps ?

Je pinçai les lèvres.

— La réponse est donc *zéro*, je présume ?

— J'avais besoin d'une pause.

— De sexe ?

— Des hommes, rectifiai-je, fronçant les sourcils. Andrew m'a vraiment blessée.

— Désolé. Mais ça ne fait que prouver que j'ai raison. Tu aurais pu sortir et avoir des relations sexuelles si tu l'avais voulu – un soulagement physique. Mais tu associes ça à une relation.

J'imagine qu'il avait raison. J'avais connu un coup d'un soir durant ma première année de fac et j'avais détesté la manière dont je m'étais sentie le lendemain. Je supposai que j'étais compliquée.

Maintenant, c'était à mon tour de vouloir changer de sujet.

— Tu as déjà eu une petite amie ? demandai-je.

— Définis petite amie.

— Une personne avec qui tu es sorti de manière exclusive.

— Bien sûr. Je te l'ai dit. Je ne suis pas doué pour partager quand je vois quelqu'un.

— Combien de temps a duré ta relation la plus longue ?

— Je ne sais pas, quelques mois. Peut-être six.

— Tu as déjà été amoureux ?

La mâchoire de Bennett se crispa. Clairement, cette question réveillait certaines blessures. Il se racla la gorge.

— Tu m'as dit que tu m'en devais une, n'est-ce pas ?

Je hochai la tête.

— Changeons de sujet et parlons du boulot, et je considérerai qu'on est quittes.

Bennett

— Annalise ? Quel plaisir de te revoir.

Le type qui venait d'entrer dans la pièce pour participer à la réunion s'avança et étreignit Annalise. Je regardai sa main se placer juste au-dessus de ses fesses tandis qu'il enveloppait ses bras autour d'elle – on pouvait se demander si cela pouvait être considéré comme un geste inapproprié pour un collègue.

— Tobias ? dit-elle en s'écartant de son étreinte. Qu'est-ce que tu fais ici ?

— Je suis le nouveau vice-président créatif de Star Studios. J'ai quitté Century Films et commencé ici il y a quelques semaines. Je n'ai pas vu ton nom dans le planning d'aujourd'hui avant ce matin, ou je t'aurais contactée plus tôt.

— Waouh, dit-elle. Eh bien, ça fait plaisir de voir un visage familier. Comment vas-tu ?

— Bien. Je suis très occupé par le boulot. Je perfectionne encore ma conception de vin durant mon temps libre. La première récolte s'est faite la semaine dernière à la petite ferme que j'ai reprise l'année dernière.

Je vais peut-être devoir appeler tes parents pour avoir des conseils.

— C'est super. Je serais ravie de t'aider. Tu devras me faire goûter quand tes premières bouteilles seront prêtes.

Je me tenais juste à côté d'Annalise, à regarder cet échange. Tandis que le sommelier, ou quel que soit le nom qu'on donne à un fabricant de vin, ne détournait pas les yeux de la femme devant lui pour prendre en compte ma présence, Annalise se souvint brusquement que j'étais là.

— Oh. Tobias, voici Bennett Fox. Bennett et moi travaillons ensemble chez Foster, Burnett et Wren.

Je lui serrai la main et le jaugeai. Grand, pas désagréable à regarder, des chaussures cirées et une poignée de main ferme.

— Ravi de vous rencontrer, Ben.

En temps normal, je corrigeais les gens quand ils raccourcissaient mon nom à Ben, sauf si c'était un client. Les clients pouvaient m'appeler *tête de bite*, ça m'était égal, tant qu'ils me confiaient leur projet. Mais il y avait quelque chose chez les gens capables de vous donner immédiatement un diminutif qui m'agaçait à chaque fois. Tu n'es pas mon pote. Je ne t'appelle pas Toby et je ne te propose pas d'aller boire une bière. On vient tout juste de se rencontrer. C'est Ben-*nett*... la deuxième syllabe ne coûte pas plus cher.

— Et si on s'asseyait ? proposai-je. Je pense que tout le monde est là.

J'attendis que toutes les femmes de la pièce s'assoient, mais apparemment, je traînai un peu trop. Parce qu'avant que j'aie pu m'asseoir sur la chaise à côté d'Annalise – vous savez, pour faire front commun de manière professionnelle –, Tobias posa la main sur le dossier de la chaise devant moi et la tira pour lui-même.

Ne voulant pas causer une scène, je me déplaçai vers la chaise libre la plus proche, qui se trouvait être de l'autre côté de la table.

Le vice-président de la production commença la réunion, nous donnant une présentation complète des objectifs professionnels de l'entreprise et du public cible. Je prenais des notes à mesure qu'il parlait et m'efforçais d'écouter quasiment tout le temps que ça dura. Mais de temps en temps, je regardais vers Annalise. Deux fois, j'avais surpris Tobias en train de lui murmurer à l'oreille pendant qu'elle prenait des notes. La table de conférence faisait probablement un mètre vingt de largeur. Cela me donnait envie de découvrir si je pouvais l'atteindre avec mon pied par en dessous.

Une fois la présentation officielle terminée, chacun des membres de Star se leva pour ajouter quelque chose. Quand ce fut au tour de Tobias, il aurait dû garder le silence, parce qu'il n'avait rien d'intéressant à ajouter. Apparemment, le type aimait juste s'entendre parler, même pour débiter des slogans vides de sens. *Et* trouver des excuses pour toucher Annalise.

— Donc, je suis nouveau, ici, chez Star, de toute évidence. Et l'équipe a fait un excellent travail aujourd'hui s'agissant de présenter non seulement qui nous sommes, mais aussi la marque que nous prévoyons de devenir. Tout ce que je peux ajouter, c'est que la synergie est importante. Notre logo, notre message commercial, notre équipe, notre alignement stratégique – ce sont les ingrédients nécessaires pour concevoir une bonne fournée de cookies. Omettez la pincée de sel ou les éclats de chocolat et qu'est-ce que vous obtenez ? Probablement quand même un cookie – mais il ne sera pas aussi délicieux qu'il aurait pu l'être. La cohésion est le maître-mot, et la campagne qui conquerra nos cœurs sera celle qui se mélange le mieux avec tout le reste pour concevoir les meilleurs cookies.

Bla bla bla. Cookies. Bla bla bla. Encore des cookies. C'est tout ce que j'entendis.

Il n'arrêtait pas de parler, sans jamais rien dire, jusqu'à finalement conclure par un hochement de tête vers Annalise.

— J'ai déjà travaillé avec Wren, alors je suis persuadé qu'ils ont la capacité de voir les choses en grand et de sortir des sentiers battus pour créer quelque chose d'exceptionnel.

Il lui toucha le bras tout en continuant :

— Nous n'avons qu'à donner à Annalise et son équipe la bonne liste d'ingrédients, et elle reviendra avec la plus délicieuse fournée de cookies aux éclats de chocolat que nous ayons jamais mangée.

Annalise et *son équipe*. Génial. Quel connard.

Une fois la réunion terminée, Tobias se porta volontaire pour nous faire visiter le lieu de production. Il tendit la main à Annalise pour l'aider à monter à l'avant de la voiturette de golf avant d'en faire le tour pour s'installer au volant. Je fus relégué au siège orienté vers l'arrière et dus tendre l'oreille pour l'entendre nous indiquer un point ou un autre pendant qu'on roulait.

Au bout de quatre heures de réunions et de visites de la part du président du fan-club d'Annalise, nous retournâmes tous les trois à son bureau pour parler. À ce moment-là, ses petites caresses familières s'étaient faites plus fréquentes et je sentais mon visage devenir brûlant.

— Alors, qu'est-ce que je peux faire d'autre pour t'aider à faire des merveilles ? demanda Tobias.

Il ne regardait qu'Annalise quand il parlait, même si nous étions tous les trois assis autour d'une petite table ronde.

— J'aimerais beaucoup que nous ébauchions quelques designs de logos approximatifs et que nous te les montrions de manière informelle avant d'aller trop loin dans notre présentation de marque complète devant le groupe, dit-elle.

Tobias hocha la tête.

— Accordé. Envoie-moi tout ce que tu veux et j'y jetterai un œil. Mieux encore, reviens ici et j'organiserai un déjeuner avec certains des principaux intervenants pour voir s'ils peuvent t'exprimer leurs sentiments.

— Waouh. Ce serait génial.

Je ressentis le besoin de contribuer d'une manière ou d'une autre à cette conversation. Ou peut-être de lui rappeler que j'étais dans la pièce.

— Merci, Tobias. Ce serait génial.

Il m'adressa un sourire poli, avant de reporter son attention sur la femme à côté de lui. À nouveau, il lui toucha le bras.

— Je ferais n'importe quoi pour Anna.

Annalise me surprit à fixer l'endroit où sa main était posée et retira vivement son bras.

Bordel de merde. Elle a pris un air coupable. Est-ce qu'elle l'a baisé ? Moi qui pensais que ce type n'était qu'un connard des plus ordinaires, du genre à tirer profit de sa position. Mais il y avait autre chose.

Ils passèrent tous deux un moment à parler de trucs qu'ils avaient faits ensemble dans son précédent studio. Bien sûr, je ne pouvais pas contribuer à cette conversation non plus, ce qui était peut-être le but. Par chance, l'assistante de Tobias finit par frapper à la porte, les interrompant et lui rappelant qu'il avait une téléconférence bientôt.

— Vois si tu peux le repousser, tu veux bien, Susan ?

J'avais envie de me barrer de ce bureau au plus vite.

— Ce n'est rien, dis-je en me levant. Vous nous avez déjà accordé beaucoup de votre temps. Nous ne voulons pas abuser de votre hospitalité. *N'est-ce pas, Annalise ?*

Elle fronça les sourcils.

— Euh... bien sûr. Est-ce que tu seras au dîner de ce soir ?

— Je ne comptais pas y participer, mais je vais voir si je peux m'arranger pour pouvoir venir, finalement.

Je me forçai à sourire. *Dégage.*

— Super.

Après un autre câlin de la part de ce cher Toby, Annalise et moi sortîmes sur le parking en silence. J'avais l'impression qu'un énorme nœud s'était formé dans ma nuque. J'ouvris sa portière et nos yeux se croisèrent une brève seconde. Mon visage demeura sévère.

Si je parlais maintenant, j'allais exploser, c'était certain. Nous avions quelques heures de libres avant notre dîner de ce soir, et j'allais devoir aller à la salle de sport pendant une heure, ou quelque chose comme ça, pour évacuer un peu la pression – peut-être pendant deux heures.

Lorsqu'elle se fut installée, je refermai la portière, réussissant tant bien que mal à ne pas la claquer assez fort pour la sortir de ses gonds.

À la minute où le moteur démarra, je passai une vitesse et me mis en route à travers le parking sans réfléchir à quelle direction prendre.

— Tu sais comment aller à l'hôtel ? demanda Annalise.

— Non. Et si tu cherchais et me donnais la direction, vu que c'est toi la patronne.

Annalise fronça les sourcils.

— Qu'est-ce que tu voulais que je fasse ? Corriger le client au beau milieu de sa présentation ? Tu sais que cela aurait manqué de professionnalisme.

— Pas autant que d'encourager le client à te peloter.

— Tu plaisantes, putain ?

Comme Annalise n'était pas vraiment du genre à se montrer grossière, je sus avant même de jeter un œil à son visage écarlate qu'elle était en colère. Ce qui m'allait très bien. Nous étions deux, *putain*.

— Il est amical parce que nous avons déjà travaillé ensemble. Il est aussi heureux en mariage, non pas que je te doive la moindre explication.

— Tu ne peux pas être aussi naïve. Tu crois que le simple fait d'être marié fait une quelconque différence, pour certains hommes ?

Je marquai une pause, même si j'aurais dû simplement arrêter là ma diatribe.

— Oh, attends, repris-je. Tu *peux* être aussi naïve. Après tout, tu es cette même femme qui a cru que retrouver un ex dans un hôtel pouvait constituer *quoi que ce soit d'autre* qu'un plan cul.

Si je croyais que son visage était rouge de colère jusqu'alors, je me trompais. La teinte rouge s'assombrit jusqu'à devenir presque violette. Elle avait presque l'air de retenir son souffle. Pendant une fraction de seconde, j'envisageai de sortir de la voiture pour ma propre sécurité.

— Arrête la voiture, ordonna-t-elle. *Arrête cette fichue voiture !*

Je freinai brutalement.

Annalise défit sa ceinture et ouvrit vivement la portière. Nous étions encore dans le parking et au moins, il n'y avait pas d'autres voitures ou de gens autour de nous pour la regarder sortir et commencer à faire les cent pas tout en agitant les mains en l'air, me traitant de connard en hurlant.

J'étais peut-être un connard. En fait, je savais que j'en étais un. Mais cela ne rendait pas ce qu'il s'était passé entre eux deux tout l'après-midi plus acceptable pour autant. Je la laissai bouillonner dehors pendant que je grommelai moi-même à l'intérieur de la voiture. Environ un quart d'heure plus tard, elle revint à grands pas vers la voiture, entra et boucla sa ceinture.

— Roule jusqu'à l'hôtel. Nous devons faire semblant d'être en bons termes devant le client au dîner de ce soir. Mais nous n'avons aucune raison d'être amicaux pour l'instant.

— Ça me va, répondis-je en redémarrant la voiture.

La première heure de sport ne m'aida en rien. La deuxième ne fit que me donner des courbatures dans les bras et les mollets.

Même une sieste éclair d'une demi-heure, une douche brûlante et un massage ne parvinrent pas à me détendre. Tous les muscles de mon corps étaient encore crispés.

Aussi tordu que ça puisse paraître, je ne redoutais *pas* le dîner. En fait, j'étais impatient d'y être. Je mourais d'envie de voir comment se comporterait Annalise après que je l'ai confrontée à ce qu'il se passait entre elle et cet abruti.

À huit heures moins le quart, je descendis au bar, où nous devions retrouver l'équipe de Star Studios dans quinze minutes. J'étais content que notre dîner doive avoir lieu au restaurant de notre hôtel, ce qui m'évitait d'avoir à conduire et me permettait de boire un verre ou deux. Dieu savait que j'en avais besoin.

Le vice-président de la production et le scénariste en chef étaient déjà assis au bar. Ils me saluèrent chaleureusement.

— Qu'est-ce que tu bois, Bennett ?

Je jetai un œil à leurs verres, tous deux remplis d'un liquide ambré.

— Je vais prendre un scotch.

Le vice-président me donna une tape dans le dos.

— Excellent choix.

Il se retourna et commanda un autre verre de la marque et de l'année qu'ils buvaient tous deux, avant de pivoter à nouveau vers moi.

— Nous avons été les seuls à parler, aujourd'hui. Parle-moi un peu de toi.

— Très bien. Je travaille chez Foster Burnett depuis presque dix ans, j'ai commencé en tant qu'artiste graphique et je me suis hissé au poste de directeur créatif. Je passe trop de temps au bureau, j'essaie de jouer au golf le week-end, et mon assistante me déteste parce que j'ai mangé son sandwich au beurre de cacahuète dans le frigo un jour où je travaillais dans des délais serrés et où j'étais encore au boulot à minuit.

La dernière partie les fit rire. C'était amusant à entendre, et j'imagine qu'ils croyaient que j'exagérais. Ce qui n'était pas drôle, c'était qu'elle me détestait *vraiment*.

— Artiste graphique, hein ? Tu dessines toujours ?

— Est-ce que mes gribouillis pendant que je suis au téléphone avec ma mère comptent ?

Le rire des deux hommes fut interrompu par une voix de femme :

— Bennett se montre juste modeste. C'est un très bon artiste. Vous devriez voir certaines de ses œuvres – surtout ses caricatures. Il a une imagination assez débordante.

Je me retournai et découvris Annalise – vêtue d'une robe bleue qui moulait son corps et donnait à ses seins une allure fantastique, tout en restant je ne sais comment appropriée pour une tenue professionnelle. Elle était sublime. Cela me fit presque oublier la petite guerre dans laquelle nous étions engagés, et qu'elle venait d'essayer de m'enfoncer en parlant de mes gribouillis caricaturaux sexy.

— En parlant de modestie, dis-je en sirotant mon verre, quand ce sera au tour d'Annalise de vous en dire un peu plus sur elle, ne la laissez pas oublier de mentionner sa passion des voitures. Elle est capable de démonter une voiture comme personne. Bon sang, durant son deuxième jour dans les nouveaux locaux, elle s'est occupée d'un problème d'essuie-glace que je n'avais même pas conscience d'avoir jusqu'alors.

Annalise conserva un large sourire sur son visage, mais j'aperçus les petits éclairs foudroyants que me lancèrent ses yeux légèrement plissés. Je lui exhibai à mon tour mes dents blanches, sauf que mon amusement n'était pas feint. J'aimais me moquer d'elle. J'aurais pu passer toute la nuit comme ça, à lancer des piques déguisées en compliments. En deux minutes, cela m'aida bien plus à soulager la tension que je ressentais que les deux heures de sport et de douche.

Après quelques échanges de plus, durant lesquels elle déguisa sa remarque désobligeante à propos de ma vie amoureuse en me compliment sur mon dévouement au travail, et où je lui lançai une pique à propos de sa naïveté déguisée en remarque sur son ouverture d'esprit, le nœud dans ma nuque se relâcha pour la première fois de toute la journée.

Même si la douleur revint moins de cinq minutes plus tard quand son pote se pointa.

— Tu as pu venir, dis-je.

Je vis son regard jauger rapidement Annalise de haut en bas avant qu'il réponde :

— C'était trop important pour que je manque ça.

Ouais, bien sûr.

En quelques minutes, le reste de notre groupe nous avait rejoints, y compris le membre du conseil d'administration qui était ami avec le vice-président de Star et qui nous avait obtenu les invitations à venir aujourd'hui et à faire une présentation pour leur entreprise. Nous continuâmes nos discussions autour d'une table pour le dîner, et je ne fus pas surpris de voir que, je ne sais comment, Annalise et Tobias se retrouvaient à nouveau assis l'un à côté de l'autre.

Même si j'avais la chance d'être assis à côté du membre du conseil d'administration qui déciderait bientôt d'où je vivrais, je n'arrivais pas à me concentrer suffisamment pour tirer profit de cette opportunité de vraiment lui parler. Au lieu de ça, je me retrouvais à étudier chaque geste entre le couple à l'air heureux assis en face de moi.

La manière dont elle rejetait la tête en arrière quand il disait quelque chose censé être drôle.

La façon dont sa bouche remuait quand elle parlait, sa langue léchant les gouttes de vin en haut du verre chaque fois qu'elle buvait une gorgée.

La manière très féminine dont elle se tapotait le coin de la bouche avec sa serviette en tissu.

La façon dont ce *connard* n'arrêtait pas de lui toucher le bras et de cogner son épaule contre la sienne.

Lorsque nous arrivâmes au dessert, je commençais à avoir du mal à trouver quoi que ce soit à dire, et je restais la plupart du temps silencieux. L'amusement que j'avais ressenti au début de la soirée était bien loin, et j'étais pressé que cette soirée se termine.

Quand ce fut enfin le cas, nous nous saluâmes tous dans le hall de l'hôtel. Annalise adressa un dernier signe de la main à l'équipe de chez Star alors qu'elle sortait de l'hôtel, puis il ne resta que nous deux. Le sourire qu'elle arborait se transforma aussitôt en expression furieuse.

— Tu es la personne la moins professionnelle que j'aie jamais rencontrée !

— Moi ? Qu'est-ce que j'ai fait ?

— Tu as passé toute la soirée à me regarder de travers et à fusiller Tobias du regard.

— N'importe quoi. Je n'ai pas du tout fait ça.

Elle s'immobilisa un instant et étudia mon visage.

— Tu es sérieux, n'est-ce pas ? Tu ne réalises même pas ce que tu as fait.

— Je ne faisais rien du tout.

Cette femme était cinglée. J'avais peut-être été un peu silencieux, je m'étais montré moins sociable que d'habitude, mais elle était assise en face de moi.

— Tu étais assise dans mon champ de vision. Où est-ce que tu voulais que je regarde ?

— Tu boudais et tu bouillonnais intérieurement comme si... comme si... tu te comportais comme un foutu petit ami jaloux.

— Tu es folle.

— C'est impossible de travailler avec toi.

Avant que j'aie pu répondre quoi que ce soit, elle s'éloigna à grands pas et se dirigea vers l'ascenseur.

Je restai immobile un instant, m'efforçant de comprendre à quel moment elle avait bien pu trouver que je me comportais comme un petit ami jaloux. Mon adrénaline était montée en flèche et je savais qu'il n'y avait aucune chance pour que je parvienne à m'endormir. Je décidai donc de retourner au bar pour obtenir un peu d'aide sous forme liquide pour trouver le sommeil.

— *Tu te comportais comme un foutu petit ami jaloux.*

Ses paroles n'arrêtaient pas de tourbillonner dans ma tête, ainsi que la grande quantité de scotch de dix ans d'âge.

Après deux verres, j'étais beaucoup plus calme. Mais je ne pouvais oublier tout ce qui s'était passé ce soir. Les choses avaient plutôt bien commencé – la robe bleue, ses superbes seins. J'étais plutôt détendu quand elle était arrivée, même après notre engueulade dans la voiture cet après-midi. La regarder parler, la regarder rire, voir l'homme assis à côté d'elle se pencher et poser son bras sur le dossier de sa chaise pendant l'apéritif. Je ne pouvais pas voir sa main, mais je l'imaginais faisant glisser son doigt le long de son dos en se disant que personne ne remarquerait rien.

Sauf moi. *Je savais.*

Je secouai la glace dans mon verre, avant d'ingurgiter ce qu'il restait dedans.

Ce foutu doigt.

J'avais envie de le lui casser.

Comment ce salopard ose-t-il la toucher ?

La pensée qui traversa ensuite mon esprit au trois quarts saoul sembla venir de nulle part.

Ôte tes sales pattes de mon Annalise.

Quoi ?

Répète-moi ça ?

Je ris, me moquant de moi-même et m'efforçant de me débarrasser de cette pensée ridicule. C'était l'alcool qui parlait.

Forcément. N'est-ce pas ?

À moins que...

Meeeerde.

Je laissai aller ma tête contre le dossier du tabouret de bar et je fixai le plafond pendant une minute, perdu dans mes pensées. Toutes les pièces du puzzle commençaient à s'assembler à très grande vitesse.

Je fermai les yeux.

Merde.

Je me comportais *vraiment* comme un petit ami jaloux, ce soir.

Mais pourquoi ?

La réponse aurait dû être évidente, même pour quelqu'un d'aussi obtus que moi, mais il me fallut deux verres de plus, et jusqu'à ce que le bar commence à fermer, pour y réfléchir encore.

Lorsque j'eus compris, je décidai de faire quelque chose de stupide...

Annalise

Boum boum.

Je roulai sur le côté et me couvris la tête avec la couverture.

Quelques minutes plus tard, le son retentit à nouveau. *Boum boum.*

J'écartai les draps et soupirai. Quelle heure était-il, bon sang ? Et qui pouvait bien faire tout ce bruit ? Ça ne ressemblait pas à des coups frappés à la porte.

Je cherchai à tâtons mon téléphone sur la table de chevet, le récupérai et appuyai sur le bouton *on*. Une lumière vive illumina la chambre d'hôtel plongée dans le noir complet et agressa mes yeux endormis. Je regardai l'heure en plissant les yeux. 2 h 11.

Je poussai un soupir. Ce devait être les gens qui remontaient le couloir après la fermeture du bar. Je tentai de me recoucher et de me rendormir, mais maintenant, ma vessie s'était réveillée, elle aussi. Sur le chemin vers la salle de bains, je jetai un œil par l'œilleton et scrutai le couloir autant que je pouvais. Il semblait vide, maintenant.

Mais dès que je me fus remise au lit, le son recommença.

Boum boum.

Qu'est-ce que c'était que ça ? Je repoussai les couvertures et descendis du lit pour regarder à nouveau dans l'œilleton. Rien. Mais cette fois, pendant que j'étais sur la pointe des pieds à scruter le couloir, le bruit sourd se fit à nouveau entendre – et la porte vibra. Je reculai d'un bond.

— Il y a quelqu'un ?

Une voix basse dit quelque chose depuis l'autre côté de la porte, mais je ne pus comprendre les mots. Je regardai à nouveau dans le judas, mais en scrutant vers le bas, cette fois. *Des cheveux.* Quelqu'un était assis devant la porte. Mon cœur se mit à battre plus fort.

— Qui est là ?

D'autres marmonnements.

Je me baissai à son niveau et appuyai l'oreille contre la porte.

— Qui est là ?

J'entendis très distinctement un rire.

Est-ce que c'était... ?

Je me relevai devant l'œilleton et regardai à nouveau autant que je pouvais vers le bas. Les cheveux ressemblaient aussi aux siens. Mais je ne pouvais en être certaine. Je vérifiai que la chaîne de sécurité était en place avant d'entrouvrir lentement la porte.

— Bennett ? C'est toi ?

— Bordel, mais qu'est-ce que... ? grommela sa voix, plus clairement à travers l'ouverture.

Je baissai les yeux et le découvris affalé contre la porte. Il était appuyé dessus en position assise, et tomba en arrière quand elle s'ouvrit.

Je les repoussai en avant, lui et la porte, le temps de défaire la chaîne de sécurité, puis ouvris la porte en grand.

Bennett suivit le mouvement, son poids poussant la porte jusqu'à ce qu'il se retrouve étalé par terre – la partie supérieure de son corps était dans ma chambre et ses jambes dehors, dans le couloir. Il se mit à rire de manière hystérique.

— Qu'est-ce que tu fais, bon sang ? demandai-je.

Je songeai alors qu'il était peut-être malade et qu'il avait besoin d'un médecin.

— Merde, dis-je en me penchant en avant, paniquée. Tu vas bien ? Tu as mal quelque part ?

L'odeur d'alcool répondit à ma question sans qu'il ait besoin de prononcer un mot.

— Tu es ivre, dis-je en agitant une main devant mon nez.

Il m'adressa son sourire de travers le plus sexy.

— Et tu es belle, putain.

Pas exactement ce à quoi je m'attendais.

J'enjambai son corps et jetai un coup d'œil de chaque côté du couloir. Il n'y avait personne d'autre dans le coin.

Bennett pointa son doigt vers moi, tout son visage suivant le mouvement et arborant un rictus obscène.

— Je peux voir sous ta robe.

Je portais un long T-shirt qui atteignait à peine mes cuisses. Et il regardait effectivement mes sous-vêtements. Je resserrai le bord du tissu et pressai les jambes l'une contre l'autre.

— Qu'est-ce qu'il se passe ? Tu as cru que c'était ta chambre, ou quelque chose comme ça ? Tu es deux portes plus loin, la chambre à côté de l'ascenseur, tu te souviens ?

Il tendit la main et ses doigts effleurèrent ma cuisse.

— Allez. Laisse-moi la voir à nouveau. Elle était noire, en dentelle. Mes préférées.

Une vague de chaleur remonta le long de ma jambe lorsque je sentis ses doigts sur ma peau. Mais mon cœur fut assez malin pour se souvenir de ce qu'il avait fait, un peu plus tôt. Je repoussai sa main. Ce qu'il trouva amusant.

— Tu ne m'aimes pas, hein ?

— En ce moment, non.

— Ce n'est pas grave. Moi, je t'aime bien.

— Bennett, est-ce que tu veux quelque chose, ou est-ce que tu as besoin d'aide pour retourner à ta chambre ?

— Je suis venu m'excuser.

Cela fit fondre un peu la glace autour de mon cœur. Mais il était saoul, alors je ne pouvais pas être sûre qu'il sache pourquoi il était désolé.

— T'excuser pour quoi ? demandai-je.

— De m'être comporté comme un con. Pour avoir joué le petit ami jaloux.

Je poussai un soupir.

— C'était quoi, ton problème, ce soir ?

Un sourire idiot s'étala sur son visage.

— Le petit Toby n'aurait pas dû te toucher comme ça. Je n'aurais pas dû te blâmer pour ça.

Je baissai un peu plus la garde.

— Ce n'est rien. J'imagine que, quelque part, j'apprécie ton esprit chevaleresque, à vouloir me défendre.

Il trouva ce commentaire amusant aussi.

— Chevaleresque. C'est une chose dont on ne m'avait encore jamais accusé.

Bennett tendit le bras pour poser la main sur mon pied nu. Il dessina des huit avec son doigt. Seigneur, que ses caresses étaient agréables, même à cet endroit.

Il baissa les yeux, regardant sa main dessiner, tout en continuant à parler :

— Je suis désolé, Texas.

Pour je ne sais quelle raison stupide, le fait qu'il utilise mon surnom m'adoucit.

— Ce n'est rien, Bennett. Ne t'en fais pas. Contente-toi de faire en sorte que ça ne se reproduise plus, d'accord ?

Il arrêta de dessiner et couvrit le haut de mon pied avec sa paume. Puis il leva le pouce et me caressa la cheville. Je sentis l'effet de cette caresse entre mes jambes.

— Mais ça se reproduira, murmura-t-il. Ça arrivera à nouveau.

Mon cerveau était distrait par la manière dont ce simple contact irradiait partout dans mon corps, si bien que je ne suivis pas vraiment ce qu'il disait.

— Qu'est-ce qui arrivera à nouveau ?

— Je me comporterai encore comme ça. Je ne peux pas m'en empêcher. Tu sais pourquoi ?

Je n'étais pas sûre de m'en soucier, du moment que ce pouce continuait de caresser ma cheville.

— Hum ?

— Parce que *j'étais* jaloux.

Ma mâchoire s'ouvrit en grand. Je devais avoir mal interprété ce qu'il venait de dire.

— Tu étais jaloux de quoi ?

Il leva les yeux du sol et nos regards se croisèrent.

— Du fait qu'il te touche.

— Mais pourquoi ?

— Parce que *je* veux être celui qui te touche.

Soudain, je devins pleinement consciente du fait de ne porter qu'un haut.

— Il faut que j'enfile un pantalon.

La porte de ma chambre était encore ouverte, et la moitié de son corps était dans le couloir.

— Tu peux rentrer tes jambes pour que je puisse fermer la porte et récupérer quelque chose à me mettre ?

Il parvint à plier les genoux et à les soulever suffisamment pour que je puisse fermer la porte, mais il ne se leva pas du sol. Il ne lâcha pas non plus mon pied. Le bruit de la porte qui se refermait résonna très fort, avant d'être suivi d'un silence. J'étais toujours douloureusement consciente du fait d'être à moitié nue. Bennett me touchait la jambe et nous étions tous deux très seuls dans ma chambre d'hôtel.

J'extirpai mon pied de sa main et me précipitai vers ma valise pour trouver le pull que j'aurais dû enfiler avant même d'ouvrir la porte. Je le récupérai et fonçai dans la salle de bains.

Seigneur. Je me fis peur en apercevant mon reflet dans le miroir. Le visage ensommeillé, mon maquillage étalé partout et mes yeux gonflés, fatigués et cernés – je ressemblais à une clocharde. Du mascara coulait sur l'une de mes joues et – je me penchai en avant pour y regarder de plus près – est-ce que c'était de la *bave* séchée, sur le côté de mon visage ?

Je passai les prochaines Dieu sait combien de minutes à m'arranger un peu. Je nouai mes cheveux en queue de cheval, me nettoyai le visage, me brossai les dents, mis du déodorant et enfilai mon pantalon de jogging. Puis j'eus une longue conversation... avec moi-même.

— Tout va bien. Il est juste saoul. Il n'a aucune idée de ce qu'il raconte.

Je pris une profonde inspiration et continuai :

— Il ne va rien se passer du tout. Tu vas simplement l'aider à se relever et à rejoindre sa chambre.

Mais... s'il recommence à me caresser le pied.

— Non. Hors de question. C'est ridicule. Contente-toi de sortir, maintenant. Depuis combien de temps es-tu cachée ici, d'ailleurs ?

La meilleure question serait de savoir combien de temps a passé depuis la dernière fois que tu as été avec un homme ?

— Arrête ça. Tu es ridicule. C'est ton rival, un homme que tu n'apprécies même pas, la moitié du temps.

Ce soir n'a pas besoin d'être cette moitié-là...

Je pointai sévèrement du doigt vers le miroir.

— Assez.

Je m'examinai ensuite une dernière fois et redressai les épaules, avant de poser la main sur la poignée. *Il ne va rien se passer.*

Littéralement.

Parce que lorsque j'ouvris la porte de la salle de bains, je découvris...

Bennett en train de ronfler sur le sol de ma chambre.

Je ne pouvais pas retourner me coucher.

Et puisque j'avais un avion à prendre tôt dans la matinée, je n'avais que quelques heures à tuer avant de devoir partir à l'aéroport. Malgré tout, ces quelques heures me semblèrent loin d'être suffisantes pour rejouer dans ma tête tout ce que Bennett avait dit et fait la veille.

J'avais essayé de le réveiller après être sortie de la salle de bains, mais mes efforts avaient été vains. Il était tombé dans un profond sommeil d'ivrogne. Je le couvris avec une couverture supplémentaire trouvée dans le placard, plaçai un oreiller sous sa tête et le laissai dormir à même le sol.

Pendant tout le temps où je m'étais préparée ce matin – le bruit de ma valise, de la douche, du déodorant que j'avais fait tomber sur le sol carrelé –, rien ne fit ne serait-ce que tressaillir Bennett. Quelque chose me disait qu'il pourrait sûrement dormir comme ça jusqu'à cet après-midi, et il en avait probablement besoin, mais il manquerait alors son vol. Par chance, il ne décollait que trois heures après le mien, il n'aurait donc pas à se lever avant un moment.

Je téléphonai à la réception et leur demandai d'appeler pour le réveiller à neuf heures, mais je n'étais pas certaine que la sonnerie du téléphone à l'autre bout de la pièce suffirait à le réveiller. Ainsi, je décidai d'activer aussi l'alarme de son téléphone. Sauf que je dus d'abord le sortir de sa poche.

Je m'agenouillai et examinai son visage pour m'assurer qu'il était toujours plongé dans un profond sommeil. Bennett était vraiment foutrement beau — son teint était d'une couleur naturellement bronzée, même alors qu'il était ivre mort, et je savais que si ses yeux s'ouvraient, ils seraient d'un vert stupéfiant, en contraste avec sa peau. Et combien d'hommes avaient des lèvres aussi pleines et roses ? Bien sûr, contrairement à moi, il dormait de manière gracieuse. Sa bouche était légèrement entrouverte, laissant entrevoir ses parfaites dents blanches, alors que si cela avait été moi, de la bave me coulerait des lèvres pour former une flaque sur le sol. C'était presque injuste à quel point il était beau.

Mais j'avais un avion à prendre, et lui aussi. Je ne pouvais pas perdre plus de temps à l'admirer. Je devais essayer de sortir son téléphone de sa poche pour activer une alarme.

Sauf que...

Alors que je m'apprêtais à plonger la main dans la poche de son pantalon, mes yeux se posèrent sur une bosse non négligeable un peu à ma gauche. *Oh mon Dieu.* Bennett avait une érection dans son sommeil.

Waouh. C'est… une taille appréciable.

Je l'avais peut-être regardée fixement pendant une minute ou deux.

Je m'étais peut-être aussi accordée une minute ou deux pour fermer les yeux et imaginer ce que cela pouvait faire de l'avoir dans mes mains, si je baissais la braguette de son pantalon et plongeais les doigts à l'intérieur.

Je m'étais peut-être même demandé s'il s'en rendrait compte, si j'ouvrais cette braguette.

Ou ce qu'il ferait s'il se réveillait pour me trouver les mains enveloppées autour de cette bosse.

Cet homme me rend vraiment folle.

Je secouai la tête et me tirai de mon accès de délire. Je devais me mettre en route et activer cette foutue alarme de téléphone.

Mes mains tremblaient lorsque je les plongeai dans sa poche. À chaque geste que je faisais, je surveillais son visage pour m'assurer qu'il ne se réveillait pas. Très lentement, je libérai son téléphone de sa poche.

Lorsque je l'eus sorti, je poussai un soupir, réalisant que je retenais mon souffle. Mes mains tremblaient encore lorsque j'allumai son téléphone. Je n'avais pas songé à la possibilité qu'il ait un mot de passe – la plupart des gens en avaient un. Mais quand j'appuyai sur le bouton *on*, aucun clavier n'apparut. Au lieu de ça, j'arrivai directement sur son écran d'accueil, et découvris la photo inattendue d'un adorable petit garçon. Il n'avait probablement pas plus de dix ou onze ans, avec des cheveux brun clair ébouriffés et un sourire éblouissant. Il portait un short et des bottes de pluie en plastique jaune, et il se tenait sur un rocher au milieu d'un ruisseau, un énorme poisson entre les mains.

Je regardai la photo, puis l'homme endormi à côté de moi. Bennett pouvait-il avoir un enfant ? Il n'en avait jamais parlé, et il m'avait dit que sa relation la plus longue avait duré moins de six mois – non pas qu'on ait besoin d'être dans en couple pour ça. Mais cela me semblait être le genre de chose qui serait déjà venu dans la conversation, maintenant. Mes yeux passèrent encore plusieurs fois de Bennett à la photo. Je ne voyais aucune ressemblance.

J'aurais pu deviner qu'il avait quelques photos cochonnes de femmes dans son téléphone, mais pas qu'il aurait un petit garçon mignon en fond d'écran. Cet homme était vraiment une énigme complète.

Par chance, pendant que je fixais le garçon, j'aperçus l'heure sur le téléphone de Bennett.

Mince.

Il fallait que je parte. J'activai rapidement une alarme pour dans deux heures, avant d'aller dans ses paramètres afin de monter le volume au maximum tout en m'assurant que son téléphone vibrerait aussi. Puis je le posai au sol, juste à côté de son oreille. Si ça ne suffisait pas à le réveiller, rien n'y parviendrait.

Je me levai et récupérai ma valise, parcourant une dernière fois la chambre du regard pour vérifier que je n'oubliais rien. Puis je contournai l'homme endormi et ouvris doucement la porte de la chambre d'hôtel. Il n'avait toujours pas bougé d'un pouce.

Je lançai un dernier coup d'œil à la bosse dans son pantalon.

Eh bien, Bennett Fox, ce moment fut intéressant, c'est le moins qu'on puisse dire. Je suis impatiente de voir de quoi tu te souviendras, demain au bureau.

Annalise

À huit heures, j'étais déjà au bureau depuis des heures.

La veille, sur le chemin du retour, j'avais tapé un résumé des informations que j'avais retenues des réunions avec Star, puis j'avais envoyé un e-mail à trois membres de l'équipe – deux de chez Wren et un de chez Foster Burnett – pour leur demander de relire mes notes et de me rejoindre pour une session de brainstorming le lendemain matin à la première heure.

Quand j'étais arrivée au bureau à cinq heures du matin, la porte de Bennett était fermée, mais la lumière était allumée. Après avoir rattrapé mon retard sur mes e-mails pendant une heure, j'allai prendre un café et remarquai que sa porte était ouverte et que la lumière était désormais éteinte. Je me dis qu'il avait fait ce qu'il faisait souvent : arriver très tôt au bureau, travailler un peu puis aller faire son jogging matinal quelques heures plus tard. Nous n'avions eu aucun contact depuis que je l'avais laissé endormi dans ma chambre d'hôtel, hier matin, et même si j'étais rongée par la curiosité à propos de la manière dont il faisait face à ce qui était arrivé, je n'avais pas de temps à perdre, aujourd'hui.

Au moment même où ma réunion commençait, Bennett entra dans la salle de repos. Il fit un pas en arrière en nous apercevant à l'intérieur. Ses cheveux étaient mouillés et il tenait un grand gobelet de café Starbucks à la main.

— Qu'est-ce qu'il se passe, ici ?

— Nous sommes sur le point de commencer notre présentation pour Star Studios, répondis-je.

Il scruta des yeux les personnes présentes dans la pièce, et je m'attendais à ce qu'il me demande pourquoi j'avais choisi des gens pour travailler avec moi sur cette campagne sans en parler d'abord avec lui. Mais au lieu de ça, quand nos regards se croisèrent, il se contenta de m'adresser un bref hochement de tête avant de partir.

Mon équipe triée sur le volet et moi travaillâmes durant le restant de la matinée. J'avais une douzaine de concepts en vrac dans mon esprit pour Star avant qu'on commence, et nous réussîmes à réduire la liste à deux idées, avant de les développer, ajoutant aussi deux autres idées qui nous étaient venues durant la session. Notre plan était de passer un peu de temps chacun de notre côté, travaillant avec les quatre concepts, et de voir lequel ressortirait quand nous nous retrouverions dans quelques jours.

Sur le chemin du retour vers mon bureau, je m'arrêtai devant celui de Bennett. Il avait la tête baissée et dessinait quelque chose.

— Tu as réussi à attraper ton avion ? demandai-je.

Il s'appuya contre le dossier de sa chaise et jeta son crayon sur son bureau.

— Oui. Par chance, j'ai trouvé les ressources nécessaires pour activer une alarme, apparemment.

Hum... Non, pas du tout.

— Je ne me souviens pas vraiment de ce qu'il s'est passé après la fin du dîner. Est-ce que je me suis évanoui sur le sol de ta chambre après t'avoir raccompagnée, ou un truc comme ça ?

— Tu ne te souviens pas d'avoir frappé à ma porte ?

— Apparemment pas, répondit-il en fronçant les sourcils. Pourquoi est-ce que j'ai frappé ?

— Pour t'excuser de la manière dont tu t'étais comporté au dîner.

Et pour me dire pourquoi tu t'étais comporté comme ça.

— D'habitude, je ne bois jamais plus d'un ou deux verres d'alcool fort. Je suis plus du genre à boire de la bière, sourit-il. J'espère que tu n'as pas essayé d'abuser de moi.

Je sentis la déception m'envahir. *Il ne se souvient pas.* Je savais qu'il y avait de fortes chances pour que toute cette nuit ne soit plus qu'un trou noir pour lui, mais je ne m'attendais pas à me sentir blessée qu'il ne se rappelle pas ce qu'il m'avait dit.

Mais bien sûr, cela valait mieux ainsi.

— Tu ne savais plus quelle chambre était la tienne et tu t'es endormi pendant que j'allais enfiler un pull pour te raccompagner à ta porte.

Je sentis mon visage devenir brûlant à ce mensonge. *Merde.*

— Je dois y aller. On se parle plus tard, dis-je précipitamment.

Je sortis brusquement de la pièce et allai me cacher dans le bureau, verrouillant la porte derrière moi, avant qu'il ne remarque quelque chose.

Plus tard dans l'après-midi, je consacrai un peu de temps à peaufiner la campagne de Bennett pour Bianchi

Winery. La copie qu'il avait écrite avait encore besoin d'être affinée pour refléter le fait que le vignoble était une entreprise familiale et ne faisait pas partie d'un conglomérat – une chose dont Matteo tirait une grande fierté. À part ça, je changeai quelques couleurs sur l'étiquette de la nouvelle gamme de rosé que Maman voulait embellir, et remplaçai les achats de temps d'antenne radio la nuit en temps en soirée.

Je comptais aller à la salle de sport sur le chemin du retour le soir – pour éviter de croiser Andrew le lendemain matin –, alors je rangeai mon bureau à une heure raisonnable et emportai des dossiers pour travailler sur la campagne de Star Studio en rentrant. Je récupérai la copie et le graphisme révisés pour Bianchi dans l'intention de les déposer au bureau de Bennett sur le chemin de la sortie. Sauf que j'avais les mains pleines et, juste avant que j'atteigne sa porte, certains des papiers en haut de la pile tombèrent. Je me penchai pour les ramasser et entendis Bennett parler.

— Je ne suis pas en colère. C'est juste à ça que ressemble mon visage depuis l'arrivée d'Annalise.

Nous avions eu notre lot de disputes et d'échanges de noms d'oiseaux, mais c'était entre lui et moi, et j'avais plutôt vu ça comme un jeu du chat et de la souris – pas vraiment insultant, même quand on se balançait des insultes au visage. Mais qu'il dise du mal de moi à quelqu'un d'autre me semblait pire que lorsqu'il disait ces mêmes choses en face, pour je ne sais quelle raison.

— Elle m'a l'air d'être plutôt gentille, répondit une voix d'homme.

Je songeai qu'il pouvait s'agir de Jim Falcon.

— Intelligente, aussi, ajouta-t-il.

Cela me fit me sentir un peu mieux.

— C'est un peu dommage que vous ayez dû vous rencontrer de cette façon, en étant en compétition pour le même poste, et tout. Si vous vous étiez rencontrés dans un bar, je pense que vous auriez pu accrocher, tous les deux.

— Elle n'est pas mon type, répliqua sèchement Bennett.

Hier, j'étais belle. Aujourd'hui, je n'étais pas son type. J'avais envie d'en être agacée, mais au lieu de ça, je me sentais juste blessée.

— Ouais. J'imagine que tu as raison. Intelligente, gentille et belle... quel genre d'homme voudrait ça ?

Merci, Jim !

— Va te faire foutre, Falcon, lança Bennett d'un ton lapidaire. Si je l'avais rencontrée dans un bar, je me serais tenu à l'écart après avoir passé trois minutes avec elle. Fais-moi confiance.

Je n'avais jamais vraiment participé à une bagarre, et pourtant, soudain, je sus ce qu'on ressentait quand on recevait un coup de poing dans le ventre. J'éprouvais une douleur sourde dans l'estomac. Qu'est-ce que je croyais ? Je m'étais autorisée à croire que ses paroles prononcées sous le coup de l'alcool étaient une sorte de confession de ses sentiments, qu'il pouvait s'agir d'autre chose que d'inepties incohérentes. Pire encore, je m'étais autorisée à me mettre à penser que sous la Bête arrogante, il y avait une sorte de prince charmant incompris.

Parfois, une bête est juste une bête, quel que soit le nombre de couches qu'on lui enlève.

Un bruit de pas me tira de mon petit moment d'apitoiement. Je me retournai et commençai à marcher dans la direction opposée. Jim s'était rapproché de la porte, je pouvais encore l'entendre alors que je m'éloignais.

— Ça fait longtemps qu'on n'est pas sortis. Allons prendre un apéro vendredi soir. On trouvera quelqu'un de méchant, repoussant et stupide pour te remonter le moral.

La relation soufflant le chaud et le froid que j'avais avec Bennett alla faire un tour dans la toundra en milieu de semaine. Sauf que cette fois, c'était moi l'instigatrice.

Jonas nous avait confié le deuxième dossier sur lequel le conseil d'administration comptait nous juger, Billings Media, et nous étions tous deux en plein travail sur les premières ébauches de nos campagnes séparées pour Star. Alors que nous approchions de la fin de notre réunion hebdomadaire, je mentionnai à Jonas que j'avais un rendez-vous la semaine suivante avec l'un des vice-présidents de Star. Je savais que ça allait énerver Bennett. Il m'adressa un regard noir, mais ne dit rien, et je l'ignorai pour continuer à parler au patron.

Au départ, quand Tobias avait proposé de jeter un œil à mes premières ébauches, j'avais pensé que Bennett et moi pourrions tous les deux le prendre au mot. Mais c'était quand j'étais une idiote qui pensait que les règles du jeu devaient être équitables pour que ce soit vraiment le meilleur de nous deux qui gagne.

Après ce que m'avait fait Bennett à L.A., et après avoir entendu ce qu'il pensait vraiment de moi, il ne faisait plus aucun doute, pour moi, que la meilleure personne gagnerait – *moi*.

Je venais de rentrer dans mon bureau et de décrocher le téléphone pour retourner quelques appels manqués quand Bennett fit irruption sans frapper.

— La porte était fermée parce que je suis occupée.

Il parcourut longuement du regard mon bureau parfaitement ordonné.

— Tu n'as pas l'air si occupée que ça, de mon point de vue.

Je poussai un soupir.

— Je dois passer quelques coups de fil. Qu'est-ce que tu veux, Bennett ?

— Tu t'envoles à L.A. pour un déjeuner ? Laisse-moi deviner, vous vous retrouvez dans un hôtel ?

— Va te faire foutre.

Il me fusilla du regard.

— Non merci. Je te l'ai dit, je n'aime pas partager. Et certainement pas avec le petit Toby.

Je me levai.

— Tu es venu dans mon bureau pour une raison, mis à part provoquer une dispute ?

— Ton ami Tobias ne répond pas à mes appels. C'est toi qui lui as dit de faire ça ?

Tobias ne m'avait même pas dit que Bennett avait appelé.

— Absolument pas.

— Je suis passé devant le bureau de Marina pendant qu'elle se trouvait être en train d'enregistrer des réservations de vol, l'autre jour. C'est la seule raison pour laquelle je savais que tu avais décidé d'aller voir ton ami. Bel esprit d'équipe, d'ailleurs. J'étais presque tombé dans le panneau, quand tu m'as dit qu'on *formait une équipe*. Quand ils nous ont proposé de jeter un œil à notre travail, je pensais qu'il s'agissait d'une invitation pour la *compagnie*... pas une invitation personnelle pour Annalise.

Je posai les paumes à plat sur mon bureau et lui adressai un sourire mielleux.

— Moi aussi. J'imagine qu'on a tous les deux appris beaucoup de choses l'un sur l'autre depuis L.A.

Bennett

Eh bien, eh bien, eh bien. La soirée vient de devenir bien plus intéressante.

J'avalai le reste de la bière que je sirotais depuis presque une heure et fis un geste vers le barman.

— Vous avez déjà entendu parler d'une boisson appelée Mauvais Perdant ?

— Je crois, oui. De la vodka, un mélange sucré-salé, de la grenadine, du jus d'orange et du sucre sur le rebord, c'est ça ?

— Et une ou deux cerises au sirop.

Le barman fit une grimace.

— Ça ressemble plus à une recette pour avoir la gueule de bois, si vous voulez mon avis.

— Ouais. C'est pour ça qu'elle est parfaite.

Je fis un geste vers l'autre côté du bar, où Annalise venait d'entrer avec Marina, aussi bizarre que ce soit.

— Vous voyez la blonde sexy en train de parler à la rousse à l'air cinglé ?

Il regarda au bout du bar.

— Bien sûr.

— Vous pouvez lui préparer l'une de ces boissons et la lui envoyer ? Assurez-vous bien qu'elle connaisse le nom du verre et qui l'a envoyé.

— Si vous le dites.

— Et je prendrai une autre bière, quand vous aurez l'occasion.

Notre apéritif non officiel entre collègues connaissait une certaine affluence ce soir. C'était la seule fois que les équipes de Wren et de Foster Burnett socialisaient en dehors du bureau. J'estimais qu'au moins trente personnes étaient venues, la moitié d'entre elles provenant du département marketing, puisque c'était toujours Jim Falcon qui organisait ces sorties.

Je gardai les yeux rivés sur Annalise alors que le barman préparait la boisson et s'avançait vers l'autre côté du bar pour le lui offrir. Elle sourit et baissa les yeux sur le verre raffiné au liquide rose, avant de porter son regard à l'endroit indiqué par le barman. En me voyant, elle plissa aussitôt les lèvres en une expression renfrognée. Marina, bien sûr, se joignit à elle pour lancer des éclairs dans ma direction. Dommage que je n'y aie pas pensé plus tôt, ça aurait été encore plus drôle si j'avais fait offrir un sandwich au beurre de cacahuète et à la gelée à Marina en plus du Mauvais Perdant d'Annalise – drôle pour moi, en tout cas.

À l'autre bout du bar, Annalise leva son verre avec un sourire glacial, tout en inclinant la tête vers moi en remerciement.

Durant l'heure et demie suivante, je tentai de me mêler à la foule. Mais plus je me surprenais à jeter des coups d'œil discrets à Annalise, plus cela m'agaçait. En ce qui la concernait, elle ne semblait pas le moins du monde distraite par moi, elle ne paraissait même pas remarquer que je m'étais mis à suivre des yeux obsessionnellement chacun de ses gestes.

À un moment donné, un type qui ne travaillait pas à Foster, Burnett et Wren se glissa à côté d'elle et commença à lui jacasser dans les oreilles. Ce connard portait une veste en tweed marron avec des coudières en cuir et des mocassins usés – c'était sûrement un écrivain, comme son dernier crétin de petit ami, ou un professeur d'une matière inutile, genre la philosophie.

Écoutez, si vous vous dites que je suis jaloux, sachez que ce n'est pas le cas. Retirez-vous ça de la tête tout de suite. Être jaloux, c'est vouloir quelque chose que quelqu'un d'autre a accompli – et Annalise n'a rien accompli, et n'accomplira jamais rien de plus que moi –, ou bien quand quelqu'un a quelque chose qui vous appartient, et on sait tous que je n'ai jamais revendiqué aucune femme comme étant mienne, et que je ne le ferai jamais.

Je suis juste protecteur par nature, c'est tout. Et même si cette femme avait réussi à grimper les échelons de l'entreprise jusqu'à se hisser à une position égale à la mienne, il était clair qu'elle ne connaissait rien aux hommes.

À un moment donné, entre l'instant où elle rejeta la tête en arrière pour éclater de rire et celui où elle ébouriffa ses cheveux, elle s'excusa avant de quitter la conversation qu'elle avait avec M. Tweed Marron, et qui durait maintenant depuis une demi-heure. Je la suivis des yeux le long du couloir qui, je le savais, menait à la salle de bains. Je m'enjoignis à rester où j'étais, à ne pas aller là-bas pour l'emmerder... mais...

Je n'avais jamais été doué pour écouter.

Je levai une main en direction du barman, commandai un autre Mauvais Perdant, puis l'amenai vers les toilettes des dames. Je restai devant la porte et attendis qu'elle en sorte. Elle fit deux pas dans le couloir et se cogna presque contre moi.

Elle plissa tellement les yeux que c'était un miracle qu'elle voie encore quelque chose.

— Qu'est-ce que tu fais, Bennett?

Je lui tendis le verre.

— Je me suis dit que tu voudrais peut-être un autre verre.

— Non merci.

Elle s'apprêtait à me contourner, mais je fis un pas de côté pour me placer devant elle.

— Écarte-toi de mon chemin.

— Non.

Elle écarquilla les yeux.

— Non?

Je souris. Rétrospectivement, je me dis que c'était probablement un geste assez stupide, même pour moi.

— Tout à fait. Non.

— Écoute. Je ne sais pas à quel jeu tu es en train de jouer, mais je n'ai pas envie de participer.

— Ce n'est pas un jeu. Je veille juste sur toi, et je m'assure que tu n'as pas bu au point de te faire avoir par les idioties débitées par n'importe qui. Clairement, ta capacité à juger la personnalité d'un homme, même quand tu es sobre, est assez médiocre.

Son visage devint écarlate. Une flamme dansait dans ses yeux bleu ciel, et j'eus l'impression de voir de la fumée commencer à s'échapper de son nez. Je l'avais déjà vue en colère. Bon sang, l'énerver était devenu l'un de mes passe-temps préférés, ces dernières semaines... mais elle n'avait jamais paru aussi en colère. Je fis même un pas en arrière.

Et vous savez ce qu'elle fit ?

Exactement.

Elle fit un pas en avant.

Je dois admettre que j'étais un peu effrayé.

Elle pointa son doigt contre mon torse et commença à débiter une diatribe saccadée :

— Tu (coup de doigt) penses (coup de doigt) que je (coup de doigt) ne sais pas (coup de doigt) juger les gens ?

Elle attendit ensuite que je réponde. Je me contentai de hausser lâchement les épaules.

— Eh bien, tu sais quoi ? Tu as tout à fait raison. J'ai laissé Andrew me mener en bateau beaucoup trop longtemps. Et pourtant, je ne sais pourquoi, quand j'ai découvert qui il était, ça ne m'a pas blessée autant que quand j'ai réalisé à quel point je m'étais trompée sur toi. J'étais si certaine que tu n'étais con qu'à l'extérieur, et qu'au fond, tu étais quelqu'un de bien. Je pensais que si je creusais un peu plus profond, je dépasserais la boue et je trouverais l'or caché. Mais je me trompais. J'ai dépassé la boue et tu sais ce que j'ai trouvé ? Encore plus de *boue*.

Des larmes emplirent ses yeux. J'étais sur le point de dire quelque chose, de lui assurer que je ne faisais que plaisanter, mais elle m'arrêta pour continuer à parler :

— Et pas la peine de t'inquiéter à l'idée que je croie les mensonges d'un mec bourré. J'ai déjà fait cette erreur une fois. Tu sais, tu étais très convaincant, toi aussi. À me dire à quel point tu me trouvais belle, et que tu étais jaloux de voir un autre homme me toucher. En fait, tu étais si convaincant que, bêtement, j'ai cru les mensonges d'ivrogne dont tu m'as abreuvée, même après m'être rendu compte que tu ne te souvenais pas de les avoir prononcés. En tout cas, jusqu'à ce que je t'entende parler à Jim, l'autre jour, et que je réalise quelle idiote j'étais…

encore une fois. Honte à moi. Mais fais-moi confiance, j'ai retenu la leçon.

Avant que j'aie pu dire ou faire quoi que ce soit, Annalise me contourna et retourna dans le bar. Je baissai la tête, avec l'impression qu'un éléphant venait de s'asseoir sur mon torse.

— Merde.

Qu'est-ce que j'ai fait ?

Le lendemain matin, il pleuvait des cordes. Pas l'habituelle ondée d'avril qui apporte les fleurs de mai, comme on dit, mais le genre de pluie qui est accompagnée de ciel gris et de coups de tonnerre plus bruyants qu'une piste de bowling durant un championnat. Ajoutez à cela le martèlement sous mon crâne, et vous comprendrez pourquoi la dernière chose dont j'avais envie, cet après-midi, c'était d'assister à un spectacle de *monster trucks*.

Je n'avais même pas bu tant que ça, la veille au soir. Bon sang, j'avais encore ma troisième bière à la main quand j'avais finalement eu les couilles de courir après Annalise lorsqu'elle avait fini de me passer un savon. Je l'avais jetée contre le mur extérieur en brique du bâtiment quand je l'avais trouvée – juste au moment où elle s'éloignait du bar en Uber. Sans surprise, elle ne demanda pas au chauffeur de s'arrêter, même lorsque je l'avais appelée en hurlant.

Je me garai devant chez Lucas et ne pris pas la peine de sortir de la boîte à gants le parapluie que je gardai toujours dans ma voiture. Lorsque j'eus parcouru la courte distance entre ma voiture et la porte d'entrée, j'étais trempé. Je frappai et espérai que, par je ne sais quel miracle, ce soit lui qui ouvre, aujourd'hui, plutôt que Fanny. La dernière chose dont j'avais besoin pour aller avec la migraine qui me martelait la tête et une excursion à un spectacle de *monster trucks* durant une journée pluvieuse, c'était d'une prise de bec avec cette femme.

La porte s'ouvrit. Pas de chance.

— J'espère que tu as l'intention d'utiliser un parapluie quand tu marcheras avec Lucas. Je ne peux me permettre de tomber malade s'il attrape un rhume.

Quel choc, elle n'en avait rien à foutre que Lucas puisse attraper un rhume, elle craignait juste qu'il le lui refile. Je n'étais pas d'humeur à entendre ça.

— Je ferai en sorte qu'il coure entre les gouttes de pluie.

Elle pinça ses lèvres fines.

— Il aurait aussi bien besoin de nouvelles baskets.

Je l'ignorai. J'avais appris il y a longtemps à ne pas m'attendre à ce que le chèque que je lui donnais tous les mois serve à quoi que ce soit dont *Lucas* puisse avoir besoin.

— Il est prêt ? On doit aller quelque part.

Elle me claqua la porte au visage.

— Lucas ! hurla-t-elle à travers la maison.

Je préférais encore rester debout sous la pluie plutôt que de lui parler, de toute façon.

Le sourire sur le visage de Lucas quand il ouvrit la porte me dérida pour la première fois depuis la veille au soir. Il y avait environ un an, il avait cessé de se jeter dans mes bras. J'avais donc inventé une poignée de main secrète rien que pour nous. Nous échangeâmes notre routine de quinze secondes, composée d'une tape dans la main et d'un *check*.

— Tu as acheté des boules Quies ? demanda-t-il.

Je m'étais arrêté dans un magasin en chemin. Je plongeai la main dans ma poche et en tirai les deux paires de boules Quies.

Lucas fronça les sourcils.

— Quand est-ce que je serai assez âgé pour arrêter de porter ces trucs ?

— Assez âgé ? J'en porte encore, tu sais ?

— Ouais. Mais c'est parce que tu es ringard, pas parce que tu es vieux.

Je souris. Ce gamin avait le don de me faire oublier une mauvaise journée.

— Vraiment ?

Il afficha un large sourire et hocha la tête.

— Eh bien, rien que pour cette remarque, je ne vais pas te donner ma veste pour que tu la mettes au-dessus de ta tête pendant qu'on court vers la voiture, comme je comptais le faire.

Lucas secoua à nouveau la tête.

— Une veste au-dessus de ma tête, railla-t-il. Tu es vraiment un ringard.

Puis il partit en courant vers la voiture.

Merde. J'étais à moins d'un kilomètre du stade quand je m'aperçus que j'avais oublié les billets. Ils étaient dans le tiroir du haut de mon bureau, avec les laissez-passer nous permettant d'entrer plus tôt, que j'avais achetés pour que Lucas et moi puissions jeter un œil aux camions avant le début du spectacle.

Par chance, le bureau n'était pas très loin d'ici et nous étions un peu en avance, vu que pour Fanny, peu importait à quelle heure étaient prévus nos projets – tant que je le lui enlevais des pattes à midi pile un samedi sur deux.

Je me garai sur un emplacement interdit devant le bâtiment et regardai autour de moi. Je ne voyais aucune pervenche, et cela ne prendrait que quelques minutes. Mon passe-droit avec les contraventions avait expiré quand j'avais arrêté d'appeler la contractuelle mignonne avec qui j'étais sorti plusieurs fois.

— Je vais juste monter rapidement pour récupérer les billets dans le tiroir de mon bureau.

— Super ! On ne vient jamais ici. Tu as encore le jeu Pac-Man dans cette grande pièce ?

— Oui. Mais on n'a pas le temps pour une partie, aujourd'hui.

Lucas prit un air boudeur.

— Juste une. *S'il te plaît ?*

Je suis un vrai pigeon.

— Très bien. Une seule partie.

Quelques personnes traînaient au bureau, bien qu'on soit samedi. Je fus soulagé de voir qu'Annalise n'en faisait pas partie – sa porte était close et il n'y avait pas de lumière sous la porte. Je n'avais pas envie d'un autre affrontement avec elle devant Lucas. Dieu sait que j'avais travaillé dur, toutes ces années, pour l'empêcher de voir le connard que j'étais souvent durant les six autres jours de la semaine.

Je déverrouillai mon bureau et me dirigeai vers le tiroir de mon bureau, pour m'apercevoir que les billets n'y étaient pas. Je me souvenais de les avoir apportés ici avec un tas de factures à payer... j'aurais pu jurer les avoir rangés dans le premier tiroir du haut. Après avoir fouillé mon bureau pendant plusieurs minutes, il devint clair qu'ils n'étaient pas là du tout. Merde. J'espérais qu'ils étaient quelque part dans mon appartement et que je ne les avais pas jetés avec mes prospectus par inadvertance.

Je regardai l'heure sur mon téléphone. Si nous partions maintenant, nous pourrions y arriver d'un cheveu. Mas le stade était dans la direction opposée à mon appartement ; il n'y avait aucune chance qu'on arrive à temps si je retournai d'abord chez moi. Pire encore, je n'avais aucune idée de l'endroit où j'avais pu mettre les billets, si seulement ils étaient là-bas.

Je poussai un soupir.

— Je ne sais pas ce que j'ai fait des billets. Je vais devoir appeler le site de Ticketmaster pour voir s'ils peuvent m'envoyer une version électronique ou quelque chose.

— Je peux aller jouer à Pac-Man pendant que tu fais ça ?

— Oui, bien sûr. C'est une bonne idée. Ça risque de me prendre un moment si je suis mis en attente, et je dois d'abord chercher le numéro. Viens, je vais t'accompagner à la salle de repos.

Alors que nous marchions, je n'arrêtais pas d'essayer de me remémorer ce que j'avais fait des billets après avoir ouvert l'enveloppe dans mon bureau. Je me souvenais d'avoir regardé les passes d'accès anticipé, avec leur sangle arborant le logo de l'événement, et d'avoir songé que Lucas serait surexcité de porter un badge autour de son cou. Mais malgré tous mes efforts, je n'arrivai pas à me souvenir de ce que j'en avais fait après avoir tout remis dans l'enveloppe – sur laquelle j'étais entièrement concentré quand nous entrâmes dans la salle de repos.

Pour découvrir qu'il y avait déjà quelqu'un ici.

Annalise leva les yeux. Elle commença à sourire, puis vis mon visage et se renfrogna. Le fait de la trouver ici de manière inattendue m'avait pris par surprise, moi aussi, raison pour laquelle je m'arrêtai après avoir fait trois pas dans la pièce – après quoi Lucas se cogna dans mes jambes.

— Qu'est-ce qu'il se passe ? protesta-t-il.

— Désolé, mon pote. Euh... On dirait bien que quelqu'un est en train de travailler ici, il vaudrait donc sûrement mieux que tu ne viennes pas faire du bruit en jouant.

Lucas me contourna et regarda Annalise. Elle l'observa, puis leva les yeux vers moi, avant de baisser à nouveau les yeux sur lui.

Elle lui adressa un sourire.

— C'est bon, dit-elle à mon petit bonhomme. Tu es le bienvenu pour jouer une partie pendant que je suis là.

Lucas ne me donna pas l'occasion de protester. Il partit en courant vers la machine Pac-Man.

— Super !

Annalise émit un petit rire en le regardant.

Quand elle tourna à nouveau les yeux vers moi, nos regards se croisèrent, mais il m'était impossible de deviner ce qu'elle pensait.

— Tu es sûre que ça ne te dérange pas ? Je dois passer un coup de fil. Il semblerait que j'ai égaré des billets dont nous avons besoin.

— Ce n'est rien.

Je hochai la tête, même si elle ne s'en rendit pas compte parce qu'elle avait déjà baissé les yeux pour se plonger dans son travail.

— Merci, dis-je. Ça ne prendra que quelques minutes.

De retour dans mon bureau, je cherchai le numéro et appelai Ticketmaster sur haut-parleur. Pendant que le million d'invitations à appuyer sur des touches commençait à être énuméré, je fouillai une nouvelle fois mon bureau. Toujours pas de billets. Et bien sûr, il n'y avait aucune touche pour *J'ai perdu mes billets*, ce qui me força à attendre la dernière invitation jusqu'au redouté « pour toute autre requête, veuillez appuyer sur sept. » Cela me mena inévitablement à d'autres invitations ennuyeuses pour essayer d'identifier quel était le problème.

Perdant patience, j'appuyai une demi-douzaine de fois sur le zéro dans une tentative pour être basculé vers un membre vivant du service client – mais cela ne fit que me renvoyer au début du manège des invitations à appuyer.

Au bout d'au moins vingt minutes, je pus enfin parler à quelqu'un, qui m'expliqua qu'ils pouvaient réimprimer mes billets, et du moment que j'avais la carte de crédit avec laquelle je les avais payés et une pièce d'identité avec photo, je pourrais les récupérer au kiosque à billets à l'entrée du stade.

Je raccrochai et songeai immédiatement qu'Annalise allait être furieuse que j'aie laissé Lucas jouer à Pac-Man aussi longtemps, pensant que je faisais ça juste pour la distraire, ou je ne sais quoi.

À ma grande surprise, elle n'était pas énervée du tout. En fait, elle avait un sourire sur le visage et riait quand j'entrai dans la salle de repos. Elle et Lucas étaient assis l'un en face de l'autre sur des poufs et ils se hurlaient des mots au hasard. Ce n'est qu'en avançant un peu plus dans la pièce que je remarquai qu'Annalise avait un téléphone pressé sur son front. Il l'avait convaincue de jouer au jeu des charades digitales auquel il n'avait jamais réussi à me battre.

— C'est gros, dit Lucas.

— Le soleil ! s'exclama Annalise.

Lucas rit et secoua la tête.

— Marmelade.

— Un fruit. Un gros fruit. Un melon. Une pastèque.

Lucas grimaça comme si elle était folle.

— Scooby-Doo.

Annalise avait l'air complètement perdue, alors Lucas lui offrit un autre indice :

— Bennett voulait en être un quand il était petit, dit-il en pointant du doigt vers moi.

Même moi, il me fallut plusieurs secondes pour comprendre le mot qu'il essayait de lui faire deviner. Elle ne le trouverait jamais – pas avec *ces* indices.

Le téléphone vibra, indiquant que son tour était terminé. Elle baissa son téléphone et le retourna pour lire le mot que Lucas essayait de lui faire deviner.

Tout son visage se plissa.

— Un dogue allemand ? Qu'est-ce que la marmelade a à voir avec un chien ?

J'émis un petit rire et répondis pour lui :

— Rien. Il voulait dire Marmaduke.

— La vieille bande dessinée ?

— Ouais.

— Mais il a dit que tu voulais en être un quand tu étais petit ?

Je haussai les épaules.

— C'est vrai.

Annalise rit.

— Tu voulais être un dogue allemand ?

— Ne te moque pas. C'est le roi de la famille des canins.

Seigneur, quand elle souriait, cela me donnait mal au cœur. Mais quand elle souriait et riait avec *Lucas* – même à mes dépens –, ça me faisait vraiment quelque chose.

Je regardai son rire s'évanouir et une expression triste revint sur son visage, comme si, l'espace d'une minute, elle avait oublié à quel point j'étais un crétin.

— Je l'ai aussi battue à Pac-Man et au baby-foot.

— Elle n'a pas autant d'entraînement que moi. Annalise vient tout juste d'arriver dans ce bureau.

— Tu as pu avoir de nouveaux billets ? demanda Lucas en se levant.

— Oui. On pourra les récupérer à l'entrée.

— Tu veux venir, Anna ? demanda-t-il. Je te donnerai mes boules Quies.

Elle lui adressa un sourire sincère.

— Merci de proposer, Lucas. Mais j'ai beaucoup de travail, aujourd'hui.

— OK, répondit-il en plongeant les mains dans ses poches.

Annalise évitait mon regard, les yeux baissés sur son téléphone.

— Tu es prêt, mon grand ? demandai-je.

— Ouais ! lança-t-il en courant vers la porte plutôt qu'en marchant.

Les enfants sont de telles piles électriques.

J'attendis qu'Annalise lève les yeux, mais elle ne le fit pas. Je finis par m'adresser tout de même à elle :

— Merci d'avoir passé le temps avec lui.

J'avais aussi envie de dire que j'étais désolé pour la veille au soir. Mais le moment était mal choisi. En plus, je m'étais déjà excusé une demi-douzaine de fois après m'être comporté comme un con. Je n'étais pas sûr qu'elle les accepte, cette fois... ni même de le mériter.

1er novembre

Chère moi,

Jusqu'ici, la quatrième, ça craint. Je suis plus grande que la plupart des garçons. Personne ne m'a proposé de l'accompagner au bal d'Halloween, alors j'y suis allée avec Bennett. Il n'avait pas envie de se déguiser, mais je l'ai fait s'habiller en Clark Kent. Il portait des lunettes ringardes et une chemise, avec un T-shirt de Superman dessous. J'étais déguisée en Wonder Woman. Mes amies trouvent toutes que Bennett est canon, et elles étaient jalouses. C'était marrant.

Pour mon anniversaire, Bennett et sa mère m'ont emmenée au spectacle de monster trucks. Le nouveau petit ami de maman, Kenny, vend des trucs à la buvette, alors on a pu avoir des hot dogs et des sodas gratuits.

Notre propriétaire essaie encore de nous mettre dehors. Maman a perdu son boulot au restaurant et dit qu'on va probablement devoir déménager. J'espère qu'on n'ira pas trop loin.

J'adore mon professeur d'anglais, madame Hoyt. Elle a dit que mes poèmes avaient beaucoup de potentiel et voulait en faire participer certains à un concours. Mais le droit d'entrée était de vingt-cinq dollars et maman a dit qu'il y avait des manières plus utiles d'utiliser notre argent. Madame Hoyt m'a surprise en me faisant participer quand même. Elle a dit que l'école avait des fonds pour aider dans ce genre de cas. Mais quelque chose me dit qu'en fait, c'est l'argent de madame Hoyt qui a payé. Alors je vous dédie ce poème, madame Hoyt.

Les fleurs fanent toutes,
l'amour s'épanouit sous la chaleur du soleil,
le froid arrive bien trop tôt.

Cette lettre s'autodétruira dans dix minutes.

Anonymement,
Sophie

Bennett

Je fus incapable de penser à autre chose qu'Annalise de toute la journée.

Par chance, Lucas ne parut pas s'en apercevoir, trop occupé à manger un pot de pop-corn géant, deux hot dogs et un soda assez grand pour remplir un évier. Nous avions des sièges au troisième rang, le rugissement des camions et nos boules Quies nous empêchaient de trop parler.

N'ayant rien d'autre à faire que de rester assis sur mon siège, je ne pouvais m'empêcher de repenser obsessionnellement au visage d'Annalise quand j'étais sorti de la salle de repos, plus tôt. Elle avait dépassé la phase colérique et avait désormais l'air blessée.

Seigneur, je suis un tel idiot.

À la fin du spectacle, Lucas et moi repartions vers la voiture sur le parking quand mon téléphone vibra, annonçant l'arrivée d'un message.

Cindy.

Voilà un nom auquel je n'avais plus pensé depuis un moment. Cela faisait plusieurs mois que nous n'avions plus été en contact. Cindy était une hôtesse de l'air que j'avais rencontrée lors d'un voyage d'affaires, l'année dernière. Elle vivait sur la côte Est, et nous étions sortis ensemble plusieurs fois – deux fois alors que j'étais à New York et une fois alors qu'elle était ici. Apparemment, elle était en ville ce soir après une halte imprévue et elle voulait savoir si je voulais sortir. *Sortir* voulait dire aller dîner rapidement, puis passer toute la nuit dans sa chambre d'hôtel.

C'était sûrement exactement ce dont j'avais besoin.

Du bon temps assuré.

Simple. Sans complications.

Un peu de soulagement après toute cette frustration accumulée.

Malgré tout, je rangeai mon téléphone dans ma poche et ne répondis pas immédiatement.

Je l'appellerais après avoir ramené Lucas chez lui.

Mais après l'avoir déposé, je sus que je devais m'occuper de quelque chose avant de planifier quoi que ce soit avec Cindy pour ce soir. Je devais des excuses à Annalise, et cela devrait passer avant mon bon temps. Je roulai donc vers le bureau. Il était presque dix-sept heures, je ne savais pas du tout si elle serait encore là. Elle était probablement arrivée tôt ce matin pour profiter de sa journée. On était samedi, après tout. Mais je fis le trajet jusque là-bas quand même.

Le bureau était entouré d'une zone commerciale qui devenait une ville fantôme les week-ends, et encore plus la nuit. C'est pourquoi plus je me rapprochais et plus je dépassais des places de stationnement vides, moins je pensais qu'elle serait encore au bureau. Jusqu'à ce que j'atteigne notre rue et que je voie une voiture solitaire sur le parking – qui ressemblait parfaitement à la mienne.

Les lumières étaient éteintes dans le hall d'entrée, jusqu'à ce que le système de détection des mouvements les allume. Quelques personnes travaillaient dans divers départements, plus tôt dans la journée, mais maintenant, alors que je traversais les couloirs, je vis que tout l'étage semblait s'être vidé. Tous les bureaux étaient soit plongés dans l'ombre, soit fermés.

Sauf un.

Une lumière émanait d'une porte ouverte, au bout du couloir, et s'étalait sur le tapis. Mais ce n'est qu'arrivé à deux portes de là que j'entendis du bruit.

Je me figeai sur place en entendant une voix. Il me fallut plusieurs secondes pour réaliser qu'il s'agissait d'Annalise. Elle... *chantait*. C'était une chanson de *country* vaguement familière, que j'avais déjà entendue une ou deux fois – qui parlait de perdre votre chien et votre meilleur ami –, mais bon sang, elle avait une belle voix ! Comme celle d'un ange, pleine de douceur, avec un petit vibrato de *soul* diabolique qui ne demandait qu'à sortir. Cela me fit sourire.

J'avais envie de continuer à écouter, mais j'étais encore plus curieux de voir à quoi elle ressemblait quand elle chantait. Je parcourus les derniers pas jusqu'à l'encadrement de sa porte.

Elle avait la tête baissée, le nez enfoui dans un meuble de classement, et des fils d'écouteurs pendaient de ses oreilles. Elle ne me remarquait pas immédiatement. Je ne voyais que son profil, mais cela me donna une brève occasion pour l'observer. Et je fus frappé par sa beauté.

Elle portait un jean et un chemisier blanc, et ses cheveux étaient relevés en queue de cheval. Pourtant, elle n'avait jamais été aussi sublime. L'absence de costume sophistiqué et professionnel et de cheveux lissés permettait de se concentrer uniquement sur elle. Certaines personnes avaient besoin de toute cette poudre aux yeux. Mais pas Annalise. Sa beauté provenait de sa peau de porcelaine parfaite, des courbes lisses de son corps et de ses yeux qui, je le savais, étincelaient d'une lueur brûlante. Et cette voix… j'étais complètement subjugué.

Alors que je la fixais, elle se tordit un peu plus le cou pour feuilleter quelques dossiers, et ce mouvement dut lui faire remarquer une ombre dans sa vision périphérique.

Elle releva vivement la tête, écarquilla les yeux et cessa de chanter au milieu d'un mot.

— Oh mon Dieu ! s'exclama-t-elle, se redressant et arrachant un écouteur de son oreille. Tu m'as fait une peur bleue.

Je levai les mains en l'air.

— Désolé. Je ne voulais pas te faire peur.

Elle posa une main sur son cœur et prit plusieurs inspirations profondes.

— Depuis combien de temps tu es planté là ?

— Pas longtemps.

— J'imagine que j'avais mis la musique trop forte et que je ne t'ai pas entendu.

Ou alors je n'ai rien dit du tout pour pouvoir continuer de te regarder. Cela revient au même.

— Qu'est-ce que tu fais ici ?

— Je suis passé pour te parler.

Elle ferma le tiroir du meuble de classement. Sa stupéfaction initiale s'était estompée et sa voix prit un ton neutre :

— Je n'ai plus rien à te dire. Va-t'en, Bennett.

Je plongeai les mains dans mes poches et fis un pas dans son bureau.

— Tu n'as pas besoin de parler, dans ce cas. Contente-toi d'écouter. Je te laisserai tranquille une fois que j'aurai fini.

Son visage était un masque d'indifférence, mais elle ne dit rien – apparemment, c'était à moi de jouer.

Je me raclai la gorge.

— Je n'ai pas menti dans la chambre d'hôtel. Je pense vraiment que tu es belle et j'étais jaloux de voir les mains de ce type sur toi.

Elle ouvrit grand la bouche en une expression stupéfaite.

— Je croyais que tu ne te souvenais pas de ce que tu avais dit cette nuit-là.

Je lui adressai un sourire penaud.

— OK. Ça, c'était un mensonge. Mais ce que j'ai dit cette nuit-là, ce n'en était pas un.

— Je ne comprends pas.

Je fis un autre pas vers elle.

— C'était plus facile de dire que je ne me souvenais pas d'avoir dit ces choses et de te laisser attribuer ce que j'avais admis à des délires d'ivrogne.

Elle baissa les yeux un instant, et quand elle releva la tête, elle semblait hésiter à accepter ce que je lui disais.

— Pourquoi tu ne voulais pas que je me souvienne de ce que tu avais dit ?

Voilà la question à un million de dollars. J'aurais pu lui donner une réponse parfaitement acceptable, celle qui était logique et qui aurait probablement *dû* être vraie – parce que nous étions en compétition pour le même poste et que ça aurait été inapproprié – mais cette réponse aurait été fausse.

Je lui devais un peu d'honnêteté, alors je ravalai ma fierté.

— Parce que chaque mot que j'ai prononcé cette nuit-là était vrai, et que ça me fiche une trouille bleue.

Elle entrouvrit les lèvres et son visage prit une teinte rose pâle. J'adorais son incapacité à mentir ou à se sentir gênée sans le montrer. Cela me faisait me demander si la même chose se produisait quand elle était excitée. J'aurais parié que oui.

— Pourquoi est-ce que ça te fait peur? demanda-t-elle doucement.

Les questions se compliquaient de plus en plus. Je me passai les doigts dans les cheveux et tentai de trouver les bons mots.

— Parce que je n'ai jamais été du genre jaloux. Je n'ai peut-être jamais connu de relation à long terme comme toi, mais je suis sorti avec pas mal de filles. Parfois, je voyais la même personne tous les week-ends pendant des mois. Pourtant, je ne lui ai jamais demandé ce qu'elle faisait durant la semaine. Parce que je m'en fichais. Je ne me souciais que de la journée et du temps que nous passions ensemble. La jalousie s'intéresse aux lendemains.

Elle réfléchit à cela pendant un moment, puis hocha la tête et posa une question à laquelle je ne m'attendais pas.

— Qui est Lucas, pour toi?

— Ce n'est pas mon fils, si c'est ce que tu demandes.

— Dans la salle de repos, cet après-midi, il a mentionné vivre avec sa grand-mère, et que vous passiez un samedi sur deux ensemble.

Je hochai la tête.

— Sa mère est morte et son père est un bon à rien qui se fiche qu'il existe. C'est mon filleul.

Elle se retourna et regarda par la fenêtre du bureau.

— Tu avais *autre chose* à dire? demanda-t-elle finalement en se retournant.

Merde. Est-ce que j'avais oublié quelque chose? Elle avait l'air de me pousser à en dire plus. Je me répétai mentalement tout ce que je venais de dire... j'avais admis que j'avais menti, que je la trouvais belle et que j'étais jaloux. Qu'y avait-il d'autre?

En voyant l'expression perplexe sur mon visage, elle me lança une bouée :

— Tu t'es comporté comme un abruti avec moi toute la semaine. Surtout hier soir, au bar.

Oh. Oui. Ça. Je souris.

— Est-ce que j'ai mentionné le fait que j'étais désolé de m'être comporté comme un con? Parce que j'aurais pu jurer avoir commencé par ça.

Elle me rendit mon sourire.

— Tu ne l'avais pas mentionné, non.

Je me rapprochai de quelques pas.

— Je suis désolé de m'être comporté comme un con.

— Encore, tu veux dire.

Je hochai la tête.

— Oui, encore. Je suis désolé de m'être *encore* comporté comme un con.

Elle scruta mon visage.

— OK, finit-elle par dire. Excuses acceptées. *Encore.*

— Merci.

J'avais assez poussé ma chance avec elle pour aujourd'hui, je songeai que je ferais mieux de partir.

— Je vais te laisser te remettre au travail.

— OK, merci.

Je n'avais pas vraiment envie de partir, alors je pris mon temps pour me retourner. Elle m'arrêta juste avant que j'arrive à sa porte.

— Bennett ?

Je fis volte-face.

— Pour info, je te trouve attirant, moi aussi.

Je souris.

— Je sais.

Elle rit.

— Seigneur, tu es vraiment un crétin. Je pense que c'est surtout pour ça que tu n'as jamais eu de rencard pour la Saint-Valentin, plutôt que parce que tu n'aimes pas les bougies et la romance.

— Tu veux que je sois ton Valentin, n'est-ce pas ? Probablement parce que tu me trouves si sexy.

— Bonne nuit, Bennett.

— Bonne nuit, ma belle.

Annalise

Le serveur finit de remplir à nouveau nos verres de vin.

— Je vais aller voir où en est votre repas. Puis-je vous apporter quoi que ce soit d'autre en attendant ?

Je regardai Madison, avant de tourner les yeux vers le serveur.

— Je pense que ça ira. Merci.

Il s'éloigna et Madison le suivit des yeux.

— Tu devrais coucher avec lui, dit-elle en levant son verre à ses lèvres.

— Le serveur ? Il a genre, vingt ans.

— Non. *Je* devrais coucher avec le serveur. Tu devrais coucher avec la Bête.

Je venais de finir de lui raconter les péripéties de la semaine quant au mélodrame du bureau – de notre visite chez Star Sudios et l'attitude de Bennett ensuite, jusqu'à son apparition inattendue au bureau le week-end et le badinage dragueur de cette semaine. Ma relation avec Bennett variait aussi souvent que les gens changeaient de sous-vêtements.

Je hochai la tête.

— Ouais, c'est une super idée. Coucher avec le type qui essaie de me voler mon boulot.

— Pourquoi pas ? Tu sais ce qu'on dit… garde tes amis proches et envoie-toi en l'air avec tes ennemis.

— Ce n'est pas exactement ce que dit le dicton, rétorquai-je en riant.

Elle haussa les épaules.

— Voyons les choses d'un point de vue pragmatique. Vous avez déjà admis être attirés l'un par l'autre. Ce n'est pas comme si ça allait disparaître. Et tu as besoin de te remettre en selle. Il déménage dans quelques mois, de toute façon, alors c'est le mec de transition parfait.

— J'adore le fait que tu aies déjà décidé que c'était lui qui déménagerait, et pas moi.

— Bien sûr. Il est évident que tu vas gagner. Tu ne peux pas m'abandonner.

Je poussai un soupir.

— Bennett n'est pas le genre d'homme avec qui je sortirais.

— Est-ce que j'ai parlé de sortir avec lui ? J'ai dit que tu devrais coucher avec lui, pas lui faire la cour en tant que potentiel futur époux. Je te dis de le baiser, pas d'aller acheter de la porcelaine ensemble.

— C'est… commençai-je, avant de m'interrompre.

Instinctivement, j'avais envie de dire que c'était *dingue*. Mais je devais bien admettre… que cette idée était assez alléchante.

Madison sourit comme le chat du Cheshire. Elle me connaissait bien.

— Tu envisages de le baiser, n'est-ce pas ?

— Non, répondis-je, sentant ma peau devenir brûlante. Et avant que tu dises quoi que ce soit… il fait chaud, ici.

— Hum hum, sourit-elle. C'est clair.

Le lendemain, j'étais en train d'imprimer un logo sur l'imprimante 3D quand cette saleté s'enraya. Je n'arrivais pas à déboucher les buses. Bennett passa dans le coin et me vit en train de la démonter.

— Besoin d'aide ?

— J'étais en train d'imprimer quelque chose, et elle a commencé à émettre un cliquetis. Je crois que la buse est bouchée avec des filaments.

— C'est la première chose que tu imprimes ?

— Non. J'ai imprimé deux autres projets avec celui-là, et ils sont sortis sans problème.

Bennett retroussa ses manches.

— Parfois, il y a une surchauffe. La partie qui a chauffé doit se refroidir avant de se réchauffer une nouvelle fois, ou les filaments se liquéfient trop et la font s'enrayer.

Je baissai les yeux sur ses avant-bras. Ils étaient poilus et bronzés, mais ce n'était pas ce qui avait captivé mon attention — c'était le tatouage qui dépassait là où il avait retroussé ses manches.

Bennett remarqua ce que je regardais.

— Tu as des tatouages ?

— Non. C'est le seul que tu aies ?

Il remua les sourcils.

— Tu vas devoir regarder tout mon corps pour découvrir la réponse.

Je roulai des yeux.

Il tourna quelques boutons sur l'imprimante, puis tira un bac argenté et plongea un bras dans la machine. Quand il l'en ressortit, je vis un peu mieux son tatouage.

Il ressemblait à des chiffres romains avec quelque chose enroulé autour.

— C'est une vigne ?

Il hocha la tête.

— C'est tiré d'un poème très spécial pour moi.

Oh. Ce n'était pas du tout ce à quoi je m'attendais.

Bennett ouvrit et ferma plusieurs bacs, puis replaça le bac argenté qu'il avait retiré dans l'imprimante.

— C'est bien ce que je pensais. Il y a une surchauffe. Les parties chaudes n'ont probablement pas eu le temps de refroidir. Je l'ai utilisée plusieurs heures, ce matin, moi aussi. Annule ton impression et attends une heure. Quand les filaments auront refroidi, elle se débouchera d'elle-même.

— Oh. D'accord, super. Merci.

— Aucun problème, répondit-il en commençant à remettre ses manches. Si tu en as besoin plus vite, j'ai un petit ventilateur dans le dernier tiroir de mon bureau. Si tu le places au-dessus de l'imprimante et que tu l'inclines de manière à ce que l'air souffle vers le bas, ça accélérera le refroidissement.

— C'est bon. Je peux attendre.

Je me sentais un tout petit peu coupable à l'idée qu'il m'aide alors que j'étais en train d'imprimer des trucs à emporter avec moi chez Star Studios, dans deux jours.

— Est-ce que… Tobias t'avait rappelé ? demandai-je.

Un muscle se crispa sur la mâchoire de Bennett.

— Non. J'ai laissé trois messages.

Nos regards se croisèrent brièvement, avant qu'ils détournent les yeux.

— Fais-le-moi savoir si tu as d'autres problèmes.

Je hochai la tête, me sentant coupable. Il n'avait fait que trois pas quand je cédai :

— Bennett ?

Il se retourna.

— Le déjeuner a lieu jeudi à treize heures. Marina s'est occupée de mes réservations. Viens avec moi. Nous sommes une seule et même compagnie. On devrait y aller ensemble.

C'était la meilleure chose à faire, même si ce n'était pas le plus malin.

Bennett plissa les yeux.

— Pourquoi tu ferais ça ?

— Parce que je compte te botter les fesses grâce à mon travail, pas parce qu'un client est peut-être attiré par moi et a décidé de ne pas te rappeler.

— Tu admets donc finalement que ce crétin est attiré par toi ?

Je suivis l'exemple de Bennett :

— Ce n'est pas le cas de tout le monde ?

Je tirai la fermeture de mon sac de voyage.

— Je te montre la mienne si tu me montres la tienne ?

Je levai les yeux et découvris Bennett, qui arborait un sourire coquin.

— Je parlais de la présentation que tu as dans ce sac. Arrête de te faire des idées, Texas.

Je souris.

— Je commençais à croire que tu m'avais posé un lapin. L'embarquement vient tout juste de commencer.

Bennett posa une boîte sur le siège à côté du mien, dans la salle d'attente, et leva les mains. Elles étaient couvertes de saleté noire et de graisse.

— J'ai crevé. J'ai dû changer un pneu alors que j'étais en route pour l'aéroport.

— Un pneu ? Tu es venu en voiture ? Pourquoi ne pas avoir simplement pris un Uber ?

— C'est ce que j'ai fait. Mais un pneu a crevé alors qu'on était à mi-chemin. Et le chauffeur avait, genre, soixante-dix ans, et des problèmes de dos. Il a appelé une dépanneuse pour qu'elle change le pneu pour lui, et ils ont répondu qu'il faudrait attendre quarante-cinq minutes. Avec la circulation de l'heure de pointe, je n'avais pas le temps d'attendre aussi longtemps. Alors je l'ai changé moi-même.

— Oh, waouh. Ça, c'est du dévouement.

— Je serais venu en courant, en désespoir de cause, assura-t-il, avant de regarder la file de personnes en train d'embarquer. On dirait bien qu'on a encore quelques minutes devant nous. Je vais aller trouver une salle de bains pour essayer de nettoyer mes mains. Je peux laisser ma présentation avec toi ?

— Oui, bien sûr.

— Tu es sûre que je peux te faire confiance pour ne pas jeter un œil et me voler mes idées ?

Je souris.

— Probablement pas. Mais vas-y.

À son retour, la file d'attente avait presque disparu.

— On devrait y aller, dis-je en me levant.

Bennett souleva sa propre valise, avant de prendre la mienne.

— Je peux la porter.

— C'est bon. Même si je ne fais pas ça sans arrière-pensée. Je vais *accidentellement* la faire tomber et donner quelques coups de pied dedans – on verra si ton modèle 3D tient le coup.

Gros malin.

Quand nous arrivâmes au bout de la passerelle pour monter dans l'avion, je demandai :

— Tu es à quelle rangée ?

— La même que toi. Nous avons tous les deux un siège côté couloir, l'un en face de l'autre. J'ai demandé à Marina de nous mettre ensemble pour qu'on puisse travailler si on en avait envie.

— Oh. D'accord.

C'est ce que je craignais.

Bennett plaça nos présentations dans le compartiment du haut et nous nous assîmes au rang onze. Après avoir mis ma ceinture, je décidai de lui avouer mon petit problème :

— Hum... juste pour que tu le saches, je suis nerveuse en avion.

Il fronça les sourcils.

— Qu'est-ce que ça veut dire ? Tu vas relater tout le vol ? *On roule sur la piste. On atteint la vitesse de décollage de deux cent quarante kilomètres/heure. Je place ma tête entre mes jambes pour dire adieu à mon joli cul...*

Je laissai échapper un rire nerveux.

— Non. J'ai juste tendance à paniquer un peu durant les vols, alors j'utilise une application qui m'aide à rester calme. C'est un mélange de méditation, de musique et de techniques de respiration. Si nous traversons des turbulences, je n'aurai qu'à appuyer sur un bouton et un thérapeute me fera effectuer des exercices apaisants.

— Tu te fiches de moi.

— Je ne suis pas sûre qu'on puisse beaucoup travailler durant le vol.

Il sourit.

— Au diable le travail. C'est beaucoup mieux. Je suis impatient de te regarder paniquer.

Génial. Juste génial.

Cinq minutes après le décollage, j'ouvris les yeux et découvris Bennett en train de m'observer avec un sourire sur les lèvres.

Je secouai la tête.

— Ça t'amuse ?

— Oui. Et vu la façon dont tu as agrippé cet accoudoir durant le décollage, je suis content d'être assis en face de toi, pour que tu n'attrapes pas autre chose par erreur si nous traversons des turbulences. Tu serrais ce truc dans une poigne mortelle.

Je ris.

— Le décollage est toujours le pire moment pour moi. Une fois qu'on est dans le ciel, ce n'est pas aussi difficile, généralement, à moins qu'on soit un peu secoués.

— Donc, tu n'aimes aucun moyen de transport, ou juste les voitures et les avions ?

— Très drôle.

— Tu m'as dit que tu avais eu un accident qui avait fait de toi une conductrice nerveuse. Est-ce qu'il est arrivé quelque chose qui t'a rendue nerveuse en avion ? Comme un vol désagréable, ou quelque chose ?

Je pris mon visage le plus solennel.

— Mon père était pilote, et il est mort dans un crash d'avion.

Bennett prit un air paniqué.

— Merde. Je suis vraiment désolé. Je n'en avais aucune idée.

Je m'efforçai de conserver mon sérieux, mais l'expression de son visage était trop drôle. Un sourire m'échappa.

— Je me fiche juste de toi. Mon père vend des assurances et vit à Temecula.

Il rit.

— Pas mal. Tu m'as eu.

Une fois le vol stabilisé, le trajet jusqu'à L.A. fut rapide, et lorsque Bennett et moi commençâmes à échanger des plaisanteries, le temps fila à toute vitesse. Tous les vols devraient être aussi faciles pour mes nerfs.

Lorsque nous atterrîmes, le pilote vint à l'avant de l'avion et annonça que nous étions en avance de quelques minutes, nous devions attendre avant d'avancer jusqu'au portillon d'embarquement. J'éteignis mon application de vol et retirai le mode avion sur mon téléphone. Les e-mails commencèrent à remplir ma boîte mail. J'en repérai un de Tobias et l'ouvris.

Mince. Je me tournai vers Bennett.

— Je viens de recevoir un e-mail de Tobias. Il dit qu'il a eu une urgence dont il doit s'occuper et qu'il a dû reculer notre rendez-vous du déjeuner.

— Jusqu'à quand ?

Je fronçai les sourcils, sachant déjà ce qu'il allait penser.

— Il dit que l'un de ses rendez-vous avait été reporté et qu'il pouvait te voir à dix-sept heures, ce soir.

— Juste moi ?

Je hochai la tête. Nous avions bloqué deux heures avec lui, dans l'intention de prendre chacun une heure.

— Il veut que je le rejoigne pour dîner ce soir, à vingt heures.

Un muscle se crispa sur la mâchoire de Bennett.

— Je sais ce que tu penses. Mais même si c'était vrai, je suis une grande fille et je peux me débrouiller. Et le fait que tu sois ici avec moi en ce moment devrait te convaincre que j'ai envie de gagner ce dossier à la loyale, grâce à mon travail.

Il hocha la tête. Nous gardâmes tous deux le silence alors que nous descendions de l'avion. Après avoir loué une voiture, je réalisai que je devais changer mes plans pour le retour. Si le dîner était à vingt heures, il n'y avait aucune chance pour que je puisse prendre le dernier vol de retour de la journée. J'allais devoir demander à Marina de me réserver une chambre d'hôtel et de repousser mon vol de retour à demain matin.

Bennett était occupé à traverser le parking de l'agence de location, alors je décidai de briser la glace :

— Je vais demander à Marina de modifier mes réservations de voyage. Tu veux que je lui demande de modifier les tiennes ?

— Non, ça ira. Je m'en occuperai.

Il ne dit plus un mot jusqu'à ce qu'on s'engage sur l'autoroute en direction de Star Studios.

— On a toute une journée à tuer, maintenant. Tu veux qu'on aille dans un café et qu'on se mette au travail ?

Aucun de nous n'avait apporté son ordinateur portable, vu que nous devions déjà apporter notre matériel de présentation. Au moins, nous avions nos téléphones pour répondre aux e-mails et ce genre de choses. Mais cela ne prendrait pas toute la journée. L'e-mail de Tobias avait causé une tension persistante entre nous, alors je me disais qu'un petit moment de relaxation était peut-être de mise.

— J'ai une meilleure idée.

— Laquelle ?

Je souris.

— Un massage des pieds.

Bennett

Elle devait se ficher de moi.

— Qu'est-ce que tu fais ?

Annalise ouvrit les yeux. Nous étions assis côte à côte dans des chaises trop grandes pendant que deux femmes nous massaient les pieds.

— Quoi ?

— Tu as l'air à deux doigts de te mettre à gémir.

Ses yeux étaient vitreux et voilés. Elle se pencha en avant pour me murmurer :

— Honnêtement, je pourrais probablement... tu sais... rien qu'avec un massage des pieds. C'est mon activité préférée pour me détendre.

Seigneur. Je baissai les yeux sur ses pieds. Je n'avais jamais sucé les doigts de pied d'une femme jusqu'alors, même si je n'y avais jamais été opposé. L'opportunité ne s'était simplement jamais présentée. Mais à cet instant, j'étais absolument certain d'avoir raté quelque chose. Si un petit massage du pied pouvait être aussi agréable pour une femme, j'avais peut-être été négligent. J'allais devoir remédier à ça immédiatement, et je savais exactement où j'avais envie de commencer. Je me demandais ce que les deux masseuses auraient fait si je m'étais levé pour en bousculer une hors du passage, avant de remplacer ses mains par ma bouche.

Annalise ferma les yeux et repartit profiter de son havre de paix. Je l'observai un long moment, avant de me pencher en avant pour lui murmurer à l'oreille :

— Si c'est vraiment ce que tu préfères faire pour te détendre, alors cet imbécile t'a rendu service en rompant avec toi. Il existe plusieurs choses qui, je pense, pourraient te faire défaillir.

Elle rit. Sauf que je ne plaisantais pas. Et j'éprouvais une envie puissante d'être celui qui le lui prouverait. Je tentai de me détendre et de profiter du reste de mon massage, mais c'était trop tard. Durant les trente prochaines minutes, je ne fis que fantasmer sur toutes les choses que je pourrais faire à la femme assise à côté de moi, et qui lui feraient se dire qu'un massage des pieds était du pipi de chat, à côté. Enfin, je pensais aussi à tous les pieds dégoûtants et couverts de champignons que la femme qui me massait les pieds avait massés avant les miens. Il me fallait bien trouver *quelque chose* pour tenir à l'écart l'érection menaçant à tout moment d'apparaître.

Une fois nos massages terminés, nous passâmes dans la pièce d'à côté, nous retrouvant dans un bar à nouilles asiatiques pour le déjeuner. Le téléphone d'Annalise se mit à vibrer pendant que nous regardions le menu.

— C'est ma mère. Excuse-moi un instant.

Comme elle ne se leva pas de la table, j'écoutai sa partie de la conversation.

— Salut, maman.

Une pause.

— Oui, ça m'a l'air génial. J'apporterai le dessert.

Une pause.

— On a dîné ensemble l'autre soir. Elle a mentionné que sa sœur venait pour le week-end. Mais je lui poserai quand même la question.

Une autre pause. Cette fois, elle leva vivement les yeux pour croiser les miens.

— Hum. J'en doute. Mais je pourrai lui demander, j'imagine.

Elle parla quelques minutes de plus, avant de raccrocher.

— Tout va bien ? demandai-je.

Annalise poussa un soupir.

— Oui. C'est juste que ma mère ne peut pas s'en empêcher. Elle organise une soirée de dégustation de vin avec les premières bouteilles de la saison, le week-end prochain. Elle m'a proposé d'inviter ma meilleure amie, Madison, et ensuite elle m'a dit de t'inviter, toi. Une fois qu'elle a repéré l'odeur d'un potentiel célibataire pour sa fille, c'est un vrai pitbull. Je lui dirai que tu es occupé.

— Pourquoi ? Je n'ai rien prévu à part travailler, ce week-end.

— Ce serait... je ne sais pas... bizarre, que tu viennes.

— Pas plus bizarre que d'être assis à côté de toi à regarder une Asiatique d'un mètre cinquante être à deux doigts de te donner un orgasme.

— J'imagine que tu marques un point, s'esclaffa-t-elle.

— En plus, on sait tous les deux la vérité, ajoutai-je avec un clin d'œil. Si ta mère m'invite, ce n'est pas vraiment pour sa fille.

— Je lui ai dit que nous étions en compétition pour une promotion, pas pour conserver notre poste en Californie. Je ne lui ai pas parlé de mon déménagement potentiel au Texas, je me suis dit qu'il était inutile de l'inquiéter. Mais si je lui disais que tout ce que tu voulais, c'était faire expédier sa fille à trois mille kilomètres d'elle, je pense que tu serais surpris de voir à quel point elle peut se montrer beaucoup moins amicale. Elle est très protectrice avec moi.

Ce n'était clairement pas tout ce que je voulais concernant Annalise. Mais elle marquait un point, et si sa mère était au courant pour le Texas ou des choses que je fantasmais de faire à sa fille, j'étais à peu près sûr qu'elle me chasserait de chez elle en me menaçant avec un tire-bouchon.

— Tu es fille unique ?

— Plus ou moins. Ma sœur est morte quand elle avait huit ans.

— Merde. Je suis désolé.

— Merci. Elle avait cinq ans de plus que moi, alors je n'avais que trois ans quand c'est arrivé. Elle a eu un neuroblastome – un cancer de l'enfance qui est très agressif. Je regrette de ne pas me souvenir plus d'elle. Même si, au moins, je ne me souviens pas trop de sa mort. Mais pour répondre à ta question, je n'ai pas d'autre frère ou sœur. Le mariage de mes parents a commencé à avoir des problèmes après ça. Et toi ? Il y a d'autres Fox imbus d'eux-mêmes qui traînent dans le coin et dont je devrais me méfier ?

Je secouai la tête.

— Il n'y a que moi. Mon père est mort quand j'avais trois ans – crise cardiaque à trente-neuf ans. Ma mère ne s'en est jamais vraiment remise, et ne s'est pas remariée. Même si elle a déménagé en Floride il y a deux ans pour se rapprocher de sa sœur, et que dernièrement, elle me dit qu'elle fait des promenades avec un type nommé Arthur.

Je me dis que je devrais probablement aller faire un tour là-bas bientôt, pour voir si je dois botter les fesses d'Artie.

— C'est étrangement mignon.

— Ouais, c'est vrai. Étrangement mignon.

La serveuse arriva et prit nos commandes de déjeuner. Annalise commanda une soupe, un apéritif et un déjeuner.

— Tu es une sacrée mangeuse, pour quelqu'un d'aussi minuscule.

— Je n'ai rien mangé ce matin à cause de ma nervosité à l'idée de prendre l'avion. Et je ne mangerai rien avant huit heures, ce soir, alors je me suis dit que je ferais mieux de faire du stock.

Ce rappel de son dîner avec Tobias ce soir me coupa l'appétit.

— Alors, où a lieu ton rencard de ce soir ?

Elle fronça les sourcils.

— Ce n'est pas un rencard.

— Oh, c'est vrai. Laisse-moi reformuler. Où a lieu ton rendez-vous d'affaires avec le type qui a envie de soulever ta jupe ?

Elle croisa les bras sur sa poitrine.

— Je ne veux pas te le dire.

— Un petit bistro italien romantique, avec des bougies ? Peut-être un coin banquette près de la cheminée.

— Crétin.

— Un restaurant français ? Peut-être Chez Affaire.

— C'est au même endroit où on a mangé la dernière fois. Exactement le même restaurant où nous avons tous les deux partagé un repas et discuté affaires avec toute l'équipe de Star. Ce même endroit qui semblait déjà être un choix logique et pratique pour un rendez-vous deux semaines plus tôt. Pourtant, je suis sûre que tu es convaincu que maintenant, il l'a choisi avec une idée derrière la tête.

Je voulais me moquer d'elle, mais *merde*, la simple idée qu'ils dînent tous les deux à l'hôtel où elle dormirait me tracassait vraiment. Et je n'allais même pas essayer de me convaincre que cela avait quoi que ce soit à voir avec le boulot. J'avais déjà admis être jaloux une fois. Il était inutile d'exposer ma faiblesse une deuxième fois à ma rivale. Je ravalai mes réflexions. En tout cas, j'essayai.

— C'est un choix pratique. *Très* pratique.

Je n'avais peut-être pas suffisamment laissé sa chance à ce type.

Tobias me donna une tape dans le dos alors que nous quittions le bureau du directeur des acquisitions de films. Il s'était extasié sur le plan marketing que j'avais élaboré, y compris le nouveau logo et le slogan. Et c'était maintenant le troisième bureau dans lequel il me faisait passer et qui semblait adorer mes idées.

— Je suis ici depuis trois semaines, et c'est la première fois que j'ai vu Bob Nixon sourire. Soit vous avez vraiment tapé dans le mille, soit ce type a commencé un nouveau traitement récemment.

— Merci beaucoup d'avoir pris le temps de faire ça. Je sais que vous aviez quelque chose de prévu plus tôt dans la journée, et j'apprécie que vous ayez réussi à trouver du temps pour nous malgré tout.

Nous retournâmes dans son bureau.

— Aucun problème. Je suis content d'avoir pu vous aider. Maintenant que j'ai vu certaines de vos excellentes idées, je suis vraiment impatient de voir vos concepts finaux quand nous viendrons visiter votre bureau dans quelques semaines. J'ai entendu de très bonnes choses à propos de votre travail par Annalise, et maintenant je sais pourquoi.

Je commençais à me sentir comme un idiot complet. J'avais laissé mes sentiments personnels prendre le pas sur mon travail – j'avais laissé cela troubler mon jugement envers Tobias –, et Dieu sait que j'étais vraiment monté sur mes grands chevaux avec Annalise à propos de ce type. Et pendant ce temps, elle disait du bien de moi au gars qui allait choisir la campagne qui contribuerait grandement à m'aider à conserver mon foutu job.

— Je suis sûr que sa présentation sera tout aussi au point, si ce n'est plus. Elle est incroyablement talentueuse, dis-je.

Le téléphone de Tobias sonna. Il le décrocha et dit à la personne à l'autre bout du fil qu'il avait besoin d'une minute, avant de plaquer le combiné contre son torse.

— Et si vous nous versiez deux verres pour fêter ça ? proposa-t-il en pointant le menton vers un long buffet situé sous les fenêtres. Il y a un très bon brandy dans le placard du milieu, ainsi que des verres.

Pendant qu'il parlait au téléphone, je sortis deux grands verres en cristal et une carafe remplie d'un alcool ambré. Au-dessus du placard, il y avait un tas de photographies encadrées, que je parcourus en attendant. Sur l'une d'elles se trouvaient un petit garçon blond et une fille plus âgée, assis sur une pierre quelque part dans les montagnes. Plusieurs représentaient diverses célébrités et Tobias à diverses avant-premières de films. La dernière photo était celle d'une femme avec les mêmes deux enfants de la première photo, sauf qu'ils étaient plus âgés, et tous les trois levaient les mains en l'air alors qu'ils dévalaient un grand huit. Leurs sourires étaient énormes.

Je secouai la tête. Je m'étais vraiment laissé aveugler par la jalousie. Cet homme était clairement heureux en mariage, et il avait une sympathique petite famille. J'avais totalement mal interprété la situation, la dernière fois.

Ou... *peut-être pas.*

Tobias raccrocha et je reposai le dernier cadre photo.

— Vous avez une belle famille, dis-je.

Il contourna son bureau et prit l'un des verres de brandy que j'avais versés, avant de soulever la photo que je venais de poser. Il la fixa tout en remuant le liquide dans son verre.

— Candice est belle, c'est vrai. Dommage que ce soit une vraie garce. On s'est séparés il y a neuf mois. Avec toutes ces conneries *#MeToo*, je me suis dit qu'il valait mieux conserver ma façade d'homme heureux en mariage en public.

Il leva son verre et le fit tinter contre le mien.

— En parlant de belles femmes, je suis impatient de voir ce que votre collègue a préparé, tout à l'heure.

Annalise

Quel crétin.

Je conservai mon grand sourire factice alors que je disais au revoir à Tobias. Mais dès que j'eus poussé les portes-tambours, je pivotai sur mes talons, me renfrognai et me dirigeai vers le bar pour chercher mon harceleur. Un sentiment de déjà-vu m'envahit.

— Excusez-moi ? lançai-je au barman. Je cherche le type qui était assis de ce côté du bar il y a quelques minutes...

Il hocha la tête.

— Il boit de la Corona et ressemble à quelqu'un dont on vient d'écraser le chien ?

— C'est lui.

— Il a payé sa note et il est parti il y a une minute ou deux. Je ne sais pas trop s'il est un client de l'hôtel, vu qu'il a payé en cash. Je n'ai pas fait attention à la direction qu'il a prise quand il est parti.

— Oh, c'est un client de l'hôtel, oui, marmonnai-je tout en me dirigeant vers le bureau de la réception. Je parierais ma vie là-dessus.

Deux employés se trouvaient derrière le bureau de la réception, et ils étaient déjà en train d'aider des gens, alors je fis la queue. Mais pendant que j'attendais, je réalisai qu'ils risquaient de ne pas vouloir me donner le numéro de chambre d'un autre client si facilement. Je revins plutôt dans le lobby, sortis mon téléphone et cherchai le numéro de téléphone de l'hôtel.

— Bonjour. J'essaie de joindre un client de l'hôtel. C'est mon patron, en fait. Il m'a donné le numéro direct de sa chambre pour une conférence téléphonique qu'on doit mener bientôt, mais je crains de l'avoir perdu.

— Je peux vous mettre en contact. Quel est le nom du client ?

— Hum... pourriez-vous simplement me redonner son numéro direct ? Il me l'a donné parce que je devrai appeler avec plusieurs autres personnes pour la conférence, et pour des raisons privées, il n'aime pas révéler le nom de l'hôtel dans lequel il passe la nuit. L'opératrice dit le nom de l'hôtel en répondant au numéro principal. Il va me tuer s'il apprend que je l'ai perdu.

— Bien sûr. Aucun problème. Quel est le nom du client ?

— C'est Bennett Fox.

Quand j'avais donné mon numéro de ligne directe à Marina plus tôt dans la journée, j'avais remarqué que mon numéro de chambre correspondait aux quatre derniers numéros de mon numéro de téléphone. Soit c'était une incroyable coïncidence, soit ils fonctionnaient tous comme ça.

Je l'entendis appuyer sur quelques touches de son clavier avant de revenir en ligne.

— Le numéro direct est 213-555-7003.

— Merci beaucoup.

— Aucun problème. Passez une bonne soirée.

J'appuyai sur la touche pour mettre fin à l'appel. *Oh, je vais passer une excellente soirée, effectivement – à enguirlander le connard de la chambre 7003.*

Le sang pouvait-il réellement se mettre à bouillir ? Je me mis à transpirer alors que l'ascenseur montait jusqu'au septième étage. J'avais l'impression que la chaleur émanait de tous mes pores – j'étais énervée à ce point.

Non seulement je m'étais assurée que ce crétin ait l'occasion de présenter ses idées à Tobias, mais je n'avais jamais rien dit de mal sur lui, je n'avais jamais essayé de profiter de mon amitié avec Tobias pour avoir un avantage. Et que faisait cet abruti ? Il inventait des mensonges à propos de moi pour que j'aie l'air d'une idiote en parlant au client.

Les portes de l'ascenseur s'ouvrirent et je me dirigeai vers la chambre 7003. Sans prendre le temps de me calmer, je cognai à la porte. Voyant qu'elle ne s'ouvrait pas dans les trois secondes suivantes, je frappai à nouveau – plus fort, cette fois. La porte s'ouvrit alors que j'étais encore en train de frapper.

— Qu'est-ce qui se passe, bon sang ? rugit Bennett.

Si je n'avais pas été aussi en colère, j'aurais peut-être été distraite à la vue d'un Bennett Fox torse nu, juste en face de moi. Mais j'étais furieuse, et voir qu'il avait des abdos ciselés ne fit que m'enrager plus encore.

Évidemment, il faut aussi qu'il ait un corps parfait. Quel crétin.

Je le dépassai à grands pas et entrai dans sa chambre d'hôtel.

Il resta là, à cligner des yeux, pendant un instant, l'air de ne pas comprendre ce que j'étais en train de faire. Finalement, il secoua la tête et lâcha la poignée toujours dans sa main.

— Entre. Je n'étais pas du tout en train de me déshabiller ou quoi que ce soit.

— Tu es culotté.

— Je suis très culotté. Tu vas devoir m'expliquer de manière plus spécifique ce qui te rend aussi hystérique.

Le voir jouer les innocents me fit perdre mon calme. Non pas que j'aie été très calme jusque-là, mais je craquai complètement.

Je me plaçai juste devant lui et enfonçai mon doigt dans son torse.

— Je suis en couple avec *Marina* ? Qu'est-ce qui ne va pas chez toi ?

— Oh. Ça.

— J'ai toujours été juste avec toi, et comment est-ce que tu me remercies ? En allant dire au client que j'ai une liaison avec une femme du bureau, ce qui me donne l'air complètement non-professionnelle !

Il leva les mains en l'air comme pour capituler.

— Non. Non. Ce n'est pas du tout ce que je voulais faire.

— Oh, vraiment ? Donc, tu as accidentellement dit à notre client que je couchais avec notre assistante alors que tu cherchais, quoi ? À me donner l'air professionnelle ?

Bennett se passa la main dans les cheveux.

— Je n'ai pas réfléchi.

— Conneries. Tu savais exactement ce que tu faisais !

— Ce type est une raclure. J'essayais de faire en sorte que les choses restent professionnelles. J'ai dit ça pour qu'il n'essaie pas de te draguer.

— Tu es un tel menteur que je pense que tu as fini par croire à tes propres mensonges, et c'est ce qui rend tes excuses ridicules aussi crédibles. Tu es passé maître dans l'art de manipuler les choses pour t'attaquer aux gens au moment où ils se sentent le plus vulnérables.

Je pris une moue boudeuse et imitai ses excuses pitoyables :

— Je suis désolé, Annalise, j'étais jaloux. Oh, non, j'essayais de te protéger du grand méchant client.

Bennett crispa la mâchoire et me dévisagea.

— Je ne te manipulais pas.

Frustrée, je me détournai pour sortir. Mais je changeai alors d'avis et me retournai pour poser une dernière question :

— Pourquoi es-tu encore là, Bennett ?

Cela m'énervait de le voir jouer à ses petits jeux. Ses narines se dilatèrent comme s'*il* avait des raisons d'être en colère.

— Réponds-moi !

En un battement de cils, mon dos se retrouva plaqué contre la porte et Bennett me recouvrit complètement. Il inclina la tête et ses avant-bras se pressèrent fermement contre la porte de part et d'autre de mon visage. Son torse nu se soulevait et se baissait si près de ma poitrine que je pouvais sentir la chaleur qui en émanait. Une flamme embrasait le vert clair de ses yeux, le rapprochant d'un gris profond.

— Je suis ici parce que je ne peux pas rester loin de toi, putain.

Ma bouche s'ouvrit en grand.

— Je ne comprends pas.

— Eh bien, nous sommes deux dans ce cas.

Plus rien n'avait de sens. L'instant d'avant, nous nous entendions à merveille et je décelais les contours d'une personne que j'appréciais vraiment. Et ensuite...

— Pourquoi tu n'arrêtes pas de me faire du mal ?

Bennett pencha la tête un instant, pendant que j'essayais de comprendre ce qu'il se passait.

Quand il releva les yeux, ils étaient emplis de remords.

— Je ne voulais pas te faire de mal. C'est juste que... tu me rends fou. En trente et un ans, je n'avais jamais eu envie d'une femme autant que j'ai envie de toi, et évidemment, tu es la seule que je ne peux pas avoir.

Je déglutis. J'avais l'impression que mon cœur ricochait partout dans ma poitrine.

— Je ne te crois pas, murmurai-je.

Il baissa les yeux vers ma bouche et émit un grognement. Ce son me fit vibrer jusqu'à l'entrejambe et j'entrouvris les lèvres avec un léger hoquet que je priais pour qu'il n'ait pas entendu.

Mais le sourire diabolique qui dansait sur son visage m'apprit que rien ne lui échappait.

— Tu ne me crois pas ? Qu'est-ce qu'on pourrait faire pour arranger ça ?

— Bennett, je...

Il tendit la main, resserra étroitement les doigts dans mes cheveux et m'attira tout contre lui. Ses lèvres s'écrasèrent sur les miennes, avalant le reste de ma phrase. Je fus stupéfaite de la façon dont je sentis l'effet de ce baiser se répandre en moi – mon corps s'illumina comme un sapin de Noël à cette simple connexion. Ses mains se posèrent sur mes joues et il m'inclina la tête, plongeant sa langue dans ma bouche. Mon sac à main et mon portfolio tombèrent au sol. Tout cessa d'exister autour de nous.

J'enveloppai mes mains autour de son cou et enfonçai mes ongles dans ses cheveux. Il grogna à nouveau et agrippa mes fesses, qu'il serra à deux mains tout en me soulevant du sol. J'enroulai mes jambes autour de sa taille. *Seigneur, j'adore les jupes.*

Alors que j'étais ouverte pour lui, Bennett pressa son corps contre le mien. Je sentis son membre durci entrer en contact avec ma chaleur, et il poussa un grognement.

— Putain. Tu es si bonne.

J'émis un gémissement quand il approfondit le baiser, enfonçant mes ongles dans son dos tout en m'accrochant à lui. Notre baiser était fougueux et éperdu, lascif et impudique, et je sentais un cœur battre à un million de kilomètres à l'heure, sans trop savoir si c'était le sien ou le mien. Quand nous nous séparâmes finalement pour reprendre notre respiration, nous étions pantelants et j'avais le tournis.

Bennett fourra son nez dans mon cou pendant que j'essayais de reprendre mon souffle. Un baiser après l'autre, il passa de ma clavicule à mon oreille.

— Il y a tant de choses que j'ai envie de te faire.

J'adorais la sonorité rocailleuse de sa voix.

— Comme quoi ? murmurai-je.

Je sentis ses lèvres s'étirer en un sourire contre mon cou.

— J'ai envie de te goûter... partout.

Il tira légèrement sur mes cheveux, exposant un peu plus ma gorge pendant qu'il m'embrassait de plus en plus bas.

— Oui.

— J'ai envie d'enfouir mon visage entre tes jambes jusqu'à ce que tu hurles mon nom.

— Oui.

— Je veux te mettre à quatre pattes pour pouvoir être partout, que tu ne puisses penser à rien d'autre, sentir rien d'autre que moi. Je veux jouer avec tes tétons d'une main pendant que mes doigts exploreront ton cul. Je veux que ma queue s'enfonce profondément en toi.

Il frotta son érection contre mon intimité exposée et mes yeux roulèrent dans leurs orbites.

Oh, Seigneur. C'était si bon. Mon corps se mit à vibrer. Je commençais à me dire que je pourrais jouir rien qu'avec la sensation de son corps contre moi et le son de sa voix suave m'expliquant tout ce qu'il voulait me faire.

Ça n'avait jamais été aussi torride entre Andrew et moi, même au tout début.

Bennett me souleva et me porta de la porte à sa chambre. Je m'attendais à sentir mon dos toucher le lit, mais au lieu de ça, il me reposa sur mes pieds et fit un pas en arrière. Ses yeux fiévreux étudièrent mon corps de haut en bas et, durant quelques secondes, je crus qu'il allait se raviser, rectifier le tir.

— Déshabille-toi pour moi.

Son ton autoritaire et la note tendue de sa voix firent naître la chair de poule partout sur mon corps. Parfois, son assurance me donnait envie de le gifler. Apparemment, elle pouvait aussi me donner envie de me mettre toute nue.

Je déboutonnai mon chemisier et levai les yeux vers lui. Tant de fois, j'avais hésité à lui faire confiance, mais le désir que je voyais dans ses yeux voilés ne pouvait être feint.

— J'ai été incapable de me concentrer le jour où tu es arrivée au bureau, dit-il. Tu avais le rôle principal de tous mes fantasmes, même quand j'essayais de te détester.

Je passai mon chemisier par-dessus mes épaules et le laissai tomber au sol.

— Retire ta jupe.

C'était facile de me sentir audacieuse sous son regard enflammé. Je passai la main derrière moi, défis la fermeture de ma jupe droite et la fis glisser au sol. J'étais contente de porter un joli soutien-gorge en dentelle et un string, qui m'aidaient à me sentir sûre de moi. Je restai debout devant lui, en lingerie et talons hauts.

Bennett ouvrit le bouton de son pantalon. La vue de sa ligne de poils me donna un petit frisson de plaisir. Il retira son pantalon et j'écarquillai les yeux en voyant la bosse dans son boxer étriqué.

Bon sang. Maintenant, je sais d'où viennent son assurance et son arrogance.

— Le soutien-gorge, dit-il avec un geste du menton.

Je défis l'agrafe et le rejetai de côté. Mes tétons étaient déjà durs, mais ils devinrent douloureusement enflés alors que je le regardais se lécher les lèvres.

— Tu es incroyable.

J'adorais sa façon d'exiger les choses, mais je voulais lui montrer que j'étais sur le même plan que lui. Je pris une profonde inspiration, passai les pouces sous l'élastique de ma culotte et me délestai du dernier vêtement que je portais sans qu'il ait à me le demander.

Bennett sourit comme s'il savait exactement ce que j'avais voulu lui faire comprendre. Ses yeux me toisèrent rapidement et s'assombrirent, tout en brillant d'une étincelle espiègle.

Il désigna mes talons.

— Ça, ça reste.

Il me fit asseoir au bord du lit et tomba à genoux. La vue était assez spectaculaire. Bennett Fox était toujours beau, mais à demi nu, chacun de ses muscles bandés exposés alors qu'il était agenouillé devant moi, il était sexy à un tout autre niveau. Il me regarda dans les yeux et écarta mes genoux autant que possible.

J'étouffai un cri lorsque Bennett se pencha en avant pour me donner un long coup de langue. Contrairement à notre effeuillage progressif, il n'y avait rien de lent ni d'aguicheur dans sa façon d'enfouir son visage entre mes jambes. Ce n'était pas doux ni délicat. C'était brutal et éperdu. Tour à tour, il suça mon clitoris, enfonça sa langue en moi et me lécha par de grands coups de langue qui me donnaient envie de le maintenir ici, de ne jamais le laisser relever la tête pour respirer.

Je rejetai la tête en arrière, avec toutes les peines du monde pour rester sagement assise.

— Oh, Seigneur !

Mon cri lui arracha un grognement et il s'enfonça encore plus loin. Je me mis à me tortiller alors que mon corps tremblait de l'intérieur et que des ondes de plaisir pulsaient entre mes jambes. Je tirai sur les cheveux soyeux de Bennett et gémis lorsque des vagues d'extase intenses me frappèrent de plein fouet. Des larmes me montèrent aux yeux, mes émotions ayant besoin de s'échapper sous une forme ou une autre, et je tombai à la renverse sur le lit, incapable de supporter le poids de mon propre corps plus longtemps.

À travers le brouillard de mon cerveau comblé, j'entendis vaguement un bruit de plastique arraché. La seconde suivante, j'étais hissée vers la tête de lit et Bennett grimpait sur moi.

Je m'attendais à ce que ce rythme frénétique continue, mais cet homme m'avait surprise à tous égards depuis le jour où je l'avais rencontré. Il écarta les cheveux de mon visage et se pencha délicatement Bennett pour m'embrasser les lèvres.

— Tu vas bien ?

Je n'étais pas sûre de pouvoir parler pour l'instant – peut-être ne le pourrais-je même plus jamais –, alors je répondis par un grand sourire et un hochement de tête. À son tour, il sourit tout en me pénétrant. Nos regards demeurèrent rivés l'un à l'autre, le sourire que nous échangions se transformant en une expression plus sérieuse alors que nous sentions tous deux l'intense connexion qui nous unissait. Il y alla doucement, par à-coups brefs et modérés, entrant et sortant avec tendresse. Une fois que mon corps eut accepté son volume, il s'aventura un peu plus profond, poussa un peu plus fort, jusqu'à finir par me remplir complètement.

Ensemble, nous trouvâmes notre rythme – lui me pilonnant et moi décollant les hanches pour accueillir chaque mouvement, jusqu'à ce que nos corps soient couverts de sueur et que le son et l'odeur du sexe emplissent l'air autour de nous. Bennett passa la main sous l'un de mes genoux et souleva ma jambe, modifiant l'angle de ses coups de boutoir très légèrement, mais il avait trouvé mon point sensible.

— *Bennett...*

Sa mâchoire se crispa, comme souvent quand je l'agaçais. Je ne réalisais que maintenant que ce muscle qui se crispait n'était pas tant une expression de colère, mais plutôt le signe qu'il essayait de refréner quelque chose. Et à cet instant, il essayait de se retenir encore un peu, pour moi.

Je gémis alors que mon orgasme montait des tréfonds de mon être, et mes paupières se fermèrent.

— Hors de question, mon cœur. Ouvre les yeux et regarde-moi.

Bennett accéléra son va-et-vient et je soutins son regard comme si ma vie en dépendait. Mon corps trembla alors que je me contractais autour de lui. Le besoin de me dérober à l'intensité de son regard était fort, mais je tins bon et lui donnai ce qu'il voulait.

Il me sourit alors que mon plaisir s'enflammait, puis tous les muscles de son corps se tendirent et, cette fois, il commença à me baiser vraiment – de manière brutale et déchaînée, me martelant sans relâche jusqu'à pousser enfin un rugissement qui fit trembler toute la pièce.

Après quoi, il enfouit son visage dans mes cheveux et m'embrassa le cou tout en continuant à aller et venir lentement, plus tranquillement. Ni lui ni moi n'avions hâte que ce moment prenne fin, alors nous nous attardâmes aussi longtemps que possible, conservant la connexion entre nous. Mais au bout d'un moment, il nous fallut nous lever pour nous débarrasser du préservatif.

Bennett descendit du lit et s'éclipsa dans la salle de bains, laissant l'air frais baigner ma peau trempée de sueur et me faire frissonner. Ce froid soudain provoqua une décharge en moi et fit chanceler mon esprit à l'idée de ce qu'il venait de se produire.

Jamais, de toute ma vie, je n'avais été baisée comme ça. Et quelque chose me disait que, quelle que soit cette nouvelle relation, j'allais me retrouver baisée d'une manière bien moins agréable très bientôt.

Annalise

Nous étions tous deux silencieux, étendus côte à côte dans la pièce sombre. Je me demandai s'il regrettait déjà.

— À quoi est-ce que tu penses en ce moment ? demandai-je.

Il laissa échapper un profond soupir.

— Tu veux la vérité ?

— Bien sûr.

— Je me demandais comment enclencher l'enregistreur audio de mon téléphone sans que tu t'en aperçoives, avant de te dévorer à nouveau la chatte. Je dois absolument capturer ce son que tu fais quand tu jouis, pour l'utiliser quand je me branle, avant que tu me jettes dehors dans une demi-heure.

Je ris et me tournai de côté vers lui.

— Quel son ?

— C'est un genre de mélange entre un gémissement et un cri, mais c'est très guttural et c'est vraiment sexy.

— Je ne crie pas.

— Oh, tu cries tellement, bébé.

Honnêtement, je n'avais aucune idée de ce qui avait pu sortir de ma bouche ce soir. J'avais vécu une sorte d'expérience hors du corps, sur laquelle je n'avais aucun contrôle.

— Et qu'est-ce qui te fait croire que je vais te jeter dehors dans une demi-heure ?

Bennett se tourna face à moi. Il écarta une mèche de cheveux plaquée sur ma joue.

— Parce que tu es maligne.

Je me demandais bien comment tout cela allait finir. Contrairement à mes habitudes, je n'avais pas songé aux conséquences de mes actes.

Au lieu de ça, je m'étais contentée de faire ce qu'il me semblait devoir faire, sur le moment. Et Dieu sait que ce qu'il me semblait devoir faire sur le moment s'était avéré complètement incroyable. Je gardai donc cet état d'esprit, ne m'autorisant pas à trop analyser les choses pour l'instant.

— Andrew ne... il n'était pas très adepte du sexe oral. Alors je pense que le son que tu as entendu devait être le bouchon d'une bouteille de champagne très étroitement fermée qui sautait.

Bennett posa la tête sur son coude.

— Qu'est-ce que ça veut dire, ça ? Il n'était *pas très adepte* du sexe oral. Tu veux dire qu'il n'était pas doué pour ça ?

— Non. Je veux dire que ça n'arrivait pas souvent. Genre... à peu près jamais.

— Mais tu aimes ça ?

Je haussai les épaules.

— Lui n'aimait pas.

— Ça résume bien le problème de cette relation. Et je ne parle pas seulement de sexe. N'importe quel homme incapable de se dépasser et de faire quelque chose qu'il n'aime peut-être pas pour faire plaisir à sa femme a un problème beaucoup plus profond que le sexe.

Malheureusement, Bennett avait cent pour cent raison. Avec Andrew, tout était toujours à propos de ce qu'Andrew voulait et de ce dont il avait besoin. Il avait besoin de calme pour écrire son roman, alors nous avons reculé le moment d'emménager ensemble. Si j'aimais un nouveau restaurant et pas lui, nous n'y retournions plus. Il avait besoin d'espace, je le lui accordais. Et malgré tout, quand il voulait partir en vacances au ski et que je voulais la plage, je sortais mes vêtements d'hiver pour lui faire plaisir. Et le pire – Seigneur, j'avais vraiment raté quelque chose –, c'était que Bennett avait raison. *J'aimais* le sexe oral.

Je poussai un soupir.

— Tu as raison.

La pièce était plongée dans la pénombre, mais je le vis sourire.

— J'ai toujours raison.

Bennett fit glisser deux doigts le long de mon bras, de l'épaule à la main. Sérieusement, je sentis ce contact me faire frissonner jusqu'aux orteils, et cela me fit esquisser une petite danse de tremblements.

— Ton corps est si réactif.

Je tendis les mains et posai les paumes à plat sur ses abdos, avant de les laisser parcourir leurs contours fermes.

— Et le tien est si... *dur*.

Il émit un petit rire et prit mon poignet dans sa main, avant de l'attirer environ trente centimètres plus bas.

— Oh. Waouh. Tu es...

— Dur partout.

— Effectivement. Ça ne fait pas beaucoup de temps de récupération, tu sais.

Bennett esquissa un mouvement furtif, me soulevant et roulant sur le dos pour me déposer sur lui.

— Je dois faire bon usage du temps dont je dispose avant que le sang remonte à ton cerveau et que tes idées se remettent en place.

Il leva les hanches et poussa contre mon intimité.

— On dirait bien que le sang n'est pas encore remonté à ton cerveau, toi non plus.

— Et si on faisait un pacte ? proposa-t-il en suivant ma colonne vertébrale du doigt, ralentissant, mais ne s'arrêtant pas une fois arrivé à mes fesses. Aucun d'entre nous ne pense à rien jusqu'au lever du soleil, demain.

J'effleurai ses lèvres des miennes.

— Enfin une chose sur laquelle on peut se mettre d'accord.

Je me glissai hors du lit et me dirigeai vers la salle de bains sur la pointe des pieds. En chemin, je récupérai mon sac à main là où je l'avais laissé tomber la veille au soir, près de la porte, et en sortis mon téléphone. Six heures et demie. Mon vol était à neuf heures. Je parcourus mes e-mails pour voir si Marina m'avait envoyé l'itinéraire de Bennett en copie, comme elle l'avait fait pour lui avec le mien. Effectivement, elle m'avait envoyé le sien pendant que j'étais en train de dîner, la veille. J'ouvris le mail pour voir si nous étions sur le même vol. Nous ne l'étions pas. Le sien était à onze heures, pour je ne sais quelle raison. L'idée de ne pas avoir à voyager avec lui, de ne pas avoir à lui faire face à la lumière du jour, me fit ressentir un drôle de mélange de désespoir et de soulagement.

Je nouai mes cheveux et pris une douche rapide. Quand je me lavai entre mes jambes, je ressentis un élancement à cet endroit qui me fit sourire. Combien de fois avions-nous fait l'amour, la nuit dernière ? Quatre ? Cinq ? Était-ce seulement possible ? Quel que soit le chiffre, je savais avec certitude que c'était un record personnel. Andrew et moi n'avions jamais baisé comme ça. Au début, nous l'avions peut-être fait deux fois une nuit ou deux, mais la moyenne était plutôt d'une fois par semaine, ces dernières années.

Mes vêtements étaient encore au sol, là où je m'étais déshabillée la veille. Même si, quand je les remis sur moi, j'eus plutôt l'impression d'avoir dormi dedans. Je ne retrouvai pas mes sous-vêtements, cependant. Je récupérai le reste de mes affaires, appelai un Uber et secouai les vêtements de Bennett, en songeant que ma culotte s'était peut-être retrouvée mélangée avec eux durant notre frénésie de la veille.

Je sursautai en entendant sa voix vaseuse.

— Tu cherches quelque chose ?

— Merde, lâchai-je en faisant tomber mon sac à main. Tu m'as fait peur. Je croyais que tu dormais.

— C'était le cas. Mais je me suis réveillé quand tu as commencé à fouiller dans mes vêtements.

— Je ne fouillais pas dans tes vêtements. Je cherche ma culotte.

Il leva un bras en dehors des couvertures et exhiba ma culotte, qui pendait à l'un de ses doigts.

— Oh. Tu parles de ça ?

Je ris.

— Comment diable est-ce que tu t'es retrouvé avec ça ?

— Je me suis levé pour aller à la salle de bains il y a une heure, juste après que tu te sois endormie, et je l'ai ramassée au passage.

— La couleur t'irait bien, mais je ne suis pas sûre qu'elle soit à ta taille.

Je tendis la main pour la lui prendre, mais il l'écarta et la serra dans son poing.

— Qu'est-ce que tu fais ?

Il joignit ses mains et les leva devant son nez, avant de renifler profondément mon string.

— Ah. J'adore l'odeur de ta chatte.

J'écarquillai les yeux.

— C'est un peu tordu, même pour toi, Fox. Maintenant, rends-moi ma culotte. J'ai un vol à prendre.

— Non, hors de question.

— Tu voudrais que je rentre en portant une jupe sans culotte au-dessous ?

Il tendit la main et la glissa sous ma jupe, m'attrapant les fesses.

— Tu devrais venir travailler comme ça tous les jours.

J'émis un petit rire.

— Sérieusement, je vais être en retard pour mon vol.

— Tu pourrais changer de vol et monter dans l'avion suivant avec moi.

J'y avais pensé, mais j'avais besoin d'un peu de temps loin de cet homme pour me remettre les idées en place. Avant que j'aie pu songer à une excuse, Bennett se servit de la main qu'il avait posée sur mes fesses pour m'attraper par la taille et m'attirer vers lui.

— Je sais que tu as besoin d'un peu d'espace, dit-il. Le string est ma police d'assurance. Je le garde jusqu'à ce que tu sois prête à me parler. Ensuite, tu pourras le récupérer.

— Et si je décidais que je n'ai pas envie de parler d'hier soir ?

Il m'embrassa sur les lèvres.

— Dans ce cas, c'est Jonas qui récupérera ta culotte.

— Tu es malade.

— Peut-être. Mais je parie que l'imaginer la renifler pendant qu'*il* se branle te fait un peu plus peur que de m'imaginer moi.

Je secouai la tête.

— Je n'ai pas le temps de me disputer avec toi. Cependant...

Je me dirigeai vers sa pile de vêtements et sortis son portefeuille de sa poche. J'en tirai une carte Visa avant de laisser le portefeuille en cuir tomber au sol sans ménagement.

— ... il y a un Victoria's Secret à l'aéroport. J'en achèterai une autre... et d'autres trucs, tant que j'y suis.

Bennett afficha un large sourire.

— Fais-toi plaisir. Peut-être quelque chose comme des porte-jarretelles et une culotte fendue, pour que tu n'aies pas besoin de la retirer quand je te baiserai sur ton bureau, la semaine prochaine.

Bennett

Pas elle.

Je remis mon téléphone dans ma poche et fis semblant de ne pas être déçu que l'un de mes potes m'ait envoyé un message pour me demander si j'étais partant pour aller boire quelques verres ce soir.

Mais je ne pouvais plus me mentir à moi-même, maintenant, n'est-ce pas ?

L'après-midi de notre retour de Los Angeles, Annalise était déjà partie quand j'étais arrivé au bureau. Le jeudi, j'avais une réunion matinale en dehors du bureau, et quand j'étais arrivé, elle était encore une fois déjà partie. Marina m'avait dit qu'elle avait pris un rendez-vous de dernière minute.

Puis, le vendredi, j'avais vu la même Audi que celle que je conduisais s'éloigner de notre bâtiment à sept heures moins dix du matin. Je lui avais envoyé un message. Quelques heures plus tard, elle m'avait envoyé une courte réponse disant qu'elle était venue très tôt pour récupérer quelques dossiers et qu'elle travaillait de chez elle.

Il n'était pas inhabituel pour les employés de travailler depuis chez eux un jour ou deux par semaine – nous avions des horaires flexibles et un emplacement adapté. Mais Annalise n'en avait pas profité jusqu'à maintenant, et je commençais à avoir le sentiment qu'elle essayait de m'éviter.

D'ici au vendredi après-midi, ça me rongeait, alors je lui envoyai un autre message lui demandant si elle voulait aller boire un verre. Elle ne me répondit jamais.

Nous étions désormais samedi après-midi et je regardais mon téléphone chaque fois qu'il vibrait comme une adolescente de lycée.

Je regardai Lucas vérifier le prix sous la basket qu'il examinait, avant de la reposer sur l'étagère.

— Elles te plaisent ? demandai-je.

— Ouais, répondit-il avec un haussement d'épaules. Elles sont cool.

— Alors pourquoi tu ne les essaierais pas ? Tu as besoin de nouvelles baskets avant notre visite à Disneyland dans quelques semaines.

— Elles sont très chères.

— C'est toi qui les paies ?

— Non ?

— Alors pourquoi est-ce que tu regardes les prix ?

Je récupérai la basket et fis un geste vers le gamin vêtu d'un uniforme rayé Foot Locker et qui n'avait pas l'air beaucoup plus vieux que Lucas.

— On peut voir celles-ci en 42 ?

— Bien sûr.

— Attendez une seconde, lançai-je au gamin. Il y a autre chose qui te plaît, mon grand ?

Lucas ne répondit pas.

— Lucas ?

Toujours rien, alors je suivis son regard vers ce qui avait attiré son attention. J'émis alors un petit rire.

— Juste celles-ci pour l'instant, s'il vous plaît, dis-je au gamin qui attendait.

La petite blonde mignonne dont Lucas ne pouvait détacher les yeux leva la tête et le surprit à la regarder. Elle rougit et lui adressa un petit signe gêné avant de se tourner dans la direction opposée pour regarder le rayon de chaussures de l'autre côté du magasin.

— Elle est mignonne, murmurai-je à Lucas en me penchant en avant.

— C'est Amélia Archer.

— Tu l'aimes bien ?

— Tous les élèves de sixième l'aiment bien.

— Je croyais que tu allais changer de stratégie et n'aimer que les moches ?

— Elle est jolie *et* gentille. Mais elle ne veut avoir affaire à aucun garçon.

— Eh bien, vous n'avez que douze ans. Les gamins commencent à s'intéresser les uns aux autres à des périodes différentes. Elle n'en est peut-être pas encore là.

— Non, ce n'est pas ça. Il y a un mois, elle a dit à Anthony Arknow qu'elle aimait bien Matt Sanders, et Anthony a commencé à répandre toutes ces rumeurs sur elle. Et l'a fait parce qu'il l'aimait bien, lui aussi. Maintenant, elle refuse de parler au moindre garçon.

Les joies du collège.

— Elle s'en remettra. Et si tu allais lui dire bonjour ? Montre-lui les baskets que tu regardes et demande-lui si elle les aime.

— Tu crois que je devrais ?

Je récupérai la basket sur l'étagère et la tendis vers lui.

— Complètement. Tu dois faire le premier pas. Les meilleures ne restent pas seules très longtemps. Contente-toi d'être son ami. Elle a probablement besoin de voir que tous les garçons ne sont pas des crétins.

Je souris et ajoutai :

— Je veux dire, c'est ce que nous sommes, mais fais de ton mieux malgré tout.

Lucas me prit la basket des mains et hésita. J'éprouvai un instant de fierté en tant qu'oncle en le voyant prendre son courage à deux mains et s'avancer vers elle. Je regardai son embarras initial s'estomper et ses épaules se détendre un peu. Au bout d'une minute ou deux, il réussit à la faire rire.

Lorsqu'il revint vers moi, il souriait d'une oreille à l'autre.

— Elle est vraiment gentille.

— On dirait qu'elle a apprécié que tu viennes lui parler.

Il haussa les épaules.

— Peut-être. Les filles sont difficiles à comprendre.

Ce gosse était beaucoup plus malin que je l'étais à son âge. Je pensais avoir tout compris, jusqu'à ce que, à dix-huit ans, je réalise que je ne savais rien du tout.

Je hochai la tête.

— Ça, tu peux le dire.

Lucas finit par repartir avec les Nike à cent dollars. Et nous lui prîmes aussi quelques T-shirts et du matériel de dessin que sa grand-mère avait refusé de lui acheter parce que d'après elle, cela aurait dû être à l'école de fournir ces trucs-là. Après ça, il demanda du gel pour les cheveux et du déodorant Axe.

Du gel pour les cheveux et du Axe – il avait vraiment découvert les filles.

— Tu attends un appel ? demanda Lucas alors que nous traversions le parking du centre commercial en direction de la voiture.

Je baissai les yeux sur le téléphone dans ma main.

— Non. Pourquoi ?

— Parce que tu n'arrêtes pas de le regarder.

Je replaçai le téléphone dans ma poche.

— Je ne m'en étais pas rendu compte.

Ce petit morveux sourit.

— Tu attends qu'une fille t'appelle.

J'eus du mal à refréner mon sourire. J'appuyai sur le bouton pour déverrouiller la voiture et elle émit un pépiement.

— Monte dans la voiture, Casanova.

— Qui ?

— Contente-toi de monter.

Mon téléphone vibra au moment où je me garais devant la maison de Lucas. Sans y penser, je sortis mon téléphone de ma poche et vérifiai le nom. Lucas dut voir l'expression de mon visage.

— Tu attends complètement qu'une fille t'envoie un message, sourit-il.

Il était inutile de mentir.

— Ouais. Désolé de m'être montré distrait.

Il haussa les épaules.

— Pourquoi tu ne l'appelles pas toi-même ?

— C'est compliqué, mon grand.

Lucas récupéra ses sacs de courses sur le siège arrière et ouvrit la portière. Il m'avait demandé d'arrêter de le raccompagner à la porte l'année dernière, je restais donc désormais assis dans la voiture pour m'assurer qu'il rentre sans problème.

Il sortit de la voiture et pencha la tête à l'intérieur, une main posée sur le haut de la portière.

— Tu dois faire le premier pas, mec. Les meilleures ne restent jamais seules très longtemps.

Ce petit morveux m'avait rejeté mes propres mots à la figure.

1er mai

Chère moi,

On l'a fait ! Notre premier petit ami. Cela n'a pris que seize ans. Mais Nick Adler est sublime. Il porte toujours une casquette de baseball à l'envers, et ses cheveux ébouriffés partent dans tous les sens au-dessous. Nous sommes ensemble depuis une semaine, maintenant. Et... nous avons fait le premier pas ! Enfin, techniquement, c'est Bennett qui a fait le premier pas pour nous. Peu importe.

Nous déjeunons toujours avec Bennett et quelques autres jeunes. Nick s'assoit à la table en face de la nôtre. Bennett n'arrêtait pas de nous dire de simplement aller nous asseoir avec lui – de faire le premier pas, mais on était trop poules mouillées. Un jour, alors qu'on était en train de regarder Nick, Bennett a hurlé : « Eh, Adler. Soph va venir s'asseoir avec vous aujourd'hui, d'accord ? » Nick a haussé les épaules et dit d'accord. Nous avions envie de tuer Bennett. Nous étions si nerveuses, quand nous avons dû nous diriger vers la table. Mais les choses se sont bien passées. Nick et nous sommes même sortis avec Bennett et Skylar – sa nouvelle petite amie – le week-end dernier. La petite amie de Bennett est déjà à la fac et elle est vraiment jolie. Elle était sympa, j'imagine.

Oh... et on a dû déménager encore une fois. Maman et Lorenzo ont rompu. Notre nouvel appartement est très petit. Mais au moins, ce n'est pas très loin du précédent.

Aujourd'hui, notre poème est dédié à Nick.

Mon cœur a quatre murs.
Il a tenté d'escalader mais est tombé.
Pour toi, ils s'effondrent.

Cette lettre s'autodétruira dans dix minutes.

Anonymement,
Sophie

Bennett

Et puis merde.

Je quittai l'autoroute à la prochaine sortie.

Je vous jure, je m'étais douché et habillé en ayant fermement l'intention d'aller retrouver mes potes pour boire un verre en centre-ville. Mais à mi-chemin du O'Malley, je décidai de changer de plans.

Et maintenant que je me rapprochais, je commençai à douter à nouveau. Bianchi Winery n'était pas seulement la maison de ses parents – c'était aussi des clients.

Mais après tout, cela semblait dans l'ordre des choses. Annalise était la dernière personne que je devrais pourchasser ainsi. Alors pourquoi ne pas la traquer jusqu'à la maison d'un client ? Qu'est-ce qui pourrait tourner mal ?

Tout.

N'importe quoi.

Mais...

... mais merde.

J'étais invité. Annalise m'avait dit elle-même que Margo m'avait invité. Au moins, je ne m'incrusterais pas.

Je descendis le long chemin de terre alors que le soleil commençait à se coucher. Environ une douzaine de voitures étaient garées le long de la façade du vignoble, y compris la jumelle de ma voiture. Je me garai et regardai une dernière fois mon téléphone. Ça craindrait vraiment, si elle était là avec un rencard. Mais je ne pouvais imaginer qu'elle soit le genre de femme capable de sortir avec quelqu'un quelques nuits après avoir couché avec un autre homme.

Bon sang, c'était *moi* qui étais du genre à faire ça, et je n'aurais pas pu le faire après la nuit que nous avons passée.

Je me dirigeais vers la boutique quand Margo Bianchi sortit de la cave à vin.

— Bennett ! Je suis si contente que vous vous sentiez mieux et que vous ayez décidé de vous joindre à nous, finalement.

Me sentir mieux ? Je ne la contredis pas.

— C'est passé au bout de vingt-quatre heures, finalement.

— Annalise et Madison sont en bas. Je vais simplement récupérer un autre plateau de fromages. Descendez. Tout le monde apprécie beaucoup la nouvelle récolte.

— Laissez-moi vous donner un coup de main avec le plateau, d'abord.

— Ne dites pas de bêtise. Allez vous amuser. Je suis sûr que ma fille sera ravie de vous voir.

Je n'en serais pas si sûr, si j'étais vous.

— OK. Merci.

La cave à vin était composée de quatre tables dans des alcôves d'un côté, et d'un long bar en pierre de l'autre. Je scrutai les tables et vis des visages que je ne reconnaissais pas. Mais je reconnus sans mal le dos exposé d'une femme assise sur l'avant-dernier tabouret du bar. Elle ne regardait pas vers moi et ne se doutait pas de ma présence.

Je poussai un long soupir et m'avançai vers elle. La femme assise à côté d'elle croisa mon regard et me regarda approcher. Je levai un doigt devant mes lèvres alors que mon autre main effleurait le dos d'Annalise.

Je me penchai en avant et lui murmurai à l'oreille :

— Je me sentais mieux, alors je me suis dit que j'allais te rejoindre, finalement.

Elle se retourna si vite qu'elle vacilla et tomba presque de sa chaise.

— Bennett ?

La femme à côté d'elle haussa un sourcil.

— Bennett ? Tu veux dire le mec sexy du bureau ?

Je tendis la main.

— Lui-même. Bennett Fox. Ravi de vous rencontrer. J'imagine que vous êtes Madison ?

— C'est bien ça, répondit Madison, son regard passant tour à tour de moi à elle. Eh bien, c'est une très bonne surprise. Je n'avais pas réalisé que Bennett allait se joindre à nous ce soir.

— Moi non plus, répondit Annalise, l'air épuisée.

Madison esquissa un sourire narquois et me regarda, attendant que je réponde. Je décidai de dire la vérité.

— Elle m'évite depuis deux jours. J'ai aussi une culotte qui lui appartient dans ma poche, je me suis dit qu'elle aimerait peut-être la récupérer.

Son amie rit et se pencha en avant pour déposer un baiser sur la joue d'Annalise.

— Je l'aime bien. Je vais aller retrouver mon rencard. Soyez sages, tous les deux.

Je me glissai sur le siège de Madison à côté d'Annalise, gardant une main posée sur son dos.

— Alors, tu as raconté à ton amie à quel point j'étais sexy ?

— Ne prends pas la grosse tête encore plus que c'est déjà le cas. C'était le seul compliment que je t'avais accordé.

Je me penchai en avant.

— Vraiment ? Même après l'autre soir ?

Ses joues rosirent. Seigneur, pourquoi est-ce que j'aimais autant ça, chez elle ?

— J'aime beaucoup ta robe.

— Tu ne sais même pas à quoi elle ressemble. Je suis assise.

Je fis courir mes doigts le long de la peau exposée de son dos.

— Elle me permet de toucher ta peau sans avoir à glisser mes mains sous ta jupe. Alors c'est déjà l'une de mes robes préférées. Voir le devant ne sera que la cerise sur le gâteau.

Ses yeux prirent une teinte plus sombre. Seigneur, j'avais envie de la baiser à la lumière du jour, pour pouvoir regarder toutes les couleurs que prenait sa peau. J'aurais parié que c'était encore plus beau que les feuilles en automne.

— Qu'est-ce que tu fais ici, Bennett ?

Je pris le verre de vin devant elle et en bus une gorgée.

— Margo m'a invité. Tu me l'as dit toi-même l'autre jour, au déjeuner, tu te souviens ?

— Oui. Mais tu ne m'as pas dit que tu venais.

Je soutins son regard.

— Je l'aurais fait, si tu avais répondu à mes appels.

Elle détourna les yeux.

Matteo me remarqua pour la première fois et en fit des tonnes pour m'accueillir. Il me proposa une série de vins différents provenant de la récolte de cette année et resta à côté de moi à discuter pendant un moment, jusqu'à ce que Margo l'attire à l'écart avec un grand sourire — prétendant avoir besoin de son aide avec la machine à glaçons à l'étage.

Annalise suivit du doigt le bord de son verre.

— Nous n'avons même pas de machine à glaçons.

J'émis un petit rire.

— On dirait bien que je ne suis pas le seul à penser qu'on a besoin de quelques minutes seul à seule pour parler. Ton amie a disparu à la minute où je suis arrivé ici, et ta mère essaie de nous laisser un peu d'intimité.

Elle leva son verre à ses lèvres.

— Peut-être que ta présence repousse simplement les gens.

Je souris.

— Peut-être. Mais que provoque ma présence chez toi ?

Annalise fit pivoter sa chaise pour me faire face. Elle regarda autour d'elle — pour vérifier à quel point notre conversation pourrait être privée, j'imagine — avant de se pencher plus près.

— J'ai passé un très bon moment, l'autre nuit.

J'avais utilisé cette phrase d'ouverture assez souvent pour savoir où allait cette conversation.

— Mais... dis-je pour elle.

— Mais... nous travaillons ensemble. Ou plutôt, nous sommes des adversaires qui travaillent dans la même compagnie.

Je me penchai en avant pour murmurer à son oreille, même si je savais que personne ne pouvait nous entendre. J'avais juste envie d'une opportunité de me rapprocher.

— Tu as peur que je te baise jusqu'à te faire révéler tes secrets commerciaux ?

Elle imita mon geste et se pencha pour murmurer elle aussi à mon oreille :

— Non. Et toi ?

J'émis un petit rire. J'aurais sûrement dû avoir peur. Parce que j'étais à peu près sûr d'être prêt à lui montrer tout ce qu'elle voudrait si ça pouvait la convaincre de rentrer avec moi ce soir.

— Écoute, je vais jouer cartes sur table. Ça fait deux semaines que je n'arrive à penser à rien d'autre que d'être à nouveau en toi. Tu es encore en train de tourner la page après l'autre connard. Je ne cherche rien de sérieux. Il y a une date d'expiration dans notre futur, qu'on le veuille ou non – l'un de nous sera envoyé au Texas. Nous pouvons soit passer le mois prochain à nous sentir frustrés et énervés l'un contre l'autre au bureau, ou nous pouvons passer ce temps à être énervés contre Foster, Burnett et Wren pour nous avoir placés dans cette situation, tout en faisant passer notre frustration l'un contre l'autre de manière productive, la nuit. Je vote pour la deuxième solution.

Elle mordilla sa lèvre inférieure tout en y réfléchissant une minute.

— Donc, durant la journée, si un client pour lequel nous faisons tous deux une présentation me donne des informations privilégiées à propos de la direction qu'il veut prendre, et que tu découvres que je n'ai pas partagé ça avec toi... tu ne seras pas en colère ?

— Bien sûr que si, je serai en colère. Mais c'est toute la beauté de notre situation. Je serai fou de rage que tu aies obtenu un avantage sur moi. Ce qui veut dire que le lendemain matin, tu auras peut-être un peu de mal à marcher après que j'ai évacué cette frustration sur toi. Regardons les choses en face, ça me donnerait une excuse pour donner une fessée à ce cul que je rêve de fesser depuis le premier jour où je t'ai vue. Mais je suis un compétiteur, pas un salopard. Alors tu peux me croire si je te dis que je ferai en sorte que ce soit agréable pour toi aussi.

Annalise déglutit.

— Et si la situation est inversée ? Si je découvre quelque chose que tu as fait et que ça m'énerve ?

— Alors je te lécherai jusqu'à ce que tu ne sois plus en colère. Pour probablement essayer de t'énerver à nouveau le lendemain.

Elle rit.

— Ça a l'air si simple, à t'entendre. Mais c'est bien plus compliqué que ça.

Je pris ses mains dans les miennes.

— Eh bien, il y a effectivement un piège.

— Lequel ?

— Ce sera difficile pour toi de ne pas tomber amoureuse de moi.

— Seigneur, tu es un tel crétin.

Je me penchai en avant.

— Un crétin avec lequel tu as une énorme alchimie, que tu le veuilles ou non. Alors, qu'est-ce que tu en dis ? Le jour, on se bat comme des ennemis, et la nuit on baise comme des guerriers ?

Elle me regarda dans les yeux.

— J'espère vraiment que je ne vais pas le regretter.

Mes yeux s'arrondirent. Je ne m'attendais pas à ce qu'elle dise oui, même si je m'étais préparé à l'avoir à l'usure.

— Au bout du compte, on ne regrette que les choses à côté desquelles on est passé. Alors je m'assurerai qu'on fasse *tout*.

L'amie d'Annalise approcha.

— Vous m'avez l'air de très bien vous entendre, tous les deux.

— C'est maintenant que tu viens nous interrompre ? Tu étais où, il y a cinq minutes, lorsque dans un bref accès de folie, j'ai accepté le marché complètement fou que ce cinglé vient de me proposer ?

Madison lui sourit.

— Tu as bien besoin d'une dose de folie. En plus, on commence à manquer de choses desquelles discuter, au bout de vingt-cinq ans d'amitié. Ça nous donnera un tout nouveau sujet pour nos dîners hebdomadaires.

Annalise se pencha et embrassa Madison sur la joue.

— Ça, c'est une certitude.

***

Je voulais Annalise pour moi tout seul depuis le moment où j'étais entré. Non pas que je ne passais pas un bon moment – parce qu'étonnamment, c'était le cas. Son amie Madison était une franc-tireuse et son rencard était un mec convenable, lui aussi.

Mais ils venaient de nous dire au revoir et Annalise et moi nous tenions à l'extérieur du vignoble, rien que nous deux, alors qu'ils s'éloignaient. La poussière soulevée dans l'air par les pneus n'était même pas encore retombée que j'avais son visage dans mes mains. Je l'embrassai doucement, d'abord, mais je ne pus m'arrêter, et il ne fallut pas longtemps avant que mon baiser devienne emporté et enflammé.

Elle gémit dans ma bouche et je dus me forcer à m'écarter avant qu'il soit trop tard et que je me retrouve à la baiser contre un arbre, où ses parents pourraient sortir et nous voir.

Je passai mon pouce sur ses lèvres gonflées.

— Rentre avec moi.

— Je ne peux pas, répondit-elle en fronçant les sourcils. J'ai dit à ma mère que je restais dormir, ce soir. Demain matin, je pars avec elle livrer trois bouteilles du vin de la nouvelle saison à certains de leurs plus gros clients. Matteo cuisine un énorme déjeuner et tous les vendangeurs et les employés viennent manger. On a commencé à faire ça la première année où ils ont acheté cet endroit, et c'est devenu une tradition.

Ça avait l'air sympa, mais j'étais égoïste, et je ne pus même pas dissimuler ma mine boudeuse.

— Oooh, fit-elle en me caressant la joue. Tu ressembles à moi à Noël, quand j'avais ouvert tous mes nouveaux jouets et que ma mère me demandait de les ranger parce que de la visite arrivait.

Je nouai mes mains derrière son dos.

— J'ai clairement envie de jouer avec mon nouveau jouet.

— Je pense qu'on devrait établir quelques règles de base, de toute façon, dit-elle.

— Oh oh. Les règles m'attirent toujours des ennuis.

Elle sourit.

— Ça ne m'étonne pas. Mais je pense qu'il nous en faut quelques-unes.

— Comme quoi ?

— Eh bien, par exemple, je ne pense pas qu'on devrait montrer publiquement au travail qu'il se passe quoi que ce soit entre nous. Pas même à nos amis.

Je hochai la tête.

— Ça me semble logique.

— Et quand nous serons ensemble à l'extérieur du bureau, interdiction de parler des projets de travail sur lesquels nous sommes en compétition.

— D'accord.

— OK. Eh bien, c'était facile. Nous ne sommes pas si facilement en accord, d'habitude.

— J'ai aussi quelques règles de base à établir, de mon côté.

Annalise haussa un sourcil.

— Ah oui ?

— Oui.

— OK…

— À moins que l'un de nous arrête tout avant la date d'expiration, nous sommes monogames.

— J'imagine que c'était évident pour moi. Mais très bien, je suis contente que tu l'aies spécifié. Autre chose ?

— Tu prends la pilule ?

— Oui.

— Alors oublions les préservatifs. J'ai passé mon bilan annuel il y a quelques semaines. Je suis propre comme un sou neuf. Si c'est si agréable d'être en toi en en portant un, j'ai besoin de découvrir ce que ça peut être sans.

Elle se pencha en avant et pressa ses seins contre moi, levant les yeux.

— À cru… d'accord.

— À quelle heure est le déjeuner de demain ?

— Probablement vers quinze heures.

— Viens directement chez moi après. Je nous ferai à dîner et je te dévorerai pour le dessert.

Elle leva les yeux de sous ses longs cils et passa sa langue sur sa lèvre supérieure.

— Et qu'en est-il de mon dessert ?

J'émis un grognement.

— Tu me tues, Texas.

Annalise

J'avais la bouche grande ouverte, admirant la vue.

Vu que Bennett et moi ne vivions pas loin l'un de l'autre, je pensais qu'il habitait aussi dans un appartement de quarante-cinq mètres carrés et qu'il avait sacrifié l'espace pour un bon quartier. Mais les West Hill Towers – en tout cas l'appartement dans lequel je me trouvais actuellement – n'avaient rien sacrifié du tout. Sa cuisine ouverte et son coin salon faisaient probablement deux fois la taille de tout mon appartement. Et quand je regardais par ma fenêtre, je voyais le bâtiment à côté du mien. Bennett avait une vue hallucinante de la baie et du Golden Gate Bridge, avec les montagnes en toile de fond. Il m'apporta un verre de vin et se tint à côté de moi alors que je regardais le paysage, bouche bée.

— Hum... tu cambrioles des banques durant ton temps libre ?

Le coin de ses lèvres frémit. Il leva son verre de vin à sa bouche.

— Je suis trop mignon pour aller en prison.

— Tu es entretenu par une vieille friquée ?

Il secoua la tête.

— Tu as gagné au loto ?

Nouvelle dénégation de la tête. Il aurait pu simplement me dire ce que c'était. Il me connaissait assez pour savoir qu'il y avait peu de chances pour que je laisse tomber sans avoir obtenu de réponse.

— Des parents riches ? C'est vrai que tu portes des costumes et des chaussures coûteux.

— Mon père était facteur. Ma mère était secrétaire dans un cabinet d'avocats.

— Je sais qu'en général, les hommes ont tendance à gagner plus que les femmes pour un même poste, mais ça... – je levai les mains vers sa vue – ... ce serait quand même un peu fou.

Bennett posa son verre de vin sur une bibliothèque non loin, avant de me prendre le mien pour le poser à côté du sien.

— Tu ne m'as pas embrassé pour me dire bonjour, remarqua-t-il en passant ses deux bras autour de ma taille.

— J'imagine que je me suis laissé distraire par la vue.

Ses yeux parcoururent mon corps de haut en bas.

— Je suis assez distrait par la vue, moi aussi.

Une sensation moelleuse envahit mon ventre.

— Embrasse-moi, demanda-t-il en se penchant en avant.

Je roulai des yeux comme si c'était une corvée pour moi de planter mes lèvres sur ce bel homme, et me penchai pour lui offrir un rapide baiser de bonjour. Sauf qu'alors que je m'apprêtais à reculer, Bennett emmêla sa main dans mes cheveux et m'en empêcha. Mon baiser hâtif se transforma en bien plus qu'un simple bonjour. L'autre main de Bennett se glissa jusqu'à mes fesses, et il m'attira tout contre lui. Je sentis l'aiguillon de son érection contre mon ventre.

Oh, bonjour.

Il rompit le baiser après avoir tiré sur ma lèvre inférieure avec ses dents. J'étais à bout de souffle.

— Salut, dis-je.

Sa bouche s'étira en un sourire. Il repoussa mes mèches rebelles derrière mon oreille.

— Salut, ma belle.

Nous nous dévisageâmes, souriant comme deux adolescents idiots venant de se rouler une pelle pour la première fois. Bennett utilisa son pouce pour essuyer le rouge à lèvres étalé sur ma lèvre inférieure.

— J'ai eu un accident il y a longtemps. On m'a versé une grosse somme d'argent. J'en ai investi une partie pour acheter cet endroit.

Il me fallut une seconde pour réaliser de quoi il parlait. Son baiser m'avait laissée hébétée.

— Oh. Je suis désolée d'entendre ça. J'espère que personne n'a été blessé.

Bennett me rendit mon vin.

— Je ferais mieux d'aller surveiller les pâtes.

Pendant qu'il retournait à la cuisine, je furetai à droite à gauche. Les grandes baies vitrées du salon constituant toute la décoration de son appartement, il n'avait pas besoin de grand-chose d'autre. Ses meubles étaient jolis, sombres et masculins, et il avait un immense écran de télé incurvé dans le salon.

Le meilleur moyen de se faire une idée de qui était Bennett Fox devait passer par ses bibliothèques. Je parcourus les titres – un curieux mélange de non-fiction politique, de thrillers à couverture rigide et de quelques bandes dessinées usées. Il y avait quatre petites photos encadrées, deux d'entre elles étant de Lucas – l'une alors qu'il portait un maillot de football et où il manquait la moitié des dents de devant à son sourire, et une autre qui semblait plus récente et les montrait, lui et Bennett, sur un bateau. Ils semblaient très liés.

Il y avait une autre photo de Bennett avec une femme plus âgée, durant ce qui ressemblait à sa remise de diplôme de la fac. Je me retournai et découvris Bennett en train de me regarder depuis la cuisine ouverte.

— Ta mère ?

Il hocha la tête.

— Lors de la remise de diplôme de l'école supérieure.

Je regardai la photo de plus près et vis la ressemblance.

— Tu lui ressembles. Elle a l'air très fière de toi.

— Elle l'était. Je suis parti en vrille pendant un an, dès le premier mois où je suis entré en école supérieure. J'avais décroché. Je suis à peu près sûr qu'elle ne s'attendait pas à ce que je me remette sur les rails et aille jusqu'au bout.

— Oh, maintenant je suis curieuse. J'espère en savoir plus à propos de cette année folle, un jour.

Le visage de Bennett devint grave.

— Ce n'est pas une année dont je suis fier.

Sentant qu'il était temps de changer de sujet, je reposai la photo de sa mère et pris le dernier cadre. C'était une fille, qui devait avoir dix-sept ou dix-huit ans, appuyée contre une voiture et un sourire aux lèvres. Elle était jolie.

— Ta sœur ? demandai-je, même si je me souvenais qu'il avait un jour mentionné être fils unique.

Bennett secoua la tête.

— Une amie. La mère de Lucas.

Comme il avait dit que la mère de Lucas était morte il y a longtemps, je n'insistai pas. Au lieu de ça, je baissai les yeux et étudiai la photo. Son fils lui ressemblait beaucoup.

— Waouh, il est comme sa copie conforme en plus petit.

Bennett versa l'eau bouillante de sa casserole dans l'évier.

— Et il se transforme en petit malin exactement comme elle, aussi.

Je reposai la photo et me dirigeai vers les tabourets de bar rangés sous le côté salon du comptoir de la cuisine pour le regarder cuisiner.

— Tu es doué ?

Il arqua un sourcil.

— À toi de me le dire.

— Arrête un peu avec ton esprit mal tourné, Fox. Je parlais de tes talents de cuisinier.

— Ma mère est italienne, alors je sais faire quelques plats. Quand j'étais enfant, elle travaillait à plein temps. Quand j'étais petit, elle préparait cinq plats différents le dimanche, pour que je les mette au four durant la semaine, vu qu'elle faisait souvent des heures supplémentaires. Je rôdais autour d'elle et je l'aidais. À un moment donné, elle n'a plus eu besoin de passer toute sa journée dans la cuisine le week-end, parce que j'avais compris comment faire certaines choses et j'ai commencé à cuisiner pour nous après l'école.

— C'est mignon.

— Mais ma spécialité, c'est le dessert. Je suis impatient de te faire goûter ce que j'ai prévu pour plus tard.

Et... son côté mignon n'avait pas duré très longtemps. Même si j'adorais cette unique combinaison de tendresse et d'obscénité.

Lorsque nous nous assîmes à table pour le dîner, cela sentait délicieusement bon. J'en avais l'eau à la bouche, même si j'avais pris un gros déjeuner il n'y avait pas si longtemps. J'étais sûre que ce serait bon. Bennett n'était pas le genre d'homme à faire les choses à moitié. Mais je ne me serais pas attendue à ce qu'il soit modeste. Ses spaghettis carbonara étaient extraordinaires.

— C'est... orgasmique, dis-je en pointant ma fourchette vers mon assiette après avoir avalé ma deuxième bouchée. Madison te donnerait cinq étoiles, si elle mangeait ici.

Il sourit, plutôt que de se vanter comme il le faisait habituellement dès qu'il en avait l'opportunité.

— Merci.

Quelque chose me disait que j'allais découvrir que le Bennett hors du bureau était très différent de l'homme que j'avais appris à connaître au boulot – différent dans le bon sens. Et pour je ne sais quelle raison, cela me rendit nerveuse. C'était plus facile de m'imaginer avoir une aventure avec le crétin sexy avec lequel je travaillais. Je n'avais pas besoin de trouver des choses à apprécier chez lui, mis à part son corps.

— Alors, comment se sont passés tes livraisons et le déjeuner ?

— Bien. Sauf que je me suis retrouvée coincée dans une voiture pendant des heures avec ma mère, et que la seule chose dont elle voulait parler, c'était ta participation à la dégustation, hier soir.

Il sourit.

— Elle a bon goût.

Je poussai un soupir.

— Au moins, elle a arrêté de me demander si j'avais eu des nouvelles d'Andrew.

La fourchette de Bennett était à mi-chemin de sa bouche lorsqu'il se figea.

— Tu en as eu ?

— Il m'a envoyé un message le lendemain du soir où on s'est retrouvés pour dîner à l'hôtel, mais je n'ai pas répondu et il n'a pas pris la peine d'en envoyer un autre.

Bennett fourra une bouchée de pâtes dans sa bouche.

— Qu'il aille se faire foutre. Abruti.

Je ne pus m'empêcher de sourire. J'adorais la façon dont il me défendait vis-à-vis d'Andrew depuis le départ.

— Bref. Comment s'est passée ta journée ?

— J'ai eu du mal à m'endormir, hier soir, alors je me suis levé tard. Je suis allé à la salle de sport, et ensuite j'ai travaillé jusqu'à ce que tu arrives ici.

— Tu as souvent du mal à t'endormir ?

Il leva les yeux de ses pâtes qu'il était en train d'enrouler.

— Seulement quand j'ai les couilles pleines.

C'est vrai qu'on avait échangé un *sacré* baiser, hier soir.

— Tu ne pouvais pas juste...

— Me branler ?

— Oui, c'est ça.

— Ça n'a servi à rien.

L'imaginer se masturbant à cause de l'effet que j'avais eu sur lui provoqua chez moi un élan d'assurance féminine.

— Ne m'en parle pas. J'ai dormi chez ma mère. Ma main ne travaille pas aussi bien que mon vibromasseur.

Bennett laissa tomber sa fourchette dans un claquement bruyant.

— Tu es en train de dire que tu t'es masturbée en pensant à moi, hier soir ?

Je lui adressai un sourire aguicheur et hochai la tête.

Cinq secondes plus tard, j'étais soulevée de ma chaise. Bennett me jeta sur son épaule, genre pompier.

— Il est temps de manger le dessert.

Je pouffai de rire.

— Mais nous n'avons pas encore fini de dîner.

— Oublie le dîner. Je vais remplir ta bouche.

— Même froid, c'est délicieux, dis-je, la bouche pleine de pâtes.

Je n'avais aucune idée de l'heure qu'il était, mais le soleil avait disparu depuis longtemps. Nous avions passé toute la soirée au lit, et maintenant nous nous partagions un bol de pâtes, tous nus dans sa chambre.

— Tu es facile à contenter, répondit-il en agitant les sourcils. Et je dis ça dans plusieurs sens.

J'avais *effectivement* l'impression que Bennett n'avait aucun mal à me donner du plaisir. Mon corps n'avait jamais été si réactif. Ne vous méprenez pas. Je n'ai pas tant d'expérience avec les hommes que ça. En fait, je pouvais compter les hommes avec qui j'avais été sur les doigts d'une main – en incluant l'homme assis à côté de moi –, mais on aurait pu croire qu'après toutes les années que j'avais passées avec Andrew, il aurait fini par devenir meilleur pour ce qui est d'appuyer sur les bons boutons qu'un type avec qui je n'avais passé que deux nuits.

— Est-ce que tu... c'est toujours aussi agréable pour les femmes avec qui tu es ?

Il s'arrêta alors que la fourchette était devant sa bouche.

— Tu me demandes si je suis doué au lit ? Parce que, regardons les choses en face, aucun homme ne répondra *non* à cette question, même s'il a besoin d'une carte pour trouver un clitoris.

Je ris.

— Je voulais juste dire, est-ce que les relations sexuelles sont toujours comme ça, pour toi ?

Il posa le bol de pâtes sur le guéridon et termina de mâcher.

— Tu veux savoir si les relations sexuelles sont toujours bonnes pour moi parce que tu ne sais pas si c'est moi, nous, ou si ce connard avec qui tu as gaspillé huit ans de ta vie est simplement un gros bon à rien au lit ?

— Plus ou moins... j'imagine.

— C'est tout ça à la fois. Personne ne s'est jamais plaint de moi. Mais j'aime qu'une femme se sente satisfaite autant, si ce n'est plus, que j'aime me satisfaire moi-même. C'est pourquoi je fais des efforts – je l'observe pour découvrir ce qui la fait réagir.

— Oh. D'accord.

Pour je ne sais quelle raison, je me sentais assez déconfite.

Bennett posa deux doigts sous mon menton et le leva pour que nos regards se croisent.

— Tu ne m'as pas laissé finir. Mais il y a une différence entre une bonne relation sexuelle et ce qui arrive quand je suis en toi. Il y a une alchimie entre nous, Texas. Et j'aurai beau faire des efforts, ça ne surpassera jamais ça. Alors ma réponse est, oui... j'aime à penser que mes relations sexuelles ont toujours été satisfaisantes pour moi et les femmes avec qui j'ai été. Mais ce qu'il y a entre nous ? Non, ce n'est pas toujours comme ça.

Mon cœur fit un petit bond dans ma poitrine.

— D'accord.

Il se pencha en avant et m'embrassa la joue.

— Et pour répondre à la dernière partie de ta question, tu as été privée, mon cœur. Je ne sais pas grand-chose à propos de l'autre abruti, sauf qu'il comptait se servir de toi et qu'il n'aime pas sucer la chatte d'une femme qui apprécie clairement ça. Et ces deux choses suffisent à me dire que ce connard est égoïste et que, oui... il n'était pas du tout doué au lit. C'est pourquoi tu as été privée. Tu es facile à satisfaire, après cet idiot.

Bennett se leva du lit et, pour la première fois, j'eus un bon aperçu de son corps nu des pieds à la tête. Ses épaules étaient larges et épaisses, ses bras musclés étaient sculptés même sans bander ses muscles, et il avait plutôt un pack de huit que de six, niveau abdos. Et, je pus enfin examiner le tatouage que j'avais entraperçu l'autre jour au bureau – IV II MMXI, avec une vigne sombre qui s'enroulait autour des lettres. Je savais que le chiffre romain I voulait dire un et que le V était un cinq, cinq moins un serait donc le quatrième mois – le deux avril, il y a huit ans. Clairement, cette date était importante s'il se l'était inscrite sur le corps de manière permanente.

Bennett se retourna pour récupérer le bol de pâtes que nous avions partagé, et je remarquai une longue cicatrice qui courait sur le côté gauche de son abdomen. Elle commençait sous sa cage thoracique et descendait juste en dessous de son nombril. Sa peau était naturellement bronzée, et je faillis ne même pas la remarquer.

— J'ai besoin d'un verre, dit-il.

Il ne s'était absolument pas rendu compte que j'étais en train de scruter ce qui ressemblait à une traînée d'indices sur son corps.

— Tu veux de l'eau ou un soda ? Ou autre chose ? Du vin, peut-être ?

— J'aimerais beaucoup un peu d'eau. Merci.

J'ingurgitai la moitié de la bouteille à son retour. Toutes ces respirations fortes avaient dû me dessécher la gorge. Nous n'avions pas parlé des arrangements pour dormir, alors je n'avais pas apporté de vêtements. J'étais restée éveillée tard, la veille, pour aider ma mère à tout débarrasser après la fête, pour ensuite me lever tôt ce matin pour partir faire les livraisons. Apparemment, mon esprit et mon corps étaient d'accord, parce que je me mis à bâiller.

— Je devrais sûrement me préparer à y aller.

Bennett avait une main derrière la tête, allongé nonchalamment sur le lit comme s'il était habillé, plutôt que complètement nu, toutes les parties de son corps exposées. Il tendit sa main libre et m'attira vers lui, positionnant ma tête sur son torse.

— Reste dormir. Je sais que tu dois être fatiguée. Je te promets que je te laisserai dormir, mais on pourra prendre une douche ensemble demain matin.

Je souris, ma joue pressée contre son sternum.

— Je n'ai pas de vêtements.

— Tu n'en auras jamais besoin, ici, répondit-il en me caressant les cheveux. En fait, je dirais même qu'il y a fort à parier que tu seras nue, la plupart du temps, quand tu seras chez moi.

— Je voulais dire, pour aller travailler demain.

— Je peux te ramener chez toi tout de suite pour que tu récupères quelque chose. Ou alors, tu peux rentrer chez toi tôt demain matin pour t'habiller pour le bureau. J'irai courir pendant que tu fais ça, pour que tu n'aies pas l'impression que j'ai un avantage injuste en arrivant au bureau avant toi.

Mon esprit avait envie de protester. Il vaudrait probablement mieux qu'on se contente de batifoler et qu'on ne commence pas à faire des soirées pyjama. Mais mon corps n'était pas du tout d'accord.

— J'imagine que je pourrais faire ça – passer chez moi demain matin, je veux dire.

— Bien. Dans ce cas, c'est décidé. Je vais régler l'alarme super tôt pour qu'on puisse prendre une bonne douche bien longue.

Mon corps commença à se détendre et le sien sembla faire la même chose. J'étais en train de passer mes doigts dans les quelques poils qui parsemaient son torse, et je me mis à suivre du doigt la cicatrice sur son abdomen. Les muscles de Bennett se tendirent quand il réalisa ce que je faisais.

Je penchai la tête pour lever les yeux vers lui.

— Est-ce que ça vient de ton accident ?

Il hocha la tête.

— On a dû m'enlever la rate. Elle avait éclaté à l'impact.

— Waouh. Ça a dû être un sacré accident.

Le muscle de sa mâchoire se crispa.

— Oui.

— Tu avais quel âge ?

— Vingt-deux ans.

Je baissai la tête et embrassai la cicatrice, dans l'intention de déposer une série de baisers de haut en bas. Mais la voix brusque de Bennett m'arrêta.

— *Ne fais pas ça.*

Je me figeai.

— D'accord.

Je reposai ma tête sur son torse, me sentant soudain très gênée.

— Désolée. Je ne voulais pas te mettre en colère. Je pensais juste à une chose que ma grand-mère disait toujours. « Les cicatrices sont la carte de l'histoire d'où on est allé. »

Il resta silencieux un long moment. Lorsqu'il finit par parler, sa voix était basse :

— Toutes les cicatrices ne mènent pas à une histoire dont la fin est heureuse, Annalise.

— OK, dis-je doucement. Je suis désolée.

Durant environ une heure, aucun de nous ne dit un mot. Je me demandai s'il regrettait de m'avoir proposé de rester. Même si j'étais épuisée, je n'arrivais pas à m'endormir. Je songeai qu'il vaudrait peut-être mieux que je rentre chez moi. Mais s'il s'était endormi, je ne voulais pas le réveiller.

— Bennett ? murmurai-je.

Comme il ne répondit pas, je repoussai prudemment les couvertures et fis de mon mieux pour ne pas remuer le lit afin de ne pas le réveiller. J'avais réussi à me redresser en position assise quand sa voix me fit sursauter :

— Où est-ce que tu vas ?

— Merde. Tu m'as fait peur. Je croyais que tu dormais.

— Tu essayais de partir en douce ?

— Non. Hum… oui. Je me suis dit qu'il vaudrait peut-être mieux que je rentre chez moi.

Il m'attira contre son torse, serrant fermement mon épaule contre lui.

— Ça ne vaudrait pas mieux.

— Tu es sûr ?

— Tu es une fille gentille. Une femme bien. Mais si je te dis que certaines de mes blessures ne peuvent être guéries à l'intérieur, tu vas essayer de me guérir.

— Et qu'est-ce qu'il y a de mal à ça ?

— Certaines cicatrices ne méritent pas d'être guéries. Mais ça ne veut pas dire que j'ai envie que tu rentres chez toi. Dors, bébé.

Bennett

— Le conseil d'administration a sélectionné le dernier dossier sur lequel vous allez être jugés, tous les deux, dit Jonas. C'est un nouveau dossier pour vous deux, je pense que vous serez aussi satisfaits que vous puissiez l'être au vu des circonstances.

— C'est super. De quel genre de compte s'agit-il ? demanda Annalise.

Au même moment, elle décroisa et recroisa les jambes, ce qui me fit perdre le fil de la conversation. Le fait de savoir qu'elle ne portait pas de sous-vêtements sous cette jupe n'aidait pas non plus. Après un festival de baise d'une heure dans la douche ce matin, j'étais allé courir pendant qu'elle rentrait chez elle pour s'habiller. Par un heureux hasard, nous sommes arrivés au boulot exactement en même temps, et nous nous sommes tous deux garés sur le parking au bout de la rue plutôt qu'à nos emplacements habituels, près du bâtiment, que nous monopolisions toujours quand nous arrivions tôt.

Elle m'avait envoyé un message depuis sa voiture, me demandant de passer devant pour que les gens ne soupçonnent rien quand nous rentrerions en même temps. Je trouvais ça un peu exagéré, mais j'avais bien vite réalisé qu'elle m'avait menti et qu'il y avait une autre raison pour laquelle elle avait voulu rester seule une minute.

Les portes de l'ascenseur dans lequel j'étais entré avaient déjà commencé à se fermer quand Annalise était tranquillement entrée dans le lobby. Plutôt que de laisser partir l'ascenseur et d'attendre le suivant, elle avait agité la main et crié :

— Retenez l'ascenseur, s'il vous plaît !

Il y avait déjà plusieurs autres personnes dans l'ascenseur et une femme de la comptabilité avait appuyé sur le bouton d'ouverture.

— Merci, avait dit Annalise en se précipitant à l'intérieur et en venant se placer à côté de moi.

Je m'étais efforcé de respecter sa demande que personne ne découvre notre relation au travail, me contentant de la saluer d'un simple hochement de tête avant de regarder droit devant moi. Elle, au contraire, s'était donné beaucoup de mal pour me parler devant les autres.

— Bennett, avait-elle dit en levant un sac en papier brun. Je crois que tu as laissé tomber quelque chose en sortant de ta voiture, sur le parking.

Son visage était impassible, mais j'avais remarqué le pétillement de ses yeux.

Qu'est-ce qu'elle manigançait, bon sang ? J'avais pris le sac, même si je savais que je ne l'avais pas fait tomber.

— Oui, c'est vrai. Merci.

À notre étage, elle était sortie de l'ascenseur en premier, m'offrant une très bonne vue sur son cul qui se balançait alors que je la suivais dans le couloir. Curieux, j'étais entré dans mon bureau et avais ouvert le sac en papier brun. Une note était posée sur un tissu en dentelle rouge roulé en boule. Le string était encore chaud.

Ne te laisse pas distraire par ça, aujourd'hui. Ou le fait que je l'aie retiré dans la voiture.

J'avais ri, songeant qu'elle était mignonne. Mais désormais, je réalisais que j'étais vraiment distrait. C'était moi, ou elle avait l'air encore plus baisable que d'habitude, aujourd'hui ? À quelle distance était le motel le plus proche du bureau ? Je me demandai si elle serait partante pour tirer un coup vite fait au déjeuner.

Cette pensée tournait encore dans ma tête quand Jonas avait donné le nom du nouveau dossier – Toutou quelque chose. Mais le changement de ton d'Annalise me tira de Fantasmeland. Elle avait l'air inquiète.

— *Toutou et compagnie* ? La compagnie en ligne basée à San José ?

— C'est bien ça, répondit Jonas. Vous les connaissez ?

Elle m'adressa un regard en coin, avant de revenir à Jonas.

— Oui.

Je plissai les yeux.

— Tu as déjà fait une présentation pour eux ?

Annalise secoua la tête et parla à Jonas :

— Trent et Lauren Becker, c'est ça ?

Jonas hocha la tête.

— Oui, c'est eux. Vous avez déjà travaillé avec eux ?

Quelque chose clochait dans la réaction d'Annalise. Elle ne semblait pas enthousiaste à l'idée de les connaître, alors que cela pourrait clairement être un avantage.

— Non, ce n'est pas ça. Comment est-ce qu'on a obtenu ce dossier ?

— Notre directeur a reçu un appel de leur directeur.

— Oh. D'accord. Lauren ne sait peut-être même pas que je travaille ici, avec la fusion et tout ça. Mais je pourrais lui passer un coup de fil.

— Pourquoi toi ?

À quel genre de *jeu est-elle en train de jouer ?*

— Parce que je la connais.

Je rajustai ma cravate.

— Pas si bien que ça, si elle ne t'a pas appelée pour sa publicité et qu'elle ne sait même pas que tu travailles ici.

— Je vais passer un appel, Bennett. Ne te prends pas la tête. Je n'essaierai pas de t'empêcher d'obtenir des informations. Mais on sait tous les deux qu'il vaut mieux que ce soit la personne possédant déjà un lien avec le client qui prenne la direction des choses.

— J'imagine que ça dépend de qui est le plus compétent.

Annalise m'adressa un regard noir, avant de se tourner vers Jonas.

— J'ai déjà effectué un certain nombre de tâches pour Lauren et Trent.

— Si tu les connais si bien, pourquoi ne jamais avoir fait leur publicité jusqu'alors ?

— Parce que c'est l'une de ces situations où, à l'époque, j'ai pensé qu'il valait mieux ne pas mélanger les affaires avec eux.

Qu'est-ce qu'elle cachait, bon sang ?

— À l'époque ? Et maintenant ce n'est pas grave de mélanger les affaires avec eux ? C'est quoi, le problème, Annalise ?

Elle poussa un soupir et croisa mon regard, avant de se tourner vers Jonas.

— Lauren est la sœur de mon ex. La compagnie a été lancée par les grands-parents de Lauren il y a soixante ans. Mais c'est surtout elle et son mari qui la dirigent, maintenant. Je les connais plutôt bien. Andrew et moi sommes restés ensemble huit ans.

— Super. Donc, on est jugés sur trois dossiers. Sur le premier, le nouveau directeur créatif veut te mettre dans son lit, et sur le deuxième, le frère de la propriétaire t'y a déjà mise.

— Bennett ! me réprimanda Jonas. Tu dépasses les limites. Je sais que ce poste est important pour toi, et dans un monde parfait, le seul avantage pour obtenir un dossier serait que la publicité de la personne est meilleure. Je vais être indulgent avec toi et tes paroles dictées par la colère. Mais je ne resterai pas assis là à t'écouter parler à Annalise de cette façon.

Je me levai brusquement.

— Très bien. Je m'en vais, dans ce cas. On dirait bien qu'Annalise va diriger cette publicité avec *les Becker,* de toute façon.

— Tu plaisantes, j'espère !

La porte trembla lorsqu'elle se referma en claquant derrière Annalise.

Je me passai les mains sur le visage.

— Retourne dans ton bureau, grognai-je. Je ne suis pas d'humeur à me disputer, et j'ai du travail.

Elle s'avança vers mon bureau.

— Tu te comportes comme un enfant. Clairement, je ne savais pas que ce dossier de publicité allait arriver. Je ne sais pas ce qui te met si en colère. Je t'ai déjà prouvé que je jouais *fair-play* s'agissant des clients avec qui j'ai une relation.

— Une relation, hein ? raillai-je. Je croyais que cette relation était terminée.

Les sourcils d'Annalise se froncèrent, puis une expression de compréhension passa sur son visage. Elle se rapprocha de moi.

— Est-ce que c'est de ça qu'il s'agit ? D'Andrew ? Je pensais que tu étais en colère parce que j'avais un avantage sur toi au boulot.

Des sentiments peu familiers me secouèrent, me faisant me sentir comme un lion en cage. Mon premier instinct était de frapper pour me libérer.

— Avec *qui* tu baises, ça ne me regarde pas, à moins que tu ne me baises pas, moi, en même temps.

Elle prit un air blessé.

— Qui *je baise* ne te regarde pas ? Je croyais qu'on avait décidé qu'aucun de nous ne baiserait quelqu'un d'autre.

Je n'avais pas envie de m'en vouloir. J'étais en colère. *Putain d'Andrew.* Si elle n'était pas de mèche, cet abruti devait essayer de jouer à je ne sais quel jeu. Ce n'était pas une coïncidence.

— Il n'est peut-être pas doué pour te sucer la chatte, mais j'ai découvert ce matin que tu étais une vraie pro pour tailler les pipes. Je suis sûr que tu peux te sacrifier pour l'équipe et te mettre à genoux pour aider à obtenir le dossier.

Elle eut un mouvement de recul et fit le geste de me gifler. Mais je lui attrapai le poignet avant qu'elle atteigne mon visage.

— Va te faire foutre, siffla-t-elle.

J'affichai un sourire suffisant.

— C'est déjà fait.

Elle leva son autre main et tenta de me gifler du côté gauche. Celle-là fut encore plus facile à attraper.

— Tu es un connard, dit-elle, me fusillant du regard alors que sa poitrine se soulevait vivement.

Je baissai les yeux et remarquai que ses tétons pointaient sous son haut. Je laissai mon regard s'attarder là pour qu'elle remarque ce qui avait attiré mon attention, avant de le lever vers son visage.

— Tu dois aimer les connards, alors.

— Va au diable, siffla-t-elle.

— J'y suis déjà, mon cœur.

Son regard étudia mes yeux l'un après l'autre, et un sourire malicieux joua au coin de ses lèvres.

— Au moins, *baiser* Andrew me mènera peut-être à quelque chose de productif. Je ne sais pas à quoi je pensais en perdant mon temps avec toi.

Je pris une profonde inspiration, me sentant comme un taureau expirant de la vapeur par le nez. Annalise agitait une cape rouge dans l'air pour me provoquer. Cette pensée – celle d'une cape rouge – me rappela ce qu'elle m'avait offert ce matin. Et ce qu'elle ne portait pas, qui plus est.

Je me penchai vers elle, nez contre nez.

— Est-ce que ça te plaît de m'emmerder ? Est-ce que tu mouilles pour moi, là ?

Ouais. J'ai craqué. Mon sexe se durcit et j'éprouvai le besoin de la toucher, aussi dingue que ce soit.

Ses yeux s'arrondirent. Je lui tenais encore les poignets, et je les tirai vers le haut, levant ses bras en l'air. Puis je plaçai les deux poignets dans une main et glissai l'autre sous sa jupe. Son sexe était moite et doux. Si me disputer avec elle était un enfer, ça, c'était le paradis.

Je ne pouvais pas lui laisser l'occasion de reprendre ses esprits et de m'arrêter. Alors, sans avertissement, je passai à l'action. Je glissai deux doigts en elle, et elle étouffa un cri. Ma bouche s'écrasa sur la sienne et je ravalai la fin d'un gémissement tout en faisant aller et venir ma main trois fois, très rapidement.

Quand elle arqua le dos et se pressa contre moi, je me dis que je pouvais lâcher ses poignets sans danger. Je l'appuyai contre le bord de mon bureau et tombai à genoux. J'avais tellement besoin de la goûter. J'avais bien conscience que nous nous disputions à propos de son ex braqué contre le sexe oral, et c'était justement ce que j'avais choisi de faire.

Mais je me fichais de ce que ça voulait dire à cet instant, si cela signifiait seulement quelque chose. La seule chose qui importait, pour le moment, c'était mon envie de la faire jouir. Dans. Ma. Bouche.

Je me démenai comme un ouragan – léchant et suçant, fourrant mon nez si profondément en elle qu'elle se mit à repousser mon visage. D'après certains hommes, la chose la plus sexy qu'une femme puisse faire, c'est de dire des vulgarités ou de se soumettre, mais clairement, on ne leur a jamais tiré les cheveux, leur visage repoussé par une femme qui les détestait l'espace d'un instant.

Il n'y a rien de plus sexy au *monde*.

Quand j'enfonçai à nouveau deux doigts en elle et suçai violemment son clitoris, elle commença à gémir à haute voix. Fort heureusement, l'un de nous deux se souvenait encore d'où il était – clairement, je n'en avais rien à foutre, vu que j'étais en train de dévorer une femme sur mon bureau alors que ma porte n'était pas fermée à clef – mais j'étais encore assez conscient de la situation pour lui couvrir la bouche avec mon autre main.

Lorsqu'elle se relâcha contre moi, je ralentis le rythme, mais demeurai à genoux pour profiter des derniers coups de langue en douceur. Puis je me levai brusquement et m'essuyai le visage du revers de la main.

Annalise cligna plusieurs fois des paupières, comme si elle revenait de très loin, mais elle n'essaya pas de bouger. Clairement, elle n'avait pas entendu le bruit la première fois.

Je la remis vivement sur ses pieds et rabaissai promptement sa jupe. Elle eut l'air perplexe... jusqu'à ce qu'elle entende le deuxième coup frappé à la porte de mon bureau.

chapitre 32

Annalise

Merde !

Bennett avait rebaissé ma jupe, rajusté mon chemisier et lissé mes cheveux avant même que j'aie réalisé ce qu'il se passait. Mais il était si occupé à me rendre convenable qu'il n'avait pas remarqué de quoi *lui* avait l'air.

Paniquée alors que la porte commençait à s'ouvrir, je ramassai la première chose que je pus trouver et la jetai sur cette situation offensante.

Sauf que... il s'avéra que c'était un grand gobelet de café.

Lorsqu'il toucha ma cible, le couvercle tomba et tout le contenu se répandit sur le pantalon de Bennett à l'instant où Jonas entrait.

— Bordel, mais ça va pas ? s'écria Bennett.

— Je suis désolée... C'est... C'était un accident.

Jonas fronça les sourcils et ferma la porte derrière lui.

— Ça suffit, vous deux. Tout le bureau peut vous entendre. On croirait deux chats en train de se battre.

Bennett ouvrit son tiroir du haut, attrapa un paquet de serviettes et épongea son pantalon.

— Ce n'est pas ce que vous croyez, dis-je. Au départ, nous nous disputions, c'est vrai. Mais ensuite, nous avons découvert une manière mutuellement bénéfique de contourner le problème. Nous étions sur le point d'appeler le client ensemble quand j'ai renversé le café de Bennett en tendant la main vers son téléphone.

Jonas plissa les yeux. Il avait l'air de ne pas croire un seul mot de ce que je disais. Mais Bennett m'épaula alors, tout en continuant d'essuyer son entrejambe trempé.

— On a la situation en main, Jonas. Je me suis excusé pour ce que j'avais dit dans ton bureau et nous... nous sommes réconciliés. Le café était un accident.

Il nous regarda tour à tour, l'air pas encore tout à fait convaincu.

— Vous devriez peut-être régler ça en dehors du bureau, tous les deux. Allez boire un verre ou manger quelque chose. Sympathisez. C'est moi qui paie.

— Manger quelque chose, acquiesça Bennett.

J'aperçus un frémissement au coin de sa lèvre, mais fort heureusement, Jonas ne sembla pas le remarquer.

— Excellente idée, continua Bennett. Merci, Jonas.

Notre parton marmonna quelque chose à propos du fait d'être trop vieux pour ces conneries, avant de nous laisser à nouveau seuls dans le bureau de Bennett. Il ferma même la porte derrière nous.

— C'était quoi, ça, putain ? lança Bennett en pointant le doigt vers son pantalon trempé.

— Il y avait une tache mouillée.

— Quoi ?

— Une énorme tache mouillée. Tu sais, le crachin avant le déluge. Et une érection.

— Et ta réponse a été de balancer du café sur ma queue plutôt que, je ne sais pas, me tendre un dossier pour que je me couvre ?

Je me mis à rire.

— J'ai paniqué. Je suis désolée.

— J'imagine que je devrais être soulagé qu'il n'ait plus été bouillant.

Je me couvris la bouche, mais ne pus m'empêcher de sourire.

— C'était... complètement dingue.

Bennett m'adressa un sourire suffisant.

— C'était vraiment excitant.

— Ça ne doit plus jamais arriver.

— Ça va complètement arriver à nouveau.

— Tu t'es comporté comme un crétin.

— La prochaine fois qu'on se dispute, je te mets à genoux et je te *nourris* avec ma queue. Juste là, dans ce bureau. Avec la porte déverrouillée.

Mon ventre se serra nerveusement. Je ne doutais pas une seconde qu'il le fasse. Et aussi dingue que ça puisse paraître, cette idée m'excitait. Mais je ne pouvais pas lui laisser savoir ça.

Je lissai ma jupe et fis un pas en arrière.

— Tu me dois une excuse pour ce que tu as dit ce matin.

Il afficha un sourire narquois.

— Je pensais t'avoir adressé mes excuses il y a deux minutes. Mais je suis partant pour t'en donner d'autres.

— Je suis sérieuse, Bennett. Tu ne peux pas te comporter comme un petit ami jaloux au bureau.

— Je n'étais pas jaloux.

Il parut sincèrement troublé par ma remarque. Pensait-il vraiment que ce qui venait de se produire était quoi que ce soit d'autre qu'un bon vieux comportement jaloux de mâle alpha ?

— Tu n'étais pas jaloux ? Alors qu'est-ce qui t'a mis aussi en colère ?

Il jeta les serviettes qu'il avait utilisées pour essuyer son pantalon dans sa corbeille à papier.

— C'était en rapport avec le boulot. Le terrain de jeu devrait être équitable, pour nous.

J'étudiai son visage. Bon sang, il n'en avait vraiment aucune idée.

— *Hum hum.*

Le tiroir de bureau dans lequel il avait pris les serviettes était encore ouvert. Je tendis la main et pris quelque chose dedans.

— Un nouveau superhéros ? demandai-je en arquant un sourcil.

— Donne-moi ça.

Bennett tenta de me prendre le bloc-notes plein de gribouillages des mains, mais je l'écartai hors de sa portée.

— Elle me paraît familière.

Sa dernière œuvre d'art comportait une caricature avec une grosse crinière de cheveux et d'énormes seins. Elle me ressemblait énormément – avec une cape, bien sûr.

Il fit un pas en avant et me prit le bloc-notes des mains.

— Tu sais quel superpouvoir elle a, celle-là ?

— Lequel ?

— Le pouvoir de rendre les gens complètement dingues.

J'affichai un sourire idiot.

— Tu penses que je suis un superhéros ?

— Ne prends pas la grosse tête, Texas. Je dessine des tas de caricatures.

Je pointai du doigt vers le gribouillis d'une superhéroïne appuyée contre un bureau, les jambes largement écartées dans une attitude puissante. La seule chose qui manquait, c'était la tête de Bennett entre elles.

— Oui. Mais tous tes fantasmes n'ont pas l'occasion de devenir réalité.

J'avais hésité toute la journée à inviter Bennett à se joindre à moi.

Que se serait-il passé si mon rival avait été un homme de soixante ans heureux en mariage, plutôt qu'un mec célibataire de trente et un ans incroyablement sexy, qui se trouvait m'avoir donné trois orgasmes ce matin – deux sous la douche et un sur son bureau ?

Est-ce que j'aurais joué *fair-play* ? Ou est-ce que je cédais plus que je devrais parce que j'avais un faible pour Bennett Fox ? (et peut-être parce que j'aimais la partie dure de son corps, aussi ?) Est-ce que je me souciais de la façon dont je remportais la bataille, tant que je la remportais ?

Malheureusement, je m'en souciais. Et je savais que j'étais une minorité. Dans ce genre de compétition impitoyable, la plupart des gens utiliseraient tous les avantages à leur disposition pour gagner la guerre. Mais pour moi, il était important de gagner à la loyale. J'étais comme ça, c'est tout.

C'est pourquoi à quatre heures moins cinq, je me dirigeai vers le bureau de Bennett. Il était plongé dans la réalisation d'une illustration, qu'il avait étalée sur la table du coin de son bureau.

Je frappai à la porte ouverte.

— Tu as une minute ?

Il agita les sourcils.

— Ça dépend de ce que tu as en tête.

— Contente-toi de venir dans mon bureau dans cinq minutes.

Je me retournai et redescendis le couloir, mais il apparut dans l'encadrement de la porte de mon bureau juste à l'heure.

Je fis un geste vers la porte.

— Ferme la porte. Je dois passer un coup de fil sur haut-parleur.

— C'est ça, répondit Bennett d'un ton narquois.

Cet abruti pensait que je l'avais fait venir pour un plan cul. Plutôt que de lui expliquer les choses, j'appuyai sur la touche de haut-parleur et composai le numéro.

L'assistante répondit dès la première sonnerie.

— Bureau de Lauren Becker.

Je levai les yeux vers Bennett. Il haussa les sourcils.

— Salut. C'est Annalise O'Neil, j'appelle pour parler à Lauren. Nous nous sommes parlé, plus tôt dans la journée, et j'ai programmé un appel à seize heures.

— Oui. Elle attend votre appel, Annalise. Je vous la passe tout de suite.

— Merci.

Elle mit l'appel en attente et mon regard se riva à celui de Bennett.

— Je vais te battre parce que je suis douée dans ce que je fais. Pas grâce à quoi que ce soit d'autre.

Bennett me dévisagea, l'air impassible. Lauren prit l'appel quelques secondes plus tard.

— Anna ?

Je récupérai le combiné.

— Oui. Salut, Lauren.

— Comment vas-tu ? Oh mon Dieu, ça fait si longtemps.

— C'est vrai. Je ne sais pas si tu étais au courant, mais je travaille chez Foster, Burnett et Wren, maintenant. Les deux compagnies ont fusionné.

Je levai les yeux vers Bennett tout en écoutant sa réponse.

— Oh, répondis-je. D'accord. Oui. Je ne savais pas si Andrew t'en avait parlé. Merci, je te suis reconnaissante de nous avoir inclus dans l'appel d'offres.

Bennett crispa la mâchoire et je réprimai un soupir. Je n'avais aucun contrôle sur la manière dont les dossiers nous parvenaient, mais j'avais le contrôle sur la manière dont je gérais les choses. Lauren et moi discutâmes une minute, puis je me raclai la gorge.

— J'espère que ça ne te dérange pas, mais j'ai invité un collègue à se joindre à moi pour cet appel. Il vient d'arriver. Il s'appelle Bennett Fox.

Lorsqu'elle eut affirmé que cela ne la dérangeait pas, je remis le téléphone sur haut-parleur. Nous parlâmes tous les trois pendant une demi-heure de l'appel d'offres et de ce qu'elle recherchait. Vers la fin de l'appel, je suggérai qu'on se retrouve la semaine suivante autour d'un dîner pour discuter des choses de manière plus poussée.

— Ce serait génial. Je sais que Trent aimerait beaucoup te voir, lui aussi.

Elle marqua une pause, avant d'ajouter :

— Et Andrew ? Est-ce que je devrais voir s'il a envie de se joindre à nous ? Il a laissé entendre que les choses étaient compliquées depuis la fusion et s'est dit que ce serait peut-être le bon moment pour qu'on travaille ensemble.

Bennett avait l'air aussi embarrassé que ce que je ressentais.

— Si ça ne te dérange pas, je préférerais que tu ne l'invites pas. Nous ne sommes pas... je ne savais même pas qu'il t'avait parlé des changements à mon travail, ni qu'il t'avait demandé de m'inclure dans l'appel d'offres.

Lauren poussa un soupir.

— Oui, je comprends.

J'ignorais à quoi m'attendre de la part de Bennett lorsque je raccrochai, mais lorsqu'il parla, je sus qu'il était sincère.

— Merci de m'avoir inclus là-dedans.

Je hochai la tête.

— De rien.

Il fit quelques pas vers la porte de mon bureau, avant de se retourner.

— Pourquoi ?

Je n'étais pas sûre de comprendre sa question.

— Pourquoi quoi ?

— Pourquoi est-ce que tu veux gagner à la loyale ? Est-ce que c'est à cause de ce qu'il se passe entre nous ?

— En fait, j'ai réfléchi à cette question un peu plus tôt, dis-je en souriant. Ne te flatte pas trop. Je ferais les choses de la même manière si tu étais un homme de soixante ans heureux en mariage.

— Waouh, fit-il en secouant la tête. Et moi qui pensais que tu étais simplement quelqu'un de bien. Mais tu laisserais un mec marié de soixante ans te lécher la chatte dans son bureau ?

— Ce n'est pas ce que je voulais dire !

Bennett me fit un clin d'œil.

— Je sais. Mais faisons juste semblant, pour que je n'aie pas à admettre que tu es une personne mille fois meilleure que moi.

chapitre 33

Bennett

— Tu aimes *Star Wars* ?

Je coupai le son de la chaîne sportive et tournai la tête vers Annalise. Elle avait étalé trois journaux différents ouverts sur mon lit. Je préférais apprendre les actualités par CNN ou ESPN, mais ces dernières semaines, je m'étais installé dans une routine du samedi matin qui me plaisait.

Nous nous envoyions en l'air tôt le matin, puis j'allais courir pendant qu'elle nous faisait à déjeuner. Sur le chemin du retour, je récupérais trois journaux différents, et après manger, je regardais SportsCenter pendant qu'elle lisait les journaux pendant des heures.

Avais-je mentionné le fait qu'elle cuisinait et qu'elle lisait en portant mon T-shirt, sans soutien-gorge et sans sous-vêtements dessous ? Ouais, c'est ce que je préférais dans ce genre de matinée.

Je glissai ma main sous le bord du T-shirt blanc qu'elle portait et lui caressai la cuisse.

— J'aime *Star Wars*. Je ne suis pas l'un de ces malades qui se baladent déguisés en Yoda ou en Chewbacca durant la convention annuelle des malades, mais je vais voir les films. Pourquoi ?

— Pour rien, répondit Annalise en haussant les épaules.

Mais quelque chose dans sa réponse – peut-être était-elle trop rapide, ou trop brève – m'indiqua qu'elle mentait.

— Tu n'es pas l'une de ces malades, n'est-ce pas ?

Ses joues rosirent.

— Non, pas du tout.

Je pointai un doigt vers son visage.

— N'essaie même pas, Texas. Tu es déjà à mi-chemin de ressembler à une tomate.

Elle reposa le journal.

— Très bien. J'aimais me déguiser en Princesse Leia, à une époque.

Elle baissa la voix et ajouta :

— Et peut-être aussi parfois en Aayla Secura et en Shaak Ti.

— Qui ? dis-je en riant.

— Oublie ça.

— Oh, non. C'est toi qui as ouvert la boîte de Pandore. Maintenant que je sais que tu es une geek fan de *Star Wars*, je veux savoir à quoi j'ai affaire. Est-ce qu'on parle seulement de costumes d'Halloween, de la boîte à goûter et d'avoir mémorisé toute la langue klingon, ou bien est-ce que tu fais partie de ces fans détraqués qui se déguisent et vont aux conventions ?

— Le klingon, c'est dans *Star Trek*, pas dans *Star Wars*.

— Le fait que tu saches ça en dit beaucoup.

Annalise roula des yeux.

— Pourquoi est-ce que je partage des choses avec toi ?

Je ris.

— OK. Je ne me moquerai pas, ma petite geek sexy. Pourquoi tu as posé cette question ?

Elle pointa du doigt vers un article sur le journal.

— Je lis un article à propos des produits dérivés dont les recettes ont surpassé celles de la sortie du film au box-office. *Star Wars* a rapporté presque trente-cinq *milliards* en produits dérivés.

— J'imagine que tu as beaucoup de potes potentiels, au pays des geeks.

Elle me donna une tape sur le ventre du dos de la main.

— Ferme-la.

— Tu sais qu'ils vont ajouter une nouvelle section à Disneyland bientôt : *Star Wars : les Confins de la Galaxie*.

— Sans blague. Je sais. Vivement.

Cet après-midi était celui de mon excursion annuelle à Disney avec Lucas — le week-end de son anniversaire était la seule fois où Fanny m'autorisait à l'emmener quelque part pour la nuit. Tous les ans, nous partions le samedi après-midi et nous passions la nuit et toute la journée du lendemain à monter dans les attractions. Lucas dressait toujours une liste des nouvelles attractions de l'année, et cette fois, l'une d'elles était sur le thème de *Star Wars*.

— Tu vas à Disney ? demandai-je.

— J'y allais. Mais ça fait des années que je n'y suis pas retournée.

Je n'avais pas mentionné mon excursion avec Lucas, et pourtant, j'avais joué avec l'idée de l'inviter toute la semaine.

— En fait, je vais à Disney avec Lucas cet après-midi. C'est son anniversaire cette semaine, et nous y allons tous les ans.

— Oh. C'est génial ! Vous faites tellement de trucs marrants, tous les deux.

Je n'avais jamais vraiment amené de femmes avec Lucas, principalement parce que mes relations ne semblaient pas compatibles avec mes visites hebdomadaires avec lui. J'emmenais les femmes dîner dans des restaurants où elles portaient de belles robes, puis je les ramenais chez moi, je ne les amenais pas pêcher ou faire du karting. Mais Annalise et moi, c'était différent. Nous passions des heures ensemble à travailler tous les jours, et quand nous ne nous disputions pas avant de nous réconcilier en baisant, nous passions de plutôt bons moments assis l'un avec l'autre à ne rien faire, durant les matinées comme celle-là.

Même si cela ne durait que depuis un mois, j'en étais venu à la connaître bien mieux qu'aucune des femmes avec qui j'étais sorti depuis six mois. En plus, elle apprécierait la nouvelle attraction *Star Wars* qu'ils avaient ajoutée. Maintenant, je me sentais presque obligé de l'inviter. C'était la meilleure chose à faire.

J'éteignis la télévision au son coupé.

— Pourquoi tu ne viendrais pas avec nous ?

Elle eut l'air aussi surprise que moi que je l'invite.

— À Disney ? Avec toi et Lucas ?

— Oui. Pourquoi pas ? Tu pourras faire ressortir ton côté geek à la nouvelle attraction *Star Wars*, et Lucas aura quelqu'un avec qui monter dans les grands huit.

— Tu ne montes pas dans les grands huit ?

— Non. Quand j'étais en quatrième, je mourais d'envie d'embrasser Katie Lanzelli. Je l'ai emmenée à la fête du village et je comptais lui rouler une pelle sur la grande roue. Juste avant qu'on y aille, je suis monté dans le Gravitron. J'ai vomi mes tripes en sortant. Je ne pouvais pas vraiment la soumettre à un baiser après ça. J'ai arrêté les grands huit ce jour-là.

Annalise émit un petit rire.

— Ta perversion ne connaît aucune limite. Elle affecte même tes excursions à Disney.

— Qu'est-ce que tu en dis ? Tu veux venir ?

Je fis remonter ma main plus haut sur sa jambe et caressai la peau sensible à l'intérieur de sa cuisse, juste à côté de ses lèvres.

— Je devrai te prendre une chambre séparée à cause de Lucas, mais je pourrai peut-être t'en prendre une à côté de la mienne pour que je puisse en sortir discrètement quand il se sera endormi pour me glisser en toi.

— *Tu vois ? Pervers.* Toutes les routes mènent au sexe.

Elle sourit.

— J'adorerais venir. Mais tu es sûr ? Je ne veux pas interférer dans tes moments passés avec Lucas.

Plus nous en parlions, plus l'idée qu'elle nous accompagne me plaisait.

— Certain. Il sera heureux d'avoir quelqu'un d'autre à qui parler à part moi. Fais-moi confiance.

Je tournai la tête vers elle et ajoutai :

— En plus, j'ai envie que tu viennes.

Le visage d'Annalise s'éclaira, devenant presque rayonnant, et elle hocha la tête. Puis elle grimpa sur moi, et je m'éclairai aussi.

⁓

— Quel compositeur a composé les musiques du film ?

— Facile. John Williams, répondit Annalise en essuyant les miettes sur ses lèvres avec une serviette.

Lucas baissa les yeux sur son téléphone et fit défiler à nouveau sa page. Il lui avait posé toutes les questions des quiz en ligne qu'il avait pu trouver depuis qu'on était montés en voiture ce matin.

— De quelle couleur est le sabre laser de Luke Skywalker dans les deux premiers films ?

— Bleu.

— Et dans *Le Retour du Jedi* ?

— Vert.

Je secouai la tête.

— Pourquoi changeraient-ils la couleur du sabre laser ? Et, meilleure question, pourquoi tu connais la réponse à tous ces trucs ?

Annalise lécha la glace qui coulait de son cône et mon sexe tressauta – *en plein Disneyland*.

— Il a perdu le sabre bleu dans un duel avec Dark Vador à la Cité des Nuages. Il y a eu un vrai tollé sur la raison pour laquelle son sabre laser était vert dans *Le Retour du Jedi*. Les premières affiches de film le montraient tenant un sabre laser bleu. Certaines personnes disent qu'ils ont changé la couleur parce que l'arrière-plan dans la scène de combat était un ciel bleu, tandis que d'autres pensent que ça a une signification plus profonde – que les réalisateurs voulaient montrer que Luke s'était émancipé.

J'émis un petit rire.

— Ah, j'ai compris. Ils voulaient que les parents qui pourrissent leurs enfants achètent d'autres sabres laser en changeant la couleur.

Lucas était fasciné par les connaissances d'Annalise sur *Star Wars*. Moi, ça ne me dérangeait pas de rester là à les regarder tous les deux – tant qu'elle continuait de lécher cette crème glacée. J'étais vraiment content qu'on ait pris des chambres voisines, maintenant.

Quand nous eûmes terminé notre dessert, nous montâmes dans quelques autres attractions avant d'en rester là pour ce soir. Ça avait été une journée sacrément longue – du sexe deux fois ce matin, une longue séance de jogging, un trajet jusqu'à L.A., puis un tour dans tout un tas d'attractions en arrivant ici. Mais alors que j'étais lessivé, Lucas et Annalise semblaient avoir encore plein d'énergie.

— On peut aller à la piscine ? demanda Lucas alors que nous sortions du tramway devant notre hôtel. Je regardai ma montre.

— Il est presque neuf heures et demie.

— Et alors ? répondit-il en fronçant les sourcils.

— Annalise n'a probablement même pas apporté de maillot de bain.

— En fait, répondit-elle en souriant, j'en ai un.

— S'il te plaît ? supplia Lucas en me faisant ses yeux de chien battu.

— Je peux l'accompagner si tu es trop fatigué.

— Non, ça va, répondis-je.

Je pointai le doigt vers Lucas et l'avertis :

— Une demi-heure. C'est tout.

— OK !

— J'espère au moins que c'est un bikini, puisque tu m'obliges à supporter l'eau froide de la piscine, marmonnai-je à Annalise alors que Lucas partait en courant vers la porte de l'hôtel.

Elle m'adressa un sourire étincelant.

— Plains-toi autant que tu veux, mais je vois la vérité dans tes yeux. Tu ferais tout ce que ce gosse te demanderait de faire, et tu apprécies chaque minute que tu passes à le regarder s'amuser.

Elle n'avait pas totalement tort. Sans réfléchir, je glissai ma main dans la sienne et nous parcourûmes la distance qui nous séparait du hall de l'hôtel main dans la main. Le plus tordu, c'est que je ne m'étais même pas aperçu que j'avais fait ça. Cela m'avait juste semblé... normal. Annalise ne sembla pas s'en rendre compte non plus, ou si c'est le cas, elle ne dit rien.

Malgré tout, je la lâchai pour ouvrir la porte et enfonçai les mains dans mes poches après ça.

— C'est un gosse super.

Annalise et moi étions assis l'un en face de l'autre dans le bain à remous, à cinq mètres de la piscine. Un groupe de gamins organisait une partie de volleyball dans l'eau quand nous étions sortis, et ils avaient demandé à Lucas de se joindre à eux. Nous avions donc été épargnés de l'eau froide de la piscine et étions venus nous immerger dans le jacuzzi réservé aux plus de dix-huit ans. La piscine étant illuminée, nous pouvions garder un œil sur Lucas de loin, et nous étions assez éloignés pour ne pas avoir l'air de jouer les baby-sitters.

— Ouais. Même s'il est élevé par une détraquée, il se révèle être un très bon garçon. Il a la tête sur les épaules.

— Il t'admire vraiment.

Le bain à remous m'avait permis de détendre mes muscles, mais cette remarque me tendit à nouveau.

— Ouais.

Annalise devint silencieuse, et j'avais une petite idée de ce à quoi elle songeait.

— Ça te dérange si je te demande quel âge il avait quand sa mère est morte ?

— Il avait trois ans.

— Waouh.

— Ouais.

— Est-ce qu'elle était... malade ?

Je soutins son regard.

— Accident de voiture.

Elle baissa les yeux sur mon torse. Elle était assez intelligente pour tirer ses conclusions. Et je savais qu'elle hésitait à poser la question.

C'était la dernière chose dont j'avais envie de parler. Je me levai.

— Il se fait tard. Et si j'allais nous chercher des serviettes ?

Lucas ronflait déjà quand je sortis de la douche. La journée avait été assez géniale, mais la mention de l'accident de voiture m'avait déprimé. Je m'assis sur le lit en face de Lucas et le regardai dormir. Il était le portrait craché de sa mère, maintenant. C'était difficile d'imaginer que dans seulement quelques années, il aurait le même âge qu'elle avait quand elle lui avait donné naissance. Ce qui me faisait penser que... j'allais devoir discuter avec lui de préservatifs et de contraception. Fanny ne le ferait pas. Bon sang, j'avais déjà eu cette discussion avec sa fille.

Pour tout le bien que ça a fait.

Mon téléphone vibra sur la table de chevet, et je glissai le doigt sur l'écran pour regarder mes messages.

Annalise : *Désolée si je me suis montrée indiscrète. Tu es devenu silencieux après mes questions sur sa mère. Je ne voulais pas t'énerver.*

Je tentai de la rassurer.

Bennett : *Tu ne m'as pas énervé. Je suis juste fatigué. Cette longue journée a dû finir par me rattraper.*

Je doutai qu'elle avale ça, mais au moins elle n'insisterait pas.

Annalise : *OK. Eh bien, merci de m'avoir laissé vous accompagner, aujourd'hui. J'ai passé un très bon moment. Bonne nuit.*

Bennett : *Bonne nuit.*

Je rejetai mon téléphone sur la table de chevet. Durant les huit années qui avaient passé depuis cette nuit-là, je n'avais jamais parlé de l'accident à personne – mis à part aux flics et aux avocats. Même le psy chez qui ma mère m'avait envoyé n'avait pas réussi à forcer cette chambre forte. Pendant très longtemps, j'avais juste songé que moins j'y penserais, plus ce serait facile de tourner la page. Jusqu'à récemment.

Les journaux intimes de Sophie avaient remué beaucoup de choses en moi. Je commençais à me demander si tout garder en moi m'avait vraiment permis d'avancer, et si tout laisser sortir pourrait être la seule chose qui me libérerait.

1er janvier

Chère Moi,

Nous sommes tristes.

Bennett est parti depuis deux mois, maintenant. Il n'est qu'à quelques heures d'ici, à l'UCLA, mais il pourrait tout aussi bien être à l'autre bout du monde. Il nous manque. Beaucoup. Il a une nouvelle petite amie. Encore. Il a dit que celle-là étudiait le marketing, elle aussi, et ils traînent tout le temps ensemble, comme nous le faisions avant.

Nous sortons toujours avec Ryan Langley, mais parfois, quand nous l'embrassons, nous pensons à Bennett. C'est très bizarre. Je veux dire, c'est Bennett, hein ? Notre meilleur ami. Mais nous sommes incapables de nous en empêcher.

La fac, ce n'est pas terrible. Je pensais que ce serait différent. Mais cela ressemble juste à une autre année de lycée quand vous vivez chez vous – avec Bennett en moins. Il y a même un certain nombre d'élèves de ma classe qui étaient déjà dans ma classe au lycée.

Tout est pareil, et en même temps si différent.

Nous avons un travail chez un coiffeur, où nous répondons au téléphone. Les gens sont très sympas, là-bas, et ça paie plutôt bien. Nous espérons réussir à économiser assez d'argent pour nous payer notre propre logement. Le nouveau petit ami de maman, Aaron, est un crétin et il est toujours à la maison.

Le poème de ce mois-ci n'est dédié à personne.

Elle regarde en arrière,
elle a peur d'aller de l'avant, maintenant.
Pourquoi est-ce que tu n'es pas là ?

Cette lettre s'autodétruira dans dix minutes

Anonymement,
Sophie

Bennett

À quel point avais-je envie de ce poste ?

Annalise était partie il y avait quelques heures pour son dîner hebdomadaire avec Madison. Comme j'avais un rendez-vous en dehors du bureau tôt dans la matinée de demain, et que mon lit serait vide ce soir, j'étais resté très tard pour terminer ma publicité complète pour Star Studios, que je devais rendre bientôt. Cette semaine avait été très chargée, même si nous n'étions que mercredi. Et il restait encore le dîner avec la sœur de l'abruti, vendredi.

J'attrapai les clefs du bureau d'Annalise dans le premier tiroir du bureau de Marina pour laisser quelques esquisses sur son bureau. Au déjeuner, aujourd'hui, elle avait mentionné être bloquée et ne pas réussir à trouver de logo pour une entreprise de feutres pour enfant qui développait une ligne de feutres professionnels pour les artistes. Une idée m'était venue alors que je travaillais sur un autre projet, et je m'étais dit qu'elle pourrait fonctionner pour son client.

Annalise avait apporté ce dossier avec elle depuis Wren, nous n'étions pas en compétition dessus – je n'avais aucune raison de ne pas l'aider.

Sauf qu'alors que je m'apprêtais à poser mes dessins sur son bureau, je découvris le concept entier de sa publicité pour Star étalée sous mes yeux : les story-boards, les modèles de logos 3D, et un classeur extensible épais et rouge portant l'étiquette RECHERCHE. Je fixai le dossier fermé d'un élastique – il devait bien y avoir sept centimètres de recherches. Beaucoup plus que ce que j'avais. Que pouvait-elle avoir là-dedans ? Des trucs qui pourraient lui donner un avantage, voilà quoi.

Je posai mes dessins sur son siège et soulevai le dossier. Ce truc était lourd.

Merde.

Je ne devrais pas faire ça.

Mais, et si j'avais manqué quelque chose ?

Je savais deux choses avec une certitude absolue. Un, ce serait assez minable de ma part de faire ça. Et deux, si les rôles étaient inversés, et que c'était Annalise qui avait trouvé tous ces trucs sur mon bureau, elle aurait fait demi-tour et serait partie.

Mais il était hors de question que je déménage au Texas.

Je ne le ferais pas pour moi. Je le ferais pour Lucas.

Les comportements minables étaient tolérés lorsque la fin justifiait les moyens, n'est-ce pas ?

Qu'est-ce qu'elle pouvait bien avoir là-dedans ? Sérieusement, ce truc devait bien peser un kilo. Il y avait peut-être une brique dedans ? Ou un livre ? Une édition reliée du *Marketing pour les Nuls* ? Je pouvais au moins vérifier ça, non ? Ça me rassurerait de savoir que je n'avais pas oublié quelque chose dans mes recherches.

J'ôtai l'élastique rouge du dossier.

Seigneur, je suis vraiment un connard.

Je le reposai sur le bureau et le fixai encore un peu.

Et si ce n'était pas le dossier d'Annalise ?

Elle avait dit elle-même qu'elle aurait tenté d'éliminer la personne de l'équation lorsqu'elle décidait comment agir. Un homme marié de soixante ans – j'étais à peu près sûr que c'était comme ça qu'elle imaginait son compétiteur.

Qu'est-ce que je ferais si je découvrais ce dossier rempli d'informations potentiellement utiles, mais que l'adversaire auquel j'étais opposé était un mec de soixante ans plutôt qu'Annalise ?

J'aurais aimé croire que la réponse à cette question était sans appel.

Mais... on sait tous que ce n'est pas le cas, n'est-ce pas ?

Je serais déjà devant l'imprimante en train de photocopier tout ce que contenait ce dossier.

Cela résumait bien la différence entre moi et Annalise.

Quand elle s'imaginait dans sa tête le scénario de la façon dont elle se conduirait, elle finissait toujours par choisir ce qui était éthique. Moi, en revanche, je choisissais ce qui me rapprocherait de ce que je voulais.

Alors qu'est-ce qui m'arrêtait ?

Annalise et ses foutues conneries éthiques me faisaient me sentir coupable.

Avec un grognement, je soulevai le dossier et replaçai l'élastique, avant de le reposer où je l'avais trouvé. Je récupérai mes dessins sur sa chaise, fermai la porte derrière moi, puis m'agenouillai pour glisser les ébauches sous la porte de son bureau. Elle les trouverait demain matin sans jamais savoir que j'étais entré.

Je retournai vers le bureau de Marina en grommelant et replaçai les clefs. Tant que j'y étais, je me dis que j'allais lui laisser une note pour expliquer que je serais absent demain matin, vu que mon rendez-vous était initialement prévu l'après-midi.

Je trouvai un stylo et cherchai quelque chose sur quoi écrire. À côté de son téléphone se trouvait l'un de ces blocs-notes avec trois copies carbone déchirables pour chaque page. Je le pris et me mis à écrire sur la dernière page.

Mais le carbone provenant du message précédent attira mon attention, parce qu'il y avait le nom d'Annalise dessus.

DATE : *1er juin*
HEURE : *11 h 05*
POUR : *Annalise*
APPELANT : *Andrew Marks*
TÉLÉPHONE : *415-555-0028*
MESSAGE : *Il a vu que tu avais essayé de l'appeler. Rappelle quand tu veux.*

— Quelque chose ne va pas ? demanda Annalise en appuyant une hanche contre le comptoir de la salle de pause.

— Pas du tout, répondis-je en me versant une deuxième tasse de café.

Elle croisa les bras sur sa poitrine.

— Juste ta mauvaise humeur habituelle, alors ?

— La semaine a été chargée.

— Je sais.

Elle regarda vers la porte et baissa la voix :

— C'est pour ça que je me disais qu'il serait sympa que je te prépare à dîner chez moi hier soir. Sauf que tu n'as pas répondu à mon message, et ce matin quand je t'ai vu dans le hall, tu semblais prêt à me mordre.

— C'est toi qui voulais t'assurer qu'on reste discrets au bureau, rappelai-je en soulevant ma tasse. J'aurais dû m'arrêter pour te peloter ?

Elle plissa les yeux.

— Peu importe. N'oublie pas que nous dînons avec Lauren et Trent à La Maison, ce soir à dix-huit heures.

— J'ai hâte d'y être, raillai-je.

Annalise ne manqua pas de remarquer le sarcasme dans ma voix. Elle poussa un soupir et se retourna pour sortir de la salle de pause.

Près de la porte, elle s'arrêta et se retourna.

— Merci pour les dessins, au fait. C'était exactement ce dont j'avais besoin, sans parvenir à le trouver.

Je levai les yeux de ma tasse et croisai son regard. *Et puis merde.*

— Je suis entré dans ton bureau pour les poser sur ton bureau, hier soir. J'ai vu qu'il était couvert de ton travail pour la campagne Star, alors je suis ressorti et je l'ai glissé sous ta porte.

Elle pencha la tête de côté et étudia mon visage.

— Tu n'as rien regardé ?

Après avoir découvert le message de son ex, j'avais envisagé d'y retourner. Mais je ne pouvais pas. *Mauviette.* Je secouai la tête.

Ses yeux se perdirent un instant dans le vague, et j'eus clairement l'impression qu'un tas de choses tourbillonnaient dans sa tête alors qu'elle tentait de rassembler les pièces du puzzle.

Elle fixa à nouveau son regard sur moi.

— Tu es en colère contre toi-même pour ne *pas* avoir fouillé dans mes affaires ?

Je croisai les bras sur mon torse.

— Je me suis demandé si je serais ressorti comme ça s'il s'était agi de quelqu'un d'autre que toi.

— Et...

— Je ne l'aurais pas fait.

Le regard d'Annalise s'adoucit.

— Eh bien, merci. C'est pour ça que tu es si grognon ? Parce que tu ne m'as pas traitée comme une ennemie ?

— Non... jusqu'à ce que j'aille remettre la clef dans le tiroir de Marina et que j'aperçoive le message qu'elle t'avait laissé, à propos de quelqu'un qui t'avait rappelée.

Son visage se décomposa.

— Ce n'est pas ce que tu penses.

— Alors tu sais ce que je pense, maintenant ?

— Quand j'ai appelé Lauren l'autre jour pour confirmer notre dîner de ce soir, elle m'a dit qu'Andrew comptait se joindre à nous. Je l'ai appelé pour lui demander de ne pas le faire. C'est pour ça qu'il m'a rappelée.

Je me dirigeai vers la porte de la salle de pause.

— Peu importe.

Annalise poussa un soupir sonore.

— La prochaine fois, contente-toi de venir me demander, si quelque chose t'ennuie.

Je m'arrêtai dans l'encadrement de la porte, là où elle se trouvait.

— Ou peut-être que la prochaine fois, je me ferai pousser assez de couilles pour obtenir un avantage dans la compétition.

— Désolé pour ça. Je me suis dit que ces deux-là avaient besoin de quelques minutes seule à seule. Ma femme aime s'immiscer dans des affaires qui ne la regardent pas. Mais je suis un homme soumis, alors je ne lutte pas.

Trent Becker leva son verre et le fit tinter contre le mien.

— Ma réponse est toujours « Oui, ma chérie ». *Et un bon scotch.*

Je levai mon verre.

— Ça m'a l'air d'une bonne réponse. Quelle que soit la question.

Annalise et moi étions arrivés au restaurant en même temps, en sortant du bureau. Lauren et son mari nous avaient rejoints quelques minutes plus tard. Comme la serveuse avait dit que notre table n'était pas encore prête, Trent m'avait proposé d'aller au bar pour boire quelques verres, alors que les deux femmes s'étaient aussitôt plongées dans une conversation.

— Lauren et Annalise se connaissent bien.

Je bus une gorgée de mon scotch et regardai Trent par-dessus le bord de mon verre.

— Andrew. Je sais.

Trent haussa les sourcils.

— Elle vous en a parlé, alors.

— Oui.

Il hocha la tête.

— Ça paraît logique. Surtout vu que c'est lui qui a permis cette rencontre.

C'était un rendez-vous d'affaires. Je devais garder mes opinions pour moi, mais maintenant que la porte avait été entrouverte, je ne pus résister.

— Drôle de *timing*. Annalise travaille dans le marketing depuis des années. Et pourtant, elle m'a dit que vous n'aviez jamais envisagé qu'elle fasse la publicité de votre entreprise.

Trent regarda autour de lui, avant de se pencher vers moi.

— Le frère de Lauren est le centre du monde, pour elle. Mais entre nous, je pense que c'est un crétin arrogant et égoïste.

Ce fut à mon tour de hausser les sourcils. Ce dîner ne serait peut-être pas si désagréable, finalement.

— J'ai l'impression que vous avez raison, d'après ce qu'Annalise m'a confié. Mais comme vous, je garderai ça pour moi.

Je levai mon verre et ajoutai :

— Et je ravalerai mes pensées avec ce scotch.

Trent émit un petit rire.

— Annalise est quelqu'un d'incroyable. Je suis heureux que nous puissions faire partie de ses clients. J'espère juste que cela n'aidera pas mon bon vieux beau-frère à se faufiler à nouveau auprès d'elle. Qu'il reste avec l'hôtesse de l'air suédoise qu'il voit par intermittence derrière son dos depuis des années.

Merde.

Évidemment.

Je savais bien que ce type était un connard.

Huit ans, sans jamais s'engager ; je me doutais qu'il se moquait d'elle. Je ne connaissais simplement pas la raison. *Quel enfoiré.*

Le barman nous apporta deux verres de vin et Trent et moi nous disputâmes au sujet de qui paierait la note. Lorsque j'eus gagné, nous apportâmes les verres aux femmes, blotties sur un banc près de l'accueil.

— Merci, dit Annalise en se levant pour que je lui donne le verre.

Elle se pencha vers moi avec un sourire inquiet.

— Tout va bien ?

Mon sourire était sincère.

— Mieux que jamais.

Le dîner avec Lauren et Trent s'avéra étonnamment agréable. Nous parlâmes beaucoup de leur entreprise, ils évoquèrent ouvertement les hauts et les bas qu'ils avaient et semblaient avoir bien pris en main le marché qu'ils voulaient atteindre. Ils nous confièrent aussi le gros budget qu'ils avaient alloué à la publicité en ligne et à la télévision, ce qui justifiait que le conseil d'administration récompense la campagne qui réussirait à obtenir le dossier.

— Alors, qui fait quoi ? demanda Lauren, à personne en particulier. Est-ce que l'un de vous s'occupe d'Internet et l'autre de la télévision, ou quelque chose comme ça ?

Je laissai Annalise prendre les devants. À elle de voir comment elle décidait de tourner ça.

— Pas vraiment. Des membres de notre équipe se spécialisent dans les arts, le texte et la recherche de marché. Nous les utiliserons pour concevoir ensemble deux campagnes différentes à vous présenter.

— Oh, waouh. D'accord, sourit Lauren. Je suis sûre que j'adorerai ce que tu concevras, quoi qu'il arrive. Nous avons toujours eu des goûts très similaires.

Encore une fois, Annalise aurait pu m'entuber. Tout ce qu'elle avait à faire, c'était mentionner que nous ferions tous deux une publicité *individuelle*, et qu'ils choisiraient celle qu'ils préféraient. Cela donnerait sans aucun doute à Lauren un bon *a priori* sur celui qu'elle choisirait. Mais le fait qu'Annalise présente ça comme un travail collectif rendait vraiment les choses plus équitables.

Je lui jetai un coup d'œil et elle esquissa un doux sourire.

Elle est si belle, putain. Et ce genre de trucs était contagieux, parce que je lui rendis son sourire, et je n'étais vraiment pas du genre à sourire. Je suis plus du genre à avoir l'air énervé – principalement parce que la majorité des gens m'énervent. En fait, j'osais affirmer que le coin de mes lèvres s'était étiré plus souvent depuis que j'avais rencontré Annalise que durant les trente premières années de ma vie.

Je laissai mes yeux dériver à nouveau vers elle pour l'observer. Elle était si moralement bonne et bienveillante. Cela me donnait envie de faire des choses immorales et mauvaises avec elle, plus tard.

Je me servis de ma serviette pour m'essuyer la bouche, avant de la laisser *accidentellement* tomber au sol. Alors que je me penchais pour la ramasser, je glissai ma main sous la robe d'Annalise, sous la nappe, et la regardai sursauter quand mon pouce caressa le centre chaud entre ses jambes. Sa réaction fut de presser aussitôt les cuisses, et je perdis presque l'équilibre quand elle emprisonna soudain mon bras entre ses jambes. Je toussai et libérai ma main, faisant de gros efforts pour ne pas rire.

Y a-t-il un moyen pour moi de la doigter maintenant et de regarder ses tentatives pour parler affaires avec la sœur du connard en même temps ?

Elle baissa les yeux sur moi, un éclair d'avertissement dans les yeux.

— Tout va bien, Bennett ?

Je me redressai sur ma chaise et laissai tomber ma serviette sur la table devant moi.

— Ma main a juste glissé.

Ma main *glissa* discrètement encore plusieurs fois avant la fin de la soirée – la dernière fois, pour lui pincer les fesses pendant que nous nous dirigions vers la porte du restaurant derrière nos potentiels nouveaux clients. Leur voiture était garée juste devant la mienne, alors nous prîmes congé et les regardâmes s'éloigner.

S'ils avaient regardé, Lauren et Trent auraient probablement pu nous voir dans leur rétroviseur lorsque j'attirai Annalise dans mes bras.

— Tu t'es montré si vilain, ce soir, dit-elle en pressant ses paumes contre mon torse.

J'effleurai ses lèvres des miennes.

— Je ne peux pas m'en empêcher. J'ai envie de te faire de vilaines choses. Rentre à la maison avec moi. Ta présence dans mon lit m'a manqué, hier soir.

Son regard s'adoucit.

— Tu m'as manqué aussi.

Je ne me souvenais pas que qui que ce soit m'ait jamais manqué, mis à part Sophie. Et c'était complètement différent, parce qu'elle était vraiment partie. Pourtant, je n'avais pas simplement débité une phrase toute faite à Annalise. Elle m'avait vraiment manqué. Après une nuit de séparation. Et même si cette pensée me terrifiait, l'idée de ne pas l'avoir dans mon lit ce soir me terrifiait un peu plus encore. J'ignorai donc les sirènes d'alarme qui me hurlaient que j'allais trop loin.

Le voiturier arriva avec la voiture d'Annalise.

— Je te suis, dis-je.

— En fait, est-ce qu'on pourrait rester chez moi, ce soir ? J'ai commandé une nouvelle chaise pour mon salon il y a deux mois et elle est livrée demain matin.

— Oui, bien sûr, répondis-je en lui embrassant le front. Tant que je peux m'endormir et me réveiller en toi, peu importe où nous sommes.

Annalise

— Shit-také, dit Madison en secouant la tête.

— Euh... quoi ?

— Tu n'as pas entendu le serveur ? Il a prononcé la spécialité de shiitake aux champignons shit-také, et il m'a demandé comment je voulais la cuisson de mon homard. Euh... *cuit* ?

J'émis un petit rire.

— Désolée. Je crois que j'étais ailleurs, pendant quelques secondes.

Madison porta son vin à ses lèvres.

— Probablement à cause de l'épuisement, à force de te faire sauter par ton nouvel amant toutes les nuits.

Je poussai un soupir.

— Je peux te poser une question, hypothétiquement ?

— Bien sûr. Si ça peut te faire te sentir mieux de faire comme si on ne parlait pas de toi, vas-y. Lance-toi.

— Je préfère, oui.

Je marquai une pause et réfléchis à la façon de formuler ça.

— Si une femme vit une relation avec un homme – qui lui a dit d'emblée qu'il ne cherchait pas d'engagement à long terme –, est-ce que ce serait dingue pour ladite femme de tourner le dos à un bon poste, avec tout un tas de stock-options et d'argent en jeu, juste au cas où le type change d'avis et ait envie de quelque chose de plus ?

Madison fronça les sourcils et posa son verre de vin.

— Oh, ma puce. Tu étais simplement censée te servir de lui pour rebondir.

Je fis glisser mon doigt sur la condensation en bas de mon verre de vin.

— Je sais. Et il aurait dû s'agir de l'arrangement parfait. Je veux dire, c'est un crétin narcissique, macho, arrogant et qui a la phobie de l'engagement.

Madison leva les mains au ciel.

— Eh bien, évidemment que tu as craqué pour lui !

Nous rîmes.

— Plus sérieusement, l'un de nous va être réaffecté au Texas dans quelques semaines. Est-ce que tu me traiterais de folle si je cherchais un autre emploi pour qu'on ait une chance, tous les deux ?

— De combien d'argent est-ce qu'on parle, là ?

— Eh bien, j'ai des stock-options investis pour les trois prochaines années. En gros, ils me donnent l'opportunité d'acheter 20 000 parts pour un prix fixe de neuf dollars. Alors ça dépend de ce que vaut le stock quand j'investirai.

— Combien vaut-il en ce moment ?

Je grimaçai.

— Vingt et un dollars par part.

Madison écarquilla les yeux.

— Ça veut dire, quoi... un profit de presque deux cent cinquante mille dollars ?

Je hochai la tête et déglutis.

Elle avala le restant de son verre.

— Tu l'aimes à ce point-là, alors.

Je hochai à nouveau la tête.

— Ne te méprends pas, il est bien toutes ces choses que je pensais qu'il était au départ, mais il y a tellement plus sous la surface. Par exemple, il y a un côté très enfantin chez lui, mais en même temps, il est si engagé et responsable avec son neveu. En plus, il me fait rire, même quand je suis énervée contre lui. Et il a bon cœur, mais il ne veut pas que qui que ce soit le sache. Sans parler du fait qu'il est très bien équipé et qu'il sait comment s'en servir.

— Que pense Bennett de tout ça ?

Je secouai la tête.

— Nous n'en avons pas parlé.

— Eh bien, je pense que c'est une conversation que vous devez avoir avant que tu envisages de mettre ta carrière, et tout cet argent, de côté.

— Le truc, c'est que... je ne pense pas qu'on en soit encore là. Et j'ai du mal à imaginer qu'il soit d'accord pour que j'abandonne tout dans l'espoir qu'il révise son jugement. En fait, je suis à peu près sûre qu'il se replierait aussitôt dans la petite boîte où il reste enfermé la plupart du temps, s'il savait ce que je pensais. Quelque chose l'a échaudé, question relations amoureuses. Mais je ne sais pas quoi.

— Tu ne crois pas que c'est déjà un signal d'alarme en soi ? Que tu ne saches même pas ce qui l'a rendu anti-relations amoureuses ?

— Bien sûr que si ! Et je sais que rien que d'envisager un truc pareil paraît absurde. Mais... je l'aime vraiment beaucoup, Mad.

— Tu sais, parfois, il est difficile de voir les choses clairement, dans une relation de transition. Les gens cherchent souvent la sécurité et le confort de ce qu'ils viennent de perdre – et cela peut causer un attachement plus lié à la *relation* en elle-même qu'à la personne.

— J'y ai pensé. Vraiment. Mais je ne crois pas que j'essaie de remplacer Andrew, ou ce que nous avions.

Madison n'eut pas l'air convaincue. Je m'attendais à ce qu'elle me dise que j'étais folle d'envisager d'abandonner un super boulot et de l'argent pour un pari improbable sur un homme – au moins au début. Mais voir qu'elle n'était ni d'accord ni enthousiasmée par mon idée me doucha un peu, moi aussi.

Je changeai de sujet et m'efforçai de profiter du restant de la soirée. Même si cette femme n'était pas ma meilleure amie depuis plus de vingt ans pour rien : elle voyait clair dans mon jeu.

Lorsque nous quittâmes le restaurant, elle me serra longuement dans ses bras.

— Si tu aimes un connard narcissique, je l'aimerai aussi. Si tu décides d'abandonner ton emploi pour laisser une chance à l'amour, tu pourras dormir sur mon canapé et venir participer à mes dîners professionnels quatre soirées par semaine quand tu seras fauchée. Je me montrais juste protectrice, mon amie. J'ai confiance en ton jugement. Tu pourras te faire plus d'argent et trouver un autre emploi.

Elle s'écarta et prit mes joues dans ses mains.

— Tu as le temps. Tu trouveras la bonne solution.

Je sentis des larmes me monter aux yeux et l'attirai contre moi pour l'étreindre à nouveau.

— Merci.

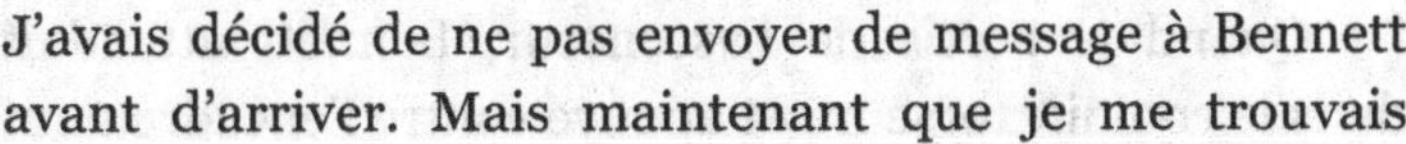

J'avais décidé de ne pas envoyer de message à Bennett avant d'arriver. Mais maintenant que je me trouvais devant son immeuble, les yeux levés vers ses fenêtres sombres, je me demandais si c'était une mauvaise idée. Cela ressemblait à un plan cul, une chose que je n'avais jamais faite. En réalité, durant les huit années durant lesquelles Andrew et moi avions été ensemble, pas une fois je n'avais envisagé d'arriver sans prévenir. Nous n'avions pas ce genre de relation – ce qui ne m'avait jamais paru étrange, jusqu'à ce soir.

Mais j'étais là, maintenant, alors tant pis. Inutile de repenser à ce avec quoi j'étais confortable avant de commencer à trop analyser les choses et à les comparer avec ma dernière relation. Je pris une profonde inspiration et ouvris la porte de son immeuble. J'appuyai sur la sonnette où était inscrit le nom Fox et attendis tout en tapant des ongles sur le métal de la boîte aux lettres encastrée dans le mur au-dessous.

Je sursautai quand sa voix se fit entendre dans l'interphone.

— Oui ?

Il était si grognon ; je ne pus m'empêcher de sourire.

— Une livraison pour monsieur Fox.

— Une livraison, hein ? dit-il, et j'entendis le sourire dans sa voix. Qu'est-ce que tu as pour moi ?

— Tout ce dont tu as envie.

Il y eut un bruit de vibreur alors qu'il ouvrait la porte avant même que j'aie fini de prononcer le dernier mot. J'émis un petit rire, me sentant grisée.

Mais alors que l'ascenseur grimpait, *d'autres* sentiments commencèrent à prendre le dessus. Mon corps se mit à me picoter et les battements de mon cœur accélérèrent. *Mon premier plan cul.* Pas étonnant que les gens en fassent toute une histoire.

Quand je sortis de l'ascenseur, Bennett attendait dans le couloir, torse nu et appuyé contre l'encadrement de la porte de son appartement. Il était l'image même de l'assurance et de la désinvolture, et ses yeux pétillaient alors qu'il me regardait m'avancer vers lui.

Il prit une mèche de mes cheveux ébouriffés entre son pouce et son index, et joua avec elle.

— Tout ce dont j'ai envie ? C'est une sacrée déclaration, pour une petite femme comme toi.

Sa voix était si onctueuse et bourrue – j'adorais ça.

Je m'agitai nerveusement, sentant l'électricité crépiter dans l'air tout autour de nous. Je m'efforçai de me reprendre, me redressant et levant les yeux vers sa silhouette imposante.

— Je suis là, n'est-ce pas ?

La bouche de Bennett s'étira lentement en un sourire malicieux.

— Ça, c'est sûr.

Je poussai un petit cri lorsqu'il me souleva du sol. Mais mes jambes semblèrent savoir quoi faire avant que mon cerveau ne comprenne ce qu'il se passait. Elles s'enroulèrent autour de sa taille et se nouèrent derrière son dos alors qu'il me portait dans son appartement. Ses lèvres se collèrent aux miennes pendant que sa main se fermait en poing dans mes cheveux, et il s'en servit pour incliner ma tête comme il le voulait.

Complètement absorbée dans ce baiser, je n'avais pas conscience que nous nous déplacions, jusqu'à ce que mon dos heurte le matelas moelleux. Sans que je sache comment, nous étions parvenus à nous déshabiller presque entièrement sans jamais nous séparer. Bennett fit glisser mon string le long de mes jambes et ma respiration devint effrénée, saccadée.

Il balaya les cheveux de mon visage.

— Dernière chance... *tout* ce que j'ai envie de faire ? Tu es sûre ?

Je hochai la tête, même si maintenant, j'étais un peu nerveuse.

Son sourire malicieux réapparut alors qu'il tendait la main vers la table de chevet et sortait quelque chose du tiroir. Sous mes yeux, il brandit un flacon de lubrifiant.

— Plein. Tout neuf. Je l'ai acheté ce soir sur le chemin du retour, au cas où l'occasion se présenterait. On doit être sur la même longueur d'onde, mon cœur.

Il plongea la tête pour prendre l'un de mes tétons entre ses dents et tira jusqu'à ce que mon dos s'arque sur le lit, puis il referma les lèvres autour du bouton enflé et le suça doucement. Quand il releva la tête pour l'aligner à nouveau avec la mienne, je pantelais comme un animal sauvage.

Il était sur moi, mais bascula sur le côté, emportant sa chaleur corporelle et laissant un souffle d'air frais effleurer mon corps. La chair de poule m'envahit à des endroits où je ne savais même pas que c'était possible. Le son du bouchon de la bouteille qui se dévissait me fit sursauter.

— Je suppose que tu es une vierge anale. Je me trompe ?

Mes yeux s'écarquillèrent. Je hochai la tête, parce qu'articuler des mots aurait été complètement impossible.

Il m'embrassa encore une fois délicatement, puis enroula un bras autour de ma taille et me retourna comme une poupée de chiffon.

— À quatre pattes, ma belle, dit-il, levant un bras pour guider mes mouvements.

Le son de ma respiration saccadée emplit l'air autour de nous. Bennett se positionna à genoux derrière mes fesses levées. J'avais l'impression d'être sur le point d'exploser de nervosité et d'impatience. Il se pencha et déposa une traînée de baisers, en partant du haut de mes fesses et remontant le long de ma colonne vertébrale jusqu'à mon cou, puis me mordillant l'oreille. Son corps enveloppa le mien et je sentis son sexe pousser entre mes fesses.

— On ira doucement. Je ne te ferai pas mal. Fais-moi confiance.

Je ne m'en rendais pas compte, mais j'étais tendue, et la chaleur et l'inquiétude de sa voix aidèrent mon corps à se détendre un peu.

Bennett se mit à genoux derrière moi et je sentis de minuscules perles de liquide chaud commencer à ruisseler sur mes fesses. Chaque goutte ravivait mon impatience. Avec une lenteur minutieuse, elles suivaient mon sillon. C'était le sentiment le plus euphorique que j'aie jamais connu de ma vie. Mes orteils commencèrent à me chatouiller.

— Seigneur, grogna-t-il. C'est tellement sexy.

Quand le lubrifiant atteignit ma vulve, Bennett le frotta sur moi, massant mon clitoris et titillant mon intimité. Il se pencha sur mon corps et se servit de son autre main pour tourner ma tête et m'embrasser au moment exact où ses doigts s'enfonçaient en moi. Une sensation de chaleur submergea mon corps quand il murmura :

— J'ai envie de pénétrer chaque partie de ton corps en même temps.

Il déplaça ses hanches et son sexe succéda à ses doigts. Le lubrifiant et mon excitation le firent glisser en moi facilement. Il oscilla des hanches à plusieurs reprises, s'enfonçant au plus profond, avant de se replacer à genoux derrière moi.

Quand je sentis le bout de l'un de ses doigts tracer des cercles autour de mon anus, tout mon corps se crispa immédiatement.

— Détends-toi. Je n'insisterai pas. C'est tout ce que j'essaierai de faire ce soir. Je te le promets. Fais-moi confiance.

Je fermai les yeux et tentai d'atténuer la boule de tension avec quelques profondes inspirations. Bennett m'accorda un peu de temps et se glissa en moi plusieurs fois avant d'essayer à nouveau. La deuxième fois, cela me parut toujours aussi étrange, mais je l'acceptai, le laissai faire. Il me massa et inséra lentement le bout de son doigt en moi, en même temps que ses hanches. Au bout d'un moment, je me détendis et commençai même à remuer en rythme avec lui, poussant vers l'arrière pour accueillir ses à-coups. J'étais stupéfaite de découvrir à quel point c'était agréable.

Je me perdis dans cette sensation de bien-être, heureuse de donner quelque chose d'aussi spécial à cet homme. Mes bras et mes jambes se mirent à trembler, mon corps frémissant d'impatience face au tsunami qui avait commencé à se former en moi.

— Bennett...

Il me pilonna plus fort et plus vite, tout en retirant son doigt pour le glisser à nouveau entièrement en moi. Lorsque je me fus suffisamment détendue, il ajouta un autre doigt, et ce fut suffisant pour me faire craquer. Je jouis fort et bruyamment – produisant des râles que je ne reconnaissais même pas. Alors que j'étais sur le point de m'effondrer, Bennett passa un bras autour de ma taille pour me maintenir en place et me pénétra plus fort. Avec un grondement fougueux, il se pencha en avant, enfouit sa tête dans mes cheveux et éjacula en moi.

Nous étions tous les deux trempés de sueur lorsque nous nous écroulâmes sur le lit. Bennett, conscient de son poids, roula rapidement sur le côté, et nous reprîmes péniblement notre souffle.

Mes cheveux étaient plaqués sur un côté de mon visage. Je les repoussai et roulai sur le dos.

— Waouh.

Bennett se releva sur un coude et baissa les yeux sur moi. Il se pencha pour m'embrasser délicatement, avant de frotter ma lèvre inférieure avec son pouce.

— Eh bien, ton ex était un crétin qui n'avait aucune idée de ce que tu aimes.

Je lui adressai un sourire idiot.

— Je crois que je ne savais pas non plus.

Il m'embrassa à nouveau.

— C'est un plaisir pour moi de t'aider à le découvrir.

— Je viens de vivre mon premier plan cul, dis-je en agitant les sourcils.

Bennett rit.

— Un nom tout à fait approprié, en ce moment, tu ne trouves pas ?

Bennett

Comblé.

Depuis une demi-heure, j'étais couché là, à essayer de me remémorer la dernière fois où j'avais éprouvé ce sentiment. Si quelqu'un m'avait posé la question il y a quelques mois, j'aurais dit que je ressentais ça chaque fois que j'avais une relation sexuelle – cette relaxation post-orgasmique qui envahit votre corps. Mais j'aurais eu tort.

C'était de *l'assouvissement.* Je n'avais jamais réalisé jusqu'à maintenant qu'il y avait une différence entre se sentir *assouvi* et *comblé.* Mais il y en a une – une énorme, même. L'assouvissement, c'est ce sentiment de satisfaction que vous ressentez après un bon repas quand vous mouriez de faim. Ou quand vous avez une gaule de tous les diables et que vous obtenez un soulagement qui donne l'impression de vous avoir vidé de toute votre vie. Clairement, j'étais vidé, à cet instant, ne vous méprenez pas. Et je me sentais aussi satisfait. Mais je n'étais pas assouvi. L'assouvissement satisfait une faim qui revient toujours. Être comblé vous donne le sentiment de ne plus avoir besoin d'autre chose. Plus jamais.

Et c'est complètement tordu.

Pourtant, à cet instant, je me fichais de savoir si ce sentiment était anormal. En fait, depuis une demi-heure, j'avais envie d'aller pisser. Mais je ne bougeais pas, parce que j'avais peur que cette plénitude disparaisse quand mes pieds toucheraient le sol.

La tête d'Annalise était posée sur mon torse pendant que je lui caressais les cheveux. Ses doigts traçaient un petit cercle autour de mon abdomen.

— Je peux te poser une question ? demanda-t-elle à voix basse.

— Oui. Je peux recommencer. Contente-toi de faire glisser tes mains un peu plus bas pendant une minute.

Elle pouffa de rire et me donna une petite tape sur le ventre.

— Ce n'était pas ce que j'allais demander.

Elle marqua une pause, puis sa voix se fit plus sérieuse.

— Mais tu pourrais vraiment recommencer ? On l'a déjà fait deux fois depuis que je suis arrivée.

Je lui pris la main et la posai sur mon sexe. Il était encore à moitié en érection après le dernier tour de piste.

— Hum... je pense que tu as un problème. Elle est censée dégonfler de temps en temps, tu sais.

— Eh bien, maintenant que nous parlons de ma queue, elle le sait, et elle est encore plus réveillée, alors si tu avais une vraie question, tu ferais mieux de la demander rapidement. Ta bouche sera trop pleine pour parler dans une minute.

Annalise releva la tête sur son poing, posé sur mon torse.

— Qu'est-ce que tu crois qu'il se passerait, s'il n'y avait pas de date d'expiration pour nous ?

Je me figeai.

— Qu'est-ce que tu veux dire ?

— Que se passerait-il si nous étions simplement ensemble sans que l'un de nous n'ait à déménager bientôt ? Tu penses qu'on ferait encore ça dans un an ?

Je n'avais pas envie de la vexer, mais je devais être honnête. Les mots venaient habituellement de mon cerveau, mais j'eus l'impression que celui-là était arraché directement à mon cœur.

— Non.

Elle ferma les yeux et hocha la tête.

— OK.

Merde.

Elle tourna la tête et la posa à nouveau sur mon torse. Quelques minutes plus tard, je sentis quelque chose de mouillé sur ma peau.

Merde. Merde.

Elle pleurait. Je fermai les yeux et pris quelques profondes inspirations. Puis je nous fis rouler jusqu'à ce qu'elle soit sur le dos et que je puisse lui parler en face à face. J'essuyai une larme avec mon pouce. Elle regardait par-dessus mon épaule plutôt que mon visage.

— Eh. Regarde-moi.

Je détestai voir que ses yeux étaient emplis de douleur lorsqu'ils croisèrent les miens. Une douleur que j'avais moi-même causée.

— Cette réponse a tout à voir avec moi, et rien à voir avec toi. Tu es...

J'étais rarement à court de mots. Mais je n'en avais aucun pour décrire fidèlement ce que je pensais d'elle. Pourtant, je savais qu'il était important que mon message passe. Elle sortait tout juste d'une relation à long terme merdique et elle avait besoin de savoir ce qu'elle était.

— Tu es *tout*, Annalise. J'ai rencontré deux types de femmes dans ma vie : toutes les femmes qui existent. Et toi.

— Dans ce cas, je ne comprends pas...

— Tu m'as demandé si nous ferions encore ça dans un an, si les choses étaient différentes. Ce ne serait pas le cas. Mais je ne veux pas que tu penses que c'est parce que je ne serais pas le salopard le plus chanceux de la Terre si j'arrivais à te garder dans mon lit aussi longtemps. Parce que ce serait le cas. Mais certaines personnes ne sont simplement pas faites pour le long terme.

— Pourquoi pas ?

La vérité était *parce qu'elles ne le méritent pas*. Mais je ne pouvais pas dire ça à Annalise. Elle passerait chaque minute du temps qu'il nous reste à passer ensemble à essayer de me détromper.

Je détournai les yeux, parce que je ne pouvais pas mentir en la regardant dans les yeux.

— Parce que j'aime être célibataire. J'aime ma liberté et le fait de n'avoir à répondre à personne ni avoir la moindre responsabilité. Tu veux des bougies et des fleurs le jour de la Saint-Valentin, et tu mérites d'obtenir ce que tu veux.

Elle déglutit et hocha la tête. Je décidai qu'il était grand temps que je réponde à l'appel de la nature.

— Je vais aller aux toilettes et me prendre quelque chose à boire. Tu veux quelque chose ?

— Non merci, murmura-t-elle tristement.

Malheureusement, je ne me trompais pas. Lorsque mes pieds touchèrent le sol, mon sentiment de plénitude avait disparu depuis longtemps.

Elle m'évita pendant des jours, après ça.

Et je la laissai faire. Nous ne nous disputions pas et n'étions pas en colère l'un contre l'autre. Lorsque nous nous croisions dans le couloir, nous plaquions un faux sourire sur nos lèvres, et elle inventait une excuse à propos d'un rendez-vous où elle devait se rendre, même si je savais, parce que je surveillais son calendrier, que c'était faux. Pourtant, je ne le lui faisais pas remarquer. C'était inutile.

Je commençais à avoir le sentiment que notre relation avait suivi naturellement son cours, et que la meilleure nuit de sexe de ma vie était en réalité notre chant du cygne. Cela valait probablement mieux – mettre un peu d'espace entre nous rendrait les choses plus faciles. Notre pitch publicitaire pour Star avait lieu la semaine prochaine, et celui pour *Toutou et compagnie* était prévu au début de la semaine suivante. Pourquoi continuer ?

Pourtant, je ne pus m'en empêcher.

Sa porte était fermée, mais je savais qu'elle était encore là. Nous étions les deux seules personnes qui restaient au bureau, à presque vingt et une heures un jeudi soir. Et je mourais de faim.

Je frappai à la porte de son bureau après avoir fouillé dans le frigo.

— Entrez.

Je levai le sandwich enveloppé dans du papier aluminium que j'avais à la main.

— Tu as faim ? Je peux partager avec toi.

Elle poussa un soupir.

— Je meurs de faim, en vérité.

Je m'avançai jusqu'à son bureau et lui tendis la moitié de mon sandwich au beurre de cacahuètes.

Annalise se lécha les lèvres et le prit, avant de s'arrêter après l'avoir porté à mi-chemin de sa bouche.

— Attends… c'est le tien, n'est-ce pas ?

Je souris.

— Contente-toi de manger. Je viendrai plus tôt demain matin pour le remplacer.

Elle adressa un regard d'envie au sandwich, avant de relever les yeux vers moi.

— C'est celui de Marina, n'est-ce pas ?

Je pris une énorme bouchée de ma moitié de sandwich.

— Hmm, dis-je, la bouche pleine. C'est tellement délicieux.

Les coins de ses lèvres frémirent, mais elle mordit quand même dans le sien.

— Tu me corromps.

— Je croyais que tu appréciais que je te corrompe, répondis-je en inclinant la tête. Mais tu sembles avoir été trop occupée pour ça, ces derniers jours.

Le sourire d'Annalise s'effaça.

— Oh. Désolée. J'ai été vraiment… débordée.

Je jetai un œil sur son bureau. Son ordinateur portable était fermé, et une pile de dossiers était soigneusement disposée.

— J'ai l'impression que tu as terminé, remarquai-je, avant de croiser son regard. Ça veut dire que tu es libre, ce soir ?

Elle me dévisagea pendant plusieurs secondes, puis leva une main pour se couvrir la bouche alors qu'elle l'ouvrait pour émettre un bâillement clairement forcé.

— Je suis vraiment épuisée. Peut-être une autre fois.

Je savais qu'elle avait menti avant même que sa peau commence à rougir, mais je ne répliquai rien.

— Ouais, répondis-je en hochant la tête. Pas de problème. Je suis fatigué, moi aussi.

Je n'avais pas menti. J'étais fatigué.

Mais je ne rentrai pas chez moi.

Au lieu de ça, je me rendis au bar miteux le plus proche du bureau et commandai un double scotch. Puis un autre. Et encore un autre. Jusqu'à ce que le barman me dise qu'il me donnerait un dernier verre uniquement si je lui donnais mon téléphone.

Je le jetai sur le bar et dis d'une voix pâteuse :

— Ça fait cher le verre. Mais allez-y... gardez-le. Donnez-moi juste à boire.

Le barman prit mon téléphone d'une main tout en me versant un verre de l'autre. Il haussa un sourcil.

— Comment elle s'appelle ?

— Annalise, répondis-je, avant de laisser échapper un rire dément. Ou Sophia. À vous de choisir.

J'inclinai mon verre dans sa direction et en renversai la moitié sur le bar.

— Elle est vraiment canon avec un chapeau de cowboy.

— De laquelle on parle ? Annalise ou Sophia ?

— Annalise. Elle est belle, mec. Juste belle.

J'avalai une grande gorgée de mon verre.

— J'en suis sûr. Je vous appelle un Uber. Vous allez où après ce verre ?

— Elle pense que je suis un connard.

Le barman, stoïque, poussa un soupir.

— Je suis à peu près sûr qu'elle doit avoir raison. À quelle adresse tu veux aller, mon pote ?

— Je ne la mérite pas.

— Je suis sûr que non. Alors, cette adresse ?

J'avalai le contenu de mon verre.

— Vous êtes marié ?

Il leva sa main gauche.

— Depuis seize ans.

— Comment vous avez su que vous l'aimiez ?

— Si tu me donnes une adresse pour que je puisse appeler ce foutu Uber, je te dirai comment je le sais.

Je récitai l'adresse. Il tapa sur les touches de mon téléphone, puis le glissa vers moi sur le bar.

— Tu connais le dicton qui dit *si tu aimes quelque chose, libère-le, et il reviendra vers toi* ?

— Ouais.

Il secoua la tête.

— Eh bien, c'est des conneries. Si tu aimes une femme et que tu la libères, elle reviendra peut-être avec de l'herpès. Alors ressaisis-toi et mets-lui le grappin dessus avant de choper une MST.

Il marqua une pause, avant d'ajouter :

— Ton Uber sera là dans quatre minutes, alors tu devrais commencer à diriger ton cul d'ivrogne vers le trottoir, maintenant.

***

— On y est.

La voix du chauffeur me réveilla en sursaut. Avachi sur le siège arrière, j'avais dû m'assoupir durant le court trajet jusque chez moi.

— Ouais, répondis-je en hochant la tête. Merci, mec.

Il me fallut plusieurs essais, mais je réussis à trouver la poignée de la portière et à l'ouvrir. Je sortis même en trébuchant sans tomber tête la première. Le chauffeur

Uber ne devait pas être aussi impressionné par la façon dont je m'en sortais, parce qu'il ne traîna pas dans le coin pour me regarder arriver jusqu'à la porte. Il appuya sur la pédale pour quitter les lieux au plus vite avant même que j'aie suffisamment arrêté de vaciller pour parcourir les trois pas jusqu'au trottoir. J'agitai tout de même la main pour lui dire au revoir.

Je ne sais comment, je parvins à atteindre la porte d'entrée. Par chance, quand cent kilos se penchent en avant, à deux doigts de tomber, cela donne aussi beaucoup d'élan. Je passai cinq minutes à essayer de rentrer la clef dans la serrure, mais ça ne voulait pas fonctionner. Je commençais à me dire que quelqu'un était venu chez moi pour changer mes foutues serrures.

Je fis un pas en arrière et regardai la porte en plissant des yeux, m'efforçant d'examiner la serrure. C'est alors que la porte s'ouvrit.

C'est quoi, ce bordel ?

Je reculai en titubant et clignai plusieurs fois des yeux.

— Qu'est-ce que tu fous, bon sang ? demanda Fanny en serrant sa robe de chambre contre elle.

J'étais rentré à la mauvaise maison ?

Merde.

Peut-être pas.

— Je ne voulais pas lui faire du mal, dis-je, me balançant d'avant en arrière. Je ne savais pas ce qu'elle ressentait.

— Il est plus de minuit. Je devrais appeler la police.

Je baissai les yeux et déglutis pour ravaler la boule qui s'était formée dans ma gorge.

— Je suis désolé. Je suis tellement désolé, putain.

J'avais prononcé ces mots tellement de fois, il y a huit ans. Ils n'avaient servi à rien, pour personne, à l'époque.

Mais à quoi est-ce que je m'attendais ? À être pardonné ? Le pardon ne change pas le passé.

— Tu veux que je te dise que ce n'est pas grave ? Ça l'est. Lucas m'a parlé de la fille que tu avais amenée à Disney. Tu veux que j'accepte tes excuses pour que tu puisses tourner la page sans te sentir coupable ? Est-ce que c'est de ça qu'il s'agit ? Ma fille n'a pas la possibilité de tourner la page, n'est-ce pas ?

Non, elle ne peut pas. Je secouai la tête.

— Je suis désolé.

— Tu sais ce que ça me fait, que tu sois désolé ?

Je levai la tête et croisai son regard furieux.

— Quoi ?

— Rien.

La porte me claqua au nez avant que j'aie pu dire quoi que ce soit d'autre.

1er décembre

Chère moi,

Nous sommes enceintes.

Pas exactement ce que nous avions prévu, hein ?

C'est une longue histoire, mais c'est arrivé quand nous sommes allées au Minnetonka avec maman, il y a deux mois. Tu te souviens du mec mignon que nous avons rencontré au bar quand on est sorties en douce après que maman est allée se coucher ?

Ouais. C'est lui.

Il semblait si sympa.

Jusqu'à ce qu'on arrive chez lui pour lui dire que nous étions enceintes, il y a deux semaines, et que...

... sa femme ouvre la porte.

Sa femme ! Cet enfoiré avait dit qu'il n'avait même pas de petite amie !

Nous n'en avons pas encore parlé à maman. Elle ne va pas être contente.

La seule personne au monde qui soit au courant, c'est Bennett. Le lendemain du jour où je lui ai dit, il est rentré pour le week-end pour s'assurer qu'on allait bien. On a fait semblant d'aller bien. Mais ce n'est pas le cas, pas vraiment.

Secrètement, j'aimerais que nous portions l'enfant de Bennett. Il s'occuperait si bien de nous et il serait un si bon père. Je l'aime vraiment – d'une manière différente de celle dont les meilleurs amis s'aiment.

Ce poème est dédié à Lucas ou Lilly.

L'orage éclate au-dessus de nous,
Des nuages noirs s'amoncellent dans le ciel,
Le soleil brillera un jour.

Cette lettre s'autodétruira dans dix minutes.

Anonymement,
Sophie

Bennett

J'avais l'impression qu'une fanfare s'était installée sous mon crâne.

Le martèlement sourd se transformait en véritable concert de percussions chaque fois que j'essayais de lever la tête de l'oreiller.

Qu'est-ce que j'ai bien pu boire hier soir ?

Et quelle heure est-il ?

Je tâtai d'une main sur ma table de chevet, à la recherche de mon téléphone, mais il n'était pas là. Je roulai sur le côté, entrouvris un œil et fus frappé par un rayon de lumière passant à travers les volets.

Seigneur. Je me protégeai les yeux. Ça fait mal, putain.

Je me forçai à sortir du lit, allai à la salle de bains et récupérai trois Tylenol dans l'armoire à pharmacie, que j'avalai à sec. En ressortant, je trouvai mon téléphone sur le sol de la chambre, à côté des vêtements que je portais la veille.

8 h 45. *Merde.* Je devais traîner mes fesses jusqu'au bureau. Pourtant, je grimpais à nouveau dans le lit. Je

devais attendre que le Tylenol fasse effet avant de faire ça. Je fis glisser mon doigt sur mon téléphone dans l'intention d'envoyer un mail à Jonas pour lui faire savoir que je serais en retard, mais au lieu de ça, je découvris un tas d'appels manqués.

Deux venaient de Fanny, ce matin, et trois d'Annalise, hier soir.

Qu'est-ce que peut bien vouloir Fanny ? Ce n'était jamais bon signe quand elle appelait.

J'étais sur le point d'appuyer sur la touche « ignorer » quand des bribes d'hier soir commencèrent à me revenir, petit à petit.

Trop de scotch.

Uber.

Je me pointais chez Lucas et je rampais devant Fanny.

J'appelais Annalise sur le trottoir devant chez Fanny.

Je fermai les yeux. *Seigneur.*

Je l'avais réveillée pour m'excuser.

Et pour lui dire que je la trouvais belle.

Et intelligente.

Et drôle.

Et...

Que je voulais la baiser pendant qu'elle portait un chapeau de cowboy et de hauts talons depuis la première fois qu'elle avait pointé son joli petit cul dans mon bureau.

Merde.

Je passai les prochaines minutes à prendre plusieurs inspirations pour me détendre, en vain, puis j'appuyai sur une touche pour rappeler l'appel manqué d'Annalise. Je devais m'excuser avant d'affronter Fanny.

Elle répondit dès la première sonnerie.

— Comment te sens-tu, en cette agréable matinée ?

J'émis un grognement.

— Comme si je m'étais fait écraser par un rouleau compresseur et que ce salopard avait refusé de reculer pour finir le boulot.

Elle rit.

— Eh bien, je suis contente que tu ailles bien. Je commençais à m'inquiéter. Je me doutais que tu ne serais pas trop d'humeur pour ton jogging matinal, mais neuf heures, c'est comme le milieu de la journée, pour toi.

— Ouais, répondis-je en passant ma main libre sur mon visage. Écoute. Je suis désolé pour hier soir.

— Ce n'est rien. C'est pas un drame. Je me suis pointée chez toi pour un plan cul, la semaine dernière. Tu as bien droit à m'appeler une fois ou deux en étant bourré.

J'esquissai un demi-sourire.

— Merci. Tu peux me faire une faveur et dire à Jonas que je serai en retard ? Dis-lui que je travaille depuis chez moi, ce matin, pour terminer ma présentation pour Star, ou quelque chose comme ça.

— Bien sûr. Pas de problème.

— Merci.

Après avoir raccroché, j'écoutai le message vocal de Fanny. Sans surprise, elle était loin d'être aussi compréhensive qu'Annalise semblait l'être. Mais je devais en finir avec mon *bottage* de fesses. J'appuyai donc sur le bouton de rappel à côté de son nom, espérant qu'elle ne répondrait pas.

Je n'eus pas cette chance.

Fanny m'engueula pendant cinq bonnes minutes sans reprendre sa respiration.

— Si tu veux faire des excuses à quelqu'un, fais-les à Lucas.

Je fermai les yeux.

— Je l'ai réveillé ?

— Évidemment. Et apparemment, ce petit fouineur a tout écouté. Il voulait savoir ce que tu avais fait de mal et pourquoi tu t'excusais.

Merde.

— Qu'est-ce que tu lui as dit ?

— Je lui ai dit de retourner au lit et qu'on en parlerait aujourd'hui après l'école.

— Tu ne peux pas, Fanny. Ça ne peut pas venir de toi. Il doit l'entendre de ma bouche.

— Dans ce cas, j'imagine que tu vas avoir une conversation avec lui très bientôt.

Je me passai les doigts dans les cheveux.

— Il est trop jeune. Ça lui fera trop de mal.

— Tu aurais dû penser à ça il y a huit ans, tu ne crois pas ? Tu aurais peut-être prêté un peu plus attention.

— Fanny...

— Je lui dirai que tu lui expliqueras tout quand tu le verras le week-end prochain.

— Mais...

— Et si tu ne le fais pas, m'interrompit-elle, je m'en chargerai moi-même.

Clic.

Bennett

— Bonne chance.

Comme Annalise avait les mains pleines, j'ouvris la porte de la salle de conférence.

— Merci.

Elle posa son matériel de présentation sur la longue table.

— Même si je suis sûre que tu ne le penses pas vraiment.

J'esquissai un sourire sincère, pour la première fois depuis des jours. Je le pensais vraiment, en fait, même si j'aurais préféré que ce ne soit pas le cas. Les choses seraient beaucoup plus faciles si je n'avais pas voulu qu'elle s'en sorte bien.

Je venais de terminer ma présentation finale pour Star et leur équipe faisait une pause pendant que je rangeais mes affaires et qu'Annalise disposait les siennes.

— Comment ça s'est passé ? demanda-t-elle.

J'avais fait très fort, mais je ne voulais pas l'ébranler. Plutôt que de me vanter comme la personne désagréable que j'étais habituellement, je haussai les épaules.

— Plutôt bien, j'imagine.

Elle me regarda en plissant les yeux.

— Juste plutôt bien ?

Je regardai l'horloge.

— Ils ne reviennent pas avant vingt minutes. Tu veux faire une répétition avec moi ?

— Tu veux dire te montrer mes concepts ?

— Oui, répondis-je en haussant les épaules. Mon tour est déjà passé. Je ne pourrais voler aucune de tes idées, même si j'en ai envie.

Annalise se mordilla la lèvre inférieure.

— D'accord. Pourquoi pas ? Je ne suis pas si nerveuse, d'habitude, mais pour je ne sais quelle raison, celle-là me fait un peu paniquer.

Elle disposa ses panneaux et m'expliqua sa présentation. Je l'observai, fasciné par la façon dont elle était visiblement très nerveuse au début, mais parvint tout de même aller de l'avant et à livrer une présentation du tonnerre. Mon instinct me disait que ses concepts ne seraient pas aussi bien reçus que les miens, mais je voulais lui donner confiance, pas la déstabiliser, alors je la complimentai.

— Beau boulot. Tes couleurs apportent une familiarité par rapport à la compagnie mère, et malgré tout tu es parvenue à créer une toute nouvelle identité pour Star.

Elle se redressa un peu et je continuai :

— Et j'aime bien le slogan. Le jeu de mots est malin.

— Merci.

Comme Annalise commençait à avoir l'air suspicieuse, je réduisis mes flatteries pour passer à un style qui me ressemblait un peu plus.

— Ton cul est phénoménal, lui aussi, dans cette jupe.

Elle roula des yeux, mais je surpris le petit sourire qu'elle essayait de dissimuler. J'avais fait mon boulot. Son assurance fragile avait été raffermie.

Jonas entra alors dans la salle de conférence.

— Tu es prête, Annalise ?

Elle m'adressa un regard, avant de sourire à Jonas.

— Tout à fait.

Alors que je me dirigeais vers la porte de la salle de conférence, je me penchai et partageai quelques réflexions avec ma rivale.

— Et si on faisait un petit pari ? Si je gagne, tu te penches sur mon bureau tout à l'heure. Si tu gagnes, tu te mets à genoux sous le mien.

— Eh bien, quelle affaire, pour moi.

Je souris.

— Bonne chance, Texas.

Plus tard dans la journée, Jonas vint frapper à la porte ouverte de mon bureau.

— Tu as une minute ?

Je jetai mon stylo sur le bureau, heureux de cette distraction. J'avais été incapable de me concentrer de tout l'après-midi.

— Entre.

Il ferma la porte derrière lui – une chose que Jonas ne faisait pas souvent. Il s'assit sur une chaise de l'autre côté du bureau et laissa échapper un profond soupir.

— Depuis combien de temps est-ce qu'on se connaît, maintenant ? Dix ans ?

Je haussai les épaules.

— À peu près, oui.

— Durant tout ce temps, je ne t'ai jamais vu aussi stressé que tu l'as été ces deux dernières semaines.

Il avait raison. Mon cou me faisait mal tant j'étais tendu quand je me réveillais le matin.

— Il y a beaucoup en jeu.

Beaucoup plus que cette compétition était censée représenter.

Jonas hocha la tête.

— C'est pour ça que je te dis ça à titre confidentiel. Je te le dois bien, pour abréger tes souffrances le plus vite possible, après que tu aies travaillé si dur durant toutes ces années.

Où voulait-il en venir ?

— D'accord...

Il esquissa un sourire sans entrain.

— J'ai parlé à l'équipe de chez Star avant qu'ils partent, il y a quelques minutes. Ils ont choisi ta campagne. C'était un choix unanime de toute l'équipe.

J'aurais dû avoir envie de lever le poing en l'air et de célébrer ça, mais au lieu de ça, la victoire me parut creuse. Je me forçai à esquisser un sourire heureux.

— C'est génial.

— Ce n'est pas la seule bonne nouvelle. Billings Media m'a aussi dit de manière officieuse qu'ils comptaient choisir ta publicité. Ils ont aussi contacté notre directeur pour lui faire savoir qu'ils avaient été impressionnés par ton travail au fil des années. Je ne leur ai pas demandé de faire ça. Ils l'ont fait de leur propre chef parce que tu travailles dur.

— Waouh. D'accord.

— Je ne pense pas avoir besoin de te dire ce que ça signifie. Le conseil d'administration votera officiellement pour toutes les restructurations et les licenciements des effectifs de cadres supérieurs, mais ce sera juste une formalité, au point où on en est. Tu as gagné deux présentations sur trois, alors la troisième n'est même pas nécessaire. Tu restes avec nous, Bennett.

Jonas se donna une tape sur le genou et se servit du geste comme balancier pour se lever.

— Annalise sera transférée au bureau de Dallas. Mais nous attendrons après la présentation pour *Toutou et compagnie* pour annoncer la nouvelle.

Je frottai le nœud qui s'était formé sur ma nuque.

— Merci de m'avoir appris la nouvelle, Jonas.

Il laissa la porte ouverte derrière lui en sortant.

J'avais gagné.

Tout ce que je voulais il y a deux mois était à moi. Pourtant, je n'aurais pu me sentir plus déprimé. Cela me poussa à me demander si j'avais jamais su ce que je voulais, dès le départ. Parce que maintenant, je ne pouvais m'imaginer vouloir quoi que ce soit qui emporte Annalise à mille six cents kilomètres de moi.

Une heure plus tard, j'avais encore les yeux dans le vague quand Annalise passa devant ma porte, sa veste sur le dos.

— Merci pour la répétition, cet après-midi. Ça a rendu ma présentation plus fluide.

Je hochai la tête.

— Aucun problème. Je suis content que ça se soit bien passé.

Ses lèvres s'étirèrent en un sourire dubitatif.

— C'est ça. Bref, je sors rejoindre Madison dans un restaurant népalais – quoi que ce puisse être. C'est toujours d'accord pour dîner ensemble demain soir ?

J'avais complètement oublié qu'elle était censée me faire à dîner chez elle.

— Bien sûr. Ça me va.

Ce serait peut-être l'une de nos dernières soirées ensemble.

Annalise tira ses clefs de son sac à main et inclina la tête.

— Tu vas bien ?

— Très bien. Je suis juste fatigué.

— Eh bien, repose-toi un peu, ce soir.

Elle m'adressa un sourire narquois et ajouta :

— Parce que tu ne te reposeras pas beaucoup, chez moi, demain.

1er avril

Chère Moi,

Il est temps.

Ces derniers mois, depuis que Lucas et moi avons emménagé avec Bennett, je suis plus heureuse que je l'ai été de toute ma vie. Mais ce matin, en regardant Bennett rire et jouer avec Lucas, j'ai enfin pris ma décision. Nous sommes déjà une famille de tellement de manières. Il pourra peut-être m'aimer en retour, comme moi je l'aime ?

Il vient d'obtenir une promotion dans son nouveau travail – après seulement un an à travailler là-bas. Il est dans une situation plus stable, maintenant.

Je dois au moins essayer. Lui dire ce que je ressens depuis si longtemps.

Quel mal cela pourrait-il faire ?

Je ne me souviens pas de la dernière fois où je me suis sentie si impatiente. Avec un peu de chance, quand j'écrirai le mois prochain, quelque chose se sera passé entre Bennett et moi, qui aura changé ma vie.

Ce poème est dédié à Bennett.

Deux vignes qui grandissent.
L'une s'enroule fermement autour de l'autre,
Entrelacée ou étranglée.

Cette lettre s'autodétruira dans dix minutes

Anonymement,
Sophie

Bennett

Je n'arrivais pas à dormir, encore une fois.

Vous vous souvenez de *Cœur Révélateur* d'Edgar Allan Poe ? Vous l'avez probablement lu au lycée. Non ? Eh bien, laissez-moi vous donner la version courte. Un mec tue un autre mec et cache son corps sous son plancher. Il n'arrête pas d'entendre les battements de cœur du mec mort sous le sol, à cause de sa culpabilité qui pèse sur lui. Soit ça, soit le type est cinglé – je n'ai jamais trop su.

Bref, c'est moi, avec une légère différence. Je vis *L'Odeur Révélatrice*, par Bennett Fox. Je me suis tourné et retourné toute la nuit, l'odeur d'Annalise si présente sur mon oreiller qu'après avoir passé deux heures à essayer de m'endormir, je m'étais levé et avais ôté tous les draps du lit. J'avais aussi récupéré un oreiller de rechange qui était fourré au fond de mon placard – et auquel Annalise n'avait jamais touché – et jeté les draps incriminés dans le couloir.

Snif, snif.

Boum boum.

Couché sur un matelas, nu et utilisant un oreiller sans housse, je la sentais *encore*. Ce n'était même pas possible. Mais son odeur ne s'était pas atténuée le moins du monde. Je donnai un coup de poing dans mon oreiller pour le gonfler un peu.

Boum boum.

Finalement, je me levai du lit et fouillai la pièce. Elle devait avoir laissé une bouteille de parfum quelque part. Je sortis tout ce qu'il y avait dans les tables de chevet, respirait la bouteille de lubrifiant sans odeur, et vérifiai sous le lit.

Pas de foutu parfum.

Snif, snif.

Boum boum.

Le lendemain matin, je traînai des pieds. Au moins, on était samedi, je n'étais pas obligé d'aller au bureau. Cela dit, j'aurais préféré cela à devoir parler à Lucas, aujourd'hui. Je devais être sadique, à moins que ce ne soit masochiste ? Je confondais toujours les deux. Quoi qu'il en soit, le *timing* me semblait être une sale coïncidence. J'étais sur le point de blesser les deux seules personnes dans ma vie dont je me souciais.

Fanny m'accueillit à la porte avec une expression renfrognée. Je n'aurais pu être plus ravi lorsqu'elle ne prononça pas un mot, se contentant de me claquer la porte au nez et de hurler vers l'étage de manière aussi sympathique que d'habitude.

Lucas était aussi joyeux et insouciant qu'à l'accoutumée. Il sortit de la maison et nous échangeâmes notre poignée de main.

Puis il plissa le nez et leva les yeux vers moi.

— Tu es malade, ou quelque chose ?

— Non. Pourquoi tu dis ça ?

Il descendit les deux marches du porche en un grand bond.

— Tu as une sale tête. Et tu t'es pointé à la maison au beau milieu de la nuit, l'autre jour, et tu n'avais pas l'air d'aller très bien.

— Ouais. Désolé pour ça. Je ne voulais pas te réveiller.

Il haussa les épaules.

— Grand-mère a dit que tu voulais me parler de quelque chose.

Je pris une profonde inspiration, avant de la relâcher.

— Oui. Il faut qu'on parle un peu de quelque chose, aujourd'hui.

Après être monté dans ma voiture et avoir mis sa ceinture, Lucas tourna pour regarder sur le siège arrière.

— Pas de cannes à pêche ?

Je secouai la tête.

— Pas aujourd'hui, mon grand. Je voudrais t'emmener quelque part.

Il fronça les sourcils.

— D'accord.

Durant le trajet jusqu'au port, je tentai de faire la conversation, mais cela semblait forcé. Mes paumes commencèrent à devenir moites alors que je me garais. Ce n'était peut-être pas une si bonne idée de lui parler de sa mère, finalement. Il était encore jeune. Le silence de Fanny avait sûrement un prix. Cela nécessiterait peut-être que je vide le contenu de mon compte en banque, mais à cet instant, cela me semblait être un bon investissement. *Repousser cette conversation vaudrait mieux pour Lucas – il est encore trop jeune.*

Au moment même où cette pensée me traversait l'esprit, Lucas étira les bras au-dessus de sa tête avec un énorme bâillement. Ses aisselles étaient couvertes de poils.

Ouais, bien essayé. Il méritait probablement d'avoir entendu ça il y a des années, mais je m'étais montré trop égoïste.

Nous nous garâmes sur le parking et Lucas regarda par la fenêtre vers la baie et la jetée toute proche. Quelques personnes pêchaient sur les rochers.

— Où est-ce qu'on est ? demanda-t-il. Pourquoi est-ce qu'on n'a pas apporté de cannes à pêche ?

— Parce qu'aujourd'hui, on est ici pour écouter. Viens, je veux te montrer un endroit.

Nous descendîmes la jetée. Alors que nous approchions de notre destination, je commençai à entendre le son et souris.

— Tu entends ce bruit ? demandai-je.

— Ouais. C'est quoi ?

— Ça s'appelle l'Orgue des Vagues. C'était l'endroit préféré de ta mère quand nous étions adolescents. Elle me traînait tout le temps ici.

L'Orgue des Vagues était une sculpture acoustique activée par les vagues et située le long de la baie. Conçue principalement avec les décombres d'un cimetière détruit, cela ressemblait plus à des ruines anciennes qu'à un spectacle d'art et de musique. Environ vingt tuyaux d'orgue en PVC et en béton étaient situés le long du granite sculpté et des morceaux de marbre, créant un son qui provenait du mouvement de l'eau au-dessous.

Lucas et moi nous assîmes face à face sur des rochers brisés et écoutâmes les sons légers.

— Ce n'est pas vraiment de la musique, remarqua-t-il, son visage se plissant.

Je souris.

— C'est ce que je disais toujours à ta mère. Mais elle me répondait que je n'écoutais pas assez attentivement.

Lucas se concentra une minute, tentant d'entendre autre chose que le son que vous entendiez lorsque vous portiez un coquillage à votre oreille. Il haussa les épaules.

— C'est pas mal. Ce serait mieux avec une canne à pêche.

J'étais d'accord avec lui.

J'avais toujours été du genre à cracher le morceau et à dire ce que j'avais en tête, mais je n'arrivais pas à décider comment plonger dans la conversation pour laquelle je l'avais amené ici. Apparemment, Lucas savait que j'avais quelque chose en tête.

Je récupérai une petite pierre et la jetai dans l'eau.

— Est-ce qu'on va avoir la conversation sur comment on fait les bébés, ou je ne sais quoi ?

J'émis un petit rire.

— Je ne comptais pas aborder ça aujourd'hui. Mais si tu veux, on peut le faire.

— Tommy McKinley m'a déjà parlé de ces trucs-là.

— Tommy, c'est le gamin boutonneux qui sent le hamster qu'on a emmené au cinéma il y a quelques mois ? Celui qui a noué ses propres lacets ensemble et qui est tombé ?

Lucas rit.

— Oui, c'est bien Tommy.

Oh, nous allions clairement devoir avoir cette conversation.

— J'imagine que l'expérience de Tommy avec les filles est à peu près nulle. Alors si on avait cette conversation la semaine prochaine ? Je voulais te parler de ta mère, aujourd'hui.

— À propos de quoi ?

J'eus soudain le tournis. Comment dire à ce gamin que j'adorais que j'avais ruiné sa vie ? Ma bouche devint sèche.

— Tu sais que ta mère et moi étions très bons amis, n'est-ce pas ?

— Ouais. Même si c'est bizarre. Qui a envie d'avoir une fille comme meilleure amie, quand on est enfant ?

J'esquissai un sourire flétri. Il n'y avait aucune manière facile de me confesser au gamin. J'aurais préféré qu'une énorme vague submerge le rocher sur lequel j'étais assis et m'emporte vers la mer plutôt que de finir cette conversation. Mais je regardai Lucas, qui attendait.

Comme un lâche, je baissai les yeux.

— Tu sais que ta mère est morte dans un accident de voiture.

— Oui, répondit-il, avant de secouer la tête. Mais je ne m'en souviens pas, pas vraiment. Je sais juste que beaucoup de gens n'arrêtaient pas de venir chez nous.

Je hochai la tête.

— Oui. Beaucoup de gens aimaient énormément ta mère.

Lorsque je retombai dans le silence, il demanda :

— C'est ça que tu voulais me dire ?

Je levai la tête et vis les yeux de Lucas, remplis d'innocence et de confiance – une confiance qu'il avait placée en moins pendant onze ans, et qui était sur le point de se briser.

— Non, mon grand. Je dois te dire quelque chose à propos de l'accident.

Il attendit.

Impossible de faire demi-tour maintenant. Je pris une dernière longue inspiration.

— J'aurais dû te dire ça il y a longtemps. Mais tu étais trop jeune, ou bien j'étais trop effrayé pour te le dire, ou peut-être les deux.

Je détournai les yeux, avant de les reposer sur Lucas pour porter le coup fatal.

— C'est moi qui conduisais la voiture, la nuit de l'accident. Ta mère et moi, nous venions de nous disputer et... il avait beaucoup plu. Et un gros arbre avait besoin d'être taillé et couvrait partiellement le panneau-stop. Je ne l'ai pas vu avant qu'on soit presque juste devant. J'ai appuyé sur la pédale de frein, mais le sol était mouillé...

L'expression du visage de Lucas changea aussitôt. Cela parut lui prendre une éternité pour avaler ce que j'avais dit, pour l'enregistrer totalement. Mais lorsqu'il le fit enfin, il se leva.

— C'est pour ça que tu passes tout ce temps avec moi ?

Sa voix était blessée, et plus il parlait, plus elle gagnait en volume.

— Tu te sens coupable d'avoir tué ma mère ? C'est pour ça que tu viens me rendre visite une semaine sur deux et que tu paies ma grand-mère ?

— Non. Ce n'est pas ça du tout.

— Tu es un menteur !

— Lucas...

— Laisse-moi tranquille ! s'exclama-t-il, avant de remonter la jetée en courant.

Je l'appelai plusieurs fois, mais lorsqu'il s'arrêta au bout du chemin pour récupérer des pierres et les jeter dans l'eau, je songeai qu'il valait peut-être mieux lui laisser un peu d'espace pour réfléchir. Il ne s'énervait pas, d'habitude, lorsqu'on parlait de sa mère, mais ce que je lui avais dit faisait beaucoup à digérer et avait probablement rouvert de nombreuses vieilles blessures, en plus d'en créer de nouvelles.

Lucas refusa de me parler pendant tout le reste de l'après-midi. Mais il ne me demanda pas non plus de le ramener plus tôt à la maison. Alors je ne le fis pas. Je m'arrêtai au magasin et achetai une canne à pêche bon marché ainsi que quelques équipements, avant de l'emmener au lac pour pêcher. Quand je posais une question, il articulait une réponse d'un mot. Je trouvais un certain réconfort dans le fait que même lorsqu'il était en colère et triste, il ne m'ignorait pas complètement pour autant.

Alors que nous nous rapprochions de sa maison, je sus qu'il ne me laisserait pas le temps de lui parler lorsque nous serions arrivés. Il sauterait dehors à la minute où je m'arrêterais et il claquerait la portière derrière lui. Bon sang, j'aurais fait la même chose, à son âge. C'est pourquoi je ralentis la voiture et dis ce que j'avais à dire durant les cinq dernières minutes du trajet.

— Je comprends que tu sois en colère contre moi. Et je ne m'attends pas à ce que tu me parles maintenant. Mais j'ai besoin que tu saches que je n'ai jamais passé du temps avec toi par culpabilité. Est-ce que je me sens coupable de ce qui est arrivé, et est-ce que je souhaite que les choses se soient passées différemment ? Tous les jours de ma vie. Mais ce n'est pas pour ça que je viens te rendre visite. Je viens te voir parce que j'aimais ta mère comme si elle était ma sœur.

Ma gorge commença à se serrer et ma voix se brisa alors que je continuai :

— Et je t'aime de tout mon cœur. Tu peux me détester si tu veux pour ce qui est arrivé. Je le mérite. Mais il n'y a rien de plus honnête dans ma vie que ce que je ressens pour toi, Lucas.

Nous nous garâmes devant sa maison et je tournai la tête pour tenter de me cacher le temps d'essuyer mes larmes. Lucas leva la tête vers moi, me regarda dans les yeux pendant un très long moment, avant de se détourner et de sortir de la voiture sans prononcer un mot.

Annalise

— Tu es sûr que tu vas bien ?

Je pris l'assiette qui se trouvait devant Bennett. Il y avait à peine touché.

— Ouais. Je suis fatigué, c'est tout, répondit-il en se frottant la nuque.

— Tu n'as pas aimé le poulet ?

— Si, c'était délicieux. Je... euh... j'ai mangé avec Lucas, un peu plus tôt. Je n'ai pas réfléchi. Je suis désolé de ne pas avoir fini mon assiette alors que tu t'étais donné tout ce mal.

Je posai nos assiettes dans l'évier et indiquai à Bennett de reculer un peu sa chaise. Je m'assis sur ses genoux et lui caressai les cheveux.

— Ce n'est rien. Je m'en fiche complètement. C'est juste que tu as l'air... ailleurs, ce soir.

— Désolé.

— Arrête de t'excuser, dis-je, me levant et lui tendant la main. Viens. Tu es fatigué et tu te frottes la nuque depuis que tu es arrivé. Laisse-moi dénouer ces muscles.

Bennett prit ma main et je le guidai vers la chambre. Il retira ses chaussures et s'assit au bord du matelas.

J'allai à la salle de bains et récupérai la bouteille d'huile pour bébé à moitié vide que je gardais sous le lavabo pour quand j'avais la peau sèche.

— Retire ton T-shirt pour que je ne mette pas d'huile dessus.

Voyant que le fait de me regarder verser de l'huile sur mes mains ne suscitait aucun commentaire lubrique de sa part, je sus que ce qui le tracassait allait plus loin qu'une nuque douloureuse et de la fatigue. Je me mis à genoux derrière lui et commençai à le masser, étalant l'huile de bébé sur sa peau. Son menton tomba sur son torse alors que j'enfonçais mes doigts dans les muscles.

— Tu ne plaisantais pas. Tu es *si* tendu. C'est comme s'il y avait un énorme nœud, ici.

Bennett émit un son à mi-chemin entre le grognement de plaisir et de douleur, alors que j'enfonçai mes doigts plus profondément dans sa chair.

— Ça fait du bien ?

Il hocha la tête.

Après avoir relâché les muscles de son cou, je me dis que j'allais m'occuper d'une autre partie de son corps. Je tendis la main vers son torse et défis sa ceinture tout en déposant un baiser sur sa nuque. Puis je descendis du lit et me plaçai entre ses jambes, avant de me laisser tomber à genoux.

Le crissement de la braguette du jean de Bennett résonna dans toute la pièce. Je plongeai la main dans son pantalon, la refermai sur son sexe, et il laissa échapper un soupir frémissant. Je pensais que c'était son *self-control* qui lui échappait, mais lorsque je levai les yeux, je vis ses paupières fermées et son visage tordu de douleur.

— Bennett ? fis-je en m'écartant. Qu'est-ce qui ne va pas ?

Il ouvrit les yeux.

— Rien.

— Ne me dis pas que ce n'est rien. Tu as l'air bouleversé.

Il se leva et fit quelques pas pour s'éloigner de moi.

— Je suis désolé.

— Arrête de dire ça. Qu'est-ce qui ne te prend ?

J'attendis en silence qu'il dise quelque chose, mais il se contenta de continuer à prendre des inspirations profondes et régulières, inspiration, expiration. Il semblait essayer de se ressaisir, de reprendre le contrôle.

— Meeerde, laissa échapper Bennett en se passant une main dans les cheveux.

Il avait l'air en colère, mais je voyais bien que, quelle qu'en soit la raison, il était en colère contre lui-même, pas contre moi.

— Parle-moi.

Il fit les cent pas plusieurs fois, avant de se rasseoir au bord du lit, la tête dans les mains et les doigts tirant ses cheveux.

Je m'agenouillai devant lui.

— Bennett ?

Je regardai sa pomme d'Adam monter et descendre alors qu'il déglutissait. Puis ses épaules se mirent à trembler. Au début, je crus qu'il riait – un genre de rire hystérique qui avait besoin de sortir, parce que c'était soit ça, soit il allait craquer et pleurer.

Mais je levai alors les yeux.

Et vis que les siens étaient remplis de larmes.

Mon cœur cessa de battre.

Il ne riait pas ; il pleurait en silence – faisant tout ce qui était en son pouvoir pour refréner ses larmes.

— Oh Seigneur, Bennett. Qu'est-ce qui ne va pas ? Qu'est-ce qui s'est passé ?

Annalise

Je le serrai contre moi.

Ses épaules tremblèrent pendant si longtemps que je savais que je devais me préparer à ce son, lorsqu'il arriva enfin. C'était un son assourdissant, à briser le cœur et écraser votre âme. Je n'avais aucune idée de ce qui pouvait causer une telle douleur. Mais je savais que je voulais en faire disparaître une partie pour lui.

Je lui frottai le dos, lui caressai les cheveux et lui assurai avec des mots tendres que tout allait s'arranger. Quoi qu'il puisse se passer, c'était une peine qui grandissait en lui depuis longtemps. Ce n'était pas nouveau, pas le genre de douleur que vous ressentiez lorsque vous perdiez quelqu'un de manière inattendue, ou lorsque vous découvriez que l'homme que vous pensiez connaître n'était pas celui dont vous étiez tombée amoureuse. La douleur émanant de Bennett était le genre qu'on gardait enfermé pendant des années – comme un volcan qui entre en éruption après être resté endormi pendant cent ans, avant que brusquement, ses flammes explosent dans les airs.

Je me mis à pleurer avec lui, alors même que j'ignorais pourquoi nous pleurions. Il y avait seulement trop d'émotions pour que je puisse le regarder sans être émue aux larmes moi-même. Nous nous serrâmes l'un contre l'autre pendant très longtemps.

— Tout va bien se passer, murmurai-je. Tout va bien se passer.

Finalement, les tressaillements de Bennett commencèrent à se calmer. Je n'aurais su dire si c'était parce que je l'avais réconforté ou s'il n'avait simplement plus de larmes à verser. Il prit plusieurs longues inspirations profondes et tremblantes, puis relâcha son étreinte autour de moi.

Son visage était enfoui dans mon cou. J'avais envie de le regarder, de voir son visage, mais j'avais un peu peur, si je m'écartais et voyais la douleur dans ses yeux, de craquer à nouveau, même s'il allait mieux.

Quand nos deux respirations furent revenues à la normale et que nous eûmes tous deux cessé de pleurer, je me raclai la gorge.

— Tu veux que je t'apporte quelque chose à boire ? De l'eau ou autre chose ?

Bennett secoua la tête, la gardant baissée pour que je ne puisse le voir, mais il leva l'une de ses mains à mon visage.

Il pressa sa paume contre ma joue et murmura :

— Merci.

— Quand tu veux, répondis-je avec un sourire triste, prenant sa main posée sur mon visage pour la porter à mes lèvres. Quand tu veux.

Il leva la tête et pressa son front contre le mien. Ses yeux étaient gonflés et rouges, mais le demi-sourire qu'il parvint à esquisser était sincère.

— Merci de la proposition. Mais j'espère que ce sera la première et la dernière fois que tu me verras comme ça.

Il semblait déjà plus lui-même.

— Tu veux qu'on en parle ?

Il leva les yeux.

— Pas encore.

— OK. Eh bien, tu sais où me trouver si c'est le cas.

Il sourit tristement.

— Au Texas ?

Je me mis à rire.

— Eh bien, il ne t'a pas fallu longtemps. Et moi qui pensais que tu serais gentil avec moi, vu comme j'ai été gentille avec toi. J'aurais dû me douter que ça ne se passerait pas comme ça.

Bennett me prit dans ses bras et me surprit en me ramenant tout en haut du lit, près de la tête de lit. Il grimpa sur moi.

— Tu es en train de dire que je t'en dois une ?

Je hochai la tête, souriant d'une oreille à l'autre.

— Peut-être plus qu'une.

Il émit un petit rire.

— Eh bien, je ferais mieux de me mettre au travail tout de suite.

Son visage s'approcha à nouveau de mon cou, sauf que cette fois, il ne pleurait clairement pas. Nous nous enveloppâmes l'un autour de l'autre. Il n'y avait pas dix minutes, nous étions deux épaves émotionnellement parlant, et maintenant, ces sentiments s'étaient transformés en désir et besoin.

Bennett m'embrassa passionnément, avec tant de tendresse et de vénération. Notre désir l'un pour l'autre n'avait jamais été un problème, mais cet instant paraissait différent, pour je ne sais quelle raison. Lorsque nous mîmes fin à notre baiser pour ôter nos vêtements, il baissa les yeux sur moi comme si rien d'autre n'existait au monde. Le sourire qu'il arborait lorsqu'il s'enfonça en moi me toucha profondément. Je savais dans mon cœur que quelque chose avait changé. Puis il consolida ce sentiment en me faisant l'amour pour la première fois.

— J'ai dit la vérité à Lucas en ce qui me concernait, ce soir.

La pièce était plongée dans le noir complet. Je commençais tout juste à m'assoupir et n'étais pas sûre d'avoir bien entendu.

— La vérité ?

Je le sentis hocher la tête, même si je ne le voyais pas. Ma tête était blottie au creux de son épaule, et il continua à me caresser doucement les cheveux tout en parlant.

— Sophie était ma meilleure amie. Les gens trouvaient bizarre qu'on passe autant de temps ensemble sans sortir ensemble. Elle était comme la petite sœur que je n'avais jamais eue, même si nous avions le même âge. Nous avions dix-neuf ans lorsqu'elle était tombée enceinte d'un *loser*. Sa mère l'a mise dehors et elle est venue vivre avec moi dans ma chambre d'étudiant pendant quelque temps, avant de rentrer chez elle. Elle a fait des allers-retours comme ça pendant des années. Mais d'ici à ce que j'obtienne mon diplôme, elle ne supportait plus de vivre avec Fanny. Nous avons pris un appartement ensemble pour pouvoir partager les dépenses et que je puisse l'aider avec Lucas quand elle allait à ses cours de cosmétique, le soir.

Il marqua une pause et j'attendis en silence jusqu'à ce qu'il soit prêt à continuer.

— Un soir, elle est sortie de cours plus tôt. Lucas dormait déjà dans sa chambre. J'avais rencontré une femme dans notre immeuble et nous avions commencé à sortir ensemble de temps en temps. Sophie nous a surpris, elle est moi, en train de coucher ensemble dans ma chambre.

Il laissa échapper un profond soupir, avant de continuer :

— Je ne me souviens même pas du nom de la femme. Bref, Sophie a piqué une crise, disant que Lucas aurait pu nous voir, et nous nous sommes disputés. Le lendemain soir, elle a déposé Lucas chez sa mère au lieu de le laisser à la maison avec moi pendant qu'elle allait en cours. Ou plutôt pendant que je pensais qu'elle allait en cours. Un pote à moi m'a appelé plus tard dans la soirée pour me dire qu'il était dans un bar et que Sophie était là, assez salement éméchée. Alors je suis allé la récupérer. C'était une nuit pourrie, il pleuvait des cordes, et je la trouvai en train de rouler des pelles à une raclure de *biker*. Nous avons fait un esclandre — le *biker* voulait me botter les fesses, mais je l'ai fait sortir de là avant qu'elle fasse quelque chose de stupide.

Il prit une autre profonde inspiration.

— Notre dispute s'est prolongée dans la voiture, et Sophie m'a embrassé.

— Elle t'a embrassé ?

— Au début, je pensais qu'elle était juste saoule. Je l'ai repoussée et je lui ai dit d'arrêter ses conneries. Mais elle s'est mise à pleurer. Et tout est sorti. Elle m'a dit qu'elle était amoureuse de moi depuis des années. Apparemment, la veille, le problème n'avait pas été de me trouver avec une autre femme pendant que Lucas était profondément endormi ; le problème était qu'elle avait des sentiments pour moi.

— Oh, waouh. Et tu n'en avais aucune idée ?

— Aucune. Comme un crétin, je n'ai rien vu du tout. Pas avant très longtemps. Et je n'ai pas très bien pris ça. Je lui ai dit que c'était ridicule, qu'elle était comme ma petite sœur.

— Aïe.

— Ouais. Ça n'est pas bien passé. Elle était assez énervée, alors je me suis dit que je ferais mieux de la ramener à la maison.

Il marqua une pause.

— On n'est jamais arrivés. J'ai raté un panneau-stop à cause d'arbres alourdis par la pluie et une semi-remorque arrivait. On a dérapé et la voiture a fait plusieurs tonneaux.

Je me tournai sur le ventre.

— Oh mon Dieu, Bennett.

Il secoua la tête.

— Je n'aurais pas dû conduire alors que j'étais contrarié et énervé, par une nuit où la visibilité était si mauvaise et les routes humides.

Je serrai une main sur mon cœur. L'histoire en elle-même était à briser le cœur, mais je me souvins alors de ce qu'il avait dit plus tôt. « J'ai dit la vérité à Lucas, ce soir. »

— Lucas ne savait rien de tout ça ?

Il hocha la tête.

— Pas jusqu'à cet après-midi. C'est une longue histoire, mais Sophie tenait ces journaux intimes, et sa mère les a lus récemment. Lucas a presque failli les lire aussi. La dernière page de son journal qu'elle a écrite était la veille de sa mort, elle y disait qu'elle allait m'avouer ses sentiments. Sa mère savait qu'on s'était disputés le jour où Sophie était morte, mais quand elle a lu les journaux, elle a réalisé à propos de quoi c'était. Fanny ne m'a jamais aimé, et elle me rend responsable, à raison, de l'accident.

Il poussa un soupir.

— Elle ne me permet de rester dans la vie de Lucas que pour l'aider financièrement. Lucas et moi avons tous les deux reçu un dédommagement parce que l'arbre aurait dû être coupé et que le camion allait trop vite, mais le sien est sur un compte et Fanny n'a droit qu'à une allocation tous les mois pour ses dépenses quotidiennes. J'ai toujours su que je devrais lui dire que je conduisais. Je pensais simplement pouvoir attendre qu'il soit un peu plus vieux.

Il secoua la tête.

— Lire ces journaux a remué beaucoup de sentiments. Pour nous deux.

Je fermai les yeux.

— Oh, Seigneur, Bennett. Je suis tellement désolée. Tu lui as raconté tout ça aujourd'hui ? J'imagine que ça ne s'est pas bien passé ?

— Il aurait pu me dire de ne plus jamais le contacter. Alors j'imagine que ça aurait pu être pire.

Pas besoin d'être psy pour deviner pourquoi Bennett refusait d'avoir une relation amoureuse. Une femme à qui il tenait profondément lui avait dit qu'elle était amoureuse de lui la nuit où elle était morte dans un accident de voiture – un accident qui s'était produit alors qu'il était derrière le volant, et dont il se sentait clairement coupable.

En un instant, toutes les pièces manquantes de Bennett Fox se mirent en place. Un homme si complexe, portant des cicatrices bien plus profondes que celles, extérieures, qu'il tenait de l'accident.

— Il s'en remettra. C'est un gamin intelligent, et durant le peu de temps que j'ai passé avec vous deux, j'ai vu clairement à quel point tu avais de l'affection pour lui. Je suis sûre qu'il était juste bouleversé par le choc. Il a dû avoir l'impression qu'un gros secret lui avait été caché.

— Il pense que je passe tout ce temps avec lui par culpabilité pour ce que j'ai fait. Et honnêtement, j'éprouve beaucoup de culpabilité. Mais cela n'a jamais été la raison pour laquelle je suis resté impliqué dans la vie de Lucas.

Nous restâmes silencieux un long moment. J'avais besoin de digérer tout ce qu'il venait de me confier, et Bennett avait clairement besoin d'un peu d'espace. Mais d'abord... je devais lui poser une dernière question.

— Bennett ?

— Hum ?

— Tu as déjà parlé de tout ça à qui que ce soit ? Je veux dire, toute l'histoire. Ce que Sophie représentait pour toi, ce qu'elle t'a confié la nuit où elle est morte, et les relations amoureuses que tu as depuis – ou plutôt l'absence de relations ?

Il secoua la tête.

— Merci de me l'avoir dit. Je sais que la journée a été longue, mais je veux que tu saches que j'aimerais en apprendre plus sur Sophie. Quand tu seras prêt.

Il me regarda dans les yeux.

— Pourquoi ? Pourquoi voudrais-tu que je te parle d'elle ?

— Parce que clairement, c'est quelqu'un de très spécial pour toi, elle est la mère du garçon que tu aimes, et que tu le réalises ou pas, elle a aidé à faire de toi l'homme que tu es aujourd'hui.

Annalise

Je relus une deuxième fois la lettre que je venais de taper pour Jonas. Je n'étais pas encore prête à la lui donner. Mais l'écrire me faisait faire un pas de plus. Cela me semblait la bonne chose à faire — comme lorsqu'on essayait un jean qui ne nous allait plus depuis très longtemps et que soudain, la braguette se fermait. Cela faisait longtemps que je n'avais pas eu le sentiment que quelque chose m'allait aussi bien dans ma vie.

Lorsque mon téléphone de bureau sonna, je pliai rapidement la lettre pour la glisser dans une enveloppe, avant de la ranger dans mon tiroir. Je songeai qu'il devait s'agir de Bennett, qui appelait à deux bureaux de là pour me hurler de me bouger les fesses, vu que je lui avais dit que je serais prête dans dix minutes il y avait au moins une demi-heure.

— Annalise O'Neil, répondis-je d'une voix presque chantante.

Mais lorsque je levai les yeux, le téléphone coincé entre mon épaule et mon oreille, Bennett se tenait dans l'encadrement de ma porte. Je souris.

Jusqu'à ce que la voix se fasse entendre à l'autre bout du fil.

— Anna ? Eh, salut. Je me suis dit que tu étais peut-être encore au bureau.

Andrew.

Je ne sais pas pourquoi, mais je paniquai.

— Euh... oui, je suis toujours là. Attends un instant.

Je maintins le téléphone pressé contre ma poitrine et m'adressai à l'homme actuellement en train de me reluquer depuis la porte.

— C'est ma mère. Ça ne prendra que quelques minutes.

Bennett hocha la tête.

— Prends ton temps. Donne-moi tes clefs. Je vais amener ta voiture devant le bâtiment pour qu'on puisse charger ta présentation dedans quand tu auras fini.

Je fouillai dans mon sac à main, espérant qu'il ne remarquerait pas la rougeur qui envahissait mon visage. Par chance, cela ne sembla pas être le cas. Il prit les clefs et m'embrassa le front avant de quitter mon bureau. J'attendis, écoutant le bruit de ses pas s'estomper jusqu'à être très éloignés, et jusqu'à entendre le son de la porte menant à nos bureaux s'ouvrir et se refermer.

Je levai à nouveau le téléphone à mon oreille.

— Salut. Que se passe-t-il ? Tout va bien ?

— Je t'appelle au mauvais moment ?

Je m'assis. Existait-il un bon moment pour qu'un ex vous appelle à l'improviste ?

— Je m'apprêtais à partir. Quoi de neuf ?

— Tu travailles toujours trop tard, à ce que je vois.

Il plaisantait, mais je n'étais pas d'humeur à bavarder.

— Je sors dîner, en fait. Je ne peux pas te parler longtemps, Andrew. Que se passe-t-il ?

— Un dîner, genre, un rencard ?

Cela me mit en colère. Je poussai un soupir agacé.

— Je dois vraiment y aller.

— OK. OK. Je voulais juste te faire savoir que je serai présent à ton dîner avec Lauren et Trent, demain soir.

— Pourquoi ?

— Parce que j'ai envie de te voir.

— Pour quoi faire ?

Andrew poussa un soupir.

— S'il te plaît, Annalise.

— C'est un dîner *d'affaires*. Aux dernières nouvelles, tu n'éprouvais aucun intérêt pour l'entreprise de ta famille.

— Je reste un actionnaire. Et j'ai apporté mon aide là-bas, ces derniers mois – pour restructurer le catalogue, ce genre de trucs.

Ses parents ont toujours voulu qu'il s'implique dans l'entreprise familiale, mais Andrew les avait regardés de haut quand ils avaient suggéré qu'il endosse un rôle impliquant l'écriture dans leur empire. Tout ce qui n'était pas de la littérature n'était pas assez bien pour lui.

— Très bien. Peu importe. Je dois y aller.

— Je suis impatient de te voir.

Ce n'était *pas* réciproque.

— Au revoir, Andrew.

— Tu as eu des nouvelles de Lucas ?

Bennett me caressa l'épaule. Nous étions dans ce qui était devenu notre mode post-coïtal habituel – son bras gauche autour de moi, ma tête posée sur son torse et ses doigts courant sur mon épaule pendant qu'on discutait.

— Je lui ai envoyé un message cet après-midi pour lui rappeler que je passerai vendredi après l'école pour lui dire au revoir. Il part au Minnetonka avec Fanny directement après la fin des cours. Je déteste l'idée qu'il parte pendant trois semaines et demie alors qu'on est dans cette situation merdique. J'aurais dû insister plus auprès de Fanny pour qu'elle me laisse attendre son retour pour tout lui dire.

— Peut-être que cette distance lui fera du bien – que ça lui fera réaliser que tu lui manques.

— Je ne suis pas sûr de ça.

— Est-ce qu'il a répondu à ton message ?

— Avec un seul mot : bien.

Je souris.

— C'est mieux que rien. Il finira par se calmer. Il a juste besoin de temps.

Bennett embrassa le haut de ma tête.

— Tu es nerveuse pour demain soir ?

À cause de ma mauvaise conscience, je songeai immédiatement qu'il parlait du fait de voir Andrew, même si je n'avais pas mentionné le fait qu'il comptait venir à ma présentation avec Lauren et Trent.

— Non, répondis-je sèchement.

Il émit un petit rire.

— Tu es vraiment une mauvaise menteuse. Je n'ai même pas besoin de voir ton visage rouge pour savoir que tu racontes n'importe quoi.

Cela aurait été l'opportunité parfaite pour dire qu'Andrew comptait se joindre à nous pour mon rendez-vous. Mais je n'en fis rien. Je savais que cela l'énerverait, et il avait déjà eu à supporter assez de stress, dernièrement.

Quand Andrew avait appelé, plus tôt, ma réaction immédiate avait été de me mettre sur la défensive. J'étais encore en colère contre lui pour la façon dont les choses s'étaient terminées, et je ne voulais pas qu'il essaie de revenir dans mes bonnes grâces – si c'était bien ce qu'il voulait. La colère était plus facile à gérer. Mais plus j'y pensais, plus je songeais que peut-être, voir Andrew était exactement ce dont j'avais besoin.

Lorsque j'avais envisagé l'idée de démissionner, il y avait quelques semaines, il m'avait semblé absurde de prendre un tel risque pour une infime chance avec un homme qui n'était pas intéressé par les relations amoureuses. Mais après le week-end dernier – après que Bennett se fut confié à moi à propos de ce qui était arrivé avec la mère de Lucas –, je n'étais plus si sûre qu'il ne soit pas intéressé par les relations amoureuses. Il pensait simplement ne pas *mériter* le bonheur. Il nourrissait beaucoup de culpabilité déplacée.

J'avais besoin d'un signe m'indiquant que suivre mon cœur était la bonne chose à faire. Peut-être que le fait de voir Andrew pourrait me conforter sur le fait que ce que je ressentais pour Bennett n'était pas un genre de contrecoup. J'avais besoin d'être certaine que mes émotions étaient réelles, et pas inventées.

Bennett bâilla.

— Tu t'en sortiras très bien.

J'avais presque oublié que nous parlions encore du lendemain soir.

— Merci. Tu es prêt pour ta présentation ?

— Presque.

— Quand est-ce que tu penses qu'on apprendra la décision du conseil d'administration ?

La main de Bennett se figea sur mon épaule.

— Je ne sais pas. Assez vite, je pense.

Ce qui voulait dire que j'aurais peut-être moins d'une semaine pour décider si Bennett et moi allions nous retrouver séparés par mille six cents kilomètres.

―

— Tes idées étaient vraiment géniales.

Je me détournai de la grande baie vitrée du salon de Lauren et Trent, et découvris Andrew qui s'avançait vers moi, un verre de vin dans chaque main. Il en tendit un vers moi.

— Non merci. Je conduis.

Il sourit.

— Ça en fait plus pour moi, dans ce cas. Ma voiture est en réparation, alors Trent est venu me chercher en chemin depuis son bureau.

Je hochai la tête.

Andrew s'était montré plutôt discret pendant que je présentais mes idées avant le dîner, et ensuite, il était resté en arrière-plan de notre conversation alors que nous partagions un repas.

Je m'accordai une minute pour l'observer. Il portait une chemise boutonnée sortie de son jean noir et des mocassins. Il avait un léger début de barbe, ce qui me surprenait vraiment. En fait, toute son apparence décontractée me surprenait.

— Tu as l'air différent, remarquai-je.

Il sirota son verre.

— C'est une bonne ou une mauvaise chose ?

Je l'étudiai à nouveau.

— Une bonne chose. Tu as l'air détendu. Je ne pense pas t'avoir déjà vu avec une barbe, mis à part quand tu étais plongé dans une frénésie d'écriture de plusieurs jours.

Il hocha la tête.

— Tu as toujours dit que tu aimais quand j'avais de la barbe.

C'était vrai. J'aimais aussi quand il était mal rasé. Mais lui n'aimait pas... alors, il ne l'était jamais.

Il regarda par-dessus mon épaule, vers la cuisine. Lauren et Trent avaient insisté pour débarrasser la table en m'interdisant de les aider. Mais ils étaient partis depuis un moment.

Andrew but une autre gorgée de vin tout en m'observant par-dessus le bord de son verre.

— Je leur ai demandé de nous accorder un peu de temps pour discuter.

— Oh, répondis-je en hochant la tête.

Me sentant soudain embarrassée, je tournai à nouveau mon attention vers la fenêtre. Il avait plu à seaux toute la nuit.

— Il pleut vraiment fort.

Andrew garda les yeux rivés sur moi.

— Je n'avais pas remarqué.

Il se dirigea vers une table basse et y posa son verre de vin. À son retour, il vint se tenir un peu plus près de moi.

— Tu es magnifique, ce soir.

Je lui jetai un coup d'œil et nos regards se croisèrent. La chaleur de son sourire me ramena très loin en arrière. Nous avions été heureux. Ce sourire me réchauffait les entrailles, autrefois – comme le font ceux de Bennett, aujourd'hui. Sauf que le sourire de Bennett me faisait ressentir tellement plus de choses. Cela me faisait ressentir de la chaleur et de l'excitation, et même s'il n'avait rien fait pour indiquer qu'il ressentait plus qu'une attraction physique mutuelle envers moi, cela me faisait me sentir aimée, et qu'on prenait soin de moi.

Andrew tendit la main et repoussa une mèche de cheveux de devant mon visage. Ses doigts effleurèrent ma peau. J'éprouvai une sensation de chaleur et de douceur, mais ce n'était que l'ombre de ce que je ressentais lorsque j'étais auprès de Bennett. Ce dernier pouvait me passer un stylo durant une réunion, et enflammer tout mon corps en effleurant accidentellement mes doigts. Le contact d'Andrew renvoyait la sensation douillette d'une couverture confortable – une familiarité. Je ne me souvenais pas de la dernière fois où Andrew et moi nous étions enflammés. Était-ce seulement déjà arrivé ? Ou avais-je simplement fini par me sentir à l'aise dans la sécurité de ce que je connaissais ?

Il se pencha un peu plus près.

— Tu m'as manqué, Anna.

Je le dévisageai. Ses lèvres étaient si proches et son odeur familière m'enveloppait. Pourtant... je n'éprouvais aucun désir de l'embrasser. *Aucun.*

Un sourire naquit au coin de mes lèvres. J'étais enthousiasmée à l'idée de ne rien ressentir, et à cet instant, je pris ma décision. J'allais tenter ma chance avec Bennett.

Andrew interpréta mal ce qu'il se passait dans ma tête et se pencha pour m'embrasser.

Mes mains se portèrent vivement à son torse, l'arrêtant juste avant que nos lèvres ne se touchent.

— Non. Je ne peux pas.

Lauren et Trent choisirent ce moment pour sortir de la cuisine. Je fis un pas en arrière, mettant de la distance entre Andrew et moi avant qu'ils nous rejoignent dans le salon.

— Le nettoyage est terminé, sourit Lauren. Et Trent n'a cassé qu'une assiette, ce soir.

Trent posa la main sur le dos de sa femme.

— Je n'arrête pas de me dire qu'elle va arrêter de me faire faire la vaisselle si j'en casse une autre. Mais elle n'arrête pas d'en acheter d'autres et de me forcer à l'aider.

J'étais contente de cette interruption. J'avais aussi soudainement envie de me barrer d'ici et de faire la surprise à Bennett sur le chemin du retour. Nous avions quelque chose à célébrer, ce soir, même s'il n'avait aucune idée de ce qui était sur le point d'arriver.

— Merci beaucoup pour le dîner. C'était délicieux.

— Merci à toi, répondit Lauren.

Elle se tourna vers son mari et ajouta :

— Nous avons tous les deux adoré tes idées. Je ne pense même pas qu'on ait besoin d'entendre l'autre présentation, pour être honnête.

— C'est très gentil. Mais j'insiste pour que vous preniez la campagne que vous aimez le plus, alors vous devriez garder l'esprit ouvert jusqu'à avoir vu la présentation de Bennett quand vous le retrouverez lundi.

En plus, si vous choisissez mes idées, je risque de vous demander de me suivre dans une nouvelle firme. J'ai besoin d'au moins quelques jours pour envoyer mon CV.

Trent hocha la tête.

— Oui. Bien sûr.

— J'espère que cela ne vous dérange pas, mais je vais y aller. La pluie commence vraiment à tomber fort, dehors, et je ne veux pas rouler dans des rues inondées.

— Oh. Bien sûr, répondit Lauren.

Ses yeux glissèrent vers son frère, avant de se poser à nouveau sur moi.

— Tu veux bien me déposer ? demanda Andrew. Comme ça, Lauren et Trent n'auront pas besoin de sortir par ce temps.

— Euh...

Je ne pouvais pas vraiment dire non. La maison d'Andrew était sur ma route, et il faisait vraiment un sale temps, dehors.

— D'accord. Aucun problème.

C'était peut-être une bonne idée. Nous avions laissé la porte entrouverte d'un centimètre, et il était enfin temps de la fermer et de se dire au revoir. Je pourrais lui expliquer en chemin que j'avais rencontré quelqu'un. C'était la meilleure chose à faire, après huit ans ensemble. Et je n'avais pas besoin qu'il y ait du ressentiment entre Lauren et moi, si nous devions travailler ensemble.

Nous prîmes congé les uns des autres. C'était étrange de quitter leur maison avec Andrew – nous avions dîné ici tellement de fois en tant que couple. Ensemble, Andrew et moi courûmes vers la voiture. Mais la pluie tombait en diagonale et nous étions tous les deux trempés lorsque nous claquâmes les portières derrière nous.

— Bon sang, dit Andrew en secouant ses bras. C'est une sacrée pluie.

J'essuyai l'eau sur mon visage et démarrai le moteur.

— Ouais, affreux.

— Tu veux que je conduise ?

Rouler dans ces conditions était la dernière chose que j'avais envie de faire. Mais ça n'avait pas d'importance.

— Non, ça ira. Merci.

Je regardai dans le rétroviseur, pris une profonde inspiration et murmurai :

— Je vérifie qu'aucune voiture n'arrive.

Je m'engageai ensuite sur la route :

— Je m'écarte du trottoir.

— C'est l'une des choses qui m'ont le plus manqué.

J'entendis le sourire dans la voix d'Andrew, mais restai concentrée sur la route. Il pleuvait des cordes, je n'avais jamais vu ça jusqu'alors, et les rues commençaient déjà à être inondées.

— Je ne suis pas sûre de savoir si c'est un compliment ou une insulte que ce soit ce qui t'a le plus manqué.

Je serrai le volant à m'en faire blanchir les jointures et me dirigeai vers l'autoroute. Les fenêtres commençaient à se couvrir de buée et, lorsque je regardai à travers le rétroviseur pour m'engager sur l'autoroute, je ne vis rien d'autre que des lumières floues à travers la vitre embrumée du côté conducteur. Le rétroviseur ne valait pas beaucoup mieux à cause de la vitre arrière embuée. Je pressai le bouton pour baisser ma vitre et avoir une meilleure vue. Mais à ce moment même, une voiture passa, envoyant une grosse éclaboussure d'eau à travers ma vitre ouverte, directement sur mon visage.

Ma réaction instinctive fut d'appuyer sur la pédale de frein. Mais cela me fit glisser sur la voie. J'agrippai le volant et ma voiture se mit à partir en queue de poisson, hors de contrôle.

La voiture tourna à gauche, vers la circulation sur l'autoroute, et je tournai vivement le volant à gauche.

Tout arriva au ralenti après ça.

Nous nous mîmes à pivoter.

Je perdis le sens de ce qui était devant et de ce qui était derrière.

Des lumières éblouirent mes yeux.

Et je réalisai que c'était parce que nous étions dans le mauvais sens.

Sur l'autoroute.

Un klaxon se mit à retentir.

La voiture qui venait vers nous fit un écart sur la droite.

Mais il n'y avait pas assez de place pour nous deux.

Je me préparai à l'impact.

Quelque chose nous heurta.

Ce fut bruyant et discordant.

Mon corps bondit à gauche, puis à droite.

Andrew hurla mon nom.

Puis tout redevint silencieux.

Je commençais à croire que tout irait bien pour nous.

Puis…

Nous fûmes heurtés une deuxième fois.

Bennett

Je me garai devant la maison de Lucas et Fanny avec quelques minutes d'avance et vérifiai mon téléphone pour la dixième fois depuis la veille au soir.

Toujours rien.

J'avais envoyé un message à Annalise pour savoir comment s'était passée sa présentation, et je n'avais eu aucune réponse. Même si elle était rentrée tôt et était allée se coucher, elle devrait être levée, maintenant. La plupart du temps, elle était au bureau avant sept heures.

J'avais été étrangement anxieux toute la nuit en voyant qu'elle ne me répondait pas. Mais c'était probablement surtout dû à ce qu'il se passait avec Lucas et au fait d'avoir à lui dire au revoir pour trois semaines après ce qu'il s'était passé le week-end précédent.

Je rangeai mon téléphone dans ma poche, levai les yeux vers la maison de Fanny et Lucas et pris une profonde inspiration avant de sortir de la voiture.

Fanny ouvrit la porte, d'aussi bonne humeur que d'habitude.

— Il aurait bien besoin d'un peu d'argent de poche pour ses vacances.

Je secouai la tête. *Ah ouais ? Donne-lui-en, alors.*

— Très bien. Il est prêt ?

Elle me claqua la porte au nez et j'entendis son cri :

— Lucas ! Bouge-toi les fesses !

Mon cœur se mit à battre de manière erratique quand j'entendis ses pieds descendre bruyamment les escaliers. Je n'avais aucune idée de ce que je ferais si ce gosse ne me pardonnait pas. Les paumes de mes mains devinrent moites.

La porte s'ouvrit et Lucas sortit en enfilant son sac à dos.

Je décidai d'y aller doucement, gardant les mains dans les poches.

— Salut.

— Salut, répondit-il avec un signe du menton vers moi.

C'est un début.

— Tu es prêt ?

Il hocha la tête et nous montâmes dans la voiture. J'allumai le moteur et tentai de faire la conversation.

— Tu es impatient de partir en vacances au Minnetonka ?

Lucas plissa le visage comme s'il avait senti quelque chose d'aigre.

— Tu serais impatient, toi ?

Il marquait un point.

— Regarde dans la boîte à gants. Sors-en l'enveloppe brune. Je t'ai imprimé quelques informations sur les lacs locaux, hier soir. Il y en a plusieurs à quelques minutes à pied de là où tu vas qui me semblent être de bons endroits où pêcher. Il y a un peu d'argent là-dedans, aussi, pour que tu puisses t'acheter des appâts, des leurres et ce genre de trucs.

Il prit l'enveloppe et la rangea dans son sac à dos.

— Merci.

Nous discutâmes encore de tout et de rien durant le court trajet jusqu'à son école, mais c'était une conversation maladroite, qui consistait plus ou moins à ce qu'il réponde *ouais*, *non* ou *merci*.

Ça aurait pu être bien pire, je suppose.

Lorsque nous atteignîmes l'entrée de son école, nous avions quelques minutes d'avance. Je me garai le long du trottoir et arrêtai le moteur.

— Écoute, mon grand... (je me raclai la gorge) au sujet de ce que je t'ai dit la semaine dernière.

Il baissa les yeux, mais n'essaya pas de sortir de la voiture, au moins. Je continuai :

— Je suis désolé. Je suis désolé que cet accident se soit produit. Je suis désolé de ne t'avoir rien dit jusqu'à maintenant. Mais ça n'a jamais été la raison pour laquelle je passais du temps avec toi.

Je me passai la main dans les cheveux.

— Je n'irai nulle part. Prends un peu de temps pour réfléchir à tout ça si tu en as besoin. Sois en colère contre moi pour l'accident. Sois en colère contre moi pour avoir mis trop longtemps à t'en parler. Bon sang, je suis en colère contre moi-même pour tout. Mais je serai là une semaine sur deux à ton retour. Comme je l'ai toujours été, parce que je t'aime. Et même si je me sens coupable à propos de beaucoup de choses, cette culpabilité n'a rien à voir avec le temps qu'on passe ensemble.

Lucas me jeta un coup d'œil, et nos regards se croisèrent une brève seconde. Puis il se baissa et souleva son sac à dos. Il ouvrit la portière et commença à descendre, avant de s'arrêter et de marmonner :

— Pareil.

J'attendis qu'il soit entré dans l'école avant de m'éloigner. Je craignais de tout lui dire depuis tellement d'années, mais nous allions surmonter ça. Il me faudrait du temps pour regagner sa confiance, mais nous allions y arriver ensemble.

Et c'était la première fois que je pensais que peut-être, juste peut-être, j'allais pouvoir surmonter ça, moi aussi.

Où est-elle passée ?

J'étais allé directement dans le bureau d'Annalise pour lui raconter comment les choses s'étaient passées avec Lucas, mais sa porte était fermée. La lumière était éteinte. Je composai son numéro à nouveau tout en me dirigeant vers Marina pour lui demander si elle avait eu des nouvelles d'elle aujourd'hui.

Ce n'était pas le cas, et mon appel passa à nouveau sur la boîte vocale.

Jusqu'à onze heures, je fus inquiet. C'était une chose qu'elle m'envoie balader, mais ne pas se montrer au bureau sans appeler pour prévenir ? Quelque chose n'allait pas. J'allai au bureau de Jonas, mais il était en réunion, alors je demandai à son assistante de faire en sorte qu'il m'appelle dès qu'il sortirait. J'avais dû appuyer sur le bouton d'appel au moins cinquante fois entre ce moment et celui où Jonas finit par sortir de la salle de conférence.

Il entra dans mon bureau sans frapper et jeta une enveloppe sur mon bureau.

— Tu n'as pas pu t'en empêcher, n'est-ce pas ?

Il était *en colère.*

— De quoi est-ce que tu parles ?

— Je t'ai confié que le conseil d'administration allait te garder. Et tu n'as eu qu'une hâte, aller narguer Annalise avec ça, n'est-ce pas ?

Je levai les deux mains en l'air.

— Je n'ai aucune idée de ce dont tu parles. Je n'ai rien dit à Annalise.

— Alors pourquoi cette lettre ? demanda-t-il, baissant les yeux sur l'enveloppe.

Je l'ouvris et la lus.

Cher Jonas,
Je vous prie d'accepter cela comme ma lettre
de démission. Dans un délai de deux semaines,
je quitterai le poste de directrice créative chez
Foster, Burnett et Wren. Bien que j'aie apprécié
d'avoir travaillé avec vous et que je vous sois
reconnaissante de l'opportunité que vous
m'avez offerte, j'ai décidé de rester dans la zone
de San Francisco et de poursuivre d'autres
opportunités.

Merci,
Annalise O'Neil

— Qu'est-ce que c'est que ça ? lançai-je en levant le papier devant lui.

— Ça ressemble fort à une lettre de démission.

— Quand est-ce qu'elle t'a donné ça ? Pourquoi est-ce qu'elle démissionnerait ?

Jonas posa les mains sur les hanches.

— Je pensais qu'elle avait démissionné parce qu'elle voulait rester à San Francisco – comme elle l'a écrit dans sa lettre. Mais personne à part nous deux ne savait qu'elle serait la personne transférée. Elle a dû découvrir cette information je ne sais comment.

— Eh bien, ça ne venait pas de moi. Elle t'a donné ça ce matin ?

— Je l'ai trouvé dans son tiroir quand je suis allé chercher les dossiers dont j'avais besoin pour m'occuper de la réunion à laquelle elle n'est pas venue ce matin.

Quelque chose n'allait pas. Annalise n'aurait pas simplement abandonné. Même si elle était en colère, elle n'aurait jamais manqué une réunion planifiée avec un client. Elle s'enorgueillissait de la façon toujours juste et professionnelle dont elle se comportait. Et pourquoi ne m'aurait-elle pas parlé d'une telle décision ?

Je relus la lettre encore une fois, avant de la laisser tomber sur le bureau et d'attraper la veste sur le dossier de ma chaise.

— Je dois y aller.

J'étais à la porte du bureau avant que Jonas ait pu protester.

— Où est-ce que tu vas ? hurla-t-il après moi.

— Découvrir ce qu'il se passe.

—

— Annalise ?

Je cognai à nouveau à sa porte, même si j'étais à peu près sûr qu'elle n'était pas chez elle. J'avais sonné à tous les appartements jusqu'à ce que quelqu'un me laisse entrer dans l'immeuble, puis avais foncé vers son appartement avant de me faire jeter dehors. Sa voiture n'était pas garée dans le coin et je n'entendais aucun son à l'intérieur. Malgré tout, je cognai encore plus fort.

Au bout d'un moment, le voisin de l'autre côté du couloir ouvrit sa porte. Il serrait un chat dans ses bras, comme la plupart des gens auraient serré un bébé.

— Je ne crois pas qu'elle soit rentrée, hier soir.

— Oh ?

Il caressa le ventre de son chat et ce dernier ronronna bruyamment.

— Elle était censée nourrir Frick et Frack pour moi hier soir. J'avais laissé les boîtes sur la table, mais elles sont encore là.

Il baissa les yeux sur le chat et sembla lui parler à lui plutôt qu'à moi.

— Monsieur Frick, ici présent, m'a pardonné, mais monsieur Frack ne veut même pas sortir de sa chambre. J'ai de la chance que mon vol de ce matin n'ait pas été retardé, ou mes bébés seraient morts de faim.

Morts de faim ? Je secouai la tête. *Peu importe.*

— C'était quand, la dernière fois que vous lui avez parlé ?

— Hier matin quand je lui ai donné mes clefs.

Je me retournai et me dirigeai vers l'escalier sans un mot de plus. Le fou des chats lança dans mon dos :

— Quand vous la verrez, dites-lui qu'elle doit des excuses à Frick et Frack.

Ouais. C'est la première chose dont nous parlerons.

Je m'assis dans ma voiture, garée en double file devant son immeuble, tentant de comprendre ce qui avait bien pu se passer. Elle n'était pas rentrée chez elle la veille au soir et avait démissionné sans même m'en parler ?

En fait, elle avait *bien* mentionné le boulot avec moi, l'autre soir. Enfin, en quelque sorte. Elle m'avait demandé si je pensais qu'on serait encore ensemble l'année prochaine si l'un de nous n'était pas forcé de déménager au Texas. Et j'avais dit non. Je savais que je l'avais blessée, mais était-elle contrariée au point de partir sans même me le faire savoir ?

Je ne l'aurais jamais cru.

Même si...

Elle s'était montrée très silencieuse, l'autre soir. Je lui avais même demandé plusieurs fois si tout allait bien. Elle m'avait répondu qu'elle était simplement nerveuse à propos de sa présentation pour *Toutou et compagnie*. Mon instinct m'avait dit qu'autre chose la dérangeait. Maintenant que j'y repensais, elle se montrait silencieuse depuis cet appel de sa mère. Je n'avais pas insisté.

Était-ce une coïncidence qu'elle ait dîné avec la sœur de son ex, la veille au soir ? Cela lui avait peut-être rappelé que tous les hommes étaient des salopards.

Même dans ce cas, elle serait au moins rentrée chez elle hier soir.

À moins que...

Je secouai la tête. Non, elle n'aurait pas fait ça. Elle voit à quel point ce type est un crétin, maintenant.

N'est-ce pas ?

Mais *où* est-ce qu'elle avait dormi la nuit dernière, bon sang ?

Je démarrai la voiture et sortis mon téléphone de ma poche. Aucun appel manqué. Aucun message non lu. Frustré, j'appuyai à nouveau sur la touche d'appel tout en me dirigeant à nouveau vers le bureau. Elle était peut-être arrivée au boulot pendant que j'étais parti. Nous nous étions probablement croisés sur l'autoroute. Elle avait dormi chez Lauren et Trent hier soir et son téléphone portable n'avait plus de batterie. Il pleuvait assez fort, et elle n'aimait pas conduire, c'était logique.

Ouais, voilà ce qu'il s'était passé.

Décidant que ce devait être ça, je jetai mon téléphone sur le siège passager et démarrai ma voiture, oubliant que j'avais déjà appuyé sur le bouton d'appel. Raison pour laquelle je fus confus en entendant une voix d'homme dans les haut-parleurs de ma voiture.

— Allô ?

Je fronçai les sourcils, attendant que la publicité à la radio continue.

— Allô ? répéta la voix.

L'écran illuminé du téléphone sur le siège à côté de moi attira mon attention. Merde. Mon téléphone s'était connecté par Bluetooth et l'appel était retransmis à travers ma voiture. Mais qui avais-je appelé accidentellement ?

— Qui est-ce ? demandai-je.

— Andrew. Qui êtes-vous ?

Je me figeai. Quoi ? Je levai le téléphone pour le regarder, confirmant qu'il s'agissait bien du nom d'Annalise sur l'écran, le temps d'appel égrenant les secondes.

— Où est Annalise ?

— Elle est couchée. Elle dort. Je peux vous aider ?

Le sang commença à bouillir dans mes veines.

— Ouais. Passe-moi Annalise, putain !

— Excusez-moi ?

— Tu m'as bien entendu. Passe-moi Annalise.

Clic.

— Allô ?

Silence.

— Allô ? hurlai-je plus fort.

Ce salopard m'avait raccroché au nez.

Merde.

Merde.

— Meeerde.

Je recomposai le numéro. Le téléphone ne sonna même pas, cette fois, allant directement sur la boîte vocale. J'appelai à nouveau.

Et encore.

Et encore.

J'appelai encore et encore. Mais je tombais chaque fois sur la boîte vocale. Soit cet enfoiré rejetait chaque fois l'appel, soit il avait éteint son téléphone. Dans un cas comme dans l'autre, il m'empêchait de parler à Annalise.

Bennett

Je restais assis à mon bureau pendant des heures, à passer mes émotions en revue.

La colère.

Comment avait-elle pu me faire ça... nous faire ça ? Ne savait-elle pas ce que je ressentais pour elle ?

Non. Elle ne sait pas.

Pourquoi ? Parce que j'étais trop une mauviette pour le lui dire.

Le déni.

Il y avait probablement une explication parfaitement logique à tout ça. Elle avait peut-être croisé Andrew pour un rendez-vous d'affaires – quelque chose ayant un rapport avec *Toutou et compagnie*. Lauren avait peut-être fait venir son frère, voulant qu'Annalise lui montre sa présentation ce matin.

Ouais. C'était sûrement ça.

Sauf qu'elle était au lit quand il avait répondu à son foutu téléphone.

Dans son lit.

Pas dans le mien, où elle aurait dû être.

Pourquoi ? Parce que j'étais trop peureux pour admettre que j'avais peur de donner une chance à ce qu'il y avait entre nous. Elle avait été assez courageuse pour me poser la question. Et pourtant, j'avais fui comme un lâche.

Je n'arrêtais pas de me rejouer la conversation que nous avions eue l'autre soir.

— *Si les choses avaient été différentes entre nous, est-ce que nous en serions encore là dans un an ?*

Et ma réponse merdique :

— *Non. Parce que j'aime être célibataire. J'aime ma liberté, le fait de n'avoir à répondre de personne et de n'avoir aucune responsabilité.*

Eh bien, tu as eu ce que tu voulais, connard.

Le marchandage.

Si seulement je pouvais lui parler, je pourrais arranger les choses. Je savais qu'elle avait des sentiments pour moi, je le voyais dans ses yeux – son expression blessée quand je lui avais dit que nous ne serions plus ensemble dans un an, même si les choses étaient différentes au travail.

J'avais essayé de me convaincre que j'aimais ma liberté, alors que depuis le début je ne voulais pas la perdre.

Parce que j'avais peur.

Putain de mauviette.

Il fallait que je lui parle – que j'aille à l'appartement de ce crétin et que je lui botte les fesses, s'il fallait en arriver là pour la voir. Elle me laisserait une chance. Ce qu'il y avait entre nous était réel.

N'est-ce pas ?

Comment le saurais-je, putain ? Je n'avais jamais rien connu de réel de toute ma vie, mais c'était ce qu'elle me faisait ressentir.

Même si nous étions à mille six cents kilomètres de distance – l'un de nous au Texas et l'autre ici –, ça n'aurait aucune importance. Parce que la distance physique ne changerait pas ce qu'il y avait dans mon cœur.

Dans mon cœur.

Putain.

Je laissai retomber ma tête contre le dossier de ma chaise et levai les yeux vers le plafond de mon bureau, laissant échapper un profond soupir.

Je suis amoureux d'elle.

Amoureux.

D'elle.

Comment cela avait-il pu arriver ?

Je n'avais plus aimé aucune femme depuis...

Sophie.

Et regardez ce qui était arrivé la dernière fois que je m'étais rapproché d'une femme. Sophie n'avait pas eu l'occasion de savoir ce que c'était d'être aimée en retour. Pourquoi devrais-je avoir cette opportunité ?

Je ne méritais pas d'être aimé par une femme comme Annalise.

Je ne méritais pas l'amour de Sophie.

Je ne méritais pas celui de Lucas non plus.

Pourtant, je ne sais pourquoi, il me l'avait donné. Et j'avais été assez égoïste pour l'accepter.

Mon esprit n'arrêtait pas de sauter dans tous les sens.

Annalise avait des sentiments pour moi ; je le savais, quelque part au fond de mon cœur noirci.

Mais je n'avais absolument rien fait pour lui montrer ce que je ressentais.

Je devais le lui dire, mais plus que ça, je devais le lui montrer.

Son foutu ex avait dit une chose et fait le contraire pendant des années. Si j'avais la moindre chance de me battre pour elle, elle devait voir que j'avais plus que des mots à lui offrir.

J'espérais simplement qu'il n'était pas trop tard.

———

Jonas se préparait à partir pour ce soir quand je frappai à sa porte. Mais il reposa sa mallette, vu que je posai quand même mes fesses sur une chaise face à lui.

Il s'assit, ôta ses lunettes et se frotta les yeux.

— Que se passe-t-il, Bennett ?

Je secouai la tête.

— J'ai merdé avec Annalise.

Jonas laissa échapper un profond soupir.

— Qu'est-ce que tu as fait ?

— Ne t'inquiète pas. Ce n'est pas du tout ce que tu penses. Je n'ai pas saboté sa présentation ni triché de quelque manière que ce soit. Et je ne lui ai pas parlé de la décision qui avait été prise quant à nos postes.

Il hocha la tête.

— OK. Alors que s'est-il passé ?

— Tu sais, la politique de non-rapprochement que nous avons ?

Jonas ferma les yeux et fronça les sourcils. Je n'avais pas besoin d'en dire plus.

— Alors tu as gagné le job et perdu la fille.

— J'ai tout fait de travers.

— Comment comptes-tu arranger ça ?

Je pensais que je serais nerveux, mais soudain, je me sentis calme. Je sortis l'enveloppe de la poche intérieure de ma veste. Je me penchai en avant et la posai sur le bureau de Jonas. Il baissa les yeux sur elle, avant de les relever vers moi avec un sourire triste.

— J'imagine que c'est ta lettre de démission ?

Je hochai la tête.

— Tu as parlé à Annalise ?

— Je n'ai pas réussi à la joindre.

— Et tu me donnes ça maintenant malgré tout ? Et si tu perdais ton job sans pour autant pouvoir récupérer la fille ?

Je me levai.

— Ce n'est pas une option.

Jonas ouvrit son tiroir et en sortit l'enveloppe qui contenait la démission d'Annalise. Il me la tendit.

— Premier tiroir de gauche de son bureau. Tout en haut du reste. Je ne l'ai jamais trouvée.

J'échangeai ma lettre contre la sienne.

— Merci, Jonas.

— J'espère que tu récupéreras la fille.

— On est deux, patron. On est deux.

J'avais rempli sa boîte vocale. Maintenant, chaque fois que j'appelais, je tombais directement sur un message disant que le numéro que j'avais composé ne pouvait plus accepter de messages. Je laissai échapper un soupir tremblant et appuyai mon front contre le volant. J'étais assis devant sa maison depuis seize heures trente. Il était presque vingt heures, maintenant, et toujours aucun signe d'elle. J'étais de plus en plus anxieux à chaque minute qui passait. Mais elle devrait bien finir par rentrer chez elle.

J'attendis ce qui me parut durer une éternité. Chaque fois que des lumières de phares apparaissaient en haut de la route, je devenais impatient de voir si c'était sa voiture. Mais à chaque fois, le véhicule passait sans ralentir.

Jusqu'à ce qu'enfin, les deux phares dans mon rétroviseur se stoppent et se garent sur la place vide derrière moi. Mais je fus à nouveau déçu en voyant un logo Toyota plutôt qu'un SUV. *Ce n'est pas elle.*

Mes épaules s'affaissèrent. Une minute plus tard, les phares s'éteignirent et j'entendis une portière s'ouvrir et se refermer. Un homme venait de sortir du SUV et se dirigeait vers la porte de l'immeuble d'Annalise. Au début, je n'y fis pas vraiment attention. Jusqu'au moment où un chien aboya, et l'homme tourna la tête, m'offrant un aperçu de son profil.

Mon cœur se mit à cogner dans ma poitrine. Il ressemblait beaucoup au beau-père d'Annalise, Matteo.

Je fis descendre la fenêtre du côté passager, me penchai en avant et appelai son nom :

— Matteo ?

L'homme se retourna. Il lui fallut quelques secondes pour me reconnaître, mais il s'avança ensuite vers moi alors que je sortais de la voiture.

— Bennett ?

Je hochai la tête.

— Est-ce que vous savez où est Annalise ?

— À l'hôpital. Sa mère, elle reste avec elle. Je viens juste récupérer certaines de ses affaires.

— L'hôpital ? répétai-je, me sentant soudain nauséeux. Que s'est-il passé ?

Matteo fronça les sourcils.

— Tu ne sais pas ? Elle a eu un très grave accident de voiture.

Annalise

Mes paupières papillonnèrent lorsque j'entendis l'agitation. Elles me semblaient si lourdes. Exactement comme mes bras et mes jambes.

Une alarme que j'entendais au loin devint de plus en plus forte. Une femme en bleu s'approcha de moi et fit quelque chose, puis le son agaçant s'arrêta et je l'entendis parler, mais les bruits étaient comme étouffés, comme si j'étais sous l'eau et pas elle.

— Elle a besoin de repos. Si vous êtes ici pour la perturber, j'appelle la sécurité pour vous faire prendre la porte à tous les deux.

J'entendis une voix d'homme marmonner quelque chose, ou peut-être qu'il y avait plus qu'une voix d'homme, je n'étais pas sûre. *Si seulement je pouvais battre un peu des pieds, je pourrais probablement rejoindre la surface et entendre mieux.* Je tentai de battre des jambes, mais ne parvins pas à bouger suffisamment. La femme en bleu posa les mains sur mes jambes, stoppant le peu de mouvement que j'étais parvenue à faire.

— Chut. Restez tranquille, Mademoiselle Annalise. Ne laissez pas ces garçons vous déranger. Dieu a donné à cette infirmière une bouche et beaucoup de force pour jeter les visiteurs dehors quand c'est nécessaire.

Une infirmière. C'était une infirmière.

Je tentai de parler, mais ma bouche était couverte par quelque chose. Je levai le bras pour attraper ce qui la bloquait, mais ne pus le soulever plus de deux ou trois centimètres du lit. L'infirmière se rapprocha et pencha son visage près du mien.

Elle avait des cheveux frisés noirs, des yeux couleur chocolat noir et du rouge à lèvres sur les dents lorsqu'elle souriait.

— Vous êtes à l'hôpital, dit-elle en me caressant les cheveux. Il y a un masque sur votre bouche pour que vous puissiez respirer plus facilement, et des médicaments vous font vous sentir endormie. Vous comprenez ?

Je hochai légèrement la tête.

Elle m'adressa un autre sourire et je fixai le rouge à lèvres. *Quelqu'un devrait vraiment lui dire.*

— Vous avez deux visiteurs, Mademoiselle Annalise. Vos parents et vos amis sont ici aussi. Ils sont dans la salle d'attente. Voulez-vous que je dise à ces garçons de vous laisser vous reposer ?

Je glissai les yeux de l'autre côté du lit et deux visages se penchèrent vers moi.

Bennett ?

Andrew ?

Je regardai à nouveau la femme et secouai la tête.

— Et si nous leur demandions de vous parler un par un ?

Je hochai la tête.

Elle parla aux deux hommes, avant de reporter son attention sur moi.

— Voulez-vous qu'Andrew vous parle en premier ?

Je tournai les yeux vers son visage, avant de regarder à nouveau l'infirmière et de secouer la tête.

Elle sourit.

— Bien. Parce que l'autre semble prêt à m'arracher la tête si je lui demande de partir.

Une minute plus tard, Bennett était à mes côtés, son visage exactement là où celui de la femme se trouvait quelques instants plus tôt. Il prit ma main dans la sienne ; elle était si chaude et serrait mes doigts si fort.

— Eh, dit-il, avant de se pencher et d'embrasser mon front.

Mes yeux se rivèrent aux siens.

— Te voilà, ma belle. Tu as mal quelque part ?

Mal ? Je ne croyais pas. Je ne sentais même pas mes orteils. Je secouai la tête.

— J'ai parlé à ta mère. Elle m'a dit que tu allais t'en sortir. Tu te souviens de l'accident ?

Je secouai la tête.

— Tu as eu un accident de voiture. Il y avait un orage et il pleuvait beaucoup, et la bretelle d'autoroute t'a fait glisser.

Les souvenirs commencèrent à me revenir par flashs. La pluie qui tombait à verse. Le moment où j'avais enfoncé la pédale de frein. Les lumières aveuglantes. Les phares. Le fracas assourdissant. La manière dont j'avais été secouée dans tous les sens. *Andrew.*

Je tentai de lever la main pour ôter le masque sur mon visage.

Bennett comprit ce que j'essayais de faire.

— Tu dois le laisser pour l'instant.

Je fronçai les sourcils.

Il se pencha vers nos mains jointes et embrassa le haut de la mienne.

— Je sais. Garder la bouche close est une véritable épreuve, pour toi, dit-il avec un sourire narquois. Mais j'ai un tas de choses à dire, et je n'ai aucune idée de combien de temps je serai autorisé à rester assis là seul à seule avec toi, alors ça me convient plutôt bien.

Son visage devint très sérieux et il détourna les yeux un instant, avant de prendre une profonde inspiration.

— Je t'ai menti.

Son regard se posa à nouveau sur moi. Les mots n'étaient pas nécessaires pour qu'il comprenne ma question.

Il étreignit ma main et se rapprocha.

— Quand tu m'as demandé si nous serions encore ensemble dans un an si l'un de nous ne devait pas déménager, je t'ai répondu que non. Je t'ai dit que j'aimais être célibataire et libre. Mais la vérité, c'est que j'étais terrifié. J'étais terrifié à l'idée de tout faire foirer si nous restions ensemble. Tu ne mérites pas d'être à nouveau blessée et...

Bennett marqua une pause et je regardai ses tentatives pour ravaler ses émotions. Lorsqu'il leva à nouveau la tête, ses yeux étaient remplis de larmes.

— Tu ne mérites pas d'être blessée à nouveau, et je ne mérite pas d'être aimé.

Cela me brisa le cœur de l'entendre prononcer ces mots. Il méritait tellement que sa vie soit remplie de bonnes choses.

Bennett ferma les yeux et se reprit, avant de continuer :

— Mais j'en ai assez de me soucier de ce que je mérite ou de ce que tu mérites – parce que je suis assez égoïste pour n'en avoir rien à faire de ne pas te mériter, et je ferai de gros efforts tous les jours pour devenir l'homme que tu mérites *vraiment*.

Il sourit et effleura ma joue avec sa main.

— Je t'aime.

Sa voix se brisa.

— Je t'aime tellement, Annalise.

Nous fûmes interrompus par l'infirmière en blouse blanche. Elle se pencha sur mon visage depuis l'autre côté du lit, à l'opposé de Bennett.

— Je vais juste ajouter un peu de médicaments à votre intraveineuse. Ils vont peut-être vous rendre un peu vaseuse.

Oh, parfait. Quelqu'un lui a dit, pour le rouge à lèvres sur les dents. Je la regardai injecter un produit dans mon intraveineuse. Je me tournai à nouveau vers Bennett, mais mes paupières devinrent encore plus lourdes. *Si lourdes.*

Bennett était affaissé sur la chaise à côté de moi, profondément endormi.

Je regardai autour de moi. C'était une chambre différente de celle où j'étais plus tôt. N'est-ce pas ? Ou bien avais-je rêvé l'autre chambre ? La grande, sans fenêtres, avec une douzaine de lits et seulement un rideau pour me séparer des patients de chaque côté. Maintenant, j'étais dans une grande chambre avec une porte, seule, mis à part l'homme qui dormait à côté de moi. Et la fenêtre derrière lui m'apprenait que c'était la nuit.

Le cou raide, j'essayai de bouger la tête d'un côté et de l'autre. Le léger froissement de draps réveilla le géant endormi.

Il sourit et se pencha en avant.

— Eh. Tu es réveillée à nouveau.

Je levai le bras pour attraper mon masque, mais Bennett m'arrêta.

— Ne le retire pas tout de suite. Laisse-moi appeler l'infirmière. Ils ont diminué ta dose de sédatifs, mais ils voulaient vérifier ta respiration et tes constantes avant d'essayer d'enlever le masque. D'accord ?

Je hochai la tête. Il disparut et revint une minute plus tard avec une infirmière.

Je ne la reconnus pas. Elle écouta ma poitrine, mesura ma pression sanguine et regarda le moniteur une minute.

— Vous allez très bien. Comment vous sentez-vous ?

Mes côtes me faisaient un mal de chien, mais je hochai la tête pour dire que je me sentais bien malgré tout, tout en pointant un doigt vers le masque.

— Vous voulez l'enlever ?

Je hochai à nouveau la tête.

— OK. Laissez-moi vous apporter de la glace pilée. Quand nous l'aurons retiré, vous aurez la gorge très sèche, à cause de l'air qu'on vous a insufflé de force pendant trois jours.

Trois jours ? J'étais là depuis aussi longtemps ?

Quand l'infirmière revint, elle posa un gobelet en polystyrène avec une cuillère sur le plateau à côté de mon lit, avant de tendre la main derrière ma tête pour desserrer la lanière qui retenait mon masque en place. Elle l'ôta et attendit à côté de moi, les yeux allant du moniteur à moi.

— Prenez quelques inspirations profondes.

Je commençai par ouvrir grand la bouche pour étirer ma mâchoire contractée, puis je fis ce qu'elle m'avait demandé. Mon visage était douloureux, surtout mon nez.

Elle écouta à nouveau ma poitrine, puis fit glisser son stéthoscope autour de son cou.

— Tout à l'air d'aller bien. Comment vous sentez-vous ?

Je portai une main à ma gorge.

— Asséchée, croassai-je à voix basse.

— OK. Eh bien, il faut qu'on aille doucement. Mais je vais garder un œil sur vos stats depuis le poste des infirmières et vous accorder un peu de temps à tous les deux.

Elle se tourna vers Bennett et ajouta :

— Un ou deux morceaux de glace à la fois. Cela devrait aider à humidifier sa gorge.

La porte ne s'était même pas encore fermée que Bennett avait les morceaux de glace à la main et portait une cuillère à ma bouche. J'aurais ri de son impatience si mes flancs ne m'avaient pas fait aussi mal.

Il plaça quelques morceaux de glace dans ma bouche, puis se pencha et effleura mes lèvres des siennes.

— Tu as fait une sacrée sieste. Je commence enfin à te parler de mes sentiments, et ta réponse est de t'écrouler pendant douze heures.

J'avais presque oublié tout ce qu'il m'avait dit plus tôt. Mais lorsqu'il me le rappela, chaque mot me revint très clairement. Pourtant, j'avais envie de l'entendre me le dire à nouveau. Je composai ma meilleure expression confuse.

— Sentiments ?

Bennett écarquilla les yeux.

— Tu ne te souviens pas que je t'ai ouvert mon cœur hier ?

Je secouai la tête, mais je ne pus m'empêcher de sourire. Il s'en rendit compte.

— Tu te fiches de moi, n'est-ce pas ?

Mon sourire s'élargit.

— J'ai envie de l'entendre à nouveau.

Bennett se leva et, avec beaucoup de précautions, grimpa sur le lit à côté de moi.

— Ah oui ? Quelle partie veux-tu entendre ?

— Tout.

Un sourire s'étira sur son beau visage, effaçant une partie des lignes d'inquiétude. Il approcha sa bouche de mon oreille.

— Je t'aime.

Je souris.

— Encore.

Il rit.

— Je t'aime, Annalise O'Neil. Je t'aime, putain.

Après que je l'ai forcé à le répéter une douzaine de fois au moins, Bennett me parla des blessures que j'avais subies. La douleur dans ma poitrine était due à une côte cassée. Je n'avais même pas remarqué le plâtre autour de mon poignet droit, à cause d'une fracture du cubitus, et apparemment, j'avais des bosses et des bleus partout. Le pire avait été un poumon partiellement collapsé, qu'ils avaient traité avec une aiguille permettant de faire sortir l'air autour du poumon, de façon à ce qu'il se regonfle de lui-même. En bref, j'avais eu beaucoup de chance.

Plus je restais éveillée, plus d'autres choses me revenaient. Je me souvenais que maman, Matteo et Madison étaient tous venus me voir. Et Andrew, aussi. Il avait deux yeux au beurre noir et un bandage sur le nez, mais il m'avait dit qu'il allait bien.

— Est-ce que tout le monde est parti ?

Bennett hocha la tête.

— J'ai promis à ta mère et Matteo que je les appellerais si quelque chose changeait. Ils seront de retour demain à la première heure. Madison m'a menacé de me tuer si je ne lui envoyais pas des nouvelles par message régulièrement.

Il me fit avaler d'autres morceaux de glace. Ils faisaient tellement de bien à ma gorge douloureuse.

— Elle est assez effrayante, ajouta-t-il.

— Et Andrew ? Tu te disputais avec lui dans ma chambre, plus tôt ?

Le sourire s'effaça sur le visage de Bennett.

— J'ai appelé ton téléphone toute la nuit. Quand on a fini par me répondre, c'était lui. Et cet enfoiré m'a dit que tu étais au lit. Il n'a pas parlé de l'hôpital ni de quoi que ce soit. Et ensuite il m'a raccroché au nez.

Oh non.

— Tu as dû croire...

La façon dont sa mâchoire se crispa répondit à ma question.

— Tu pensais que je m'étais remise avec lui ?

— Je ne savais pas quoi penser.

— Comment as-tu découvert ce qu'il s'était passé ?

— J'ai campé devant ton appartement. Au bout d'un moment, Matteo est arrivé.

Attendez...

— Dans ce cas, quand est-ce que tu as parlé à Andrew ?

Bennett haussa les épaules.

— Je ne sais pas. Tôt dans l'après-midi. Vers treize heures, peut-être ?

— Mais tu as attendu devant mon immeuble alors que tu croyais que j'étais retournée avec Andrew ?

Il prit mes joues entre ses mains.

— Je ne comptais pas te perdre sans me battre.

Cela me gonfla le cœur.

— Tu m'aurais reprise même si j'avais...

Bennett plaça un doigt sur ma bouche, m'empêchant de continuer.

— Ne le dit même pas. Je ne veux même pas savoir pourquoi tu étais en voiture avec lui. Contente-toi de me dire que tu vas bien et que ça n'arrivera plus.

— Il ne s'est rien passé avec Andrew. Je le raccompagnais chez lui parce qu'il m'a dit que sa voiture était au garage. Il était chez Lauren pour le dîner.

Bennett baissa la tête.

— Dieu merci, putain. Parce que j'ai démissionné. Tu es coincée avec moi, ici à San Francisco.

Mes yeux s'arrondirent.

— Quoi ? Pourquoi est-ce que tu ferais ça ?

— Parce que je ne te laisserai pas déménager au Texas.

— Euh... je pense que tu t'avances un peu, là. C'est *toi* qui aurais déménagé au Texas quand *moi* j'aurais gagné.

Bennett roula des yeux, puis il écarta mes cheveux de mon visage.

— Ouais, tu as sûrement raison. Mais quoi qu'il en soit, nous restons tous les deux ici, maintenant.

Bennett

— Tu es censée te reposer.

Je jetai mes clefs sur le comptoir de la cuisine et y déposai un sac de courses. J'étais allé au bureau quelques heures pendant que la mère d'Annalise l'emmenait à un check-up post-sortie.

— Je vais bien. Je peux le faire. Le docteur a dit que j'étais en pleine forme.

Annalise se pencha pour récupérer une casserole en bas du placard. La vue sur ses fesses était spectaculaire, mais je ne voulais pas qu'elle se blesse. Je passai les bras autour de sa taille et la soulevai pour l'écarter de mon chemin.

— Laisse-moi faire.

Elle poussa un soupir lorsque je vidai le contenu du placard sur le comptoir pour qu'elle puisse récupérer ce dont elle avait besoin.

— Tu sais, je vais devoir me débrouiller toute seule, de toute façon. Tu dois commencer à chercher un nouvel emploi, et je devrais probablement retourner à mon appartement. Je suis ici depuis presque deux semaines, et bientôt tu ne pourras plus me supporter.

Je repoussai une mèche de cheveux de devant son visage.

— Le docteur a dit que tu devais y aller doucement, parce que ton poumon est encore en train de récupérer. Tu n'es pas prête à monter les trois étages de ton immeuble. Tu as besoin d'un ascenseur.

J'avais fait en sorte qu'Annalise rentre à la maison avec moi après sa sortie de l'hôpital. Elle avait accepté parce que je ne lui avais pas vraiment donné le choix. Mais elle se renforçait un peu plus chaque jour et, bientôt, elle irait assez bien pour rentrer chez elle, même si ce n'était pas pour aujourd'hui. Je voulais simplement qu'elle reste ici.

— Je pourrais rester chez ma mère pendant quelque temps. Elle a une chambre d'ami au premier étage.

Je glissai un doigt sous son menton pour pouvoir plonger mes yeux dans les siens.

— Tu en as marre de moi ?

Elle posa sa paume sur ma joue.

— Seigneur, non. Comment pourrais-je en avoir marre de toi alors que tu te montres si prévenant avec moi et que tu me laves les cheveux dans la baignoire pour que je ne mouille pas mon plâtre ?

— Alors pourquoi veux-tu partir ?

— Je ne veux pas. Mais je ne veux pas non plus abuser de ton hospitalité, Bennett. Je me sens prête à faire des choses, maintenant, et mis à part l'escalier, il n'y a aucune raison pour que je reste ici.

Je secouai la tête.

— Aucune raison ? Et pourquoi n'aurais-tu pas simplement *envie* d'être ici ?

Elle s'adoucit.

— Bien sûr que j'en ai envie. Mais tu sais ce que je veux dire.

Je la soulevai et la déposai sur le comptoir de la cuisine de façon à ce qu'on soit à la même hauteur.

— Non, en fait, je ne sais pas. Alors, parlons. Est-ce que tu aimes mon appartement ?

Elle se retourna pour regarder le salon et la vue par la fenêtre.

— Euh... il donne l'impression que je vis dans un trou à rats. C'est déprimant, de m'imaginer retourner dans mon appartement après avoir quitté le tien.

— Alors tu aimes l'appartement. Qu'en est-il du colocataire ?

Elle se pencha en avant et pressa ses lèvres contre les miennes.

— Il me gâte. En plus, la vue quand il sort de la douche en ne portant qu'une serviette bat à plate couture la vue du Golden Gate Bridge au-dessus de l'eau qu'on voit depuis la fenêtre.

J'enroulai sa queue de cheval autour de ma main et gardai sa bouche contre la mienne lorsqu'elle tenta de s'écarter. Elle l'ouvrit lorsque je glissai ma langue entre ses lèvres pulpeuses. Je l'embrassai longuement et avec ardeur, et mon cœur me parut comblé à nouveau.

Ces quelques dernières semaines, je m'étais senti plus heureux que je ne l'avais été de toute ma vie. Je savais que je ne voulais pas que cela prenne fin. Le baiser était toute l'assurance dont j'avais besoin.

— Bien, dis-je en tirant légèrement sur sa queue de cheval. Dans ce cas, c'est décidé. Tu vas emménager ici. Je ferai en sorte qu'une entreprise de déménageurs passe chez toi ce week-end pour emballer tes affaires.

Annalise écarquilla les yeux.

— Quoi ?

— Tu préfères cet appartement au tien. Tu en pinces pour ton colocataire.

Je haussai les épaules et ajoutai :

— Pourquoi partir ?

— Tu... tu me proposes d'emménager avec toi de manière permanente ?

Je regardai ses yeux l'un après l'autre.

— Je dis que je veux que tu sois là quand je me réveille le matin, et je veux que tu sois là quand je me couche le soir. Je veux que tu étales tes quatre journaux différents partout sur mon lit et que tes paires de chaussures ridiculement nombreuses remplissent notre placard. Je veux que tu portes mes T-shirts pour nous préparer le petit déjeuner quand tu te sentiras à nouveau prête pour ça, et j'ai clairement envie de t'avoir sous moi, sur moi, à genoux sur le sol de notre chambre ou attachée à la tête de lit pendant que je te dévore pour le dessert.

Je marquai une pause, avant d'ajouter :

— C'est plus clair, comme ça ?

Elle se mordilla la lèvre inférieure.

— Je dois d'abord t'avouer quelque chose.

Je me raidis.

— Quoi ?

Elle frotta son nez contre le mien et passa les bras autour de mon cou.

— Je t'aime, Bennett Fox.

Je laissai retomber ma tête et laissai échapper un grand soupir.

— Tu essaies de me faire avoir une crise cardiaque ? En disant que tu dois m'avouer quelque chose ? Je croyais... je ne sais même pas ce que je croyais. Mais ça ne ressemblait pas à une bonne nouvelle.

Annalise rit.

— Désolée.

Je plissai les yeux.

— Je vais t'en donner, du désolé. Pourquoi est-ce que ça t'a pris aussi longtemps pour me dire ça, d'ailleurs ? Tu m'as laissé dans l'incertitude pendant des semaines.

Elle serra mon T-shirt dans ses deux poings et m'attira contre elle.

— Je voulais ne plus être sous antidouleurs et médicaments qui me mettaient dans les vapes, pour que tu ne puisses pas douter de ma sincérité.

J'écartai la tête.

— Tu as arrêté les médicaments ? Le docteur a dit que c'était bon ?

Elle baissa les yeux et passa un ongle le long de mon bras. Puis elle releva les yeux de sous ses cils, arborant le regard le plus sexy du monde.

— Il a aussi dit que je pouvais reprendre *toutes sortes d'activités*. Je dois juste y aller doucement.

J'arborais un début d'érection depuis que j'avais passé la porte et que je l'avais vue penchée en avant. J'avais besoin de cette confirmation avant de trop m'emballer. Trois longues semaines étaient passées depuis son accident.

— Toutes les activités ?

— Toutes, répéta-t-elle en agitant les sourcils.

Le comptoir de la cuisine était à la hauteur parfaite, et je ne l'écraserais pas, dans cette position. En plus, pas besoin de perdre du temps à aller dans la chambre. Je tendis les mains vers ses fesses, l'attirai tout au bord du comptoir et pressai mon érection grandissante entre ses jambes. Je sentis la chaleur de son intimité à travers mon pantalon et émis un grognement.

Est-ce que j'avais mentionné que cela faisait *trois* semaines ?

— La meilleure chose à faire serait probablement de te faire l'amour tout de suite. Mais je vais te devoir un moment doux et lent, parce que j'ai besoin de toi brutalement et rapidement avant de pouvoir être assez calme pour y aller lentement.

Elle se passa la langue sur la lèvre inférieure, avant de la mordre subitement.

— Brutal, ça me va.

En deux secondes chrono, ses vêtements avaient disparu. Je suçai ses seins magnifiques, les mordillant jusqu'à ce qu'elle laisse échapper un son qui ressemblait à un mélange de gémissement et de cri. Seigneur, elle m'avait tellement manqué. La pénétrer m'avait manqué. M'enfoncer si profondément que mon sperme ne pouvait en ressortir. C'était surréaliste, combien j'avais envie de cette femme. J'avais *besoin* de cette femme. À quel point je la désirais – même quand je ne le voulais pas.

Je m'emparai de sa bouche et marmonnai contre ses lèvres :

— Je t'aime, putain.

Je sentis son sourire même si je ne pouvais le voir sur son visage.

— Je t'aime aussi, putain.

J'embrassai chaque centimètre carré de peau exposé que je pouvais atteindre tout en ouvrant mon pantalon. Quand mon boxer le rejoignit au sol, mon érection vint cogner contre mon abdomen.

Il me fallut mobiliser toute la volonté dont j'étais capable pour ralentir la cadence. Je me redressai et la regardai dans les yeux.

— Tu vas bien ? Tu n'as pas de mal à respirer ?

Elle répondit en baissant les yeux entre nous et en faisant courir son pouce sur le gland brillant de mon sexe, avant de porter son doigt à ses lèvres pour le lécher.

— Huumm... Je vais très bien. Et toi ?

J'émis un grognement et pris ma verge dans mon poing, la plaçant entre ses jambes pour tester la température, la trouvant merveilleusement mouillée. Prêt à exploser avant même qu'on commence, je m'enfonçai en elle d'un coup brutal, l'embrassant avec frénésie jusqu'à commencer à m'inquiéter de sa respiration lourde.

Elle m'adressa un sourire, haletante, mais visiblement ravie. Je lui rendis son sourire et me mis à bouger – d'un mouvement lent et régulier – sans jamais détourner les yeux tandis que j'allais et venais en elle.

Mon Dieu, cette femme ! J'avais passé la moitié de ma vie à construire un million d'obstacles sur le chemin de l'amour. Pourtant, quand j'avais rencontré Annalise, tout ce qu'avaient fait ces barrières, c'était me montrer à quel point elle valait la peine que l'on saute par-dessus chacune d'entre elles.

Je tentai de me retenir, fermant les yeux très fort pour éviter de me laisser aller dans la contemplation de sa beauté. Mais lorsqu'elle murmura mon nom comme une prière, comment aurais-je pu ne *pas* regarder ?

— Bennett. *Oh Seigneur*. S'il te plaît.

Il n'y avait pas de son plus doux que celui de la femme que vous aimiez prononçant votre nom dans un gémissement. C'était aussi incroyablement sexy. C'était trop. Je craquai.

Mes coups de reins accélérèrent et je me mis à la baiser de plus en plus fort. Chaque muscle de mon corps se raidit alors qu'elle se crispait autour de moi, ses ongles s'enfonçant dans mon lit alors que l'orgasme la frappait. Regarder mon sexe entrer et sortir entre ses cuisses était le plus beau des spectacles. Mais savoir qu'elle m'aimait rendait les choses infiniment plus agréables. Dieu seul savait pourquoi elle avait décidé de me donner son cœur, mais je n'avais absolument pas l'intention de le lui rendre.

Lorsque son corps commença à s'affaisser, je n'eus besoin que de quelques mouvements de plus pour trouver ma propre satisfaction. J'embrassai ses lèvres et l'enveloppai dans mes bras, prenant garde de ne pas trop appuyer sur sa poitrine.

Je posai ma joue contre le haut de sa tête, me sentant presque comblé. *Presque.* Il restait une dernière chose qui me tracassait.

— Dis-moi, je n'ai pas entendu de oui définitif de ta part.

— Quelle était la question ?

— Tu veux bien emménager avec moi ?

Annalise écarta sa tête.

— Mais qu'est-ce que je vais faire de ce joli chapeau de cowboy que tu m'as donné le deuxième jour après notre rencontre, si je reste ici en Californie ?

— Je fantasme sur toi portant ce truc tout en me chevauchant depuis des mois, alors tu vas le porter bien assez souvent.

Elle pouffa de rire, mais elle découvrirait bien assez tôt que je ne plaisantais pas. J'étais impatient de la voir jouer les cowgirls.

— Alors c'est un oui ?

— Oui. Je vais emménager avec toi.

Elle empêcha mon sourire de s'étirer plus encore en levant un doigt en l'air.

— Mais à une condition.

Je haussai un sourcil.

— Une condition ?

Elle hocha la tête.

— Je paie la moitié des dépenses. Vu que je serai bientôt la seule à avoir un emploi, je veux payer la moitié... ou plus, si je peux me le permettre, pendant que tu cherches un nouvel emploi.

Il était hors de question que je la laisse payer quoi que ce soit – pas dans le sens traditionnel, en tout cas.

— En fait, je ne vais pas chercher d'emploi.

Elle fronça les sourcils.

— Pourquoi pas ?

— Parce que j'ai une meilleure idée en tête.

— D'accord...

— Et j'espérais que tu sois peut-être intéressée par une nouvelle position, toi aussi.

Elle inclina la tête.

— Une nouvelle position ? Laisse-moi deviner... sur le dos ou à quatre pattes ?

J'affichai un sourire narquois et attrapai son nez entre mes doigts.

— Ce n'était pas ce que je voulais dire – mais j'aime ta façon de penser, vilaine fille.

— Tu te comportes de manière très louche, Fox. Crache le morceau. Que se passe-t-il ?

— Je vais ouvrir ma propre agence. Je veux que tu viennes travailler avec moi.

épilogue

Annalise

Il y a deux ans très exactement, j'étais dévastée.

J'allumai les deux bougies et atténuai les lumières du salon. Parfait.

La cheminée était allumée, la table était mise avec les couverts en porcelaine que ma mère m'avait donnés quand j'étais partie de chez elle, deux douzaines de bougies étaient disposées pour rendre l'atmosphère romantique, et le plat préféré de Bennett cuisait dans le four. Je regardai autour de moi et souris. Enfin, cet homme aurait un rencard avec sa petite amie le jour de la Saint-Valentin.

L'année précédente, j'avais préparé un quatorze février spécial, mais comme souvent depuis que j'avais rencontré Bennett Fox, les choses ne s'étaient pas passées comme prévu. Nous avions reçu un appel de Lucas ce matin-là. Il était à l'hôpital avec sa grand-mère. Il l'avait trouvée inconsciente en se réveillant et avait appelé le 911. Il s'était avéré qu'elle avait eu une crise cardiaque.

Une semaine plus tard, elle était décédée dans son sommeil alors qu'elle était toujours en réanimation.

Et nos vies avaient pris un tournant inattendu une fois encore.

Il y avait *deux* ans, celui qui était mon petit ami depuis huit ans m'avait larguée le jour de la Saint-Valentin. Aujourd'hui, j'élevais un adolescent avec un homme qui me donnait à la fois envie de l'étrangler et de le chevaucher. Pourtant, je n'ai jamais été aussi heureuse.

Le lendemain de la mort de Fanny, Bennett avait demandé au tribunal de lui accorder la garde temporaire. Quelques mois plus tard, nous demandions la garde permanente. J'avais insisté auprès de Lucas pour qu'il parle à une psychologue, inquiète à l'idée qu'il ait du mal à se remettre de la perte de la deuxième femme qui l'avait élevé dans sa vie. En tant que tuteur, Bennett y était allé avec lui pendant plusieurs sessions, et il s'était retrouvé à son tour à voir un psy plusieurs fois pour lui-même, pour travailler sur sa culpabilité persistante à propos de la mort de Sophie. Cela leur fit beaucoup de bien à tous les deux.

Je soulevai la photo encadrée sur l'étagère de la bibliothèque, dans le salon, et passai le doigt sur le visage souriant de Sophie.

— Ne t'en fait pas. Ils sont heureux. Je prends bien soin de tes garçons.

Au cours de cette année, j'avais plusieurs fois trouvé du réconfort en lui parlant – quand Lucas se rebellait, ou quand Bennett me frustrait avec son comportement surprotecteur incessant. Je me sentais éternellement redevable envers elle pour la vie magnifique que j'avais aujourd'hui, et je le lui disais souvent.

J'entendis la clef tourner dans la serrure et me penchai sur le comptoir de la cuisine, offrant une vue imprenable sur mon décolleté alors que j'attendais que mon homme complètement fou entre. Il ouvrit la porte et ses yeux se rivèrent immédiatement sur ce que j'exposais. Il jeta ses clefs sur le comptoir et posa ses deux sacs. Ses yeux se levèrent vers les miens, avant de se baisser à nouveau sur mon décolleté par deux fois, avant même qu'il ait remarqué que l'appartement était rempli de bougies.

— Où est Lucas ?

— Il dort chez son ami Adam, répondis-je en inclinant la tête d'un air innocent.

Un sourire diabolique s'étira sur le visage de Bennett. Il s'avança vers moi avec un regard si intense que la chair de poule recouvrit mes bras. Je dus faire beaucoup d'efforts pour rester immobile et ne pas me tortiller d'impatience.

Il glissa un bras autour de ma taille et m'attira tout contre lui, pendant qu'il enserrait mon cou de l'autre main.

— Je vais te faire hurler si fort que les voisins risquent d'appeler la police.

Son baiser me coupa le souffle. Il ne faisait aucun doute pour moi qu'il avait la ferme intention de réaliser cette menace.

Nous avions dû baisser un peu le volume de nos ébats depuis que nous étions devenus les parents d'un adolescent à plein temps. Alors qu'avant, nous couchions ensemble n'importe où dans l'appartement — contre le mur, sur le sol du salon, sur les comptoirs de la cuisine, sous la douche —, après l'arrivée de Lucas, notre activité avait dû être confinée, en quelque sorte, tout comme son volume.

Mais cela n'avait pas arrêté Bennett — il était simplement devenu plus créatif. Il renvoyait parfois toute l'équipe chez elle plus tôt pour qu'on puisse faire l'amour de manière désinhibée au bureau. Cela avait tendance à arriver après qu'on s'était disputés sur la manière dont un dossier devait être géré. Nous avions beau être dans la même équipe, maintenant, un désaccord houleux donnait toujours autant à mon homme l'envie de folâtrer. Il m'arrivait de l'agacer à dessein rien que pour ça.

— Comment s'est passé le rendez-vous avec Star, aujourd'hui ? demandai-je. Tu as dit à Tobias de passer nous dire bonjour ?

Les yeux de Bennett lancèrent des éclairs.

Vous voyez ? Exactement comme ça. L'une des façons les plus faciles de le mettre dans tous ses états, c'était de piquer un peu le lion jaloux. Le fait que Star ait changé d'avis à la dernière minute pour prendre ma campagne avait toujours été un sujet sensible. Tobias avait convaincu les autres que c'était la meilleure chose à faire, et cela n'avait fait qu'attiser la flamme de jalousie que Bennett ressentait. Oh, et d'ailleurs, *Toutou et compagnie* avait décidé de choisir ma campagne, aussi. Ce qui voulait dire que j'avais gagné deux dossiers sur trois, et cela aurait été à Bennett de porter les bottes de cowboy. Mais tout s'était arrangé, finalement. J'avais pris mes deux nouveaux dossiers et tout un tas d'autres avec moi quand j'avais quitté Foster, Burnett et Wren pour aller travailler pour l'Agence Fox.

— Tu ne demandes qu'à marcher bizarrement demain, n'est-ce pas, Texas ?

Ce surnom m'était resté.

Je souris.

— Joyeuse Saint-Valentin, mon cœur. On a brisé la mauvaise série.

Bennett fronça les sourcils.

— Tu n'as jamais eu de rencard avec une petite amie le jour de la Saint-Valentin, tu te souviens ?

— Ah. C'est la Saint-Valentin, répondit-il avec un sourire malicieux. J'avais totalement oublié. Je suis navré de gâcher tes plans.

Il regarda la pièce autour de lui.

— On dirait que tu t'es donné beaucoup de mal, quel dommage.

Je fronçai les sourcils. Il avait oublié la Saint-Valentin ? Il avait d'autres plans ?

— *Vraiment ?* Nous avons toute la maison pour nous tout seuls pour la nuit et tu as prévu autre chose le jour de la Saint-Valentin ?

— Désolé, bébé.

Tu parles d'une déception. Le couvercle posé sur la casserole pleine d'eau que j'avais mise sur une plaque pour les pâtes se mit à faire du bruit. Apparemment, deux choses avaient commencé à bouillir.

Je contournai Bennett et allai à la cuisine. J'attrapai un gant de cuisson dans le tiroir, baissai la température de la plaque et soulevai le couvercle pour laisser sortir la vapeur. Mais alors que les secondes passaient, je me sentis de plus en plus agacée à l'idée que Bennett ait gâché la soirée que j'avais prévue. Je lui avais même acheté quelques cadeaux, que je n'avais plus envie de lui donner.

N'étant pas du genre à me retenir quand il s'agissait de me disputer avec lui, je posai brutalement le couvercle sur le comptoir et décidai de lui montrer à quel point j'étais en colère.

Sauf que lorsque je me retournai, il n'était plus debout derrière moi.

Il était à genoux.

J'émis un hoquet de surprise.

Bennett tenait une boîte en velours noire à la main et arborait un sourire narquois.

— Tu étais sur le point de m'étriper, hein ?

Mon cœur battait à tout rompre dans ma poitrine. Je le couvris avec ma main.

— Évidemment que oui. Pourquoi tu t'es fichu de moi comme ça ?

Il tendit la main pour prendre la mienne.

— Tu as fait tout ça parce que je n'avais jamais eu de rencard avec une petite amie le jour de la Saint-Valentin. J'espère que cette série perdurera et que j'aurai un rencard avec ma fiancée.

Mes yeux s'emplirent de larmes.

Il étreignit ma main et je remarquai que la boîte tremblait dans son autre main. Mon rival assuré devenu l'amour de ma vie était nerveux à l'idée de me demander en mariage. Sous ses airs de dur se trouvait un homme au cœur énorme et doux – raison pour laquelle il avait tant souffert pendant si longtemps et qu'il avait dressé un mur pour l'empêcher de se briser à nouveau.

Bennett déglutit et l'amusement disparut sur son visage, remplacé par de la sincérité.

— Quand je t'ai rencontrée, j'étais brisé, et je ne voulais pas être réparé. Tu as vandalisé ma voiture, essayé de me piquer mon job et tu m'as traité de connard, tout ça seulement quelques heures après être entrée dans mon bureau. J'ai fait tout ce que je pouvais pour te détester, parce que quelque part au fond de moi, je savais que tu étais une menace à mon besoin de me sentir pitoyable. Quand je t'ai insultée, tu m'as invitée à une réunion alors même que tu étais ma rivale et que tu aurais pu y aller seule. Quand je me suis comporté comme un crétin en te disant que ta mère me draguait, tu m'as encouragée à rester dîner. Tu aurais dû fuir dans la direction opposée, mais tu n'es pas comme ça. Tu es une femme magnifique, mais la vraie beauté qui émane de toi vient de l'intérieur.

Il secoua la tête.

— Je ne mérite pas un tel amour désintéressé. Je ne peux imaginer comment je pourrais te mériter. Mais si tu me le permets, je veux passer le reste de ma vie à essayer d'être au moins à moitié à la hauteur de ce que tu sembles voir en moi.

Des larmes brûlantes commencèrent à couler sur mon visage.

— Annalise O'Neil, j'ai envie de me disputer avec toi tous les jours au bureau, et de me réconcilier avec toi tous les soirs dans ton lit. Je veux remplir ton ventre de petits bébés blonds aux cheveux qui partent dans tous les sens, qui te ressemblent comme deux gouttes d'eau, et inonder notre maison de bonheur. Je veux vieillir avec toi. Alors est-ce que tu acceptes de ne pas être ma petite amie et de me faire l'honneur de devenir ma fiancée en ce jour de la Saint-Valentin ?

Je me laissai tomber au sol, le renversant presque alors que j'enroulais mes bras autour de son cou.

— Oui. Oui, répétai-je en embrassant son visage encore et encore. Oui. Oui, je veux t'épouser.

Bennett nous stabilisa et pressa ses lèvres contre les miennes. Ses pouces essuyèrent les larmes sous mes yeux.

— Merci de m'avoir aimé quand je me détestais.

Mon cœur laissa échapper un énorme soupir. C'est le truc, avec l'amour. On ne tombe pas amoureux de la personne parfaite ; on tombe amoureux malgré les imperfections de cette personne.

— Je t'aime, dis-je.

Il leva ma main et glissa un magnifique diamant de taille émeraude à mon doigt.

— Je ne t'avais pas vue venir, Texas. Je ne t'avais pas vue venir.

— Ce n'est rien, dis-je en souriant. Parce que tu ne me verras jamais partir non plus.

À vous – les lecteurs. Merci d'avoir effectué ce voyage avec moi et d'avoir permis à Bennett et Annalise d'entrer dans votre cœur et dans votre esprit. Avec tous les livres parmi lesquels choisir, je suis honorée qu'autant de personnes aient choisi de me suivre pendant si longtemps. Merci de votre loyauté et de votre soutien.

À Pénélope – je ne pourrais m'imaginer faire tout ça sans t'avoir à mes côtés. Merci d'avoir supporté mes névroses quotidiennement. Je suis impatiente de savoir quelle sera notre prochaine aventure !

À Cheri – merci d'être la meilleure assistante dont on puisse rêver durant les dédicaces. Et pour avoir toujours été là pour me soutenir à chaque tournant. Les livres nous ont réunies, mais l'amitié nous a rapprochées pour l'éternité.

À Julie – merci pour ton amitié, ton inspiration et ta force.

À Luna – tu es généralement la première personne avec qui je discute tous les matins, et je peux toujours compter sur toi pour me faire commencer la journée le sourire aux lèvres. Merci de ton amitié et de ton soutien.

À mon incroyable groupe de lecteurs sur Facebook, Vi's Violets – merci pour tout l'enthousiasme et toute l'excitation que vous me transmettez tous les jours. Vos encouragements sont ma motivation quotidienne !

À Sommer – merci d'avoir enveloppé mes mots de belles couvertures. Tes créations donnent vie à mes livres !

À mon agent et amie, Kimberly Brower – merci pour tout ce que tu fais et de toujours faire plus que ce qui est nécessaire. Aucun agent n'est aussi créatif et ouvert d'esprit face aux nouvelles opportunités que toi.

À Jessica, Elaine et Eda – merci d'être la *dream team* de l'édition ! Vous nous rendez meilleurs, moi et mon histoire.

À Mindy – merci de m'aider à rester organisée et à tout mettre sur pied !

À tous les blogueurs – je le dis depuis des années, et c'est toujours aussi vrai aujourd'hui –, vous êtes la colle du monde du livre. Vous permettez aux auteurs et aux lecteurs de rester connectés et travaillez sans relâche pour partager votre passion des livres. Merci d'avoir consacré une partie de votre temps précieux à lire mes histoires, à écrire de gentilles critiques et à partager des illustrations qui donnent vie à mes livres.

Avec tout mon amour,
Vi

Rejoignez plus de 18 500 lecteurs de romance dans le groupe de lecture privé de Vi !

Suivez Vi sur Instagram

Inscrivez-vous à sa liste de diffusion pour en savoir plus sur ses prochaines parutions !

Autres livres
https://www.vikeeland.com/france.html

www.ingramcontent.com/pod-product-compliance
Lightning Source LLC
Chambersburg PA
CBHW010346170726
48284CB00011B/2805